LOCUS

LOCUS

LOCUS

LOCUS

to

fiction

to 49
最後一秒的溫度
The mercy of thin air
作者：蓉琳．朵蒙 (Ronlyn Domingue)
譯者：鄭清榮
責任編輯：莊琬華
美術編輯：何萍萍
法律顧問：全理法律事務所董安丹律師
出版者：大塊文化出版股份有限公司
台北市105南京東路四段25號11樓
www.locuspublishing.com
讀者服務專線：0800-006689
TEL：(02) 87123898　FAX：(02) 87123897
郵撥帳號：18955675　戶名：大塊文化出版股份有限公司

總經銷：大和書報圖書股份有限公司
地址：台北縣五股工業區五工五路2號
TEL：(02) 89902588　FAX：(02) 22901628
排版：天翼電腦排版印刷有限公司　製版：源耕印刷事業有限公司
初版一刷：2007年 8 月

定價：新台幣 380 元
Printed in Taiwan

The mercy of thin air
最後一秒的溫度

Ronlyn Domingue　著
鄭清榮　譯

你應該學習所有的事情，包括客觀眞理具説服力、不可動搖的核心，以及世人的主觀信念，主觀信念並不包括眞正的信任。但是你也應該學習這些事情：世人是如何經歷那些似乎「眞正存在」的事物，而對他們來説，那些事物皆已自然存在。

——巴門尼德《論自然》

既然不論如何，目前都不可能有個能説明因果的解釋，我們就必須暫時假定，自然界偶然發生的意外事件，無關乎因果關係，而是有意義的巧合，這種有意義的巧合已進入了我們所討論的範圍。

——榮格《論同步性》

我應該從何說起？

我在照片上勾繪出我的外形。從我的頭頂，金色的鬈髮流瀉而下，在末端形成微微捲曲。我的四肢外張，成放射狀，右手指尖觸及地平線，左手握住純粹的空氣。我沿著周邊描摹，順著輪廓轉彎，從頭部到腳趾，從一側到另一側。

我的軀體不是我出生時的那一副身體。在我呼吸的時時刻刻，每一個細胞都在輪流循環：生長、修補、衰滅。但我仍然存在。

除了還保有記憶之外，我所有的一切都已蕩然無存。

在那張快照中，托莉從她那邊的翹翹板上揮著手。她的左手掌在手肘上方呈現一片模糊的狀態。她穿著紫色洋裝，使得她的臉看起來格外明亮動人。她笑逐顏開，淡紅的嘴唇笑成一抹完美的弧形。

照片中看不見安德魯。到了那天的傍晚時分，他已經用盡四捲底片。我們三人一起走出公圍時，他的手在口袋中把玩著那些裝底片的小圓筒。我碰觸到他方形的銀製袖口鏈扣，上面刻著他名字的縮寫「APO」，傾身靠近他。拜託，告訴我你的中間名字是什麼。他不發一語，卻用一抹意味深長的微笑戲弄我。我什麼話也沒說，順著他的右手臂往下撫摸。他把手伸向我的手的熟悉範圍，彷彿他期盼會有驚喜。

我抱住那張照片，抱得那麼緊，那麼久，我體內的每個空隙都充滿了無與倫比的想念。

第1部

1

賽門・畢克已經走了四個月。我比原訂的日期晚了一些時候去造訪他時，才知道他已經蒙主恩召。我已有一段時間沒看報紙上的訃聞版，所以錯過了這個訊息。

上次跟他見面，是在一九九一年年初，當時他七十四歲。他坐在深紅色的書房裡，胳臂靠在一張破舊皮椅的手把上。我看到他正在翻閱一本剛出版的傳記，他抓著書脊，發出劈劈啪啪的聲音，我注意到他的眼睛掃視每一行字，既快速又飢渴。他喜愛看書的個性，從來沒變。打從孩提開始，他就喜歡看書吸收新知，打零工之餘，經常抽空溜進安德魯的書房，讀上幾頁。

這間書房放著安德魯的書櫃，這是一座以伊斯特雷克（Eastlake）靈感設計出來的書櫃，是安德魯的姑媽遺贈給他的。這座書櫃雖然老舊，但是書架的空間頗深，可以排上兩排的書籍，所以他非常喜歡。在安德魯準備上法學院之前，他跟媽媽說可以將他不帶走的東西變賣，或轉送別人。他留下了幾十本書，幾件好衣服和這個書櫃。那時，家裡的老管家恩瑪蓮想要一些歷史書籍，安德魯告訴她所有的東西都可以拿走。於是，恩瑪蓮就把拿走的東西全部交給她的孫子賽門，賽門身材高大、思想頗有見地。

那次拜訪賽門時，他正好七十四歲，我只停留片刻。那時，我已經有數十年沒靠近那座書櫃。在那個密閉空間裡，散發的氣味，讓我深感焦慮、孤單。我幾乎是無聲無息地離開了。這時，賽門的太太走進書房來，遞給他一杯咖啡，問他是否感覺到有穿堂風吹過。他轉過黝黑的臉，神情嚴肅的看著太太，回答說不覺得有穿堂風。

現在，過了十二年，他去世了。我雖然有想要再看看他的念頭，但是爲時已晚。

我走近賽門住的矮小平房，看到一面手寫的「吉屋出售」告示牌時，我知道賽門已蒙主恩召。當時，很多汽車停靠在他家附近街道兩側的人行道上。賽門家裡的書籍、廚房用器、地氈、家庭小擺飾和家具，全都擺在門前的小庭院裡。人們爭相出價購買賽門留下來的東西，將中意的東西緊緊地抱在懷裡。

在草坪上，那座狀況極好的書櫃是唯一的古董。一位戴著夾鼻眼鏡、個子矮小的男人張開雙臂，走向那座古色古香的舊書櫃，畢恭畢敬地俯身而下，打開兩個抽屜，檢查書櫃的狀況。就在這時，一種多年來未曾聞過的味道，就像剛熄滅的火焰冒出煙似的，從陰暗空間飄逸而出。這一次，我沒有閃避。那位個子矮小的男人全身顫抖。

安德魯的氣息跑了出來，然後停住不動。那些微粒懸浮在濃密陰冷、靜止的空氣中。我吸了一口氣，把那帶有鹹味的氣息蘊含在我體內，在我吐氣之前，沒有任何東西能逸出，然後我想到，安德魯究竟發生了什麼事？

等到空氣暖和了，我注意到一種濃郁、成熟的氣味，也就是那種力量較多但威力較少的氣味。那是賽門，就在我走的時候，他曾用手將玻璃門的鏽綠擦去。他一定想要保護這座舊書櫃。所以，我頂著冷冽的風護衛著，等待著。

到了快中午的時候，有一對夫妻在被搶購之後剩下的一些雜物中來回尋寶。那位年輕女子看到了放在長出新葉的紫荊樹綠蔭下的那座舊書櫃。她打開書櫃的門，伸手到裡面檢查書櫃的隔板，她深深的吸了一口氣。一股讓人身心舒暢的香氣，像是煙斗的煙絲味與肉桂混合的氣味，圍繞住她。

「史考特，這座書櫃很適合放在我們家房間裡，你看是不是？這裡面沒有霉味，也沒長出黴菌。我喜歡這種味道。」她說道。

史考特從口袋掏出一只皮尺，量一量書櫃的尺寸，說道：「非常合適。從來沒看過比這座書櫃更好的了。書櫃的狀況眞的非常好。」

「我在一處縫隙看到一樣東西。」那位年輕女子探入書櫃最下面一層隔板的上方，一面說道。身材嬌小的她，整個人幾乎可以爬進去。等到她退出時，手中拿著一本《家庭節育》的小冊子，她迫不急待開始翻閱。然後抓住史考特的手臂，示意要他先讀一讀關於無法滿足的女人和心情緊張的這一部分描述。

「我一定要保有這本小冊子。」她說。「這本小冊子可以彌補當年大學時代『保險套意識歲月』的一些回憶。你還記得嗎？」她的眼睛爲之一亮，光芒閃爍。

「喔，記得。」他快速翻閱那些脆弱的紙張。「妳很幸運，那些用拳頭捶打聖經的狂熱份子沒有抓狂到鞭打自己並把你們大家痛打一頓。」史考特讀了幾段，又說道：「嗨，艾美，女性都用萊舒灌洗嗎？」

「萊舒？讓我看一下。」

我喜歡這個女人，因爲她讓我想起我自己。我也喜歡那個男子，因爲他太太的豪放性格並沒有嚇走他。他們在一起眞是很登對。她把那本小冊子悄悄地放回原來的地方，繼續檢查這座書櫃的外部狀況。

「對這座書櫃有興趣嗎？」賽門的孫女一面看著那位默不作聲的男子，一面大喊：「媽！這一座書櫃要賣多少錢？」

她的媽媽從門廊柱子那邊探出頭來說：「五百塊。」

艾美聽到這個價錢，不敢露出中意的喜色，伸手掏著像百寶箱似的大錢包。這時，史考特跳起來接住一本差點掉下去的小筆記簿。艾美說道：「我想我們帶的現金不夠，你們可以接受外地的支票嗎？」

「我們很少收支票。不過，你們兩位看來很老實。」這時賽門的孫女把現金箱放在地上，並將身上那件杜蘭大學的寬鬆長袖運動衫的袖子捲到肘彎處，問道：「你們會把這座書櫃存放在一個好家庭，對不對？我不希望我的祖父在墳墓裡翻來覆去。」

艾美看著她，問道：「你們不想再保有這座書櫃？」

「我們家裡沒有人喜歡維多利亞時代的舊東西。現在，正是把這件東西轉手的時候。」史考特告訴賽門的孫女，他們會把這一座書櫃託運到他們在巴頓魯治的家。賽門的孫女從現金箱裡拿出一支鋼筆和一張紙，寫著：「莎拉・華盛頓，這是我媽媽的名字。你可以開支票指名付款給她。這是她的手機號碼。你打個電話給她，商訂一個日期。她會安排人來這裡處理事情。」

艾美用木刻印刷字體在艾美・理查蒙、史考特・丹肯這兩個名字的旁邊，寫了幾支電話號碼，並說道：「萬一有什麼問題，這幾支電話可以聯絡到我們。」

賽門的孫女接過支票之後，和艾美、史考特互相道別。

這時，史考特伸手攏住艾美的肩膀，一頭赤褐色髮絲的艾美瞬間把頭依偎在史考特的胸前，說道：「好棒的一次買賣！」旋即移開。

「還免費附送一本上世紀末、本世紀初的性愛手冊。」他說道。

「不，這是一本節育指南。」

「我們要那本小冊子幹嘛？」在她挪開之前，他輕拍了一下她的肚皮。

✦

艾美在前面院子挖鬆花壇時，又找到六顆彈珠。她回房間洗澡時，順手把那幾顆彈珠放在咖啡桌上的一只淺碗裡。我把沾在我最喜歡的那顆深藍色貓眼彈珠上的汚泥擦掉，讓它在地板上滾來滾去。

「妳記得買一個捕鼠器回來吧？」史考特一面找書櫃裡的字典，一面在房間裡大聲問道。

「爲什麼？」

「那隻老鼠又開始玩彈珠了。」史考特告訴她，小時候，他曾經在夜深人靜時，在廚房察看吵雜聲音的來源。那時，他用手電筒的強光，嚇住一隻老鼠。那隻老鼠正用後腳直立著，用兩隻前腳爪夾住一顆彈珠，那樣子可愛極了，然後，急急忙忙從火爐底下逃走。史考特相信，現在的住家已經有老鼠發現艾美收集的彈珠越來越多，並且，開始將彈珠散布到這棟房子的許多角落。

我聽到史考特的腳步聲正從前廳走進空間比較寬敞的那間浴室。浴室的水聲，嘩啦啦的流著，他告訴艾美，很想跟她討論生孩子的事。過去幾天來，他已經好幾次跟她簡短的提過想生孩子的事。他說：「春天到了，生機勃發是自然之道。」

「情慾發動的季節，是在秋天。」艾美回答道。

「不對，頭上長兩支角的動物才是在秋天。」他反駁道。

我總是非常欣賞這種充滿幽默感的對話。

晚餐的熱氣氤氳，飄進客廳。史考特去掀看長柄鍋內加了奶油和大蒜的煎烤明蝦熟了沒有。而燉煮義大利麵時，空氣中飄散著新鮮檸檬的濃烈味道。

又過了一會兒，史考特問道：

「艾米絲呀！妳幹嘛把抽屜和櫥櫃裡的東西通通搬動了呢？」

自從我到這裡兩個星期以來，他們家秩序大亂。他們發現家當細軟若非在原處被重新排列，就是放到了不同的地方。收音機會突然隨興轉台；許多書本出現在不該放書的地方，而且打開著；奇奇怪怪的敲打聲音，常常打破家裡的安靜氣氛。彈珠有時會從冷氣機的通風調節裝置掉下來，落在有點坡度的地板上滾動著，他們被弄得一臉茫然，我卻感到好玩極了。

第一個星期，他們夫妻互相指責質疑，爲什麼電視機和CD唱盤在他們接近時，開關會自動關上；可是，一旦他們走開，這些電器的開關卻又自動打開。史考特已經換過三次遙控器的電池。可是，當我把遙控器的電池一併拿走之後，電視機和CD唱盤時開時關的狀況還是不斷發生，面對這些怪異現象，他們站在客廳中間哈哈大笑。面對這些荒謬的事情發生，他們先是大笑一場，接著兩個人緊抱交纏在一起，大嚷大叫。數分鐘後，他們沿著走道一路褪去一身衣物。

我想，這是他們將來會最懷念的——「性趣」一來時，想要纏綿就纏綿。這也是爲什麼兩個人一直都無法決定何時生小孩的原因。我很想在她的子宮帽上刺個小孔，或是把他的保險套丟到戶外，迫使他們做出生小孩的決定。但那樣做違反我一貫的原則，而且我向來不會這樣直接干預。

一個小時過後，赤身裸體的史考特手裡拿著一杯橘子汁，走進客廳來。我正自得其樂，看著彈珠繞著天花板上風扇周邊的橢圓形軌道不停的滾動。史考特走進來時，那些彈珠掉了下去。史考特把臉轉向冷氣機的節氣門，一面小口喝著果汁，一滴淺黃色的橘子汁掛在他的下巴邊緣。我的靈體的嘴唇輕顫，想起以前曾經有一次一口氣連吃了五個薩摩蜜橘，那種酸味隱隱約約，一直吃到最後一口都是甜蜜滋味。我想像著用我的舌端將那一小滴橘子汁移走，但是，那味道應該已經模糊不清。等他看到那一滴橘子汁懸浮在半空中，會讓他嚇出毛病來。

「我們必須對這些鼠輩採取行動了。」他說道。

艾美拿一件四角內褲來給史考特穿，在他的臀部上捏了一下。

看到史考特寬厚有力的臂膀，讓我不由自主的想起安德魯的臂膀來。

艾美和史考特的左鄰右舍，都很好相處。住在這裡，除了偶而傳來電動工具的操作聲，或是遠處孩子的叫喊聲外，我只聽到早上和晚上才出現的車流聲浪，以及大自然的風聲。跟住在紐奧良經常聽到的尖銳刺耳的聲音相比，我不太習慣這裡的寧靜。我還記得我的故鄉還不曾這麼忙碌、擁擠、不平靜時的情形。在那裡曾經一度可以安靜的到處溜達，天南地北的聊天，看著叮噹作響的街車緩慢的行駛，街車的薄輪胎緩緩壓過砂礫的地面——一種令人感到溫暖的聲響。年復一年，各種嘈雜的聲音成倍數在成長。對於這些事情，我有些遺憾，但是，我也很依賴這些嘈雜的聲音，我必須靠著這些嘈雜聲哄我入睡，這些聲音就像不曾間斷的思緒一樣。

我偷偷溜到這個新家的前廳，坐在一張舒適的搖椅上。那時已近午夜時分。屋內的人全都睡著了，鼾聲四起，就像老人家睡覺一樣，他們有時發出呼嚕聲，有時呻吟三兩聲，有時發出劈啪聲。在我的右手邊，這座書櫃佔去一片狹長的牆面。但是，因爲有這座書櫃在，佔據的不只是空間。門廊的燈光，照出書櫃玻璃門上細微的凹陷和起伏不平的地方。我把目光自光線的反射點上移開。

那個晚上，我想研究一下艾美和史考特的一些照片。

就在我看照片的那個當下，如果他們湊巧晃進這個房間，一定會看到那個裝照片的盒子，平躺在那張搖椅的位置上。我讓那個照片盒子進入我的靈體，我沒有必要爲自己弄一個可以擱置東西的膝蓋。如果當時他們走近那張搖椅——而且，他們身體的感覺非常敏銳的話——那麼，一定會覺得那裡的空氣有了變化，就像靜電瞬間通過身體一般。他們一定會看到那個盒子的蓋子，往上面移動，接著朝向右邊，最後，放在地上。他們也會看到一張照片，從那個盒子裡面浮上來，懸浮在一定高度的虛空中，並保持一定的角度，就好像有一個人拿著那張照片在看似的。他們一定以爲自己夢遊，仍然在睡夢中。他們一定猜不到，他們目睹了在空氣、照片和我之間，出現一種電磁能量將彼此聯繫在一起的情景。

從那個照片盒子裡，我看到的第一張照片，是史考特和艾美兩個人坐在游泳池畔，腳泡在水裡。不過，艾美的左腳並沒有泡在水裡，她的左腿在史考特的右膝蓋上方，朝著相機鏡頭方向踢水。他們兩個人的臂膀交纏在一起。艾美的衣服上面套著一件T恤。在他們兩人的背後，有一位留著別西卜①般鬍子的年輕男子，雙手張開，靠近他們肩膀的姿勢，準備把他們推下水。我眞希望能看到下一刻發生的事情：他們兩人掉進游泳池裡，猝不及防、水花四濺。

①別西卜：Beelzebub，是基督教聖經中的鬼王。

我很想知道，他們掉落水中時，如果未能屏住氣息，而讓水在瞬間進入他的的肺部，在可能致死的驚恐讓他們浮上水面之前，肺中有水會不會讓他們有一種熟悉的感覺？

在一片漆黑的薄膜中，沒有空氣，四面是水，我從來沒有想到我死亡的時候和出生的時候是同樣的情況。

✦

我過世那一天，離家前，瞄了一眼爸爸當天看的報紙，注意到上面日期是一九二九年七月十日，才想到已經從杜蘭大學畢業將近一個月。不管我怎麼努力讓那幾個星期的時光盡量過得充實，那段時光都已飛逝如梭。

我穿上最喜歡的綠色無袖洋裝，走在綠蔭下的街道上。炎熱的天氣，溼透了全身。我希望我的另一件泳衣放在安德魯的家裡，因爲我非常想泡泡水。如果那件泳衣沒有放在他家，我就裸泳。安德魯的父母親正在瑞士的阿爾卑斯山區渡假，以避開夏天的蚊子和熱帶的炎熱。而恩瑪蓮也出去購物，要等到準備中餐的時間，才會回家。

我加快我的腳步，沿著聖查理大道往前行走，一個大學男生開著一部雙門小轎車，示意要送我一程，我對他嫣然一笑。他留著一頭史考克髮型，由於天熱，溼答答的頭髮貼著頸部。他看來很眼熟，可能是以前在一、兩次舞會上，曾經前來向我邀舞的人。

「謝謝。」我回答：「但是，我現在在做熱身運動，活動筋骨之後，再去游泳。」

「妳介意我也去嗎？」他問道。

「不，今天不方便，小伙子。」

他的車子開走，我就站在路邊，突然想到，要讓安德魯驚喜的禮物，還放在我的梳妝台上。我的舌端還殘留著一小片葡萄柚。我想到回家，順便把牙齒刷乾淨（剛剛出門前也忘了刷牙），然後悄悄地用一個小袋子把那個禮物帶出來。沒有人會注意到，也沒有人知道。不，也許。

那個禮物可以改天再給他。

我把藏在紫色九重葛後面的一把鑰匙拿出來，打開安德魯家的後院大門。靠近游泳池的後門並沒有上鎖。我發現我的泳衣就放在安德魯的書櫃最底層的一個抽屜裡，那個抽屜裡他存放著我放在他家的東西。

當時，游泳池的水，把我吸到深層水位的地方，我的身體抗拒著池水的拉力，一直快速旋轉。屋子裡那座老爺鐘敲響了十次，我懶洋洋地在水道中往返游了幾圈之後，鐘又敲響了一次，那是十點三十分的報時鐘響。他和華倫有一場網球比賽，還沒回到家。我劃開泳池的水游向池底，看到光的彩帶把我編織在一片光影中。當我浮上水面後，我爬上去再作一次潛水。我搖盪一下身子，讓褲管和緊身胸衣回復到正確的位置。我很想褪去一身的衣物。

「想像一下，當他發現朝向天空的，不僅是我赤裸的腳時，他會有什麼表情？他會不會——？」

想著這句話，我的身體跟著往下沉溺。一秒鐘的黑暗，兩秒鐘的黑暗。隨著時間一分一秒過去，我身邊的光逐漸變得通透明亮。我下潛穿過我的思緒，然後才進入水中嗎？在我潛入水底的最初時刻，當我的肺還沒有開始變得如燒灼一般，以及忘掉在水面上時間還繼續往前走時，那是多麼寧靜的一刻。

一股夢幻般的衝力充塞我的肢體，將我像一縷輕煙般地舉起。我不斷在消失，被一場沒有重量的夢吞噬——喔，不，我一直被向上拉起，拉出水面，拉離泳池。

一切歸於靜止。

隔著一層微弱的餘光，我的視線模糊不清。我浮在水面上。

這時，安德魯忍住笑意走向游泳池邊。他這一次並不是來讓我嚇他的。他以前也看過我這樣的情形。他動作緩慢地脫掉鞋子，脫掉襪子、脫掉網球衫，拿掉腰帶。後來，他解開白色褲子的褲腰，但還是穿著。他跪在池畔，把我從水裡拉上來，把我的身體擺正，靠在他的身旁。他光潔的臉龐靠向我的頸項，但是，這次我毫無反應。他開始搖晃我的身體。

他的耳朵靠近我的嘴巴，右手伸進我泳衣內左胸下方的地方。然後他抽出手來，用他的手掌在我的橫膈膜上施壓。當他用手指慌亂地察看我的後腦杓時，我的頭部也跟著擺動。他發現我的身體有腫脹的地方，那是我在池畔不慎滑倒時，背部撞到水泥地後掉進水裡所造成的。我的身體餘溫猶存。他把我放在他的膝蓋上，緊緊的抱住我，好像永遠不讓我離開他似的。

我從未聽過男人心碎的聲音。

這時，面帶微笑的恩瑪蓮從後門走進來，提著一個購物袋。恩瑪蓮聽到安德魯在慟哭——哭到氣息不繼、心神失喪。恩瑪蓮的眼神顯得相當恐慌，她馬上丟下所有東西，衝向我們這邊。她的影子正好遮蓋了我們兩個人的頭部。恩瑪蓮的手碰觸到安德魯濃密、捲曲的黑頭髮時，他從我的頸項間抬頭向上望。恩瑪蓮的手摸著他的臉頰，手上沾滿了他的淚水。她不發一言，淚水汩汩而下，流淌在她的黑色臉頰。

安德魯一再搖晃我的身體，用輕柔的聲音唱著搖籃曲，不行，不行，不行，不行，不行。他不讓我走。恩瑪蓮跪在他的面前，撫摸著我溼答答的鬈髮。最後，恩瑪蓮再度觸摸安德魯的頭時，安德魯才讓我躺平，輕吻我的雙唇，並將我掛在頸部的銀色紀念盒墜子取下來。然後，一路走進屋子，沒有回頭。恩瑪蓮在我的前額畫了一個十字。

我每天從清晨到薄暮在池畔附近流連徘徊，前後長達一個星期。那種模糊、沒有方向感的感覺一天比一天減弱。我的軀體不見了，不過，無論我現在變成了什麼——我最後的念頭，最後的一口氣所集結成的總體——已開始成形，雖然還是模糊不清。

幾天以來恩瑪蓮忘了澆花，賽門幫忙她澆花，我跟隨在賽門的後面從後門走進去。我飄盪到安德魯的房間，他不在那裡。我從書櫃玻璃門反射出的影像，發現有一個矮小男子的模樣，出現在我的視線內。他有一張像是默片中的顆粒狀的臉，穿著一件寬鬆的上衣，配上一條緊身褲子，肩頸部披著一件褪色的天主教修士穿戴的肩衣。

「我是諾柏，我是來歡迎妳的。」有人跟我說話。他的英語帶有法語抑揚起伏的腔調。他有一對巨大的眼瞼，相形之下，也很大的鼻子和薄、長的嘴唇就不是那麼引人注意了。我知道他的頭髮應該是金黃色的，我眞的可以感覺出來——但是，那頭髮現在看來沒有顏色，令人無法理解。他問我：「妳叫什麼名字？」

「瑞芝拉・諾蘭。叫我瑞芝就行了。」我發現他正盯著我看，從頭到腳仔細的看，我也往下看。我只是一團模糊的東西。我問道：「我迷路了，我現在在哪裡？」

「妳是剛來的。很快就到了。」諾柏一面說，一面凝視著安德魯的房間。我想這個人覺得他看到了城堡。

「妳知道妳發生了什麼事嗎？」諾柏問道。

「我溺水了。」

「妳有什麼問題想問嗎？」

「我們現在在哪裡？」

「我們處在陰陽交界處。」

「什麼是陰陽交界處？」

「我不知道。」

「我們是什麼？」

「這個，我也不明白。」

「所以，我們繼續做我們的事，好像我們不曾死過——現在也沒死一樣？」

「喔，不可能那樣，妳很快會在聽覺、視覺、嗅覺方面出現超乎妳所能想像的情況。妳的形體將會改變，而且，妳也可以輕巧的移動靈體，穿梭這個世界。妳能夠變一些戲法，那些身處陰陽交界處者也能觀察到這些戲法，其中有些戲法，活人也可以看得到。要注意妳的觀眾。」

我保持沉默，我所在的地方聽得到他的聲音，但我並不是很接近他的發聲處。

「我們這裡有些守則，這是我們都要了解的。」諾柏說：「首先，不要纏著你心愛的人。妳高興去那裡，就可以去那裡，隨便任何地方都可以去，但是，一定要離開妳心愛的那些人。其次，不要在妳的墳墓周遭流連徘徊，回去作簡短探視就夠了。可以的話，大概在死後七天回去看一下就好。最後，不要碰觸。今後，妳什麼都不必碰觸了。」

「爲什麼不要碰觸呢？」

他用小手拂拭著原來是我的面頰的位置。我知道他在碰觸我，但是，我所感覺到的是一種非常奇特的原始顫動。沒有肌膚碰觸的感覺，完全不熟悉的感覺，空空洞洞的。他說：「我會很快回來看妳。祝妳好運。」

諾柏隱入牆壁中消失不見。我從窗戶看出去，看到他已經飄過游泳池水面，穿過鐵門的狹窄柵欄離去了。

✦

四月某日的薄暮時分，史考特坐在前面的門廊上。他打著赤膊，厚實的身體倚靠在一張白色桌子的桌緣上。他仔細看著擺在眼前的拼圖，拼圖的各個角落已經慢慢在成形。這時，一陣微風吹動院子裡的梔子花，史考特本能的抬起頭來，迎向梔子花的香氣。當他吸氣的時候，我很想查探他的肋間肌肉慢慢形成的緊張狀態。

艾美站在敞開的前門看著史考特。她的目光順著著他身體的曲線，從頭頂到胸部。最後，視線焦點落在他的眼睛上，他的眼睛正在掃視桌面，尋找一塊引起他興趣的拼圖。她手上拿著一個包裹走向他。他伸出手來撫摸她的手臂，沒有抬起頭來。

「你今天早上跟運動伙伴們快活地去晨跑了嗎？」她抓了一下他的後腦袋。

「太棒了，這種天氣跑十英里的路，好像就只跑兩英里那樣輕鬆。」他厚重的背部靠到椅背上，說道：「雖然有一位新手加入我們的晨跑團體，她還不能跑得很遠。不過，她可能想藉著同儕壓力，或是同儕支持激勵她參與慢跑。」

「我的運動好手！」艾美誇讚著他，她的手往下滑到他的第一節脊椎骨。

「不要再往下了。」

艾美把手移到他的頸項之間，手指用力摩擦他的頸間，隱約可以聽到摩擦的聲音。他被摩擦的刺激弄得渾身舒暢，輕輕呼出氣來。

「我警告妳。」史考特反手拉她坐在膝蓋上。

「放開我。」她咯咯的笑著，把那個包裹放在桌子上。

「我興奮起來時就不由自主。妳太小看自己的魅力了。」

他們安靜的大約坐了一分鐘。艾美開口說道：「這是給你的。」

史考特一面用右手從那個包裹裡取出一本書來，一面說道：「謝謝妳。」他打開那本書的封面，翻到書的摺頁，先睹爲快。

「我注意到你最近對於世界上的宗教非常熱中。我不記得你曾經從印度教之中學到什麼東西。」艾美一面說，一面用手壓他的胸部肌肉。接著，她又說道：「我看那座令人喜愛的新添購的書櫃，不久就會裝滿讓你著迷的東西。」

史考特的右手已經一路滑到她的膝蓋，說道：「著迷什麼來的？」

「喔，你除了迷上拼圖，愛上晨跑和精釀的啤酒外——還有一個接一個的已故總統傳記，其中又特別讓你感興趣的是老羅斯福、小羅斯福、富蘭克林相關的事情，這些又導致你迷上曼哈頓計畫的大量歷史故事。接下來——」

「我是屬於具有好奇心的那種男人。」

「對，一點不錯。」

「而且，妳隨時會讓我著迷。」史考特的手滑到艾美的左大腿中間的部位。她放輕鬆的貼在他的胸前。他乘機在她的前額獻上深情的吻：「你工作順利嗎？我的艾米絲？」

「我一直很好。」

「自從你的祖母——」

「的確，我很好，過一天算一天。」

他雙手緊緊的擁她入懷，並問道：「妳現在覺得怎樣？」

「感到很滿足。」

「好，那麼，我們是不是可以……」

「現在不行。」

「妳不知道我要說什麼！」

「我知道你要說什麼。」她把他推回去，「現在很安靜，很涼爽，你很溫暖。這樣就夠了。」

✦

艾美打開後門步履沉重地走進去時，牆壁上的時鐘正好敲了八下。有幾張素描和一本平面設計的商業雜誌，在她的紅色公事包上面翻動著。在購物袋上層的那些萵苣，放得並不平穩，頂在她的胸前。我加進一陣穿堂風之中，風中瀰漫著花粉，花粉粒在風的旋轉下形成橙黃色的螺旋式手鐲狀。當我進入廚房時，艾美頻頻打噴嚏。她把那個購物袋拋在地上，幾乎不管袋子裡裝著什麼東西，並扭動肩膀，使她身上具有東方風格的短外套更貼身。

她的呼吸很淺很弱，我想她的手指一定發青。我故意把放在櫃台式長桌桌角的一本書推到地上，那本書重重摔落，突如其來的聲響，使她迅速轉過身來，深深吸氣。

「一定是我進來時撞到了。」她一面把那本書撿起來，一面喃喃自語。

「我就知道是妳回來了。」史考特走進廚房，身上還穿著在製藥實驗室工作時所穿的衣服。在那件衣服的胸前，還留下一塊沾到液態抗生素的污漬——像是一個變形的乳頭，呈現紫紅色。他湊近她的鬢角，輕輕一吻，並說道：「妳媽媽剛剛打電話來。」

她自顧自的將採購回來的雜貨收拾好，並沒有轉身面向他，問道：「她的聲音聽起來還好嗎？」

「我想她還好。她仍然處在驚慌之中。」

「仍然？」

「爺爺他原本無病無痛，突然變這樣子。」史考特從她手中拿了一罐東西，走到廚櫃，從裡面取出一個盤子。他說：「而且，妳祖母過世了——什麼？——已經三個月了？在幾個星期中發生這麼多變故，夠人受的。」

「我想是吧。」

「妳媽媽還是認爲，他是因爲對妳祖母的悲慟而過世。」

艾美面對著史考特，手裡拿著一罐東西，好像要把那罐東西丟向史考特似的。她說道：「沒有人會因爲憂傷過世，那像是因爲心碎了而過世。這是不可能發生的事情。人類的求生意志，永遠都比憂傷的情緒來得強烈。如果人們就這麼輕易的死掉，那麼，這個世界一定會比現在空空蕩蕩得多。」

「妳眞是一位現實主義者。」

「就像他一樣。」

史考特打開微波爐，取出一盤義大利麵。一時之間，廚房內充滿大麥、番茄、香菇、胡椒、洋蔥、香草和紅酒等各種香味。

「要一點沙拉嗎？」艾美低下頭打開冰箱。

「好，給我一點。」史考特把一個濾鍋放進洗碗槽裡，站著將背靠在櫃台式長桌邊，看著艾美。史考特的下唇輕輕動著，丟出一句不吐不快的話：「艾米絲，我知道碰上有人過世，人們的心情通常會很不好，這很正常。我的祖父過世時，我也很生氣。但是，妳面對這件事的過度反應，嗯，可就很不尋常。」

「那麼，我該怎麼反應才對呢？」她一面回答，一面拿削刀削著胡蘿蔔。

「就像妳爲那件事情傷心一樣。」

「他的年紀很大了。所以，他的死並不是非常令人震驚的事。」

「是啊，但是沒有人料到會發生這種事。」

「同樣，也沒有人料到桑妮祖母會過世呀。」

「沒錯，但是，妳對她的過世非常哀傷。對他的過世又怎樣呢？」

「我跟她很親近。」

「我知道。但是，妳對他的過世應該也有些感覺吧，沒有嗎？」

艾美轉身說道：「我跟棻爺爺從來就不親。我想，我也愛他。但是，我對他的死並不感到哀傷。我們從來就沒有交集。我的祖母才是我懷念的人。」她轉身拿取沙拉。

「妳媽媽告訴我，他如何處理她的身後物了，妳爲什麼都沒跟我提起？」

「我氣得不得了，他把她的東西全都丟掉了——她的衣服、鞋子、珠寶、枕頭和牙刷。媽媽一直到上個星期去拿保險櫃的鑰匙時才知道這回事。她找到幾本相簿——祖母才剛剛開始將那些相片收集在一起——可是所有那些原本零星散置的相片，全都不見了。她收集了好幾代的照片。其中有很多是她年輕時的照片——我答應過她，我會將那些相片掃描儲存在電腦裡，然後，寄發給每位親友。但是這件事我一拖再拖。」

史考特的雙手攬在艾美的腰際之間。艾美則敷衍的在他的手上輕輕一拍。史考特說道：「我覺得很難過，艾美，妳是一個好孫女。沒有人比你更愛她。」

這時，微波爐嗶了一聲。艾美回話道：「謝謝，你去看一下微波的義大利麵好了沒有。」

✦

我的祖父在一九一九年六月六日過世。如果當時他能再撐幾個星期，就到七十歲生日了。他一直希望能活著度過一個圓滿的、整數關卡的七十大壽。他希望能活到一九二〇年代，就可親眼目睹性能更好的汽車和飛機。

我的奶奶說，就某方面而言，祖父很不願意錯過任何東西。

那段時間，奶奶跟我們住在一起，媽媽已經不再帶我去拜訪那些主張女性擁有參政權的朋友。我非常想念偷聽母親和女性友人聊天談話的往事，不過，只要我不吵鬧，我的祖母都任由我自在的玩耍。我已經十二歲，比較懂事了，可以控制衝動的行為。

我帶著一大堆書本，走到後面門廊。我把鞋子踢掉，讓穿著襪子的腳丫在微風中輕輕搖盪著。我把衣服疊在一起，放在兩條大腿的中間，當做書墊，書本就擱在上面。家裡有什麼書我就看什麼。我最愛愛倫坡、馬克吐溫和狄更生等人的小說，藉此娛樂自己。我也讀醫學的書籍，以便了解那些可能讓我變得不成人樣的可怕疾病。我也看祖母的藏書，消磨時間。

有時候，奶奶也拉來一把搖椅，放在門廊的某個角落，坐著不發一語。我感覺到她的眼睛盯著我，當我翻動書本時，她盯著我看。

她問道：「我曾經告訴過妳，那一年我被診斷出罹患神經衰弱症的事情嗎？」

「沒有，奶奶。」關於這個問題，我回答過一千零三次了。

「喔。」她的語氣憤憤不休，整支眼鏡已經滑落到她的圓鼻頭的位置。「當年，妳的祖父在二樓有一個房間，他把那個房間改裝爲我的療養室。他讓幾個傭人上樓去把房間裡的東西通通搬走，只留下一張床舖和一把椅子。他們將牆壁全部漆成可愛的菱形圖案。妳祖父居然讓他們將窗帘掛在窗戶的外面，以阻擋陽光照進屋內，妳能相信嗎？」

「眞是可怕！」

「的確如此。我不能讀書、不能寫字，也不能做女紅。他們給我吃的東西比給嬰兒吃的還淡而無味。」

我一面將手肘上的一塊結痂除掉，一面在腦海回想著剛剛聽到的那段往事。只有那神情高傲的醫生和祖父才有那個房間的鑰匙。我的祖母並不是瘋子，只是心情壞透了。但是，在那樣的時代，沒有人知道還可用什麼其他方式來對待這種女性，她們覺得做一個女人是令人無法忍受的乏味與無趣。當她無意間聽到醫生的建議：「把造成歇斯底里的來源通通切斷」時，她已經被關在那個房間長達四個月以上了。這就是她想到必須脫逃的原因。當她告訴醫生和祖父他們想聽到的東西時，她也說服每個人，她的身心狀況已經好多了。她說：「喔，我的無精打采感覺通通不見了。我現在知道，我必須把更完整的自己獻給我的家人。過去我偶爾出席的朗讀會和公開演講的場合，只是愚蠢的活動罷了。我不會再去參加了。」

奶奶從那個房間被釋放出來之後，臉色比以前更蒼白、身體更形消瘦，心情也更激憤不已。她馬上以討論重新裝潢房屋爲由，哄騙祖父進入房間，並藉機將他鎖在房間裡長達三天之久。她和孩子們在地板上吃東西，美味可口的香氣就從房門底下的縫隙飄了進去。奶奶還故意把鑰匙放進鎖孔裡轉動而不打開來，藉此戲弄我祖父對於自由的渴望。

她正要告訴我，我最喜歡聽的那一部分。就爲了這個，我把奶奶當做最可親的人。

她說：「而且，我也告訴他，如果他要是再聽信任何一位精神科醫生的話，我會把他的頭髮理個精光，再把他送進官府法辦。」說著，說著，她就吐口水，紮紮實實的大口口水，應聲飛出門廊的欄杆。

奶奶離開她先生爲她特別設置的家中密室之後，非常相信已經過世的姊姊有好幾個星期都來跟她說話。以前，她並不堅信宗教，可是，自從被放出來之後，她信得很虔誠，經常參加宗教活動。我小時候，每次聽到她說這件事情，都被嚇得緊張不安。後來，我學會看書自娛，看到十九世紀福克斯家那些愚蠢的女孩的事跡而覺得很可笑。福克斯家那三個女兒欺騙了每個人，讓大家以爲她們腳趾所發出的喀嗒喀嗒聲，是亡魂史普利福特先生發出的一種敲打聲音。

「我才不相信那是你姊姊在跟你說話，那是因爲幻覺作祟。」我說。

「眞的，她是從『夏日之地』趕來跟我說話，她知道我非常想念她。」

奶奶不知道我幾乎遍讀她擁有的安德魯・傑克遜・大衛（Andrew Jackson David）的舊版本的書。她所相信有一個像天堂的「夏日之地」的說法，就是大衛在書中提到的。他說「夏日之地」離地球有五億英里之遠。他認爲那是我們過世之後，和自己的眞情伴侶與父母親再度相聚的地方，在那裡，靈魂飄浮於永遠學習的境地。她相信那些魂魄可以被我們召回到地球，與生者溝通。我對她的這種想法感到很受不了。

「嗯，奶奶。」

「這是眞的，妳的祖父，已經在上帝懷中安息了，他從遙遠的地方捎來一個訊息。」

「那是靈媒玩了一點把戲，欺騙妳的。」

「瑞芝拉，妳的祖父來跟我道歉過了。」

我知道我最好不要告訴奶奶，我在降神會上躲在一個小書桌下面，看到了什麼事情。反正奶奶也不會相信我說的話。那個靈媒首先在一個信封上寫下祖父的名字，然後將那個信封貼在她坐的那張桌子的一個側邊上。她又拿了一個同一形式的信封，在上面寫下祖父的名字，並把那個信封和一張空白卡片全部交給奶奶，要她寫上一個名字、日期和一句話——那是一句對亡靈說的暗話。就在奶奶把放了她的機密紙片的那個封好的信封交給靈媒時，那個女人就把那信封和她預先藏起來的那個信封掉包。當那張假的卡片被燒掉去招引祖父的靈魂時，靈媒便透過那個薄信封，快速偷看了奶奶寫的紙片。「他感到抱歉嗎？」那紙片上一定是這樣寫的。

「不管怎麼說，妳的祖父和我一生始終相愛不渝。」

當時，我對愛情多少有些了解。吉米・雷諾在兩個星期之前，才偷偷塞給我一張字條，上面寫著：

妳喜歡我嗎？

□喜歡　□不喜歡

我在喜歡那一格打勾，趁他們男孩子在空地上打棒球時，又把那字條偷偷夾在他的算術課本裡。隔天，他誇張的嘟起嘴唇吻我。我眞想知道，如果他的嘴是平的、柔軟的，吻起來不知是什麼感覺。

「妳等著看好了。到時候，妳會什麼都不想要，只想完全獻給他和寶貝孩子。有了孩子，妳會很幸福。」我祖母像以往一樣如此說道。

可是，這一回我有新想法：「我不知道我會不會想要孩子。」我的手扭絞著辮子，把頭髮弄成像是長了鬍子的蛇的樣子，一面說道：「我對其他事情比較有興趣。」

「女孩子應該要有一些興趣，但是，終究妳也要有小孩。」

「但是如果我不想要孩子，我就不會有孩子。」

奶奶笑著說：「喔，親愛的，那是不可能的。」

「奶奶，我不要小孩。我看過的書上提到，好幾年來，有些歐洲婦女不生小孩。」

「歐洲的婦女？」奶奶很受不了歐洲人。兩年前，歐洲人吵來吵去，爆發了戰爭，她的小兒子被送進世界大戰的戰場。羅傑叔叔也曾經想過要把戴著尖頭頭盔的匈牙利人砍頭。

「奶奶，桑格夫人在一本小冊子裡這樣寫的。」

奶奶的眼睛睜得大大的望著我：「那個女人是誰？」

「她是一位護士，她告訴窮苦人家的婦女不要生育小孩。」

「妳從桑格夫人處還讀到那些東西呢？」

「沒有了。」我騙她。就在德拉寇太太的房間，我還瀏覽過兩本以前不曾看過的雜誌。我也同意那本雜誌的觀點。我想，幫助婦女不生育孩子，要生的話就要把孩子養得很健康，這件事很有道理。

「聽我說，瑞芝拉。生育小孩是婦女的責任。這也是受祝福的事。想想那些想到人間來的小靈魂，我們怎麼可以變成阻礙他們來投胎的人呢？」

「也許並不是所有的婦女都應該當母親。」

「胡說。」

「那又怎樣？如果她們不生，那又怎樣？」

「那麼她們要做什麼呢？」

「當飛行員怎麼樣？或當藝術家？當醫生？」

「沒有比當一位母親還要強烈的願望，瑞芝拉。妳很快就會知道這一切。」

那天晚上，我把《家庭節育》那本書藏起來，藏在我最喜歡閱讀的書籍中。這本小冊子是我從德拉寇夫人那裡拿回來的。我在生氣之中入睡了。我的奶奶一直都無法原諒祖父禁止她對新奇世界的探索，可是，奶奶卻固執己見，期望我步上與她同樣的命運。

我絕不會走上那樣的命運。我對自己發誓，有一天我一定要成爲一位醫生。而且，我也要讓每個婦女都可以選擇，是要成爲擁有六個小孩的母親，或是成爲發明之母。

這幾天來，我都在靠近書櫃的搖椅上，覺得煩躁不安。有一天晚上，我尾隨艾美和史考特共赴週末的約會。他們先去吃披薩、喝美酒、吃乳酪蛋糕，後來逛進一家書店。

他們隨意瀏覽剛上市的新書，後來，史考特說他想看看宗教的書籍，便逕自走去。艾美瀏覽了幾本書的封面，又看看書背的作者簡介。後來，她又看了一本介紹當代室內設計的書。這時，有兩個十來歲的少女從她身邊走過，一面評論著她身上穿的橘紅色的尼赫魯夾克。艾美並沒有聽到那兩個女生的談話，也沒有留意到有一位金髮碧眼、皮膚白皙的男子正站在特價書專櫃那邊，偷偷的盯著她看。艾美一頭完美的赭紅色捲曲秀髮，攏靠在一對長得像貝殼般的耳朵後面。令那個男子的褐色眼珠看得發直。那男子的襯衫燙得平整，穿著一條筆挺的黑色褲子。毫無疑問，他是一個小時前才刮過鬍子。我故意推倒一本書，讓它掉到地上，試試看那個男子會有什麼反應。艾美伸手去撿書。

「喏，讓我來。」那位男子說道。

「謝謝。」她給他一個禮貌性卻帶點距離的微笑。

他慢慢伸出一隻手，露出完全沒有半點皺摺的袖子。他似乎沒有注意到，或者並不在意艾美的手上戴著一只結婚戒子，說道：「很奇怪，妳說是不是？」

「要看你怎麼看。」

「我也喜歡神祕的東西。尤其是眞正發生的事情。」

艾美點點頭，她完全心不在焉。

「妳來美國遊覽嗎？」他問道。

「不是，爲什麼你這麼想？」

「妳說話帶有歐洲腔的美感。還有頭上戴的那頂可愛的貝雷帽，跟妳的眼睛很配。」那個男子的身體靠在最近的一個直立式書架旁。他把襯衫拉平，從胸骨到腰際的部分。

「我喜歡你的鞋子。」艾美說道。

從我所在的位置看過去，剛好看到史考特正搭著電扶梯下來，他的兩手空空如也。他看到艾美和那位沒有惡意的搭訕男子站在那裡。他瞄了一眼，但是，並沒有半點懷疑。史考特似乎想看清楚那個跟他太太搭訕的男子的長相。他走到一樓時，卻來個左轉，帶著愉悅的表情微笑著，不久便晃進一列一列的書架之間。艾美並沒有看到她的先生從附近走過。

「我正想喝杯咖啡，這裡的咖啡好喝嗎？」他問道：「這是我第一次到這裡來。」

我的靈體內爆出大笑，幾乎裂開，而且，這個笑聲在空氣中發出啪的一個大響聲。艾美朝著發出聲音的方向看過去，說道：「一定是燈炮爆了。」她看一看書局的二樓，然後，又看一看自己的手錶，並回答說：「喔，這裡的咖啡很好，深度烘焙的咖啡更別具風味，祝你今晚玩得愉快。」

說完，艾美就走開了，那個男子看著她的背影，顯然對於自己搭訕不成功感到訝異。

這時，艾美發現史考特正蹲在地板上，看著通道上的書。

「談得很高興？」史考特問道。

「跟誰談？喔，你是指那個人，那個愛聊天的人嗎？」

「肯定是。」史考特站起身來，伸手拿起書架最上方的那本書，問道：「我們可以走了嗎？」

「你挑了什麼書？」她問道。史考特把那本書交給她，說道：「《密教性愛寶典》（*Tantric sex*）」，她看了一下，揚一揚眉毛。

「我是從妳給我的一本印度教的書籍裡，讀到關於這本《密教性愛寶典》的資料。而且，我看過的一些佛教資料也提到這本性愛寶典。」

「這本書的內容都寫些什麼？」

「都是寫超越性愛的性愛。」史考特牽著她的手。

艾美一聽，吃吃的笑著：「至少你從來不會令人覺得無聊。」

回到家裡，史考特把剛買回來的那本新書，放在還未完成的拼圖上面，然後去浴室沖涼。

艾美則去打開大門前的黃銅信箱，取出裏面的信件。我跟著她走進廚房，她把一堆郵件全都放在廚房的長桌上。她帶著一絲審慎的微笑，打開一個用褐色紙張包著的包裹。裡面是一片影片光碟，附著一張字條，上面寫著：

親愛的艾米絲：

請看我在激動的行動中發現了什麼。我想妳會喜歡這個小小的倒敘回憶。妳提過妳祖父母的事。我會說，也許是美好的記憶。史考特最近可好？告訴拼圖先生，我很想念他。我非常想念你們兩位。

深愛妳的　克洛伊

艾美看完這封短信，把它摟在胸前。她的情緒從深情款款，到充滿懷舊情懷，最後陷入恐懼害怕。她躡手躡腳走進起居室，把那片光碟藏在那座舊書櫃的抽屜裡，放在一疊信紙和盒裝卡片的下面。

「今天信箱裡有什麼東西呀？」史考特從浴室大聲問道。

「一些帳單和購物優待券。」

艾美離開房間之後，我盤桓在搖椅上。我能偵察到安德魯的氣道，儘管艾美已經將抽屜關得緊緊的。那個氣味比平常都還強烈。我知道是我激發出這些氣味來，儘管我無意這樣做。每當我想到安德魯，以及我所思念的他的脈動，就會有嗡嗡聲出現，一次比一次強。我發現我發出了嗡嗡聲，來對抗那種聲音。

我處在陰陽交界處最新結交的一個好朋友，就是李歐尼爾。

大多數處在陰陽交界處的人在他們死後的前幾個星期內，都會選擇留在未知的世界——身後世（beyond）。對他們而言，這個經驗太令人恐慌了，與他們以前被教導的或自己想像的死亡情況，截然不同。沒有很快離開的人，還會保持生前的興趣，或是找到新的興趣，讓自己不停的忙著。在朦朦朧朧的日子裡，日復一日，春去秋來，歲歲年年，他們都學著不要想得太多。

但是，李歐尼爾卻一直想著事情。兩年來，他終於知道爲什麼生前會逃避物理學、義大利文和大提琴的課程。他生前想做的每一件事，他都完成了。形塑他的每一個當下，他都了然於心。這些成就和知識啓發他，這都不是任何人所能預期的。

做爲我的學生，尼爾對我所教過的每一個課程都問過問題。做爲我的朋友，他問我：「爲什麼妳還在這裡？」尤其快到結束的時候，也就是當他知道他必須離開時。他問道：「妳在害怕什麼？」儘管我信任他，我還是無法回答這個問題。

「找出安德魯發生了什麼事情之後，妳就會發現妳發生了什麼事情。」他總是這麼說。可是，一直到上一次，我都未加理會。他在七天內就要前往彼岸（身後世）了，屆時，離他過世的時間剛好滿兩周年。他無法再和我一起慶祝西元二〇〇二年的元旦。

我跟著他做最後一次探訪，因爲他要我陪著他。尼爾不希望對處於陰陽交界時所結交的這些朋友未說一句珍重再見，就離開他們。對我而言，每一個當下都在提醒我，他很快就會永遠離開此地。當我們到達他以前住過的舊公寓時，也就是他最後斷氣的地方，我不發一語。

「妳爲什麼拉長臉？」尼爾問道：「是不是有人死了？」

我不自然地笑了笑。

「我要唱歌了。這樣會讓妳感覺好過一點。」他張開嘴巴唱著。我從洞裡丟下一個骯髒的咖啡馬克杯。「今天很不好過，不是嗎？」

「別在意，事情不是衝著妳來的，我會想念妳。」

尼爾噗地一聲落在離沙發一英寸高的地方。他張開大大的淡褐色眼睛盯著我看，說道：「親愛的，時間到了，我準備好了。」

「我知道。」

「跟著我來。」

「尼爾。」

「如果還有下一個，那會怎樣呢？」

「停下來。」

「來，妳看看。我有東西要讓妳看。」

住在尼爾以前住過的房間的那個人，從來不曾把電腦關機。尼爾抓起滑鼠，上網找到一個搜尋網址，並突然撞上我的靈體邊緣。我終於看著他，但是，並不去看他的手。我不能看到他在敲擊電腦的動作。他的形體完全模糊了，被一團亮光團團包住，就好像他正在通過水中一樣。那一團光令人膽怯，但是非常美麗。

尼爾快速敲打電腦，他敲下安德魯・歐康納的名字。我瞭解了他想做什麼事。他想幫我找到我朝朝暮暮思念的安德魯。

幾十年來，我相信，我都保持一定距離跟蹤著我最心愛的人，這是遵守亡者應守的規矩，在一定距離之外追蹤著摯愛的人。至少，我每年一次把鋼筆拿到空中，用古典的字體，寫上幾張短箋。這些短箋會送到郵局，然後寄給一些會把一個名字叫做安德魯・歐康納的人的相關新聞剪報轉寄來的人。回信的地址經常改變。不過，在做這項工作的好心人長期以來都還記得我。而且，偶而會附上一些訊息給他們的神祕筆友：巴瑞德・布瑞特。他們還祝福我順利完成多年才能完成的傳記。

就在幾個月前，這些好心的朋友，有一位寄給我一份我一直追蹤的那個人的訃聞。我從來沒有問過，我追蹤的這個人是不是的確就是我想找的那個人。因爲從姓名、行爲和言行，那個人的一生，跟我對安德魯的期待，和安德魯自己對人生的規畫，顯然非常一致。但是，看這張訃聞，這位陌生人的出生地是伊利諾州的一個小鎮，這件事在我收過的其他剪報資料卻從未提到。我的安德魯出生於紐奧良，這是我絕對可以確定的事。事實上，自從安德魯帶著兩箱裝得滿滿的手提箱，和夾克口袋裡的兩張前往紐海文市的車票離開之後，他到底發生了什麼事，我完全不知道。

「瑞芝，該死，眼睛不要看別的地方。」就在螢幕上閃示一頁新資料時，尼爾如此說道。他列出一張最近四十年來名字叫做安德魯・歐康納的死亡名單。他說：「我查過這些記錄，這些人沒有一位是在小的安德魯出生的那一年出生的。甚至，連在他出生年的前後一、兩年出生的也沒有。」

「你的意思是？」

「你的安德魯可能仍然活著，你看看這個。」一瞬間，他又弄出另一張名字的清單。我楞一下，目不轉睛看著。螢幕上有四百五十多個名字叫做安德魯的資料。「看看這些網站會花妳半天的時間。如果他還健在，又怎樣？」

我全身發熱，這間公寓的電流開始嗡嗡叫著，燈光不斷閃爍，接著電源斷了。我問道：「你爲什麼非得這樣折磨我不可？」

「是妳自找的。如果妳從來不認眞想要找到他，爲什麼要一路追蹤他的活動？」

「我並不需要找到他。我把信寄出去，並沒有任何期待，只是確定一下他眞是我所心目中所預期的那個人。你一定要知道，所有瑣細的事情放在一起，都會產生意義。而且，你也知道我們得遵守的規則。尼爾，請你幫幫忙。」

「是的，是有我們要遵守的規則。」他看了一下餐廳的桌子，這時，一個信封浮上來，飄向我這邊，落在我手邊的氣場中。他說道：「我還有其他東西給妳，等妳作好準備，或許就會理出一個新方向。」

我看見信封的左上方，有耶魯大學的校徽。這封信的地址是寄給巴瑞德．布瑞特。李歐尼爾介入這件事，思慮相當周密，使用我的筆名。

我打開看這封來自耶魯大學的信件時，一部分的安德魯氣息逸出。安德魯的氣味充滿了我，像是一種乾淨的含金屬的濃鹽水，隨著熱度的升高而加重。我常常藉著不停的工作，不去想念他，也不想念任何人，頂多只想念他片刻。想念總是不可避免引起回憶泛濫成災，就像大出血一樣，幾乎到了無可控制的地步。我在嚥下最後一口氣之後，我的生命的每一個當下都顯得完好如初，毫不費力就能回想起來，各個環節接合順暢，環環相扣，我無法正確的預測接下來我會怎麼樣。

「信上說了些什麼？」尼爾問道。

「信裡只是證實我已經知道的事情。的確，我追蹤的是一位陌生人。而且，信上提到我的安德魯並沒有從耶魯大學畢業。關於另外的那個人，我知道他是在一九三三年畢業的。這一年，剛好是我的安德魯原本預定要畢業的次年。我原本以爲可能是他多花了一些時間，才完成學業。

所有的事情，都考慮到了。但是，事情似乎並非如此。」說完，我把那封信在虛空中火化了。

「我無法想像你們之間發生了什麼事，但是，像妳這麼這麼聰明的人，竟然自我矇騙這麼久，眞是，糟透了！妳知道，妳最後都會告訴我，談一談帶到墳墓的祕密，在這一點上幾乎是超越了②。」尼爾講了句雙關語，得意的笑著，在光團的背後，他的面容很柔和。他說：「我很遺憾，親愛的。不管那是什麼事情。」

我突然想起安德魯的臉龐，在陽光中，我第一次赤裸著在他的身上伸展我的身體，他的手在我的背後輕撫慢撚。當時，他吸口氣，輕輕的叫著：「我的小妖女。」

✦

放開我，讓我走，拜託你

—受到驚嚇的—全裸的—

---

②beyond，另有「身後世」、「彼岸」之意。

藍色的火焰—明亮的光—白色的朦朧—
溫暖的血液—靜止的血液—破碎的玻璃
—藍色的光破碎了—

2

安德魯睡到日上三竿才起床，在恍惚中把衣服穿好。六個星期來的哀傷，讓他很不穩定，今天，他的身體顯得虛弱，一臉酒醉後的疲態。他伸手去拿手錶時，撞到了受傷的手。他的眼神茫然但充滿怒氣。等到他的目光不再渙散，他選定單一目標，走向臥室通道的中央。他準備出門用中餐，卻沒有跟母親或恩瑪蓮打一聲招呼。他的母親和恩瑪蓮互看一眼，對於他這種失禮的行爲舉止，非常不習慣。她們兩人只知道昨天夜裡有一場暴風雨，其他事情一概不知。現在，她們只能聊一聊暴風雨的話題，對於安德魯的沉默，完全不能置喙。

我心煩如麻，閒蕩了數英里，向東南方的河流踽踽而行。我突然想到，一定得去看看尤金妮亞，南部聯邦女士——諾柏認爲她是一位好朋友。尤金妮亞一直都留在同一個地方，帶著偏執的規律性繞著老家的土地轉圈圈。我走到她的身邊，告訴她一些最基本的事情，那是她必須知道的事。

「妳究竟在想些什麼？」她問道。

「我是多麼想念觸摸他的感覺。」這只是一部分的實情。

「喔，天啊！沒有人告訴妳嗎？永遠無法再觸摸了。」

我聽了不寒而慄，經過幾個星期的嚐試，我曾經學會創造出一個與具體形態相仿的模樣。我知道我的組成分子不再是物質的東西，不像是以前的我，而是一種能量的結合體。我曾經有短暫的幾次在安德魯的雙手下做練習。那時候我操之過急，但是，我確定那種感覺會再回來。殘存的我將重新學會，或重新憶起如何去感覺。

當尤金妮亞一再重複生前有形軀體的最後扭扭舞時，我站在她的身邊。她每天日正當中時都做這種運動。在國內內戰結束之後數個月，她在自家花園裏被昆蟲螫死。

尤金妮亞讓她的形體消失在潮溼的八月微風中，接著，在數秒鐘後她以近乎快走的速度出現了。她調整頭上那頂骯髒的玫瑰色軟帽的邊緣，並問道：「爲什麼你會假設他可以忍受你來自墳墓之外的接觸？」

「爲什麼沒有人警告我？」

「沒有人告訴妳最後那一則規定嗎？」

「諾柏告訴過我。他所說的只是，我再也用不到那則規定了。」我告訴她，我曾試著想得到更多的資訊，以了解爲什麼會這樣。我曾經問過四位遊魂，也就是那些沒有把自己局限在死亡地方的亡者。諾柏只一味微笑表示，經驗是最好的導師。另外有兩位遊魂則好像我的問題挖到他們固守的祕密，他們都拒絕回答。最後一位在十五個月大時，曾被火爐燒傷了手，他跟別人一樣，雖然能記得生前的每一刻，可是，在三十六年的陽世生活中，幾乎沒有實際感受過碰觸的微妙差異。所以，現在他無法了解爲什麼這件事很重要的原因。

我很想哭。

「那裡，那裡，小糖球在那裡。」尤金妮亞在我手邊輕輕地拍，說道：「妳一定要停下來。瑞芝拉，不要再碰觸他。如果妳禁不住，我建議你走開，或一走了之。」她暫停一會兒，用手指去摸她的下巴下方淡紫色的蝴蝶結，說道：「告訴我，妳停止呼吸後，看到多遠的地方？看到身後世嗎？」

「我只看見光。我沒有看到盡頭。我記得我出生時的情形也是這樣。」

「諾柏說看見門。」

「那不是他所珍視的唯一幻覺。」

尤金妮亞眨一眨眼。她也知道諾柏認爲他在過世時，違背了上帝，他拒絕與強迫他觀看他的太太和孩子慢慢死去的上帝見面。「但是，妳認爲有一個終點嗎？」

「不相信，你認爲呢？」

「我不想知道接下去發生什麼事。在蜜蜂攻擊我之前，我的日子過得很快樂。」一隻大黃蜂在尤金妮亞的鼻子上方盤旋，她躡手躡腳，抓住牠放進嘴裡——那一處仍然是空氣。不一會兒，那隻大黃蜂掉到地面上，窒息而死。

「我一直最想做的事，便是走在我的花園裡，欣賞四季不同色彩和氣味的變化。」她又說：「令人驚訝的是，我的靈體讓我充滿著香氣。能感覺到我存在的人，都叫我玫瑰幽靈，因爲我身邊總是瀰漫著玫瑰花香。」

「親愛的，空氣中隱藏著許多祕密。香氣有美麗的頻譜，極細極微。當你學會將這些部分組合成一個整體，就會恢復記憶。」她挺起大胸脯，好像在呼吸一般，說道：「即使現在，他也跟妳在一起，妳的安德魯。他是妳的香氣的一部分，因爲他是妳的回憶的一部分。他是你的一部分，過去如此，現在亦是如此。」

自從我過世以來，我花了大部分時間學習忍受現在所聽到的這種不可思議的聲域，並創造一個具體的形體。我幾乎無法注意到氣味的靈敏度。我暫時將微風藏在體內。木蘭花的毬果再兩個星期都不會裂開，但是，我可以嗅到紅色種籽即將長出的感覺，肉桂花苞的香氣無比濃郁，就像它的色彩繽紛萬千。

「多有趣的把戲。」我想起那個春天的夜晚，我摘下忍冬花的雄蕊，品味著一滴一滴掉入口中的花蜜美食。四月的氣氛突然將八月的空氣染成香氣勃勃。我說：「我們要萃取空氣中的原子，將它們組成分子。」

「我一點也不懂。」她說。她的鼻孔一縮，已經察覺到一股血液和氯氣混合稀釋的臭氣，我知道，但我還是假裝空氣仍然清甜甘美。

「這是基本的化學作用。」

「這類事情都是，我很喜歡。」尤金妮亞拉著她的長袖的袖口說：「回到眼前的問題，小糖球。不要管安德魯的事情了。所發生的事情，就是爲什麼我們會孤獨的離開心愛的人的一個例子。此外，他並不是妳留在陰陽交界處的原因。他是妳拒絕前往彼岸的原因。」

「完全不是這麼回事，我以前告訴過妳了。我並未結束。」

「是的，這是眞的。但是，妳留在陰陽交界處是有一個目的，或許你所以爲的目的，其實並不是那麼一回事。」尤金妮亞用她的手掌，悶死了另一隻蜜蜂。

✦

我又跟著艾美和史考特趕到城外去參加一個聚會，從巴頓魯治西行到拉法葉這一段路眞是風光明媚。我從來沒看過這一帶的路易斯安那州。五月初，沿途的樹木，枝頭露出新綠，充滿早春的氣息。我不時逸出車窗，讓瀰漫在枝椏間的草香花氣撲上我的臉。阿恰發拉雅盆地旣寬闊又淺平。我看著窗外，白鷺棲息在犬牙交錯的柏樹殘枝上。這時，我回憶起往日跟安德魯開著車子，沿著密西西比河河谷前行，想要找個隱密地點吃野餐和甜點，看著空中掠過一群鳥兒的情景。

「從前，這塊地方有油井的鐵塔架，一路排開。」艾美在往小鎮的高速公路出口處附近，看著一片空曠的景觀，不禁說道：「以前有個男朋友說，這些油井的鐵塔架，像是一頭一頭沒有耳朵的馬兒。」

「為什麼？」

「那鐵塔架懸垂的那一部分，看起來像是一匹馬的頭部。」

史考特沒有注意到艾美在回答他的話中，帶有哀愁的意味。我把後窗打開一點點，讓空氣撲面而來。那是一個暗示：曾經有一個男人，他的體膚是艾美很熟悉的。

「好——！」史考特趕緊伸手按下車窗的開關，說道：「這輛車子是不是沒充好電，好奇怪？我周邊這些使用插頭或電池的東西，都產生不了作用。」

「你有磁鐵性格。」艾美說。

「是呀，我一直認為自己很有吸引力。」

「我很有同感。」

「妳真的這樣想嗎？」

史考特咯咯笑著，艾美把頭轉向他。史考特開懷大笑，笑得很開心。

「妳爲什麼不笑？」他問。

「時間倒數二十二分鐘後，將是家庭娛樂時間。」

3

就在史考特和艾美走進屋子時，史考特的手掌按在艾美瘦小的背上。她一手穩定的提著一件漂亮禮物，用另一手去敲門。前門開了。一位老婦人對著站在門廊前的訪客微笑著。

那就是托莉。

她穿著一雙低跟的黑色輕便女鞋，搭配一件樣式簡單的紫色洋裝，脖子上掛著一串眞珠。她的左手戴著結婚戒指，正伸到天鵝絨般臉頰上。她可愛的耳垂上綴著很適配的眞珠耳環。藏在金邊眼鏡後面的，是她褐色的大眼睛。曾經滿頭金髮，現在早已變成一頭白髮，好似白花花的山茱萸花瓣。

我衝過去，猛然抱住我的老朋友。我的動作是出自內心的自然反應。我忘了自己已經沒有形體了。托莉經我這麼一撞，身體搖搖晃晃。史考特和另一個男人伸手扶住她的手肘，幫她穩住身體，我則從逐漸擁擠的人群中溜走。

「托莉姨婆，妳的腳沒辦法支撐妳的身體。」艾美說道。

「喔！嚇了我一跳，妳沒聽到我嚇得心臟撲通、撲通的跳個不停？我的心快跳出來了。」

托莉咯咯地笑著。

牆壁發出很大的撞擊聲音。我馬上讓自己、讓我的能量靜止下來，將那聲音降低下來，這時，人們已開始用眼睛掃視房間搜查聲音的來源。

「妳還好嗎？媽！」那個男子攙著她的手。

「拜託，老媽雖然年紀老了，但是，並不是瓷娃娃。」托莉很有自信，慢慢地跨出步伐，不讓兒子攙著她。

一隻蟲子飛進我張大的嘴巴，再從耳朵鑽出去。我已經將近七十五年沒見過托莉了。當年，我跳上通往席里佛坡的火車，在街頭徘徊很久，後來才找到她的家。那回之後就沒看過她了，直到現在。這時，我渴望能緊緊握住她飽經風霜的手，撫摸那雙修得整整齊齊的手指，直到她手指發癢爲止。

4

托莉從來就不喜歡成爲大家注意的焦點。她反而喜歡專注在單一的事情上，關心細節，讓人們有賓至如歸的感覺。在我們都很年輕時，她已經是非常稱職的女主人。這一點她一直沒有改變。當她舉辦聚會，提供一些吃的、喝的，每一位到訪的客人都會得到最溫馨的招待，她會安排讓每一位新訪客都和其他人逐一握手、互相擁抱。她早年的那份優雅儀態，如今更顯雍容出色，因爲她的動作已經不像早年那麼身手矯健。她把手搭在別人的手臂上，吸引對方的注意，並讓自己的身體保持穩定。

她的笑聲跟以前一模一樣，阿哈哈哈！阿哈哈哈！像打噴嚏似的一勁兒哈聲連連。她一高興，就會毫不保留的表現出來，你從來不必懷疑，她的反應絕對眞實。她赤子般的笑鬧動作，總是帶來滿室和諧。她一開口說話，每個字都會輕輕的顫動著，但是，每句話都很有力，就像她年輕時說話一樣。她擁有一口路易斯安那州北部的口音，說話時，總是像酪奶在流動一般慢吞吞的。到現在她說「不可能」時，還是拉得長長的「不——可——能」。

托莉溜進廚房之後，我就留在客廳裏，在客人之間穿梭，觀察托莉這一家人。今天，不少托莉的孫子和曾孫，從各地趕來爲她慶祝九十六歲生日。無法親自到現場的全球各地的親人，便寄來卡片或鮮花。在一樓的各個房間裡，托莉的兩個兒子和女兒到處穿梭走動，招呼聚集在一樓的堂表兄弟姊妹以及他們的配偶。托莉的小妹桑妮的三個小孩（一男兩女）也在那裏，其中一位是艾美的媽媽——諾拉。

我站在這些人之間，對著自己微笑。托莉的一生就像她所期待的那樣。她的孩子顯然很愛她。我早知道她會是一位表現絕佳的母親，在她很年輕的時候我就看出來了。我也想像得到她必定是個好妻子，雖然她的身邊並沒有一位年紀較大的男人，讓我得到一些暗示。

我晃進一間放滿家具，整理相當舒適的客廳。這是托莉的媽媽以前使用的家具。在一張樸素的黑櫟木桌子上，有十五幀加框的照片。其中一張是我的老友和她先生在聖誕節的合照。另外，有幾張是她的孩子和家人的合照。其中最老舊的照片，是托莉的父母親和托莉五姊妹的全家福。我感到好奇的是，我和托莉合照的照片都到哪裡去了，尤其是那張我們在公園裡，坐著翹翹板揮手的照片。記得照這張相片那一天，正是安德魯在測試他剛買回來的相機。他照相時，告訴我們不能動，才不會影像模糊。

史考特跟在一個爬得很快的小娃娃的後面走進客廳。「好，你這小子。我們到你曾祖母的特別室外邊去吧！」史考特說著，伸手高高舉起那小子，小寶寶被騰空托著，嚇得又哭又叫。

「讓我來抱抱。」艾美正準備伸手去抱她的小姪子。但是，史考特還是抓著小寶寶，讓他的身體在她面前擺盪著。艾美在娃娃的額上大聲的吻了一下。艾美把他抱在腰邊，並用手把他肚子上有一排鈕釦的小襯衫拉平。史考特的右手抽動了一下，沒有伸出去撫摸她，以免作出對艾美親熱的舉動。

「好可愛的寶寶，想帶他回家嗎？」托莉的孫女茱莉問艾美。她全身散發著昂貴的洗髮精香味，也不再有哺育孩子的母性味道。

「有點想，但是，這孩子會想念你們。」艾美說完，就把小孩交回給表姊茱莉。

「你們什麼時候生小孩？」一片沒有光澤的燕麥殼色，覆蓋在茱莉頭髮的尾端上。

諾拉手中拿著一杯蔓越橘汁走進房間，說道：「我也一直想知道這件事。」她輕輕的撥開滑落在平滑的前額上的那一小撮鐵灰色髮絲。她的動作展現自然的優雅。

「妳已經結婚兩、三年了吧？」茱莉問道。

「兩年。」艾美回答。

「但是，我們在一起已經四年了。」史考特說道。

「小姐，妳還等什麼呢？妳只比我小一歲，對不對？妳不覺得身體裡面的卵子快要變成葡萄乾了嗎？」

「一點都不會。」艾美的口氣，充滿怒意。

「妳不知道妳錯失了什麼，妳對其他的東西從來沒有這麼愛過。對不對？小布魯斯。」茱莉的鼻子在兒子的頸子上蹭著。小布魯斯高興的叫著。茱莉又問：「妳有一直在試嗎？」

史考特發現小布魯斯襯衫的第三個鈕釦很漂亮。

「我不能生育。」

「艾美——」諾拉脫口而出：「爲什麼妳不能——？」

「眞的嗎？」茱莉咬緊牙關，不讓絲毫詭異的笑意露出痕跡。

「只是開開玩笑罷了。」

諾拉的臉頰像那杯紅色果汁一般鮮紅，她深深的吐了一口氣。

茱莉皺著眉頭，說道：「不要開那種玩笑了。天哪！萬一妳不孕，怎麼辦？」她把耳朵轉向門口，又說道：「我知道我的一個孩子在拆禮物了。我們等一下再聊。」

諾拉的手輕輕碰觸艾美的手，說道：「如果妳有什麼問題，一定要告訴我，好不好？我不是愛打聽祕密的人。但是，我很想知道妳的情況，我的寶貝，畢竟，我是你的母親。」

「媽，我沒事，我跟妳保證。」艾美停頓一下，又說：「我好像聽到爸爸在叫你。」

「是他叫我嗎？我告訴妳，首先是我的視力，現在，我的聽力也愈來愈不行了。我還算年輕，實在不應該有這些老化的事情。」諾拉臨走之前，緊緊的捏了一下艾美的肩膀。

史考特一直等到諾拉走遠了，聽不到他們竊竊私語時，才跟艾美說：「妳有必要這麼做嗎？」

「是茱莉先提起的，她問我說：『你們什麼時候生小孩？』這根本不關她的事。而且，從我們到這裡，她是第三位問這個問題的人。現在還不到上午十一點呢，家裡這些人到底怎麼了？」

「我不認爲他們有傷害我們的意思。」

「他們乾脆問一些精子取樣的問題好了。」

「艾美，拜託妳。」

「我來這裡，是想避開關於棻爺爺的事情：他扔掉什麼？他沒扔掉什麼？他爲什麼這麼做？令人疑惑的是什麼？逝者已矣，再也不會回來了。最後，我在這裡遇上的是，六年裡面生出四個孩子的生育女神。而且，我母親的做法，簡直把我當作延續理查蒙家族香火的唯一人選。她不會拿生育的事情，去煩我的哥哥。或許我們應該像哥哥一樣，把家搬得遠遠的。」艾美噗通一聲落到一張高背椅上：「你是男人，你不了解這種壓力。」

「我了解，我當然了解。這種事對男女的壓力大小可能不一樣，但是，感受是一樣的。不管怎樣，對我而言就是如此。」

史考特雙手插在口袋裡，走出房間。艾美回頭看著桌上的照片。我一直盯著她，看了好一會兒，非常驚訝的發現，她帶我回來看我的老朋友，我一定是早已感覺到她堅強意志之外的東西。艾美的眼睛，轉到右邊的另一張照片。她凝視著照片上祖母桑妮的那張臉，似乎期待聽到一句安慰的話。這時，一種淡淡的、熟悉的親切感，瀰漫著整個房間。我也記得桑妮，像百日菊一般，既鮮活又醒目，雖然我只跟她見過一次面。

✦

一九二六年十月，是我大二那一年，托莉找我一起帶著她的小妹桑妮出去玩。那時候，桑妮才八歲，又小又活潑，我們到奧杜邦動物園時，她就興沖沖的跑進大象館，盯著大象一直看，看著牠用鼻子捲起成堆的牧草，往嘴裡送。

「聽人家說大象過目不忘，記性很好。」我告訴桑妮。

「真的嗎？」她一面用手指玩弄纏繞一小撮頭髮，一面說道：「所以，如果我再去大學看我姊姊，然後，再回到這個動物園，大象艾瑪還會記得這件事囉？」

說著，托莉還來不及阻擋，桑妮已經做出倒栽蔥的動作，雙手撐在地面上，雙腳在半空中舞動著，露出內衣來，讓周遭的人看到了。

「瑞芝，大象艾瑪笑了嗎？」桑妮迫不及待的問道。

「索蕾爾③！」托莉大聲制止。

我在一旁，笑彎了腰。

「拜託，妳行行好，別再鼓勵她了。」托莉轉身抓著妹妹的腰部，讓她直直的站著：「索蕾爾！公共場所，不能這樣做。如果媽媽也在現場，我看妳一定會被罰站一整天。」

「噢，伊托莉，除了妳和瑞芝看到，沒有其他人看到呀！」

「問題不在這裡。」

「她能雙手撐著倒立！托莉，她的平衡感太好了。」

托莉的眼睛瞪著我時，我正想告訴她，她也違背了保持端莊的原則。但是，我很清楚的知道桑妮年紀還是很小，不可能了解姊姊的祕密。

「桑妮，那邊有一隻又大又老的猴子，我們去看看，好嗎？」我問道。

桑妮顯得一付自責的模樣，跟托莉姊姊眨了眨眼睛。

「去呀，妳們兩個。」

這時，我回頭一看，剛好看到托莉忍不住偷笑著。

---

③ Soleil，桑妮的正式名稱。

托莉一頭金色秀髮，搭配著紐康姆學院新生專屬的綠色無邊小圓帽，顯得很俏麗。這是第三次，我剛好來到紐康姆學院藝術大樓的女生洗手間，當時，這些舉止文靜、穿著樸素的金髮女生，都走進來洗掉手中的炭筆灰。

「妳選的這門課好麻煩！」我問道：「這是上什麼課？」

「這是石膏素描。」

「都上些什麼呢？」

「我們大部分時間都看著石膏模型，主要是半身胸像作畫。我曾在這附近看過妳。你是高年級的學姊嗎？」她上下打量著我，想從我穿戴的顏色看出一些端倪。大一新生穿戴的是綠色、大二紅色、大三金黃色、大四是藍色和白色。

「我是杜蘭大學的新生，但不是你們這個學院的學生。爲了我正在修的科學課程，我選了一堂繪畫課。我們畫的是解剖圖。我是瑞芝拉・諾蘭，你可以叫我瑞芝。」

「很高興認識妳，瑞—芝。」她放慢聲音，非常正確的叫出我的名字。接著她自我介紹：

「伊托莉・奈特。」

「伊托莉?是『星星』，對不對?」

「是的，妳懂得法語?」

「稍懂一些，所以，以我的程度還知道，如果妳把妳的孩子取名爲『史塔爾・奈特』④時，那就不對了。從今以後，我每次看到妳都會哈哈大笑。」

「我的中間的名字是露娜⑤。」

我笑了起來，問道：「我可以叫妳托莉嗎?」

「我從來沒有一個暱稱。我的家人不覺得我應該有個暱稱，但是，他們現在不在這裡。」

「或許，這個暱稱會很受歡迎。」

從此以後我們幾乎每天下課都會見面聊聊天。後來我知道托莉是家中排行老三的女兒。她算是初入社交界的名媛，父親是席里佛坡的石油富商。托莉對於自己家中富裕這件事，並不覺得有什麼了不起。雖然她的父母親一直希望她待在家裡，找到一位心地善良、有事業心的如意郎君嫁了，但是，她還是決定在那幾年內保有個人的時間。托莉在紐康姆學院學習寶石製作，

---

④ Star Knight，Star 即「星星」。

⑤ luna 是月亮女神。

也希望能遇上不必介紹給家人的男孩子。毫無疑問，她的內心也明白有一天會做人妻、爲人母，但是絕對不是現在，時間還不到。我看過她製作的金屬作品，造形簡單、結構完整、美不勝收；我希望這是她眞正的選擇，希望她的內心深處所巧妙掌握的，並非只局限於一個狹窄的世界，以及女性的狹隘觀點。

✦

一九二七年，第一次春季舞會，托莉在舞會上把我從一位男士的手中拉走，弄得對方迷惑不解。她把我帶到台階那邊。就在前一刻，她還在房間的那一頭跳舞，還仰頭大笑。有一位原本等著邀請我跳下一支舞的人，在我們通過他的面前時，皺著眉頭。

「不要緊張，托莉。那裡失火了？」我問道。

「大衛・柯雷奈的褲子。」

我笑著問道：「發生什麼事？」

「那時我們正在跳舞，他把我帶離屋簷下的陽台，帶到暗處裏。」

「妳要他這麼做嗎？」

「嗯，他非常討人喜歡。我在校園裡幾乎每天都會看到他，而最近他常常會在校園裡追上我和我說話。所以，我猜想他對我有興趣。我們私下聊得非常開心——他說，他很想跟我約會。我也跟他說：『你應該不要那麼害羞。』於是，他沒有繼續前進，把身體靠近我。所以，我親了他一下。」

「親吻的感覺怎樣？」托莉的初吻，值得花上幾個小時盤問。在沒有遇到我之前，她對於接吻的概念，頂多只是兩張嘴唇碰在一起，她對親吻一無所知。

「剛一接吻，就很美妙。接著，他好像完全控制了我。這件事——妳要發誓，絕對不跟別人提起——不騙妳，我有興奮、刺激的感覺。不過，接下來我覺得情況有點失控。而且，我發現我們衣衫不整。」

「那種事不應該嚇到妳呀！」

「我們還是穿著衣服。」

「爲什麼妳認爲要脫掉衣服？」我帶她走到一棵枝葉茂盛的忍冬樹下，讓她坐在一張長椅上。我把她的鐘形帽拿掉，順了順她的頭髮，再幫她把帽子重新戴好，並問道：「他吃了妳的豆腐嗎？」

「像是放在窗台上的派餅一樣誘人。」

「我的意思是，他有沒有對妳做出妳不想讓他做的事？」

「他想再進一步時，我就把他推開了。」

「妳一定要去找他。男生就像小狗，他們的感情很容易受到傷害。但是，只要妳釋放一點點善意，他們馬上就會原諒妳。」

「我應該說些什麼呢？」

「先逗他笑。譬如，妳可以告訴他，妳推開他時是因爲妳以爲有東西從爬蟲類展覽會上逃出去了。」托莉猛然搖頭。我說道：「然後，妳要誠實的告訴他，妳覺得很抱歉。妳還想跟他繼續約會嗎？」托莉不斷點頭。我又說：「好，那就必須讓他知道這件事。他不是色狼，他只是一個男人。妳應該要覺得開心才對。在這一點上，妳得分擔一些責任，並非全部都是他的錯。」

「這話怎麼說？我又沒怎樣！」

「妳先親了他，你是啓動調情攻勢的人。男生喜歡這樣。」

「他們眞的這樣嗎？」

「妳感受到那個結果了。」

「這也是爲什麼女孩子應該趁著什麼事都沒發生之前，趕快結婚的原因。這種事情會傷人的。」托莉用衣服的背心給自己搧搧風。她背後的小實女貞花朵像雪花片片般地落下。

「妳暗自竊喜，有我在這裡看著妳度過成爲女人後的第一年生活。如果不是我告訴妳這些事情的話，妳甚至不知道他是怎麼了。」

「妳的想法太怪異，我不知道該怎麼說。」

我看到庭院的那一邊。大衛獨自一人抽完一根菸，抬頭看著天上的星星。他會是托莉的感情穩定的好情人。他有點靦腆，彬彬有禮，雖然拙於言辭，可也算是儀表堂堂。我跟托莉說道：

「加油，他在那裡。」

一年以前，托莉無論如何一定會想辦法避開他。但是現在，她呼出一口氣，拉平衣衫。她向他直走過去。大衛猛點頭，看來像是想跑走似的。我雙手交握禱告。我想像著，以她特有的甜美尾音，加上那一對純眞的褐色雙瞳，一定可以撫平大衛的怒氣。他沒有正面看著她，但是，似乎在道歉。他的手深藏在褲子裡面，所以，連夾克的袖子都鼓成一團。托莉天眞的伸手去拉他的手臂，他並沒有推開。他帶著羞赧的微笑，把手臂一彎，讓她的手挽著他，兩個人又走回舞池。

小喇叭的聲音，讓我嚇了一跳。那些舞客人擠人在上了亮光漆的地板上面舞步輕移。地上的光線在他們腳下無聲地呻吟著。我摘了一朵忍冬花，湊到鼻子聞一聞。不管我多麼用力吸氣，那花朵的香氣都不能充分滿足我。我把忍冬花的花瓣放在唇間來回輕撫。我凝視著修長雅致的花穴，摘掉底部的花蒂。慢慢的，雄蕊露出來了。我用舌頭去舔花蕊上的甘蜜。有一會兒，那滑潤的花蜜汁液與香氣，讓我感到心曠神怡。這時，一堆盛開的花兒擺在我的膝蓋上。

「這是給妳的。」我的左邊有人出聲說道。

我想起來了，這位想邀我跳舞的男孩子，我在別的舞會場所曾經見過他。他跳舞時，很正派，懂得禮節，很容易臉紅，不是口齒便給的人，對足球也不在行。

「嗨，卡爾，你在找我嗎？」

「不，我只是剛好經過這裡。」他也是經常撒小謊的人。

「碰上你，眞是幸運。讓這個冷清清的一角溫暖了起來。」我拍一拍凳子，說道：「我一直在等一個特別的人。」

✦

今晚是萬聖節，這一年我二十歲。傳言指出，晚上會有一支爵士樂隊，也準備了很多美酒，而且如果有關單位的人都有好好打點的話，就不會有警察來臨檢查禁飲酒。托莉保證我們可以不必穿上萬聖節的服裝。至少，這是她從安娜・懷特康那裡聽來的消息，今晚的聚會，就是安娜邀請我們來的。今晚，我盛裝打扮。我穿上苜蓿綠的連身裙，剛好蓋住我的胸部和輕盈的臀部，並搭配著合宜的鐘形帽，戴著長長的珍珠項鍊，並配上一雙新的絲質長襪。

「這個傢伙的父親，是一位銀行家。」當我們靠近一間漆著樸素色調顯得潔淨無瑕的維多利亞式房子時，托莉說道。她還說：「我猜，妳一定會以爲他應該擁有一棟更現代化的房子才對，不過位於聖查理斯大道的房子畢竟是不同凡響。」

托莉伸手敲門。就在我們等著有人來開門的時候，我眨了眨塗著綠色眼影的眼睛，並順了順我臉上弧線部位的金色鬈髮。我從珠子綴成的手提包中，取出鬱金香色的唇膏，畫出一個獻吻的承諾，準備獻給今天晚上跟我跳舞，同時又會說笑話的一個聰明男孩。

一位擁有芙蓉色臉龐的男孩前來應門。他開門讓我們進入時，我們不巧踩到他未繫好的鞋帶。他點了一根菸，一面說道：「後院有私酒，客廳有麵食。」

我快步走到房子的後面，發現沿著華麗的游泳池畔，是一座修剪得很整齊漂亮的花園。這裡有將近一半的人我都認得。最近，每一個人都是不速之客。

我還來不及和人們打招呼之前，卡爾便邀我一起跳舞。我們去散了一下步，然後，我請他幫忙拿點吃的、喝的東西給我。當我沿著修剪得整整齊齊的黃楊木林道漫步時，我注意到在游泳池的另一邊，有一位年輕人跟兩個人很認眞的聊天，聊得手舞足蹈。他擁有一頭波浪般，如黑曜石的旁分黑髮。我被他的輪廓清晰的眉毛所吸引，注視著他的眼睛。我懷疑他的眼睛是黑色的，因爲那眼神是那麼深邃明亮。他說話時，一面看著我這邊。當我沒有把眼光移開時，他說話就結結巴巴起來。

「妳在看什麼？」托莉讓我嚇了一跳。

「那個人是誰？一派風流倜儻。」

「妳說的是哪一位？」

「就是那位一頭烏黑頭髮的男子，他面前有一個穿著糟透了的牛津褲子，正在吃蛋糕的人。」我點頭示意，指向那個穿著像小丑般寬鬆而時髦的褲子，以掩蓋柔弱的男孩。

托莉用手肘碰一碰我：「他是今天舞會的主人。」

「眞的嗎？」

「妳看起來心煩意亂的樣子。」

「我總是能夠化險爲夷，不是嗎？親愛的托莉？他叫什麼名字？」

「喔，他嘛。他的知交好友是安娜・懷特康的未婚夫。他叫什麼名字呢？好像叫做安德魯什麼的，是個愛爾蘭裔的名字。他的姓氏是奧布林？嗯，不對。奧馬雷？不對。我想起來了，是歐康納。」

「不曉得是不是他非常熱情，所以把他頭髮中的紅色都燒光了。」

「去親近他，看看他是不是這樣的人。」

我把帽子一直拉到她的耳朵上邊，並說道：「現在，妳也伶牙俐嘴起來了。」我的舞伴回來了。他說道：「來一點讓妳保暖的東西。」他遞給我一杯加了杜松子酒的潘趣酒⑥。

我小口吃著卡爾拿給我的盤子中的東西，並假裝全神貫注聽他滔滔不絕的談話。我細心的咀嚼每一片水果，並品嚐了兩個小蛋糕。托莉簡直就像有透視能力，我敢保證。她很技巧的把他引誘開去，這時安德魯正啜飲著一杯裝得滿滿的飲料，等著他們離開。

「我要親自來歡迎妳。」他的眼睛並不是黑色的，而是天青石色，是一種毫無瑕疵的、超自然的藍色。他接著說：「我是安德魯・歐康納。」

「我叫瑞芝拉・諾蘭。」我伸出手來，他欣然跟我握手。

「很有異國風情的名字，妳的名字，是不是爲了紀念某個人？」

「只是我母親隨興取的名字。」

他通過了我先前設定的笑聲這一關。他笑的聲音，在他正常的說話音調之內，比我預期的還低沉一些，是一個很明確的「哈」聲，不是「呵」聲，也不是「唬」聲，或最糟的「嘻」聲。他喝了滿滿一口他父親以不法賺得的錢財所買下的好酒，臉頰呈珍珠般的淡紅色。

「謹向你們家的廚師致敬。」我吃完最後一小塊蛋糕，慢慢的，又將指尖殘留的蛋糕舔得一乾二淨，我說道：「眞是美味極了的仙饌。」

---

⑥punch：一種用酒、果汁、牛奶等調合的飲料。

「我們的管家恩瑪蓮，是一位頂級廚師。」

這時，一位年輕人走過來，抓住安德魯的肩膀，說道：「老兄，祝你生日快樂。這個舞會棒極了。你有沒有看見安娜？」他絆了一跤，踉蹌地走開了。

「謝謝你，華倫。」安德魯說道：「沒有，我一直沒有看到安娜。」

「祝你生日快樂。」我向安德魯致意。

「謝謝妳。」安德魯回答說。

「到了午夜時分，你會變成恐怖的怪物嗎？」

「是的，看過的人都已經不在這世界上了。」

「跟我去走一走，安德魯。」我說。

於是，我們悄悄從後面的鐵門溜出去，繞過這棟房屋的前面。我們漫步經過幾個街廓，來到奧杜邦公園。這一帶靜謐無聲，出奇地予人恬適之感，附近的橄欖樹，不時散發出陶醉怡人的蓊鬱香氣。那種香氣，讓我回想起從前吸食鴉片的時光，香氣薰薰然地滲入我的毛細孔和支氣管，我覺得無比寧靜，做愛的慾望蓄勢待發。就在我們走到公園的周邊時，我立即跑向一棵生意盎然的橡樹，抓住這棵橡樹的六、七根長滿葉子的大樹枝。

「我已經好幾年沒爬樹了。我希望這棵橡樹可以撐得住。」接著，我就叉開兩條腿，跨騎在有點傾斜的支幹上，並迅速向這棵橡樹的主幹挺進。「現在不要偷看我。」安德魯偷偷地抬頭看我一眼，繼續喝他的酒。他已頗有醉意，如果不是這樣，一定會叫我趕快下來。夾帶著溼氣的冷冽微風，拂上了我的肌膚，也吹動橡樹的樹葉。我問安德魯：「也想爬上來嗎？」

「一定要有人在下面，萬一妳掉下來，有人可以接著。」

我笑了，問道：「你上那一所大學？」

「杜蘭大學。」

「嗯，安德魯，你長大後想做什麼？」我內心很納悶，爲什麼以前沒遇上他。

「當律師。」

「你是爲了打抱不平？還是爲了賺錢？」

「因爲我喜歡爭辯。」

這時，我開始流汗了。我手心的脈搏和心臟跳動的聲音，很有節奏的一搭一唱，「撲通，撲通」的心跳聲，持續不斷，而且我覺得口乾舌燥，就像飲過烈酒後，第二天早上醒來時那種感覺。我緊抱著那棵橡樹，而它以有如一位未修容面的父親那般的親切和溫柔，回報我對它的敬愛。

在他的臉部前面，有一點火光前後來回移動著。「要抽根菸嗎？」他拿出一個鐵盒往我的方向舉起，但是並沒有抬頭看我。

「我不抽菸。」

「妳呢？瑞芝拉——」

「請叫我瑞芝。」

「妳呢？瑞芝，妳將來想做什麼？」

我坐在一根很結實的枝幹上。有好幾個披著白被單的孩子在一排樹木之間穿梭跑著，大聲嚎叫。他們彼此追逐，然後氣力用盡，被單著地，在地上躺成一團。

「我希望永遠不朽。」我說道。

「不朽。」他說出這個字的時候，好像這個字含有相當重大的意義，好像在說「上帝」、「自由」或是「我愛你」一樣。

「我想永遠活著。」

「妳想永遠活著。」

「當然—絕對。」

「爲什麼？」安德魯用腳跟踩熄菸蒂，說道：「等等，先不要回答我的問題。」不一會兒，他把夾克扔在地上，爬上樹來找我。他很謹慎的保持平衡，他的身體和我只有半臂之遙。他說：

「好，現在妳可以說了。」

「一生並不足以包容我所能製造的麻煩。」

他沒有吻我，我也沒吻他。我這麼說，但是，托莉並不相信。

我在托莉生日那一天再度看到她時，就決定一定要找到安德魯，不論他是死是活，而且即使我擔心這項追尋，不知會給我招來什麼，也非做不可。我沒有辦法再靠著那一直支撐著我的謊言過下去，也就是另一個男人的生活中的片段消息，我一直把他當做安德魯。在這件事之前，我的安德魯後來怎樣了，是我害怕去解開的一個祕密。我積極的、有意識的想念著安德魯，使我很容易陷入混亂的回憶中，在這方面，我沒有控制自己情緒的經驗。最好的處理方式，是避免去想那些已經發生、無可挽回的事情。

我知道，自己必須堅強起來，去找到解決之道。當然啦，托莉不會讓她所牽掛的人離開她太遠。我記得上一次我看見她和安德魯在一起。她要求他要跟她保持聯繫，即使只是給她片言隻字也沒關係。如果托莉接到我打聽安德魯的信，她一定會回信。當然——在這方面她是很有禮貌的——而這項追尋之旅將在此結束，我將會知道他的下落。

這幾個星期以來，我一直在蒐集郵票。我到附近的郵局，去找從販賣機掉落出來的四方形郵票，有人付了錢，可是沒有取走的郵票。我還從艾美和史考特的郵件中，取走沒有蓋上郵戳的郵票。這種作法，對我們這群有時需要寄信的身處陰陽交界者來說，非常普遍。

我在書櫃的頂部隔板後面，存放了幾十張郵票。要是我想要知道他後來怎麼樣了，我難道不會想要盡可能多方打聽他的消息嗎？李歐尼爾跟我說的，我全照著做了——我不只從出現在他電腦搜尋名單上的安德魯．歐康納這個名字，去找我的安德魯。此外，我尋問的對象還包括：托莉、杜蘭大學、住在麻州姓歐康納的人家、華倫．崔普、賽門．畢克的孩子。

後來，有一天晚上，艾美和史考特睡著了，我拿著一支鋼筆在半空中寫字。但是，當我引導筆尖寫在紙上，我突然不能動彈。這時，燈光閃爍不定，我縮手了。我想起安德魯的眼睛，那個暴風雨，他流的血。我那麼害怕知道眞相的原因是，我害怕我已經造成的傷害。恢復平靜之後，還是一片漆黑無光。我寫的每一封信，都是出於同一個目的，是爲了轉移我的心思，不要一直去懷念握著一支光滑的自來水筆的感覺。

✦

史考特每天晚上下班後，都會把結婚戒指和手錶放在同一個地方。他有一個小小的滑石盒，放在臥室的梳妝台上，其大小足以存放那兩樣東西。這一座梳妝台是二〇年代不景氣期間流行的裝飾藝術的物件，上面有一面巨大的圓鏡和鑲嵌著花樣的抽屜。有時候，我看著他心不在焉的將金戒指從手上取下來，輕輕的放進那個盒子。他這麼做時，從來不打開電燈照明。他淸楚的知道那些東西應該放在那裡。

史考特把脫下來的那些衣服，放成一堆，等到洗完澡，他才會去撿起來。他像大猩猩一樣，赤身裸體在房間內走動。他經過我的前面時，我並沒有看他。他的一舉一動，不禁讓我想起另一個人，對於那個人的身體，我非常了解，甚至比他本人更清楚。

有幾個晚上，史考特都會從客房的床鋪下拉出一塊三夾板。他可以坐上幾個鐘頭，不聽收音機，不看電視，只顧著玩拼圖遊戲。他已經拼上去的那些拼圖都放在板子上，其他全都散放在鴨絨墊子上。雖然他拼圖的速度不快，卻拼得非常精確。我感覺得出在他腦海裡一直在拼著圖案。他放下的每一片拼圖，都非常精準的嵌在拼圖板上。首先，他先完成拼圖四周的框框，然後，慢慢的向中間舖陳。我曾經按捺不住，自己下手拼了幾片。結果，史考特指責艾美越俎代庖。

「我不知道那一條拼圖怎麼會落在你拼的圖案的中間。」她的眼睛看著中間那一排由好幾十個太極圖形所構成的圖案，說道：「你知道那些東西會讓我抓狂。」

有時候，艾美坐在客房一個角落的電腦桌前工作，而史考特則自得其樂。她從桌面上把好幾盒紙張、設計雜誌的剪輯和美術供應品全部收起來。如果她的工作趕上進度，她會拿出放在地板上的多袋型紅色公事包內的東西，並查閱她的約會記事簿，在這本多孔夾的記事簿上，有很多可貼式便條、五顏六色的塗鴉、還有寫著頁碼的立體箭頭標記等。儘管很零亂，艾美都知道那些東西是什麼。艾美不工作時，就會上網閱讀新聞，自得其樂。

到了週末，他們就跟朋友到外面晚餐，或參加聚會。晚上，他們一起待在家裡，看看電視，或觀賞租來的影片。如果沒有讓他們感興趣的電視節目或影片可看，他們就在客廳裡看書，或聽收音機。有時候，其中一人會先問問對方是不是想溫存一下。如果對方同意了，我就會離開那個房間。

每天晚上，史考特在睡覺前，都會把放在床邊的那本書，拿來讀上一、兩章。他匆匆的翻讀書頁時，總是瞇著褐色的眼睛，咬著下嘴唇。要是這本書是一本平裝本，他就用左手拿著書，用右手去撫弄艾美的髮絲。如果是很厚的書，他的身體就靠右側躺下，將書本頂在艾美的軀體，空出一隻手來，輕撫著她身上未遮掩的任何部位。她逐漸沉入夢鄉之際會輕輕發出吟哦聲，只有在熄燈時，稍稍清醒片刻，史考特會將她的下巴轉過來，輕輕一吻。整個夜裡，他們的胴體總是有一部分相貼著。

有時候史考特會輪到上大夜班，所以艾美有時會獨自早起趕著上班。上班前，她會在他的前額獻上輕吻，若有所思的看著他，並幫他把被子蓋好。如果他們兩個人都同時早起，兩人的手會在枕頭附近交互握著，喃喃低語。

這時，我強忍著不去想念安德魯，也不去想他的睡態。我不能陷入思念的深淵，不斷去想我失去了什麼。

有一天晚上，史考特在藥局上大夜班。艾美趁機悄悄溜到前面的房間，將藏在書櫃抽屜內側的DVD取出來。她已經好幾天刻意避開克洛伊寄來的這個驚喜。我可以感覺得到她神情緊張的顫抖著，一波一波的寒顫，瀰漫在周遭。

艾美把DVD放進影碟機後，坐回沙發上，遙控器拿在手中操作著。在她完美無瑕的耳朵後面是未梳理的赭色溼潤頭髮，垂在肩膀部位的秀髮已經乾了，呈現波浪狀。她水藍色的眼睛好似有陽光穿透照射的海水，熠熠發光。她穿上史考特的寬大短褲和老舊的短袖運動衫，罩住長了雀斑的纖細手臂和嬌小的乳房。

螢幕上，有一會兒是靜止的畫面，慢慢才有影像出來，是充滿螢幕的清晰字體，雖然長但有足夠的時間讀完：「來自哲學邊境的故事：女人最前線」。艾美看到這個片名，原本緊繃的嘴角露出微笑。

最初的那幾分鐘，有一段描述場景的口白。

「歡迎觀賞《女人最前線》。」一位充滿自信的年輕女子說。此時，攝影鏡頭正對準一位男性大吼大叫的嘴巴。但是，她的聲音更加強勢：「我是主持人克洛伊・艾柏娜，今年是主後一九九二年。大獨裁者還未入侵我們的家園。我們並沒有變成人吃人的世界，這個地球也不是由大猩猩統治。接下來你即將看到的內容，都是眞實的事。影片中的人並不是演員，他們是你的鄰居、你的工作伙伴，甚至可能是你的朋友。他們上教堂，聽上帝的話，愛他們的家人，也相信他們所作所爲會討得上帝歡心。」

起先是砰的一聲，接著傳來從那個男人口中發出的咄咄逼人言論：「上帝的憐憫不是無止境的。祂是會報復的上帝。祂會打擊邪惡。對冒犯祂的罪人，絕不手軟。地獄之火等著你們，淫蕩的婦人，悔改吧！俯身於祂的溫柔腳下，請求祂原諒。殺害嬰兒是籠罩你的靈魂的穢氣。」

攝影機的鏡頭擴大了，除了那張嘴巴外，也照到了那個男人的獅子鼻，他深褐色的眼睛凝視著前方，褐色的頭髮垂在前額，有一條血管像一座橋橫過太陽穴。他的右手拿著一本黑色書皮的聖經，他的腰部繫著一條鏤花皮帶，穿的是鬆鬆垮垮的卡其褲。在他膝蓋旁邊有一隻手，拿著麥克風。這個男人完全出現在螢幕上時，可看出他站在一輛七〇年代中期生產的福特雷鳥的車頂上，那部車子停靠在一面低矮圍牆的後方。

拿著麥克風的那隻手，就是當時還很年輕的艾美的手。她的姿態和表情顯得非常嚴肅，牙齒緊緊咬著，用力忍住不笑。

又是砰的一聲，克洛伊說道：「就好像他對人們說話的方式還不夠無禮的樣子，他的上帝對這件事會怎麼想？」

艾美坐在沙發上看著自己過去的經歷，大聲的笑著。這時，鏡頭的焦點鎖定在那個男人的卡其褲，畫面不斷的顯示那個男人以獨特的、頑固的姿態，表達對於教會會眾的不屑。

緊接著幾個場景，都是克洛伊所指稱的抗議人士的特寫鏡頭。其中，有些抗議份子直接面對鏡頭談話，說出他們對信仰的主張。有一排不是排得很長的天主教徒，雙腳跪在地上，不發一語。他們不停撥動手中的念珠。

最後一段影片，在那所婦產科診所的高圍牆上方，擺著一架手提錄音機。從那架錄音機的擴音器中，發出一個嬰兒嚎啕大哭的聲音。但是，嬰兒的哭聲，並不是暗示他尿溼，或是餓了，或是累了。那嬰兒的哭聲，彷彿控訴著家人離開他已經很久了，所以，逼得他只好以哭聲來引起人們的關注。錄音機傳出來的嬰兒哭聲，一直沒有間斷過。這時，擴音器又傳出一位男性的聲音：「各位母親，妳們聽聽這個聲音！這個聲音是來自妳們子宮的聲音。」

「那是你自己嬰兒的聲音，你這渾蛋。」畫面中的艾美氣得發抖，長期以來隱忍不發的憤怒這下子爆發了。

接下來的場景是對於數個女性和三兩個男士的個人訪談。這些人說明爲什麼他們一大早就起床，匆匆忙忙趕到這家婦產科診所的前面來，一整個早上，只要有女人前來（有時候是由男朋友或是朋友陪著），這些人就會兩兩一組，陪這些女人從車子走到婦女診所的門口。他們的熱情並不比站在那所婦產科診所圍牆另一邊的那群人更激動。那群人罵她們是賤人、蕩婦、殺死嬰兒的人。雙方都同意，這是很醜陋的事，但是，他們各有各的理由。

這時，場景又換了一幕。畫面中出現艾美和克洛伊，正值雙十年華，兩個人坐在已有二十年歷史的凹凸不平的綠色粗呢沙發上。

「我錄製這個影帶，是爲了不要忘記這些事情。有人說我將來終究會變成一位共和黨員。」克洛伊輕蔑的彈著手指又說道：「還說，日後我對這件情形的整個過程，會覺得不堪回首，就像回顧年輕時所做的其他蠢事一樣不堪。天啊，我希望不會這樣，我希望不會忘掉這件可鄙的事。」

「談到共和黨員，」畫面中的年輕艾美說：「這是值得錄製下來的。上個週末我回家，奶奶桑妮表示，她看到有消息指出『援救行動』小組即將到巴頓魯治來。她很高興知道有人在捍衛那些無辜嬰兒。我簡直無法相信。我的意思是說，她成長的那個年代，不少女性死於非法墮胎。我告訴她，如果這些人眞的那麼在意這件事情，他們可以多表現一些眞正的善行。接下來我發現我祖父站在房間門口聽我說這些話。我聽到他撥弄口袋，零錢叮噹作響的聲音，他那個習慣眞是很惱人。但是，我並沒有理會他，我告訴祖母這檔子事永遠都不應該是政府管的，這是非常私人的事情。棻爺爺插入說，一些眞正保守的人士反對政府干預這類事情。我告訴他我並不是保守份子。可是，他說我們原則上看法是一致的。在所有人當中，我從來就沒有指望他會是主張人工流產應該合法的人。」

克洛伊笑著說道：「看來你們的共同點不只是眼睛的顏色相同而已。」

「桑妮奶奶堅持說，我眼睛的顏色是得自她們家族這一邊的遺傳。」

她們兩人回憶起參與那件激進事情的經過，聊了將近一個小時。影片結束，畫面靜止時，她找到遙控器，把畫面關掉。

這時，我想起我主張婦女應該有參政權的母親，民眾側目看她，也看著那些反對她的意見的人，但是，她神色堅毅，從她的眼神表露無遺。我回想起來找我問問題的那些婦女的面孔，有的害怕，有的好奇，問一些我沒有合法權力回答的問題。我也想起德拉寇女士，起先她待我如同平輩，後來對我視如己出，像母親般努力呵護著我。

螢幕上，出現一個模糊的影像，「克洛伊，幫我把那個混帳東西拿走。」一位滿頭棕髮綁著一撮馬尾的年輕人說道。

艾美的頭急忙對著電視，說道：「喔，我的天啊！」

突然之間，那個房間到處瀰漫薄荷和發霉書籍的味道。畫面中那個年輕人的臉占了整個螢幕，像個實體的人那麼大。

「艾美。」那個年輕人直視著前面說道：「難道她不知道她用那個玩意兒捉住了我的靈魂嗎？」。

「什麼？你是不是改信古怪的侏儒宗教了？」克洛伊的身影不見，但是，她在影片中的聲音依然清晰。

那個年輕人的手伸到他的綠色眼睛前面，接著，當他把鏡頭推向穿著一雙勃肯鞋的男人毛茸茸的腿部時，這個畫面慢慢模糊了。「這個星期，我是阿茲特克族。我要把你當做第一個祭品。」鏡頭往後拉，又拉向前。畫面上艾美站在那個年輕男子的面前，對著他說：「我到處都找不到處女。」他向她眨眨眼，淘氣的笑著。

艾美看到這一幕，整個人從沙發跳起來，跑過去按影碟機的退片鈕，將ＤＶＤ退出來，抓著那片ＤＶＤ快速跑向靠近大門那個房間。在她還沒跑到房間門口前，她停下腳步，回頭看著我正好坐著的那張椅子。艾美搖搖頭，又把ＤＶＤ藏回那座書櫃的抽屜最後面的地方，然後跑進浴室。

✦

我赤裸裸的站在梳妝台的鏡子前面，我對看到自己的裸體並沒有半點羞赧。其實，我是天不怕地不怕的。我故意把二頭肌鼓顯出來，又把兩個手肘折起向外橫彎出去，做勢讓十九歲大的肺部脹滿前胸，讓胸部看來好像很豐滿的樣子。今天，我興致勃勃，打算要有一番驚人之舉。

我穿衣服的時候，不禁想起我的母親。揮之不去的維多利亞時代的拘謹風氣，並未阻礙母親對我的開明教養，她善盡責任教導我，成爲女人的一切事情。我的母親克萊兒·布瑞特·諾蘭教我身體各個部位的正確名稱，並說明當我成為女人之後，會發生什麼事情。我那位可憐的父親大部分時間都躲在他在看的報紙後面，用一隻手指將左耳塞住，右耳則壓在安樂椅靠背上。他同意母親的做法，認為我可以不必為了成長過程所發生的一切身心變化而感到尷尬。老爸只是不想聽到母親教導我的那些與身心成長有關的談話內容罷了。

我會跟女伴說明在成長期會面臨的一些身心變化的問題，也不在意讓男生無意間聽到我們的談話。我也知道他們的問題所在。有時候，有些孩子的母親會發現我跟她們的孩子談了些什麼，為此，我母親訓了我幾次，要我閉嘴。母親說，要顯示端莊得體的樣子。可是，我還是忍不住要說。從母親的平日教導，加上自己閱讀累積的知識，我對讓很多成人感到臉紅心跳的問題，儼然成為一位權威人士。

我很想知道社會的舊習俗能容忍的尺度，到底有多寬？大部分的情況，我不會做出太惹人注目的事。我每個月並不向席爾斯羅貝克百貨公司訂貨，而是改向不同藥局採購「靠得住」衛生棉。我也不介意運用藥劑師的沉默伙伴——放置生理用品的護理箱。我在做的是研究工作。每個女生都需要知道在哪些地方，她去買生理用品不會感到難堪。

這一天下午，我跟托莉約在位於大學校園幾個街廓之外的一處飲料販賣處會面。她也知道接下來會遭遇一些不尋常的麻煩。我的手指戴著一枚假冒的結婚戒指。跟往常一樣，托莉抗議我又找上她，但是最後還是半推半就接受了。她並不介意當一位幕後助手。可能發生的最糟糕狀況就是我們被人轟出來，而且從此永不得進入。此外，也許可能會因此出了名，這正是托莉需要去開發的。

我們叫了麥芽巧克力奶，一面偷瞄著一直向我們擠眉弄眼送秋波的藥局伙計。托莉邊啜飲麥芽奶，邊揮左手，讓那位藥局伙計注意到她手上的戒指。那個伙計快速旋轉他的座椅，他戴著的那條時髦領帶正好掃過一灘鳳梨醬。

「開始吧，托莉。」我把嘴湊近吸管時，跟她低聲表示。

「天啊，我幹嘛跟著妳做這種事？」她半惱怒半興奮的叫道。

「好玩嘛！」

我們佯裝很投入的閒聊托莉她先生的事情，並假裝她的先生是一位賣電器設備和收音機的售貨員。我可以確定那位藥劑師至少有一次經過我們身邊，聽到我們在稱讚這位臨時杜撰出來的托莉的老公——華欣渥斯先生。

「他答應我今年年底以前，一定多加幾顆鑽石在我的戒指上。他的生意好得很。」雖然她很緊張，但還是演技逼真的演員。

「哇塞，妳眞是好幸福，華欣渥斯太太？」

「嘿，我先生眞是個可人兒，對我多麼好。」

上衣繡著名字「芬奇」的那位藥劑師，又搖搖擺擺的經過我們旁邊。他的背後有許多東西擠壓在一起，一定有些貴重的東西藏在那裡。

「你真的自己拿不到那些東西嗎？親愛的。」我問道。

她用力搖頭說：「我不敢想像我能做到。」

那位藥劑師已經走近櫃台，他的手伸到一個貨架，那個貨架的高度剛好是他粗短的手臂可以搆得到的。

我把裙子順一順，嘴唇上了淡妝，走到那位藥劑師的背後，輕輕的「嗯哼」一聲。他臉上的表情最多只能說讓人還可忍受。

「請你包一盒靠得住和幾個保險套給我好嗎？」我覺得自己很勇敢。我以前也只買過兩次保險套。那兩次，都碰到非常害羞的藥房老闆，當我指明要買那些東西時，他們馬上將東西包起來，收了錢，根本不問托莉和我是不是已經結了婚。

這次，這位藥劑師的臉色瞬息多變，先是一臉玫瑰紅，接著轉為橘紅，又接著變成緋紅。我相信他有些氣憤了。整個藥局靜得鴉雀無聲，他問道：「小姐，妳結婚了嗎？」

「先生，不管結不結婚，所有女人都會有月經。」我輕鬆微笑著。雖然我已經把說話的聲音壓到非常輕柔，但是，還是有很多人可以聽得到我的答話。這時，門口的鈴聲叮噹叮噹不斷響起，顯然心臟脆弱的那些人都先行走出店門了。

背後櫃子塞滿東西的芬奇先生用粗短的雙手抓緊櫃台說道：「我指的是那些避孕用品。」

「喔，我嘛，我並不需要那些東西。」我五指伸張，拍向自己的心窩，裝出一副嚇了一跳的樣子道：「是我的朋友想買，她不好意思開口。」這時，我傾身靠過去，跟他的距離相當接近，幾乎可以清楚看到他鬍子中間有幾根白鬚。

那位藥劑師看著托莉，她的手平放在櫃台上，非常投入的看著那些東西。這時，一股熱流迅速通過她的左頰，像櫻桃般的鮮紅。

「我們有一個護理箱專門放那些東西。」他說。

「但是，護理箱和那些不宜說出口的東西，這兩樣東西都擺在櫃台的後面。她必須開口說出她要的東西是放在哪個箱子裡的，不是嗎？」

「她可以用手指給我看。」

「喔，我知道了。那是意思很明白的手勢。需要眨一下眼睛嗎？」

托莉聽了，爆笑出聲，旁邊還有別人捧腹大笑。這位芬奇先生終於弄清楚我說的話。他的嘴角激動的抽搐著，雙眼睜得大大的。一用力，他的臉部竟扭曲皺縮成像顆梨子核，問道：「你要避孕套，還是橡膠保險套？」就憑著這麼簡短的問話，這位芬奇先生贏得我一生一世的尊敬，雖然從那天起他除了賣阿斯匹靈、香皂和口香糖給我外，其他東西都不會賣給我了。

「橡膠保險套，謝謝您，芬奇先生。」

一旦我學會了在沒有形體之下，可以在虛空中自由移動時，我覺得趕快去幫助別人，讓他們也能迅速適應這種半透明的世界，是我的責任。我當遊魂的最初幾個月，根本不知道怎麼開始，幾乎沒有任何指引，甚至很少得到教導該如何度過。尤金妮亞是唯一有興趣教我如何好好運用不尋常力量的人。她的技術是使用嗅覺，所以其他所有事物我都必須靠自己努力去學會。因此，我不希望這種事情再發生在別人的身上。

我在整個城市到處看到這些遊魂，而且，有些被我訓練過的遊魂，也會帶新夥伴回來找我。他們之中有些已經茫茫然，渾然不知發生了什麼事情。對大多數遊魂來說，他們都是瞄到自己的訃聞，或是重回被人懷念的地方，才知道發生了什麼事。如果他們選擇前往身後世，他們就被帶到有人臨終的臥榻，並且被告知要傾身去就那臨終者即將嚥下的最後一口氣。這是萬無一失的，他會立即消失，就像蒸發一樣。

那些留下來跟著我學習的人，都期待我教導他們時，教得更鮮活，更深入。他們死後所遺留下來的人類本性，仍然沿襲生前的角色、感覺和期望。他們想要我以深受折磨的詩人聲調來講述一切眞相，但是，我們的狀況根本不像他們被灌輸的那般怪誕離奇。所以，我拒絕假裝成那個樣子。

「各位請注意一下，好嗎？」我會這樣教導他們：「各位，原先把你和你的有形軀體聯繫在一起的那個感覺系統，已經改變了。有沒有人注意到你的聽力已經改變了嗎？有沒有？以前，你有耳朵，那是肉體的一部分，你只聽到在某個特定頻率之內的聲音。你被那個有形的身體所局限。但是，現在規則不同了。你不用花多少力氣，就可以在吵雜的地方分辨出不同人的聲音和對話。在從前你以爲是靜寂無聲的地方，現在你也可以察覺出聲音，或是從你以爲不可能聽到聲音的遙遠地方，現在你也能聽到聲音。你可以辨識人們聲音的微妙內涵。在這種狀態下，你可以輕易了解他們話中所透露的意思或意圖。」

「其次，關於視覺方面。對我們而言，黑暗不再是一種障礙。我們已經不是用以前的方法在「看」東西。過去，我們眼睛看東西，是藉著光線和視覺細胞的化學反應在進行。現在，已經沒有這個限制。在這種狀態下，你不會體驗到全然的漆黑，因爲你很敏感，所以不可能的有一片漆黑的感覺。明亮的光線，也不會影響你。來自水面的強光，或是直接瞥視陽光，都不會讓你的眼睛像過去一樣立即瞇起來。

「嗅覺和味覺是互有關聯的，就像以前一樣。事實上，你無法用這種方式去『品嚐口味』，但是，你可以藉著把空氣加熱或冷卻來讓香味持久不散。現在，嗅覺會更爲靈敏，這同樣是因爲你已經沒有形體的限制。所以，你聞到的氣味會更豐富、更甜美、更芳香、更辛辣。空氣中充滿各種分子，而且，以特定的形式混合這些分子，就可以產生特殊的味道。各位女士，你們的香水也是這樣製造出來的。現在，有時候你不自覺地就會知道，人們各有他們的氣味。當你有了新形體後，就會更了解這件事情。你也會注意到人們也會就他們所思所想給你一些暗示，你可以嗅得出來。不管如何，如果某一個人正在回想某個美好的夏日午後，你很可能就可以嗅得到香醇的微風和檸檬香味。那就是那個人對於那個夏日午後的記憶。」

「那麼，觸覺又如何呢？」總是會有人在我談到最糟的觸覺之前，就問到這方面的問題。

「我們會談到這個問題。」我說：「現在，我要你們密切留意。我有三項規則，你們必須遵守。第一、不要去打攪你心愛的人。你死後還會有一些你所熟悉的東西留在你身上，而且，你所摯愛的人都可以感覺得到那些東西。所以這種事會困擾他們。因此，很短暫的訪視無妨，但是，千千萬萬不要逗留不走。」

「第二、不要在你的墓園徘徊，不管你的墳墓有沒有標記。你會靠近你的遺體，也會確認那個東西就是你的。至少，身體不見了，會讓你倉皇失措。」

「最後一點，不要去碰觸任何東西。任何想要碰觸的意圖，都無法滿足你想變成實體的渴望，而且，會令你極度地不堪回首。和會呼吸的人——活人——聯繫，可能造成混淆，甚至發生危險。你們有些人能夠將能量轉化爲現在所擁有的外形，包括裡裡外外。但是，不要被這些愚弄了。總之，你已經不再擁有原來的身體架構，所以不再能體驗那些你熟悉的或讓你感到滿足的觸覺。」

「但是——」其中一個遊魂會提出不同意見。

「等一下再找我，我再跟你解釋，有問題嗎？」

「我們是鬼嗎？」

「你想怎麼稱呼自己都可以。有很多不同的稱呼。」接著，我會跟他們談到我們以前的身體和空氣之間的一些共同元素的問題。我也跟他們說明我們死後身體所留下來的一些次原子粒子的問題，以及這些東西並沒有消散到大氣中的基本原理。由於這些分子中都還有能量，所以，讓我們感覺更敏銳和有力量去操控物質。對我而言，這樣的歸納相當合理。

「我們是靈的外質製造出來的產物嗎？」另一位遊魂問道：「就是那種白色的黏性物，也就是你在電影裡看過的那種東西，對不對？」

「這種看法太愚蠢了。」我不客氣的回答，很不想繼續談這個問題。

「那麼，我怎麼會記得每一件事情呢？」接著，又有遊魂會提出這個嚴肅的問題。

「因爲那具藏著你的心靈的身體結構雖然已經消失了，但是，你的心靈還在呀！」我回答。

一段靜默之後，接著馬上又有一個遊魂說道：「太強烈了。」另一個則表示：「太深奧了。」不過，也有遊魂說：「沒這個道理。」

「還有其他問題嗎？」

「如果我們違反規則，又會怎樣？」

「你會嚐到後果。」

「像哪一種後果？」

「一種你從來沒有感覺過——或承受過——的痛苦。」我的聲音放得很陰沉、很冷淡，他們受驚嚇而三三兩兩聚在一起。當我說這些話的時候，我不再是他們乏味平凡的指導老師，也不再是他們死後難熬的最初幾天所信任的指導員。我是根據自己的經驗，提出可以借鏡的警告。我想起多娜，才三歲大，沒有穿衣服，孤零零一個人，她什麼都不想，只想被人再抱一抱。我也想起安德魯，全身赤裸、飽受驚嚇、流著血，傷痕累累。

對於那些不想馬上前往身後世的人，他們要學習的功課更多。首先，就是要會操控物質。

「只需要集中注意力。」我說：「剛開始時，你會弄得亂七八糟，所以練習時，一定要小心謹慎。你們看——完全不必用到手。」

我會讓一個花盆在他們頭部上空轉圈圈，或是讓一個磁器櫃在地板上飛奔，穿透過他們其中一個。

「哦！哦！」他們說，好像一群被催眠的孩子。

一九二六年十一月的一個嚴寒上午，德拉寇女士和我在運河街的一家鞋店門口相撞。我的背包掉到地上。自從高中畢業以來，也就是大約一年半前，我們就未曾見面。按照習俗，碰上這種情形，一般都是禮貌性的握握手，但是，德拉寇女士卻熱情的擁抱我。因此，我答應當天到她家一起共進午餐。

因爲坐車比走路少受風寒之苦，所以，我便搭市區電車過去。當我在一張木椅坐定時，感覺到有一大片靜電覆蓋在我的身上，我覺得胃部有灼熱刺痛感。多奇妙，經過了這麼一段長時間後，竟然是這樣。今天，我的心情竟然和以前我還是一個充滿好奇的小女生，來拜訪她時，同樣的激動。

我記得在那些勇氣十足、善於辭令的眾多女士之中，德拉寇女士是主張女性應該擁有參政權的團體的首腦人物。以前，我到她家去時，總是坐在某個角落看看書，也聽她們討論將採取哪一種策略，去說服某些位高權重的仕紳，讓他們了解讓女性擁有投票權，對大家都有好處，有益社會，也有利於這些仕紳的當選連任。她們常常受到挫折——母親告訴我，許多男性都是自私自利、眼光短淺的鄉下佬，不像妳的好爸爸。這些女性從巧妙的勝利中，找到鼓勵的泉源。譬如一些爲人媳婦的人，都了解這項立場的正當性，願意三塊、五塊的捐款相助，推動這件工作。

德拉寇女士既美麗又聰明，是那些婦女中最厲害的角色。她烏溜溜的秀髮，顯示她有西班牙裔的血統。而來自諾曼地祖先的遺傳，則讓她擁有一雙杏仁般的藍色眼睛。個子雖然高䠷，可是絕不彎腰駝背，把胸前的雙峰，挺得高聳動人。臀部渾圓有力，顯示她曾經輕輕鬆鬆生下孩子。當她伸出手來時，不管是緊握拳頭或拿著一個茶杯，原本看起來很秀氣的雙手，便露出結實的肌肉。她的聲音像雙簧管般甜美優雅，也像銅管樂器般宏亮。

就在德拉寇女士主持會議的那幾個晚上，她的先生也在家。她大聲叫著：「史尼契，請你過來跟這些女士們致意一下。」——他的正式名字叫做理查・德拉寇的先生，是一位水果進口商，大部分時間常常到南美洲和佛羅里達旅行。因此，他有一身古銅色的肌膚，活像熟透的梨子。他非常親切，會祝福整個屋子裡的人都能享受一個美好的夜晚。他瞇著受到太多日照的眼睛，輕輕的揮手道別。

德拉寇女士在美國女性取得投票權之後，又以一貫的熱情獻身於另一項頗具爭議性的運動。她家中到處是桑格女士的資料，和《星期六晚郵報》和《平民時報》等報紙混雜在一起。我每次到她家，都會偷看一些文章，將複雜的人體部位拼湊在一起，了解器官之間的關係，以及這些器官的神祕之處。每次，當母親和我準備離去之前，德拉寇女士總會拿出一疊小冊子，催促母親將那些資料拿給其他女士看。

「葛楚德，」我的母親說：「我認識的那些女士都懂得這些事了。」

「克萊兒，親愛的，或許她們就是要妳這樣想。」

因爲母親不帶走那些小冊子，所以，我便將一本小冊子偷偷藏在我的書裡，順便帶回家。我從醫學書籍和母親的教導得知各種人體器官的名稱。我知道嬰兒是怎麼來的，我的母親像醫生那樣清楚地向我說明這個生理現象。那本小冊子所描述的，都只是一些避孕的簡單方法。而母親也一定認爲有些知識，對我而言還不需要知道，所以也就不講了。母親也不提性愛帶來的愉悅和幸福感覺。她曾經說：「孕育一個孩子，是一項特別而私密的行爲，也是在愛情的親密關係中所共享的。」在桑格的小冊子裡，我也讀到一個女性會期待並感覺性愛的滿足感，包括身體和情緒兩方面。我不完全了解性愛的感覺是什麼，也不知道女性的那些部位可以感受那些強烈的感覺。但是，直覺告訴我，桑格女士說的絕對沒錯。

現在，當我正等著德拉寇女士來爲我開門時，我又想起當年那本已經看到破破爛爛的小冊子，以及我藏在紐康姆圖書館的許許多多的打字複寫本。

德拉寇女士家的大門打開，她緊緊抱住我：「瑞芝，親愛的，請進。」

我們短暫的閒聊，談一些牛肉和蔬菜湯等家常瑣事。

「還在準備上醫學院嗎？是不是？」她將一塊三角形烤麵包片浸在肉湯裡。

「我計畫專攻婦科。」

「只有女人懂得女人的需要和痛苦。」

「談到這個，妳還從紐約那邊收到小冊子嗎？」

「妳還記得這些事？」

「我坦白承認，十二歲那一年，曾經偷拿一本小冊子回家。」

德拉寇並沒有閃避話題：「很好呀，妳的母親知道嗎？」

「她從來不提這件事。」我停頓一下，又說：「妳曾擔心會因爲這些東西而被逮捕嗎？」

德拉寇女士張開大嘴，送進最後一口食物。她的手背上有很多彎曲纏繞的血管。烏黑的頭髮夾雜著一些銀色髮絲。她的外形看來，一直都不會比我的母親老氣，雖然她比母親年長十七歲。我知道她的年紀大得可以當我的祖母。

「擔心？」她一邊拿餐巾擦嘴巴，一邊回答：「我不會擔心。不過，對於這些資料像酒類一樣，被當局視爲是不合法的東西，我倒是很驚訝。但是，我知道我是擁有特權的女人。我的先生可以輕鬆的不讓我的名字上報紙。」

「如果這種事情發生在我身上，妳認爲會怎樣？」

「妳的照片會被登在頭版。而且，我看，以妳父親的交往人脈，可能沒有那麼大的力量足以保護妳。」

「妳認爲我會被關進大牢嗎？」

「這要看我們這個城市，是否對一個大醜聞感興趣。」

「我看這個城市的人對這種事件隨時都感興趣。」

「沒錯。」她以奇怪的眼光看著我，問道：「你為什麼問這類的問題？」

「我曾經影印那些舊的小冊子，並將那些資料夾在紐康姆圖書館內的一些書籍裡。而且，每當我聽到女生詢問這些問題時，我都會從看過的資料回答她們。」

「好吧，等一等。」她一聽完，就走進餐具室，並從裡面拿出一箱上面標明「蘋果」的箱子，說道：「把時間省下來好好用功，以後，就拿這些資料去發。」她從那個箱子裡取出幾顆水果，放在桌上。此外，還伸手到箱子底下，取出一大疊小冊子。當我接過手，快速翻閱那些小冊子時，感覺那些紙張還很脆。德拉寇女士再度坐下來，把放在碗邊的餐巾拿來擦蘋果。

「謝謝。」我說：「現在我們可說是正式合夥了，妳是我的走私客。」

她開懷的說道：「以後如果妳當了醫生，一定要很有智慧的運用這項權力，瑞芝。不要讓醫生的權力糟蹋了妳的原則。千萬別忘了妳為何選擇這項職業。」她停頓一下又說：「我非常希望妳撥出一些時間，幫助跟妳不一樣的那些女性。那些人沒有錢，也看不懂那個護理箱裡面裝的是什麼東西。」

「當然，我會這麼做。」

「克萊兒因為有妳這樣的孩子而深感自豪，親愛的。」德拉寇女士用大門牙咬了一口蘋果，然後慢慢咀嚼。「這是一個全新的時代，如果能像妳這樣年輕，我願意付出任何代價。妳可以依照個人的意願決定自己的未來，而不是依照父親或丈夫一時興起的念頭或要求去做。」

「對於自有主張的女性，人們還是用怪異的眼光對待她們。一個女孩子必須像煮了八分鐘的蛋一樣的硬，才能受得了。德拉寇女士，你說對不對？」

「妳這樣稱呼我，讓我覺得自己老了。請叫我葛楚德就好了，親愛的。」

「嗯，好，葛楚德。」我說道：「我一直想做一件事情，妳是我所認識的人當中，唯一能幫助我的。我想辦一些活動，叫做『無男派對』。」

✦

我的好友也是我最喜歡的學生李歐尼爾，是在一九九九年年終的四天前過世的。他記得當時他的頭殼內出現爆裂的感覺，就倒在床上了。他以爲腦中出現的那一道光，是一種特別嚴重的偏頭痛症狀。他不理會父親的呼喚聲音，以爲是在做夢。他死於動脈瘤的兩個星期之後，我才發現他。

市井傳聞，在花園區一棟大樓的公寓內，發生一件離奇事件，這個傳言很快散播開來。我很少聽說，我們這些處於陰陽交界者有情緒失控，做出傷害行爲的情事。我猜想，我要面對的一定是一位不知道自己已經到了陰陽交界處的遊魂。就在我前往調查時，那個公寓已經遭到嚴重破壞。甚至於連門把也掉了。所有能夠點燃的東西，都留下燒過的痕跡。

「嗨，你叫什麼名字？」我問道。他模糊的身影，出現在一個窗戶的前面，窗戶上的百葉窗簾也是破的。

「嗯，我得馬上腳底抹油了。我叫李歐尼爾・穆貝瑞。你是誰？」

「瑞芝・諾蘭。」我再向前靠近一點，問道：「你好嗎？」

「我很好，謝謝妳，妳好嗎？」

「很好，你知道你在那裡嗎？」

「我在我的公寓。」

「是誰把這裡弄得亂七八糟？」

「一個鬼搞的。」

我微笑著。他也許已知道自己過世了。可是，如果破壞的行爲是故意的，那就很危險。「你怎麼知道？」

「嗯，我沒看見那個渾蛋。誰做的？這一定是某個鬼做的。」

「我是鬼嗎？」

「你可能是。我偏頭痛後，夢見一些非常奇怪的事。」

「夢境怎麼開始的？」這是我展開指導前常會問的問題。

「我聽到父親叫我：『李歐尼爾，來，跟著我，我的兒子。』不過，我叫他不要管我。然而，他堅持要我跟著他走。父親的聲音非常悅耳，我十二歲以後，就沒有聽過父親用那樣的聲音說話了。他的面容沒有完全顯現，但是我看到了他乜斜著的眼睛。在陽光下，我看得到他的身形輪廓。他的身材高大，肩膀斜斜的，手長腳長。」

「你感覺如何？」

「痛苦消失後，心情很平靜。接著，我覺得往上掉落，總比往下掉落好。你知道，如果你在夢中碰撞到地面，你就死定了。」他又微笑著。

「爲什麼你認爲自己夢見聽到父親的聲音？你怎麼知道，他不是在某個地方呼喚你。或許是你死了。」

「自從成年以後，我的父親跟我幾乎沒說上十句話。你會認爲，上帝應該不至於笨到會派他來跟我說話。」

「你四歲生日的四個月前的那天下午四點鐘，當時，你在做些什麼事？」

「我坐在廚房桌子旁邊吃點心，喝牛奶。母親在火爐旁唸科幻小說《地球戰慄》（*Atlas Shrugged*）給我聽。那時，她正在做豬排。」

「你記得那是哪一年哪一天嗎？」

「一九五八年五月三日。」

「那天的天氣如何？」

「晴天，但是，有一場暴風雨正在形成。妳爲什麼問我這些問題？」

「你有沒有覺得很奇怪，還能記得這麼瑣細的事？」

「人類的頭腦，像是一座很有趣的圖書館。」他半透明的形體扭動著，像是奶油滴進一杯咖啡裡，慢慢攪動著。

那個房間越來越熱。我問他在另外一些日子裡，做了些什麼事情，直到空氣中發出啪的一聲。

「我很想醒過來，我很想現在就醒過來。」

「你是醒著的，李歐尼爾。你現在是身處陰陽交界者。」

「在哪個地方跟哪個地方交界呢？」

「你現在是介於活著和下一個來生之間。」

「不是，我才不是呢！」

「是的，你已經是身在陰陽交界者。」

「你證明給我看。」

「在這個夢境的初期，是不是有人抱住你的身體？」

「有呀！」

「你可以告訴我，從那一刻起，所發生的每件事情嗎？」

「可以。不過，在夢中，你什麼事情都可以做。」

李歐尼爾並不是在否認，他只是不知道自己已經死了。而且，也因爲不知道自己已經死了，所以他還是忙著過生前所過的日子。這也是他的公寓被弄到凌亂不堪的原因。由於他不知道自己即將重新組成新形體，他的威力比以前強，也更危險。現在，是面對現實的時刻。下面這個問題能夠讓人立即面對現實，從來不曾失誤過。

「你最近一次上大號是什麼時候？」我問道。

「十五天以前。」他的眼睛看著我。他的眼睛已經變成淡褐色。他的嘴巴呈橢圓形：「喔，媽的！」

第 2 部

1

艾美沒有看完克洛伊寄給她的DVD光碟片，但是，我全部都看過了。艾美沒看完的部分只有幾分鐘。那段影片是在一場舞會中拍攝的，人們對著攝影機頻頻揮手，跟克洛伊說話，那些聲音是從鏡頭後面出來的。麥克風傳出鬧哄哄的音樂和聊天的聲音。畫面是從緊鄰廚房的窄狹門口的餐廳那邊拍攝過來的。在艾美背後的牆壁上，掛著一幅日曆，日期是一九九二年八月。她摟著那個黑髮年輕人，而那個男人顯然不願意他們的兩人世界被人打擾。他們在慶祝的氣氛中，分享著奇妙的親密時光。他在說話，但是，他的聲音並沒有傳過來。在嘈雜的聲音中，我努力辨讀他的唇語。他說：「不會有問題的，我們會駛完全程，途中會在至少一個陌生的床上做愛……」他用手肘輕輕推了推她，她笑了：「感恩節很快就到了，這只是暫時的。」

艾美將那片光碟藏起來之後，過了幾天，另一個男人的氣味，斷斷續續的在房間內飄動翻騰。她經常沒來由的轉頭朝著入口處和放家具的角落望過去。艾美那樣做不是針對我而有的反應，我知道她緊張不安另有其他原因。

那一段期間，艾美每天上班之前，不再去看睡夢中的史考特。就這樣，一天，兩天，幾天過去了，她不再吻別睡夢中的史考特。她唯一保留的習慣，只是幫他把被子蓋好。

史考特沒有馬上發現艾美的行爲有了改變。艾美的吻，一直像個溫和的鬧鐘，提醒他差不多是醒轉過來的時候了。他從來不需要那個滴答作響的「大笨鐘」，他設定鬧鐘只是預防萬一自己沒來得及起床。但是，當艾美不再吻他之後，史考特就要依靠鬧鐘叫人起床的舊方法。

每天早上，史考特自己從床上爬起來，動手搔搔癢，伸伸懶腰，然後走進廚房。他喝下一小杯果汁和吃了一些花生後，換上偶爾由他自己燙得很平整的衣服。他每個星期至少會去跑步四次，而且，每個星期六都會跟運動夥伴一起慢跑。當「大笨鐘」幹起喚醒他的工作之後，他就開始吃一些維他命，多跑一些時間，並在晚上少看一些書。可是，這樣子經過二、三個星期之後，他變得脾氣暴躁，焦慮不安。

「我最近身體有點問題。」史考特關掉床邊的檯燈。

我在這棟房子內我最喜愛的地方，也就是擺著搖椅的地方，就可以聽到史考特說話的聲音。

「嗯？」艾美說。

「現在早上都變成鬧鐘在叫我起床，我的身體好像忘了能自動清醒的機能。」

「吃點維他命吧！」

「有呀，我現在都吃維他命呢！」

「你現在又換上大夜班了，或許是這個原因。」

「好像我睡得很沉，聽不到妳的鬧鐘。你知道，就好像在我醒來之前，妳的鬧鐘先把我喚醒。」

「或許吧！」

這時傳來床單沙沙的聲音，肌膚與肌膚相互摩擦著。

「我很累了，史考特。」

「我們速戰速決。」

「太累了。」

「好，那麼我們不需要做那個。」鬆緊帶啪的一聲，是脫掉衣服的聲音。

「親愛的，拜託你，也許明天吧。現在眞的很累了。」

經過兩、三分鐘，一切寂靜無聲。

「你在做什麼？」艾美問道。

「什麼？」

「那樣子呼吸，干擾了我。」

「我只是試著讓自己放鬆一下。當妳加入我一起同步呼吸時，你會喜歡的。」

「很好。不過有另一件事情——你自己呼吸好了。晚安。」

床單又沙沙作響。有一邊枕頭發出聲音：「我愛你。」史考特的聲音傳到前屋，他說「我愛你」時，他的臉是朝著臥室的門，而不是朝著艾美。

「我也愛你。」

一種金屬的味道——帶著熱鋼和鮮血的味道——讓我大吃一驚。那種氣味飄進這個房間，我看到飛蛾的影子輕快的掠過地板。記憶中的事情引起激烈的情緒。片刻間，我的注意力離開安德魯的氣味，接著又回憶起來。我馬上想起安德魯遺留在書櫃左邊抽屜裡面的血跡，我也好奇想知道他的傷口是如何治好的。那傷口割得乾脆俐落，留下一道鋸齒狀疤痕。這個疤痕已經成爲他深愛之物，雙手的摩擦讓它日益有光澤，死去的表皮細胞則落入不通風的裂縫中。

✦

安德魯的鮮血從割傷右手掌流到手肘，滴到地板上。他打開桌燈時，眼睛瞇了一下；他將玻璃片從手中拿開時，並沒有半點疼痛的表情。這時，鮮血湧向腕關節。他又把一件織工很好的白襯衫拿出來，用那件衣服纏繞著割傷的傷口。我凝視著安德魯的眼睛。從他眼睛的虹膜中，有一片新月形的藍色不見了，是我的幻覺吧，是光線欺騙了我吧，可不是嗎？我伸出手，想握住他受傷的地方，然後縮了回來。我不能出手相助，不能在現在。不能在我做了那些事後出手幫他。

✦

部分的我很想去找諾柏。我身處陰陽交界處已經有六個星期了，他曾經告訴我一些相關的眞相。他也曾跟我解釋碰上這種情況要如何處置，但是我們從來沒有討論過要如何解救一個孩子的問題。我沒有理由帶她回家，即使身邊這個赤身裸體的三歲小女娃能告訴我，她的家住在那裡。悲傷的雙親已經無法迎接這個過世的女兒回家，而小小年紀的多娜也無法了解父母親爲什麼不理她。相反的，我只能帶著她到我唯一能想到的地方。

我唱著她所不知道的押韻兒歌給她聽，以吸引她的注意力。我很愉快，反覆唱著兒歌，讓我的心情也跟著平靜下來。我對唱兒歌非常熟悉，根本用不著思考。

「我要抱抱。」這個女娃兒說道：「不要再走路了，現在正下著雨。」

「多娜，你是個大女生了。我們要走的路不會很遠了。」

剎那間，我們偷偷溜進一座小花園。雷聲在數里之外，仍轟隆轟隆的作響。不過，多娜似乎已經不在意下雨，而且開始嗅一嗅，聞一聞花的香氣。我問她最後一次看到媽媽時是什麼感覺。多娜告訴我，當時她的喉嚨受傷了，沒有辦法呼吸。

「來，把你的嘴巴張開。」她很聽話，張開嘴巴。當我朝著嘴巴裡面望去，在喉嚨的底部，有一層黑色厚膜。我確定她罹患白喉。

我在未來幾個月，或是幾個小時，或是幾天所要做的，是正確的事嗎？我停頓一下，拍一拍屁股附近的空氣。多娜拿著花坐了下來。她把那枝花兒在兩手之間傳來遞去，好像那花柄會刺痛她的手指似的。我開始教她：「好。現在，這件事情很難解釋。所以，你要認眞聽著。在你的手中有一朵花，我們也很像花朵一樣。我們需要空氣、食物和水。你看這裡，你手中的那一朵花再也吸收不到這些東西，因爲這朵花的花柄被折斷了。如果花柄還在，花就能成長，維持漂漂亮亮的。現在，我們來談談你的狀況，當你的呼吸停止，你的小小心臟也就跟著停止跳動。我也經歷過這種狀況。現在，我們必須讓我們的呼吸和心臟又重新活起來。這樣，我們就能吃、能哭、也能使用便盆，而且，還可以把老爸抱得緊緊的。但是，如果這些事都停止了，這就表示我們已經死了。這樣，你知道什麼叫做『死亡』嗎？」

她看著我，好像我很愚蠢似的，說道：「這表示你上了天堂。」

「那是你現在所在的地方嗎？」

「不是，那是爸爸所在的地方。媽媽曾經說過，爸爸會在天堂和我會面。」

「媽媽說過，你還會見到哪些人嗎？」

「天使。」

我小心翼翼的帶著她走進聖依莉莎白醫療所的後門。我甚至不想讓多娜瞥見那兩個站在前門兩側的美麗的、沒有生命氣息的白天使。這兩個白天使只會讓多娜更困惑。我快速的帶著多娜通過孤兒院，找到一間醫務室。當我聞到走廊有一股濃得化不開的可怕的消毒劑味道時，我知道醫務室就在附近。

我搜尋那醫務室，在一排病床之後的那個角落，我看到有兩個洋娃娃。我還不能期待多娜能嚴格遵守身處陰陽交界的最後一條守則，所以我便指著那兩個洋娃娃，跟多娜說：「你跟洋娃娃玩一玩。」她馬上將那個破舊的洋娃娃抱在懷裡，唱起旋律古怪的小調：「我找不到我的洋娃娃、洋娃娃、洋娃娃。一頭金髮的洋娃娃，和一頭黑髮的洋娃娃。我找不到我的媽媽，媽媽、媽媽。雙手不柔弱，但是親吻很溫柔！」

在病床中間通道的那一端，有一位慈善會修女俯身看著一張桌子。她戴著上了漿的白亞麻女帽，就像一隻大蝴蝶的翅膀不停盤旋著。那一身深藍色的修女裝，把她的肩膀到腿部全都覆蓋了，像是黑暗中的一個影子。

我不知道這些女病童是不是也罹患了經常會肆虐整個社區和孤兒院的疾病。我想起多娜的喉嚨底部長了一層厚厚的黑色薄膜，同時，也知道白喉可能已暗中在整座城市蔓延。當我準備按照諾柏所說的去做時——找到一個行將斷氣的人，並等候著——一種像是噁心的感覺充塞著我的靈體。

首先，我開始專注傾聽，並學習辨識十個不同的人的內在聲音。剛開始這些聲音很不和諧——是一種讓人受不了的單調低沉的聲音——但是，片刻之後，我可以感受到心臟、肺部和血液一起流動的聲音之美，這個發現吸引了我的注意力，直到我查覺其中有一個人的節奏停頓了太久。

在最遠的角落，有一位小女孩躺在那裡。她躺著的地方靠近一個大窗戶，就像大教堂的門那般又高又寬。那位修女已經盡力做了最好的隔離措施。我走近那個小女孩的身邊時，她顯得非常安靜。這時，一陣熱風吹過整個病房，從她的病床散逸出一股尿味。她輕聲的喘息。我轉身想找那位修女，但是，那位修女已經不見了。我很希望修女在這裡照顧這位小女孩，安撫她。不過，我知道這一來，只會使事情更添增麻煩而已。我把床單拉開，看到眼前這個小女孩穿著一身輕薄的穆斯林袍子。她的雙手和雙腳向外張開，膚色暗淡無光。所以，我猜想這種情形，她可能拖不了多久了，因為我覺得這種狀態，就像我曾經碰過的一個孩子的情形那樣，是在蓄積力氣，做出最後一聲叫喊。

「多娜，過來看看。」我說道，並吞下所有的恐懼。多娜一聽，就輕鬆的跳過來，手裡抓著洋娃娃的臂膀，洋娃娃一晃一晃的。我坐在這個小女孩的身邊，並挪出一些空間，也請多娜坐著靠近小女生的胸前，並面對著這個小女生。接著，我跟多娜說：「我們準備開始玩『說悄悄話遊戲』，我們必須很有耐心，不能亂動，也要非常安靜。你做得到嗎？」

「沒有問題。」多娜抬頭望著我，同時向我這邊靠過來。她手中的洋娃娃，正好夾在我們之間。她問道：「這個女孩生病了嗎？」

「是的。不過，她很快會好起來。」這時，一縷空氣溜進小女孩蒼白的嘴巴。我又說道：「現在，她心中有一個祕密想說出來。可是，她說話的聲音很微細，所以到現在都沒有人知道她想說什麼。你可能是第一個知道祕密的人。」

多娜聽了，一臉笑容。但是，一股突如其來的傷痛，讓我的反應延遲下來。當她的肩膀輕觸到我的手臂時，我自己並不想拉開。她沒有反應，但是，這並不表示她沒有感覺到有一股能量在鼓動著。

「注意了，寶貝，把你的耳朵貼進她的嘴巴。保持絕對的安靜。」多娜離開我這邊，她慢慢彎腰俯身下去。我在一旁說道：「注意聽，只要傾聽就可以。」多娜把她的手放在這個女生的腋窩下。我說道：「妳做得非常好。」

「噓！我在聽著哪！」多娜說。

過了數分鐘。我們一直靜止不動。多娜把她的右手放在那女孩的胸前。我只顧著說道：「靠好，現在要靠好。」——這時小女孩輕輕吐出一絲氣息——而多娜則消失在一縷清新的空氣中。在女孩的身體和空氣之間，有一道輕薄的銀色橫線曲捲上來，隨即消失無蹤。

沒有出聲的嚎啕之後，我的慾望甦醒了，卻沒有可以擁抱的軀體。我需要一副軀體，來對抗所看到的這一幕。

✦

十歲那一年的生日蛋糕，我又回味過一次。那一天，當我吃第三塊蛋糕時，我並沒有使用牙齒。那一塊檸檬蛋糕挑動了我的味覺神經。我把嘴裡的那塊檸檬蛋糕，來回從左顎嚼到右顎，又從右顎嚼到左顎，接著，用舌頭享受著夾雜奶油味和酸味的蛋糕。

我的爹地坐在餐桌旁他的固定位置上。他細嚼慢嚥，每一口都像回味無窮似的。靠近下嘴唇的那一小凹痕，彷彿要裂開似的。他問道：「你還要一些牛奶嗎？我的小蠻妞。」其實，那瓶牛奶幾乎見底了。

「好呀，加一點。」

爸爸把身子向前傾，靠到我這邊來，把最後的一點牛奶全倒進我的玻璃杯裡。一股貝蘭香水的香味，散布在我們之間。那種氣味相當好，但是，我還是看不習慣爸爸沒有留落腮鬍的臉。他問道：「你到底從那裡取得這個妙點子，把你的禮物弄成裡面空無一物？」

「你知道的，今天是四月一日愚人節。」

爸爸開懷大笑：「很聰明的惡作劇，瑞芝。你媽媽和我被嚇了一跳。我還準備要逮著某人，拎著他的領子現身呢。」

「喔，爹地，你開不得玩笑嗎？」

「你喜歡你眞正的禮物嗎？」

「我喜歡我的新洋裝。但是，我不認爲奶奶會喜歡我得到組合玩具。」

「你不想要一套嗎？」

「想呀。」

「不要擔心奶奶的想法。她只是不希望妳比她聰明得多罷了。」

「要是那樣，我也沒辦法呀！」

「媽媽說妳上個星期的考試成績拿到甲上，我深深以妳爲榮。」

「謝謝你。」我答道。我看到爹地從盤子裡刮下一層淡黃色的糖霜，然後用舌頭去舔叉子。

我問道：「你爲什麼要刮掉鬍子呢？」

「妳不看報紙嗎？現在臉上留著毛茸茸的鬍子，已經不再流行了。」

「這樣子嗎？但是，你留鬍子，比較像當一個爸爸。現在沒留了，就只像是一個男孩。」

「我是男孩。」

「爹地……」

「你的母親喜歡我這個樣子。」老爸故意把下巴往上翹起來，眨一眨眼，說道：「不是嗎？克萊兒。」

我轉過身，發現母親站在餐具櫃旁邊。她說：「除了刮鬍膏之外，其他我都不介意。現在，他的一舉一動，像是一個年輕人。喔，睡覺的時間到了，我的小壽星。」母親順手把那些盤子、碟子通通收到廚房。

我緊緊摟抱著爸爸，他順勢拉著我坐上他的膝蓋。他上了漿的襯衫已經不再筆挺了。我感覺到他的呼吸，他說道：「晚安，即將進入兩位數字的寶貝女兒。」他像張開的盔甲緊緊的把我圈住，牢牢抱著我。他又說道：「到明年，妳長得更大了，我就無法這樣抱妳了。」

「我不會長那麼快的。」

「喔，你會很快長大的。」

爹地放開雙臂。我伸手摸著他有如砂紙的兩頰，他臉頰上零星散布著紅色的小刀痕，並且注視著他的眼睛。在那樣的光線下，我從他的瞳孔看到自己的剪影。這時，老爺鐘輕輕的敲響晚上十點的聲響。我在爸爸的前額輕輕親吻，同時注意到他紅褐色的頭髮，點綴著銀色的亮光，明亮如鏡。

我寄出了尋找安德魯下落的第一批信件，幾個星期之後，我收到了第一封回函，是在六月間寄自波士頓。我給住在麻州的每一位姓歐康納的人家，全都寄發了一封詢問函，希望即使經過這麼多年，還能找到一位收信人是擁有安德魯線索的堂兄弟姐妹。當我打開信封時，首先將一張厚厚的、有光澤的相紙壓平。我看到那張紙上有一對黑眼睛對著我看。那個年輕人就是派崔克，也就是安德魯的父親，高大的派崔克原本擁有具男性魅力的肌肉結實的身材，站在一輛高大的腳踏車旁。他是後來過著舒適無憂的生活，身材才變得有點渾圓中廣的。他具有運動家氣質的年輕身體，等著鏡頭來發覺。從那樣的架勢，我看到派崔克的獨子肯定是虎父無犬子的類型。

布瑞特先生：

我想，我跟安德魯．歐康納是有一點點遠親的關係。

我這邊的東西，可能對你沒有很大的幫助，因爲除了能提供基本家譜供你參考之外，其他可能都幫不上忙。我的曾曾祖父名字叫做丹尼爾．歐康納，也就是派崔克的弟弟。他們的父母親，以及排行在前面的兩個孩子提摩西和瑪莉都是在愛爾蘭出生，後來移民到波士頓。派崔克和丹尼爾都是在美國出生的。現在，丹尼爾是唯一留在麻州的歐康納家屬。

派崔克在一八九〇年代初期搬到紐奧良，那時，他已經大學畢業好幾年了，他是一位銀行家。我的祖父曾經告訴我，那時候因爲派崔克後來竟娶了一位南方女子爲妻，家人都感到震驚。還好至少那個女子是一位天主教徒。這個家族沒有人留下紀錄，記下派崔克的孩子出生日期。你說，他有一個兒子名叫安德魯。但是，我的祖父卻認爲派崔克有另外一個孩子。我的祖父很可能是把派崔克和提摩西這兩個人弄混了。所以，不要讓分岔的枝節佔了你的時間。

不知什麼緣故，很多歐康納家族的人在二十世紀之初都連袂搬到賓州去，當時，賓州的鋼鐵業非常盛行。或許這個線索對你會有些幫助吧？

我想，你可能會喜歡我個人收藏的幾張照片。這裡有兩張是派崔克的照片。其中，有一張是他十二歲左右的照片，另一張則是上耶魯大學時的照片。你看，那輛大輪胎的腳踏車和留著鬍子的人，是不是很古典的？如果你想把這些照片放在談論安德魯的書裡，我可以給你比較漂亮的複本。

很抱歉我沒有辦法多提供你一些東西。我希望還有其他人能幫你找到你想找的人。

眞誠的　珍娜・歐康納

我很想找出關於艾美所不願意看到的那位紮著馬尾的年輕人的背景。

我在閣樓上找到幾個上面貼著字的大箱子，那些箱子有的貼上「高中物品」，有的貼上「大學物品」，有的貼上「其他物品」，而那些字都是艾美用英文大寫字體寫的。很久以前，我就知道不能只憑著看到標籤，就確定箱子裡面的東西跟標籤吻合。

我吹出一口氣，熱熱的，帶點潮溼，讓貼在每一個箱子上的貼紙膠水化開，失去作用。我發現在貼著「大學物品」的那個大箱子裡，放著一些舊筆記本、教科書，以及一些討論生育權的新聞剪報。另外，在貼著「其他資料」的那個大箱子裡，則看到一個破舊的背包、參加草根活動的紮帶，還有不少老舊的剪報，以及參加一些社會運動的紀念徽章，像是「反對墮胎，一次都不要」、「地球是我們的母親」、「不要核彈」的徽章。

我花了很長的時間，看她在十幾歲時所收集的那些紀念品。她從六年級開始，每一年都有一本當年的紀念冊。在那些紀念冊，有好幾頁都是同學好友的簽名。她上高中之後，每一年都交一個男朋友——或許兩個。她在大一、大二那兩年，還當過學生自治會的代表。她升到四年級時，曾被同學選爲最具藝術天分的學生。上大學這幾年，她的髮型和衣服都有過改變，但是，從不改變的是她的笑容。

直到一九九二年之後，艾美的每一張照片才出現變化。原先嘴角微翹的微笑照片，現在嘴角出現微微下彎，由於差異甚微，所以幾乎沒有人發現這個轉變。如果眼尖的人發現了，她可能推說當時正在想著某些東西，或是突然出神了。她的眼神，蒙上一層抑鬱寡歡的朦朧。但是，拍照的那些時刻，她總是顯得高高興興的。這些顯得很快樂的照片，有一張照片是她拿著白色的結婚蛋糕輕輕的點在史考特的鼻尖，並看著他。有一張是她爸爸過五十歲生日，她凝視著父親。還有一張是她和老祖母桑妮在動物園裡騎在駱駝駝峰上，向鏡頭揮手的照片。

我原本想著那個箱子是空的，但是，當我把一塊硬紙板從底部抽掉時，才發現不是空的箱子。一個大型的惠特曼採樣箱剛剛好可以放得下。

他的名字是傑瑞米·惠勒。在艾美收集的紀念品中，有傑瑞米剛上大學時所使用的身分證。他的頭髮很短，樣子看起來，比當時十八歲的年紀還老氣。在這個箱子裡，有幾封情書，三張情人卡，而且，從字裡行間的語氣來看，一張比一張更親密、更慎重其事。另外，還有幾張票根、一張餐廳的收據、兩張周年紀念卡。在第二張周年紀念卡上，還寫著他永遠愛她的承諾。那些照片大多是一九八八年到一九九二年之間拍照的。而且，從照片上可以看出來，他的頭髮一次比一次長。另外，有三張是田納西州的風景照片，是在一九九二年六月間的七天空檔期間寄發的。

這三張風景明信片，分別寫著：

這裡眞美，還記得我們走過的圖尼嘉山（Tunica Hills）之旅嗎？這裡比那個地方更美。至今，還沒有人猜得出我是北方佬。即使他們說話的速度都放得很慢，我還是有一半聽不懂。很想念你。

愛妳的　傑米

在校園附近，我發現一個好地方。有一間舊屋，一片樹海。想像一下，當樹葉的顏色轉變時的情景。你還會來跟我在一起，對吧？天呀，我好想你！

深愛妳的　傑米

你收到這張明信片的同時，我將已回到家裡。快想死妳了。（在明信片上這麼寫，不知道是否違法？）我會給你一個驚奇。

我愛妳　傑米

在一堆路易斯安那州、阿拉巴馬州和田納西州的地圖下面，我發現其中有一張照片，這張照片上有一個指標，顯示是前往田納西州邊界的地方。從這張照片拍攝的角度來看，攝影機一定得平穩的架在車篷上方，才能拍成。照片中的那些人，彼此張開手臂，一個搭著一個，緊緊的靠在一起。接著，又發現一張訃聞和一枚戒指。訃聞上記載著傑米死於一九九二年八月十九日。他過世了，留下雙親、兩個兄弟、一個姪女和內、外祖父母四個人。

訃聞中沒有提及艾美。

我將那只戒指懸浮在漆黑的地方。從隔板的地方，滲透出一絲光芒。毫無疑問，這是一枚訂婚戒指，在戒指中央有一顆小鑽石，造形簡單，給人一種溫馨的感覺。

在這個箱子的最下面，艾美還藏著一封短信，寫信日期是八月十一日。

艾美：

我可以帶著祕密婚約活著，我也可以跟妳隔著六百英里的距離活著。答應我，永永遠遠。因爲妳知道，我沒有妳活不下去。

愛妳的　傑米

當我把所發現的東西一件接著一件疊在一起時，此時，一股想哭的衝動，一湧而上，只是淚水沒有宣洩出來，百感交集。這時，我想起我寫給安德魯的最後一封信，信封上寫了他的名字，豎立擱在我的梳妝台上。旁邊是我想寄給托莉的包裹。而我留下來的戒指仍然放在戒指盒裡，那盒子塞在要給托莉的包裹裡。

對於艾美的心情，我很能感同身受。她力圖把傑米放進她的記憶保護傘之下，守護著他，藏在生活表象的底層。傑米在光碟中短暫的出現，提醒了她，她雖已把他掩藏起來，但是他仍然沒有消失。她的反應顯示，對傑米的回憶是一股具破壞性的威力。我注意到她與史考特愈來愈疏遠。而且，我原本跟他一樣，認爲她祖父母過世，使得她變得更爲內省和退縮。

雖然我知道，我沒有立場，也沒有權力加以干預，但是，我不得不如此。他們還有機會挽回，而我當年卻把那樣的機會給錯過了。

✦

一九二九年七月十日星期三

安德魯，我的至愛：

我愛你，是出於一股自然的力量。

我知道，像這種話出自於一個只相信感覺，其他什麼都不相信的女子所要透露的是什麼。可是，我是有證據的，你可以看到。我無法懷疑當你深不可測的藍色眼睛望著我時，我的皮膚底下馬上有奔騰的感覺。當我赤身裸體碰觸你的身體時，我體內的血液不斷加速流動。當你輕聲呼喚我的名字，我的呼吸像潮起和潮落，忽高忽低。

你曾問我一個問題，現在，我可以回答你。請你等一下，請你閉上我珍愛的眼睛。安德魯，請伸出你的雙手，接納我。

永遠，永遠屬於你的　瑞芝

✦

跟安德魯那個小圈圈的朋友，以及他那些朋友的女朋友共進晚餐之後，我、安娜．懷特康和其他女生都留在餐廳聊天，而那些男生則在客廳抽菸。我沒有多說話。他們全部都是紐康姆學院的女生，選同樣的課，交往的也都是那個圈子裡的朋友。我聽到安德魯突然開懷大笑，興高采烈。我的身體跟著全身振動不已。安娜開始大談特談一年半以後，準備當六月新娘的終身大事——她預定在畢業後的第一個星期四，舉行結婚典禮。我拿著一杯咖啡先行告退。那些年輕女生很有禮貌的跟我道別，但是，一直等我走到完全聽不到的範圍之外，她們才又開始閒聊。托莉到了下星期一上課，看到安娜時，一定會聽到我先行離開的事情。我沒辦法，那些男生就聚集在兩道門之外的地方，他們談話的聲音，吸引我走進那瀰漫著菸味的房間。

華倫．崔普站在壁爐旁邊，反手巧妙的把菸灰彈進放在壁爐架上的菸灰缸。他彈菸灰的姿勢顯得豪邁又老練，我差點笑出來。在華倫旁邊的是艾倫，他一雙大手捧著一杯咖啡，坐在老舊的、重新整修過的長背椅的手把上，兩條腿大剌剌的伸進大家圍坐的那個圈圈，顯得很突出。湯姆的一隻腳就擱在他媽媽的一張小凳子上。這時，安德魯靠向華倫那邊，讓出一個位置讓我坐下。

「問問瑞芝，她有什麼想法？」安德魯說道。

「你對於當前的種族自殺，有什麼看法？」華倫問道。

我看了一下安德魯。安德魯知道我多年來經常偷聽我的母親，以及母親那些主張婦女擁有參政權的朋友在討論一些熱門的政治話題。於是，我反問道：「有那個種族會自殺？」

「當然，你知道我們這個國家有相當多的移民。」華倫說著，嘴裏吐出一口煙，接著又說道：「我們也非常關切異族通婚。美國南方很多州已經禁止這種混合婚姻，而且，這幾年來，受過教育的人，他們的生育率也在嚴重下降之中。」

「所以，這個種族自殺，是發生在白人這個族群。」

「一點不錯。」華倫抽完最後一口菸，又說：「這是遺傳的問題。那些聰明的、身強力壯的人，生的小孩越來越少。可是，那些反應遲頓、身體衰弱的人，生的小孩卻越來越多。如果後面的這種人越來越多，人數超越我們，那麼，我們的社會將變成什麼樣的社會？」

「我還以為你是一位達爾文主義者，華倫。」艾倫說道。

「如果有物競天擇這回事，我們不應該認為這些『大眾』會自行死絕嗎？」安德魯問道。

華倫在菸灰缸裡把菸蒂捺熄。他的眼睛帶著嘲諷的意味：「我認爲他們死於疾病的比率相當高。但是，他們光是靠人數就占上風了，所以，我們必須做點事，以遏阻對於我們國家的穩定產生的威脅。」

我的眼睛朝下看著杯子，轉動著我的眼球。

「這個國家現在比以前任何時期都還繁榮。」安德魯說道：「是什麼讓你覺得我們備受威脅？」

「我們這個城市，單單義大利人就比我們的人口還多，更不用提黑人的人數了。」華倫說道。

「也許我們應該了解一下，他們那些人做了很多工作，讓我們的生活變得更加輕鬆。」我說道：「特別是，他們做我們不要做的挖地、蓋房子的工作；他們也做我們不想做的事，像是打掃、擦洗東西等等。」面前的這些男生，紛紛對著我射出質疑的眼光。

「你們家裡沒有這樣的幫手嗎？」華倫說。

「我們有時候會有。像是寶拉幫我們洗衣服，梅伊幫忙做一些特別的晚餐，或春天大掃除工作。我的母親不認爲，可以要求別人做她所不想做的事。她也相信所有工作都有它的尊嚴。」

就像一種暗示的動作，湯姆家的管家就在這時端著一個托盤，放著許多餅乾和咖啡，走進我們交談的房間，她很有禮貌的幫我們服務。我知道，她一定聽到我們談話的內容，因爲在她離開房間之前，還刻意的看了我一眼。她的雙手具有像雕刻的核桃的那種顏色和力量。

「謝謝你，米莉。」皮膚晒成粉紅色的湯姆說道。

「現在，讓我們從經濟觀點來探討這個問題，壓低所謂的不受歡迎族群的這群人的生育率，這是不智的。」安德魯說道，他的眼睛同時也散發出一種熟悉的光芒。他為一個主張辯護的時候只是想看看自己有沒有能力說服別人，根本不管他是多麼不贊同這個主張。

「這要看你是誰，那是一種自私的、陰險的想法。」我回答道：「我比較喜歡這麼想，如果所有的人都很健康，也受到很好的栽培，那將是多麼不一樣的情景。」

「你的重點是什麼？」華倫問道。

「我認為沒有種族自殺這回事。你說的是優生學，而且，還假設有一種應該加以培養的純種種族。那是一派胡言！這不是種族的問題。這是關於一個人在這個世界上的地位的問題。你可以是一位達爾文主義者，同時也是主張優生主義者。他們都相信物競天擇的理論。但是，我們國家比加拉巴哥群島大很多。而且，就算等到這個理論證實對於人類是正確的，我們也早已從地球上消失了。」

「所以，妳的主張是什麼？達諾（Darrow）。」艾倫問道，那些男生都笑了。

「節育。」我說道：「問題不在於我們有太多的嬰兒。關鍵在於女性——承擔生育責任的人——沒有節育這方面的知識。」

安德魯忍住了會心的一笑，其他的年輕男生都瞪著看我，呆若木雞。

「那是違反自然之道。」華倫最後回應道。

「自然並不是一成不變，自然會改變。」安德魯說道。

「不對，不是這樣。」華倫又點燃一根香菸，說道：「天底下的事情一直總是如此，從星星的運轉，到嬰兒到人間來報到，都是同樣的道理。」

「那麼，這個話去對渡渡鳥⑦說吧。」安德魯雙掌交握，最後的三根手指彎向掌心，用食指指著華倫說：「想一想演化已經把人類變成不是多胎生的生物，女性通常在一段期間內只養育一個嬰兒，這樣可以讓她——以及她的伴侶——集中精力在這個孩子身上，並確保這個孩子有比較好的存活機會。」

「我也認爲，人類演化的進步，讓我們對於自然的作用充滿著好奇。瑞芝，許多人可能會質疑。」他指著我，說道：「節育是無法接受的事情。但是，我認爲限制一個家庭成員的多寡，是可以根據個人好奇的本性，用有意識的、審慎的方法來達成。所以，對我而言，那些反對節

---

⑦ dodo bird：已經絕種的古代巨鳥。

育的人，似乎才是反對自然之道——即反對男性想了解並控制個人世界的願望。」

「下一步是什麼？」艾倫問道：「我們也要控制天氣嗎？」

「不對。就像某種衝動，一開始蠢蠢欲動，我們就知道了。」我轉身看著安德魯，他正準備拿出另一根香菸，同時，用眼睛餘光看著我。

後來，其他的女生也加入談話，所以，那天晚上的其他時間並不是一直都討論著嚴肅的話題。安娜告訴華倫不要再以挑釁的問題刺激安德魯，反而破壞了可以好好度過的美好派對。當安娜說華倫是一個不可救藥的人時，華倫俯身去親吻她的臉頰。經過好友們一番勸進，湯姆終於展現他所學到的用尤克萊利琴演奏⑧的新歌。安德魯並沒有跟著大家一起唱，他坐在那一張長背椅上，用腳輕輕打著拍子。有一次，我看到他正在看著我。他拿起一個空杯子，故作飲水狀，以掩飾那露齒一笑。我跟他眨一眨眼，讓他知道，我知道他在看著我。

安德魯開車送我回家的途中，我們談到當天晚餐後的討論話題。他宣稱，從沒有見識過那個女生說話像我這麼直接了當。他說，我的評論率真，很有觀察力。不過，我從他看我的眼神

⑧ukulele，一種小型吉他琴，從一八七〇年代由葡萄牙人傳入夏威夷的一種四弦吉他琴。

知道他仍對我很著迷。我也告訴他，我從來沒聽過有人以演化的結果，來維護節育的觀點。他承認，他看過一些這方面的文章。他說，他的論點在邏輯上站得住腳，而且，他的說法也激怒了那些抱持不合理的、主觀宗教信仰的人士。

「我今天玩得很高興。」當安德魯的敞篷車到達我家門口時，我說道：「而且，你們這些朋友相處也都很真誠，雖然我們有一番激烈的辯論，但是，我的印象非常深刻。」

「我們都有很好的教養。」

我大笑的說道：「嗯，晚安，謝謝你。」

「不客氣，謝謝妳，加入我們的討論。」他並沒有走下敞篷車，沒有走到我這邊幫我打開車門。他的眼睛首先盯著我的眼睛看，然後，眼神又飛舞到我的嘴唇，來回不停的掃視。他在暗示我靠近他。

我們這一次親吻的時間，比以前親吻的時間來得更久。他也比上一次更能放鬆身體，但是，比起以前我所認識的那些男生，他的一舉一動表現得很正派純潔。我和認識五個小時的男生的交往速度，也比認識了五個星期的他，進展的速度還要快。到現在安德魯的雙手，還不曾在我的胴體摩搓遊歷。我們熱烈親吻之後，我的雙手環繞著他的肩膀，沒放開他。於是，他把我抱緊，但是，他似乎覺得不太舒服，好像很不習慣被擁抱這麼久又這麼緊。

後來，他陪我走到我家門廊的階梯前，一直等到我走進家裡一再揮手，他才離去。

2

我把大門關上，一個人倚著大門上冷冷的、厚厚的鑲鉛條玻璃隔板看著外面，聽到安德魯的敞篷車開走的聲音。我的祖母坐在長沙發上，那盞她心愛的檯燈，散發著琥珀色的光輝。

「我們什麼時候可以見一見那個年輕人呢？瑞芝拉。」奶奶一面說道，一面看著她的雜誌，並沒有抬起頭來。

「會很快的，如果我和他繼續交往的話。」

我的父親走進房間來。他是一位美男子，一頭混雜銀絲的黑褐色頭髮和一對黑眼珠，讓人不得不注意他稜角分明的五官。我很期待再看到消失已久的他蓄鬍子的模樣，那是孩提時代對老爸所留下的印象。當他彎腰準備坐進那張安樂椅時，張著溫文的長睫毛大眼睛看著我，說道：

「今晚玩得很愉快嗎？」

「是的，爸爸。」我把外套脫下來。

「那麼──」他一面翻閱面前的報紙，一面說道：「妳爲什麼還把這位安德魯藏起來，不介紹我們認識呢？」我知道，他已經感到非常好奇。他總是用沙啞的爲父的聲音，探問跟我交往的那些男生的情形。他覺得是在做一件相當重要的事情。

「我沒有把他藏起來呀。」

「妳知道，妳原本可以邀請他進來的。」爸爸還是看著他手上的報紙，說道：「今天的時間還不很晚呀。」

「下一次請他來，我答應你。」

「你有沒有聽到？莉莉，」爸爸跟我的祖母說：「還會有下一次。」

奶奶推推她鼻樑上的眼鏡，用堅定的眼光，看著我。我手上拿著外套站在那裡，緊緊咬著下嘴唇。

「喔，天啊，她戀愛了。」

「不，我沒有戀愛。」

這時，我的父親放下手上的報紙，也看著我。突然間，我發現我的母親就站在樓梯口。她已經一副準備就寢的穿著。她用一條垂到肩膀的深紅色絲帶，繫著金色長髮。她還打著赤腳，就像每天晚上一樣，不管任何季節變化。我的家人全部都帶著感性的笑容，臉部顯得很溫柔，一直盯著我看。

「你們讓我感到很緊張，不要這樣看了。我們才約會幾次而已。」我把手上的外套，放在旁邊的衣物架上。

「妳早已知道的。」奶奶說著，又回頭看她的雜誌。

「哎喲，你有超人的洞察力？奶奶。」我走進房間，並朝著廚房的方向走去。

當我要走去廚房的時候，爸爸伸過手來，拉著我。他緊緊拉著我，我無法拿開他的手。我低頭看著父親——我敢發誓——我看到淚水在他的眼眶打轉。他把我的手拉到他的唇邊，親吻著我的手背。一時，一種備受關愛的感覺湧上全身。我忍著沒有做出像小女孩擁抱著爹地的親密動作，相反的，我緊握著爸爸的手，親親他的臉頰，心裡明白他已經放開我一些些，讓我可以飛遠一點，不像過去處在他嚴密的保護下。

✦

安德魯第一次跟我家人的晚餐，可以順利過關嗎？

安德魯到我家之後，我就讓他自己跟我的家人應對，我只顧著幫忙倒茶水。眞的，這是最好的安排，因爲這個男生是否值得繼續交往的最佳考驗，要看他是否經得起爸爸的追根究底的盤問，以及奶奶深入打聽他的家世的功力。媽媽比較有禮貌，她提出的問題，動機也不那麼透明。我故意多擺幾根叉子和一個舊果汁杯，以便拖延時間。他們詢問安德魯的問題，包括像是：

安德魯，你最感興趣的法律領域是哪些？你父親的家人來自愛爾蘭的哪個地方？我們的瑞芝，小時候便學過鋼琴，你也有過音樂訓練嗎？等等。

母親人在餐具室，還頻頻用眼睛看著廚房那邊的動靜。我將玻璃碎片丟進垃圾桶裡。母親一面把康瓦耳烤雞從烤箱拿出來，一面跟我說道：「他很爽朗，非常健談。你爸爸幾乎沒有爲難他。我想他也很喜歡安德魯。」當我端著托盤走進客廳時，忍著不敢笑出聲來。他們幾個人已聚集在樓梯口附近，看著牆壁上一個相框內的我的照片，在那個相框旁邊，還有祖父和羅傑叔叔的照片。安德魯首先轉過身來。他的肩膀輕鬆的垂下——碰上這種情形很多男生都會不自在的聳起肩來——而且，安德魯眉開眼笑的時間也比嘴角上揚的時間多。奶奶牽著他的手，找位子坐下來。看來，安德魯已經擄獲奶奶的好感。爸爸說話的聲音幾乎很正常，發「阿耳發」的聲音，也變成音調比較友善的「阿爾福」。我們一面喝茶，一面討論爲查理．林白（Charles Linbergh）所舉辦的全市大遊行，這個大型活動的廣告，是我的父親所策劃的。

母親叫我們坐上飯桌。餐桌上的菜餚，非常美味可口，大家也聊得很開心。但是，我覺得很不自在，很想趕快逃離現場。那種緊張感覺不是預期會有一場心醉神迷的熱戀，不是災難臨頭、心頭沉重的恐懼，也不是受公眾矚目時胃裡翻攪的緊張情緒。一切都很好，一切都非常好。安德魯和我的家人處得相當融洽。我還看到父親和安德魯促膝交談，時而激辯一些市政問題，時而相視而笑。我明白我原本想要爹地再度否決，讓我有一個我從來不曾用過的理由來拒絕這個男孩。事實上，我希望他們跟我一樣，都很喜歡安德魯。

當母親拿出她最拿手最誘人的胡蘿蔔蛋糕和碳烤咖啡時，我完全不理會惴惴不安的感覺。爸爸倒一小杯威士忌給安德魯，安德魯欣然接受。接著，相當愛作劇的父親問也不問就倒給我一點點威士忌。大夥用餐和談話結束之後，我就去幫忙母親收拾碗盤。母親把手擱在我的肩膀上，親一親我的臉頰，說道：「我喜歡他，你很有眼光，我的甜心。」我回到餐廳時，已經空無一人。奶奶跟大家道晚安，她握著安德魯的手，好像那是一隻小貓似的，不停的輕輕拍著。我走過去親一親她，她就上樓去了。我知道爸爸還很想繼續跟安德魯閒聊下去，但是，媽媽靜悄悄的出現在爸爸的背後，拉著爸爸的手臂，把下巴放在爸爸的肩膀上，強抑著呵欠。她提醒我，上床前記得先將後門廊的電燈關掉。她交代這件事時，說話的聲音，令人意外的小聲。我的父母親跟安德魯握手道別，彼此顯得熱情洋溢。他們也親一親我，然後就上樓去了。我還聽到爸爸輕輕低語著：「我的小女孩自己找到一個很好的傢伙。」

今晚的空氣，像銅一般的清冷，甜甜的、冷冷的，吸進來的每一口空氣，都清冷新鮮。安德魯筆直站著，雙手平放在後門門廊的欄杆上，兩眼望著後院。我穿著孔雀藍的外套，縮著身體，坐在鞦韆上。後門門廊的電燈已經熄滅，我們走出室外的時候，我就把電燈的開關關上。

「多美好的夜晚！」安德魯說道：「妳看，多麼清澈的、明亮的北極星！」

我彎下身體，然後抬頭仰望北極星，說道：「曾經有志研究天文學嗎？」

他聽了猛然一笑，背部朝著我，說道：「我小時候就學過星象學。我的父親很喜歡天文學，是他教我的。有一度，我相信那些神話人物和東西，眞的就在那裡，而且，是用超大型的大頭針釘在那裡。你知道，星星的光芒顯示了它們的方位所在。我也想到如果那些超大型的大頭針鬆了，那就要任憑稀薄空氣的處置了——因爲那些神話人物和東西就會掉到地面，並撞上我——所以，有兩、三年的光景，只有在多雲的夜晚，我才會走到室外。我以爲那些雲可以讓它們駕著來登陸，不會直接撞上我。」當他轉過身時，浮現一個側影的輪廓，說道：「這都只是幻想。」

一時之間，我完全說不出話來。他把我迷得神魂顚倒。我說道：「我要說，我欣賞有創意的頭腦。」

「說到那個，你的家人都很有趣。」安德魯說道：「我很喜歡他們。」

「他們全都迷上你。」

「我原本就預期會很順利。」

「你完全沒有膽怯的跡象。你說話時，都一直看著我爸爸的眼睛。如果我爸爸感覺你的心有所膽怯的話，他就會像一位窮追猛打的調查員不斷刺探，令人招架不住。」

「很有意思，他並沒有用那種方式對待我。」

「當然沒有，你破解了他的策略。」

「妳有沒有因爲爸爸的嚴肅態度，而失去多交一些男朋友的機會？」

我聽了大笑，答道：「有些男生我根本不讓爸爸看到。」我把雙手伸進外套的袖子裡，又說：「下一次，去看你的父母親。」

「如果你確定去看的話。」

「你不想要報復嗎？」

「這樣似乎不太公平。妳的父母親和祖母都是很和藹可親的人。」

「你是被小妖精養大的嗎？」

「他們不一樣。他們比較沒有精神，也比較蒼老。母親曾經說，生下我是一個奇蹟。我的母親四十三歲那年才生我，很想把我取名爲以薩克。」

「她有過其他的孩子嗎？」

「我猜是有。也許沒有正式埋葬的。」

「她是什麼樣的人？」

他將兩手慢慢放進口袋裡，說道：「她是一位禮儀行家。當時，社會流行上女子精修學校，所以，她趕上那股風潮。如果我是女生，我敢確定現在一定也被送去上那種學校了。」

「眞可怕，還有呢？」

「她把時間奉獻給一家孤兒院，那是她的慈善工作。這也是她非常重要的工作。當然，她是一位非常虔誠的天主教徒。她每個星期都上教堂，也從來不曾錯過神聖日子的彌撒，當然，絕不錯過星期日的彌撒。」

「你當過祭壇侍童嗎？」

「我有時會在夢中用拉丁文說話——不是因爲我曾經學過拉丁文。」

「眞是可憐。」

「母親並沒有那麼糟糕，她只是似乎從來不曾享有足夠的樂趣。」

「那麼，你的父親呢？」

「他非常精明，他是銀行家，這是你知道的。他對債券相當內行，那是他的專長。他也喜歡炒做債券買賣。不過，他並不相信市場。他說，那種地方像女人一樣——容易受到八卦謠言、稀奇古怪的念頭和災難事件所影響。很抱歉，父親的觀念保守老舊。無論如何，他讓他的銀行維持在安全的狀態，並讓他自己的財務更安全。他投資的股票只限於電話公司和無電線公司。他說，要有未來性的公司。」

「他有說爲什麼嗎？」

「因爲人們喜愛聲響，特別是他們自己的聲音。」

「多有趣的推論。」

「也許他說得沒錯。」

「我們的父親彼此可能會喜歡對方。爸爸認為一個很好的廣告必須在過猶不及之間取得平衡點。」我站著聽他說話，並把手高舉過頭。我們身體的距離只有幾步遠。我說道：「嗯，如果我要確實了解你，我得找個時間，去見見你的父母親。」

「這件事情有那麼重要嗎？」

「我現在對你更有意義嗎？」

「至少我現在知道妳的觀點是得自何處。」

「我不是這個意思。」

「我知道。」

「說得眞好。」

首先，我幾乎吻了他。那似乎不對勁。他的聲音顯得有點哀傷，空洞，這是我以前不曾有過的感覺。我毫不猶豫的輕輕的摟著他的腰際。我的頭靠在他的喉嚨的地方。他的雙手環抱住我的肩膀。就在那一瞬間，他試著想看看腕錶的時間，他說：「我應該離開了。」

「你累了嗎？」他往後退時，我問他。

「不很累。」

「跟我來。」

「什麼事？」

「過來。」

他向我這邊走過來，我又緊緊抱著他。他的雙手還是很僵硬，硬邦邦的。

「放輕鬆，安德魯。」

「有呀。」

「你還是沒放鬆。」

「時間很晚了。」

「應該還不到十一點。」

「說眞的！」

「噓！」我稍微用力再將他抱得更緊。隔著他的外套的翻領，我聽到他的心臟跳動的聲音。

「瑞芝。」

「我要抱抱。」

「好。」

不到幾分鐘，安德魯輕聲嘆息，身體彎向我。他把下巴放在我的頭頂上。我們身體的曲線精準的接合在一起。我知道我們的呼吸彼此相應，一進一出，此起彼落。我很想跟他訴說這種感覺，但是，深怕一開口會打破這段完美的節奏。他的臀部像鐘擺一樣，貼著我的身體來回擺動，一開始時那動作非常微妙，不可能是蓄意爲之的。輕微搖擺的動作，一路向上延伸到我們的肩膀，一直等到感覺從膝蓋到小腿肚越來越遲鈍和緊繃時才停止下來。我們之間的每一個節奏，不管是心臟的搏動，或一進一出的呼吸，或身體擺動，從內部血液的流動到外部的肌膚之親，都顯得相當和諧一致。我閉上雙眼——僅憑著聲音和感覺就已足夠了——當我再度睜開眼睛時，這才發現天上的月亮已經挪動腳步，找到另一處休息的地方。

當我推開時，這是多麼令人心痛的感覺。

「現在眞的很晚了。」我告訴他。

這時，從我的家裡那邊傳來午夜過十五分的聲響——那是老爺鐘在報時——安德魯跟著我走到我家的前門。我暗自希望吱嘎吱嘎的開門聲會很輕，果眞如此。現在，我們走到前面的門廊，安德魯謝謝我今天晚上的安排，停了一下，他彎下身子吻我。他的吻非常輕柔。他又突然把我抱住，在我的前額輕吻了一下，然後才離開。我看著他走下階梯，在那邊，也就是橡樹的黑色蔭影下，停著他今天開來的他父親的敞篷車。安德魯轉過身來，朝著我，跟我揮揮手，並且，用手指著天上的北極星，然後朝向東邊。他開始跨大步離去。我不能大聲叫他，說他忘了開走車子。到了早上，如果有人問起，我也只能說因爲車子發不動。

一九二七年的除夕夜，我們參加蒸汽船上的爵士音樂舞會。那天，天氣很冷，所以，樂隊臨時改在船艙裡面演奏。我們靜靜的並排站立在甲板上良久。我們彼此聽不到對方的呼吸。我感覺很舒服，好像我們一直都在聊天。

「妳的手一定很冷。」安德魯看到我的手指緊緊的握著欄杆時，他說道。他的雙手戴著一副光滑的褐色皮手套。

「我不太冷。」我說道。我的手並不冷。

「來吧，妳把手套拿去戴。妳一定要把手套戴上。」

「不用了，我很好。你留著用。」

他沒再多說半句話，便伸手拉著我的右手手腕，幫我慢慢的把手套戴上，接著，又幫我把左手的手套也戴上。對我來說，這兩個手套都太大了。但是，這副手套還保留著他戴過的溫熱。一種超越溫暖體熱的感覺，竄入我的血液中。

「謝謝你。」我說道。

「不客氣。」

他是一位道道地地的紳士。他的動作從容不迫，都是出於本能，並不是想過才做出的反應。我很喜歡他爲女性打開門，並讓男士通過後他才進門。他也誠摯的感謝別人爲他所做的服務，即使只是做一份聖代給他。他跟別人說話時，總是直視對方的眼睛。我知道——雖然我還沒有碰到實際的情境——他是一遇到女士進門來時，總是第一位站起來的那種人。

「現在，感覺舒服一些吧？」他問道。

「舒服多了。」

他的手深深的藏在外套的口袋裡。我看著他的身體側影，和灰色天空相映成趣。我從來沒有注意到他擁有一個非常俊挺的鼻子，形成很完美的立體感。冷颼颼的天氣，他的兩頰凍成粉紅色。他的下嘴唇輕輕的噘起來，好像忘了用上嘴唇將它拉平。「我可以握住你的手嗎？」他問得如此客氣，讓我感覺他好像希望我拒絕似的。

於是，我伸出我的右手，手心朝下，而他也慢慢伸出他的左手，手心向上。我讓我的身體更靠近他，靠在他的右臂。這時，他轉身面對著我，用另一隻手攬著我。我又向前貼近，這時，我們的雙手剛好交織在彼此的胸前。我說道：「你不必問我，安德魯。現在不必問我了。」

「現在不必問？」他的眉毛向上揚起，表達出很想知道是怎麼回事的表情。

「不必問，因爲我已明白我——我喜歡——你。」對其他任何男人而言，這就好像我在暗示他給我一個急切的、熱情的吻。

「我也明白我也很喜歡你。」他輕輕的、非常溫柔地吻著我的前額，我暫停呼吸，閉上眼睛，單單品味那種感覺。幾秒鐘之後，我感覺到他的嘴唇壓著我的嘴唇時，我完全猝不及防。剛開始時這個吻只是探詢動作而已，而我的回答方式，就是把雙手伸進他的外套內，環抱著他的腰部，並放鬆我那被他的雙唇含著的下唇。安德魯知道我的回應之後，他的手滑到我的頸部後面，持久的、激情的狂吻著我，那種強度讓我很激動，好想大哭一場。

我們把緊密的身體稍微推開一點點。他說：「我覺得，好像有人在看著我們。」

我轉身，看到在甲板的另一端，有一對老夫妻。他們的雙臂互相挽著，對著我們微笑。他們向我們揮手，我們也跟他們揮揮手。那位老先生拉著太太的手，把她帶入溫暖的船艙。

✦

金屬的味道還留在屋子內。當這種味道第一次出現時，那種味道非常強烈，非常濃厚，我毫不懷疑這種記憶就像事件本身那麼可怕。這種刺鼻的氣味從來沒有完全離開艾美。在安靜的時刻，她會突然退縮或閉上眼睛——一種複雜的快速湧上的味道，會在她的四周翻滾。每一次，一種不屬於史考特的男性味道，就散逸在空氣之中。

艾美對於傑米的記憶，已經回復了。但是，她並不喜歡勾起這一段記憶。

艾美對於傑米究竟發生了什麼事，並沒有留下半點線索。她所收集的零星照片，也沒有透露半點傑米的故事。她放在閣樓上那些箱子內的東西，只能證明傑米已經過世了。但是，並沒有指出他是如何死的。我希望她能多談一談他，即使只是無聲的言語。我看她的嘴唇，喉嚨和身體，期待她無意識的、不由自主的自言自語。我的過度敏感完全不起作用，這種過度敏感是失去觸覺的安慰獎。艾美的嘴巴完全不動，她把祕密深埋在心底。

一開始，我就讓收音機一直保持很小聲，只有當艾美唸大學時期的歌曲出現時，我才讓收音機的聲音變得比較大聲。或許音樂能使人勾起一些回憶，找到一些線索。結果倒是史考特被勾起懷舊的情緒，他提醒她想起他們還未成爲情侶和夫妻之前的那一段普通朋友的日子。而她會微笑以待，但是，沒有帶著溫暖的感覺。

「聽到那首歌了嗎？」史考特用刮鬍刀刮左邊臉頰，問道：「想起那是克洛伊以前經常唱的那首令人厭煩的歌曲嗎？」他在水槽清洗刮鬍刀，並從浴室內鏡子的反射看著她。

艾美用手撥動浴缸的水，形成陣陣波浪，答道：「嗯，嗯。」

史考特看著她，將溜到嘴邊的話吞了回去：「眞是奇怪，妳又晒太陽，皮膚又長出多少斑點了？」

艾美大白天在庭院裡忙了一天，照顧著花兒。她用手往下摸著自己的身體。她發現從胸部、肚子到臀部都長出一些小小的、紅褐色的斑點，其中有的長得比別的斑點更黑、更大。她的四肢和臉部的斑點就比較清淡稀疏。

「那些大大小小的斑點，是因爲妳晒太陽而跑出來的。」他說道。

她從右太陽穴邊緣到下巴底部，出現一條細細的、清楚的線。它的走向沿著臉部的輪廓，像是一道陰影。她說：「有一些。」

「妳還會想那件事嗎？」他問道。

「我盡量不去想它。」

「無論如何妳不要想太多了。」

「不會。」她拿著一條浴巾遮著她的私處，說道：「醒來之後，我會想。整個家族的人都在醫院那邊。棻爺爺整天坐在那裡，即使媽媽、爸爸和祖母桑妮都跑去買咖啡，他也沒有離開。我們甚至都沒交談。他看著雜誌，並沒有離開一步。我只想一個人安靜一下。我若非上了麻藥，就是在很痛苦的狀態，無法跟任何人交談。」

「我認爲這樣的打擊，讓人們會做一些他們原本不會做的事。至少你知道他們都很關心，艾米絲。」

她用熱水再把身體沖洗一番，並說道：「祖母桑妮是唯一聽我說話的人，她知道我的情形——她很了解我。我可以靠著她，勇敢的面對其他人。我愛她就是因爲這件事。她帶給我平靜，即使她的嘮嘮叨叨讓我非常厭煩，像是她喜歡說這種陳腔爛調：『你很快就能夠再騎馬了』、『時間會治癒所有創傷』，說那些話是無濟於事的。」

「不過，她是對的。妳現在好端端的，而且，妳擁有我。」史考特靠過去她那邊溼答答的浴缸，在她的前額，獻上深深一吻。

「是的，我擁有你。」她的聲音帶著感謝之意，但是是一種認命的口吻。

史考特離開浴室，並沒有把浴室的門順便帶上。艾美的雙手沿著軀幹一路摩挲，兩手停留在恥骨上方，並且，把腹部向上鼓起。她保持那種姿勢良久，那是不可能令她感到舒服的。最後，當她完全放鬆之後，便將手指全部併攏在一起，遮蓋著她的肚臍。

血。我很好奇前天夜裡所聞到的血腥味道究竟是誰的。

✦

艾美開始每天晚上都很晚才回到家裡。七月間，有幾個星期，她很少在晚上八點半以前走進家裡的後門。這種情形比以往足足晚了三個小時才到家。她回家時一定會帶回給史考特一個人吃的營養食品。她上床睡覺之前，整個家裡總是整理得無比乾淨。你找不到一個不乾淨的茶杯或碟子。垃圾桶裡的東西還裝不到一半，也都被清得一乾二淨。在桌面上和櫃子上，也找不到任何一絲絲塵埃。放在籃子裡的衣服，過不了多久，便送進洗衣間洗得乾乾淨淨，並放進衣櫥或衣櫃的抽屜裡。艾美的衣服——以及史考特的衣服——隔天就會燙得平平整整的。她的家庭開支也都能維持得非常平衡。所有的電子郵件也都立即答覆。她甚至還有時間拜讀傳進來的笑話、請願以及要求代爲祈禱。她在星期六還準備大餐，而且，還立即儲存在冰箱裡。星期日的早上，她趁著史考特還沒起床之前，便著手整理整個院子。

她的生活變得非常俐落，井井有條，一點也不像以前的艾美。

她的身體顫動著，煩躁不安。如果坐著看晚間新聞的時間太久了，她就會扭動腳指頭，而且，她的手指也會纏繞頭上垂下來的長髮綹。她坐在搖椅長達幾個小時，她一本接一本閱讀從圖書館借回來的怪誕小說時，還會大搖大擺的在地板上快走。有時候，她的食指會在桌面和家具上來回畫著8字。她的嘴唇從來都不動一下，給我一點與她的內心祕密有關的線索。

史考特非常擔心艾美這種狀況。

我想起幾十年來，大多數男性都期待他們的妻子像艾美這麼全力的、毫無怨言的工作。史考特很不習慣艾美這種處理家事的方式。他突然覺得自己在家裡變成毫無作用可言，即使只是偶爾為她開開瓶子也不必做了。史考特看著艾美，他完全不知道她什麼時候變成這麼勤快有效率的女人，甚至將床舖上的床單和毯子疊得整整齊齊，收得乾乾淨淨。

「艾米絲，過來聊聊吧！」當艾美放輕腳步在屋裡走動，一面做著家事時，史考特有時會這麼說道。

艾美站在史考特的面前，眼睛空洞無神。

「坐下來，休息一下吧，放輕鬆點。那些事情，等一下我會做。今天還有很多時間。」史考特說道，一面伸出雙手握著艾美的手，或輕輕的抓著她的睡衣。有時候，他也會讓艾美坐在他的膝蓋上，休息片刻。

艾美會像倔強的貓一般，掙脫出史考特的手臂，說道：「這樣就好。我做得很帶勁，無法靜下來坐著不動。」

艾美雖然很少運動，飲食的品質也很差，但是，體重卻不斷減輕。她晚上回到家裡，吃的是廉價的墨西哥煎玉米捲、漢堡和烤雞肉三明治。她曾經每天準備自己的午餐，但是，現在已經有幾個星期沒這樣做了。

史考特看來也比以前消瘦多了，簡直像皮包骨。他靠著家裡的剩飯殘羹，或使用鷹嘴豆、甜菜和洋薊等罐頭食品，配上菠菜、胡蘿蔔、酸捲心菜絲等做出來的怪異沙拉來維生。他的晚餐偶而也吃一些冷凍食品，再配上一碗穀類食物。他經常吃蘋果，數量之多，好像家裡擁有一個果園。

史考特度過第五個星期沒有性生活或親密動作的日子之後，已經不再向艾美求歡了。而且，洗澡時還經常把浴室的門緊緊關上。

從外表看來，史考特不生氣了。他自己也不承認跟艾美說話時，喉嚨深處還有一股壓抑的怒氣。艾美經過他的面前時，他還是情不自禁地想碰觸她。

我已經五個星期沒睡覺了。我凝視著翡翠色的、用鉤針編織的床罩，我從十四歲那一年開始，每晚都把這一片床罩當作是個人的防護罩。在這床罩下面還沒送洗的床單上——我感覺到我的軀體所留在那裡的東西。堆在那裡的枕頭太乾淨了，一點也不像是我離開時的樣子。在床邊，有一塊痕跡，一團細紗線。有人曾經坐過我的床鋪。我攪動那個線頭。我的母親、父親、以及奶奶，他們都曾經來過這裡。

現在，我回來尋訪自己以前的房間。我留下的東西很少。有一幅池塘睡蓮的水彩畫，掛在我的床鋪上方，那是已經過世的、出身美國步兵的羅傑叔叔在上大學和服役於西線戰場的那段期間所完成的畫作。在五斗櫃的上面，擺著一張北京人的畫像，那是托莉在修習一門課程時繪製的。在衣櫥內的隔板擺著兩頂我的鐘形圓帽，都放在盒子裡。在掛衣桿上掛著四件連身衣裙，每件之間都留出等距的空間，這些衣服的唯一共同點是當年我穿上時，人們都稱讚我的眼睛很美麗。在掛衣桿的底下，有一雙晚間穿的灰綠色拖鞋，鞋上有細帶子和亮麗的銀色鞋扣，另外，還有男孩子氣的棕色運動球鞋，繫上緞帶。可是，那座胡桃木材質的五斗櫃已經空空如也。我的精緻物品、睡袍、長襪、襯裙全不見了。靠雙層窗那邊的薄紗窗帘全都拉上，梳妝台的鏡子只反射光線。托莉、安德魯以及各類朋友的照片，也通通不見了。

喔，這裡都不一樣了。我的唇膏一一平放著。我的香水跟祖母那些老舊的香水噴霧器排列在一起。我的粉撲密封在蛋殼狀圓形盒子裡。抽屜裡沒有東西，除了一支髮夾外。床頭几收拾得乾乾淨淨，沒有汽水瓶、雜誌、撕下來的塡字遊戲、厚厚的信紙、或是漏水的自來水筆——只有一盞燈佇立在那裡。燈罩呈水平狀，滿佈灰塵。底下，架子上空空的，原本存放很多信件的所有雪茄菸盒也不見了。

我的家人還醒著。在波浪式鑲嵌玻璃窗外面，蟲鳴唧唧，並沒有覆蓋過他們的呼吸聲音。或許我應該下樓去，飄下會發出聲響的階梯，現在就離開他們，以免他們可能會感覺到我就在附近。給他們我還沒有找到的我的離世與寧靜。

我的祖母在大廳的那一頭發出一聲乏力的嘆息。我已經化成分子狀態的形體，悄悄穿過那乾燥的橡木門，進入祖母的房間之後，我再結合成一體。窗戶的框架加寬了，祖母的枕頭墊得高高的，一撮白髮辮子垂在鎖骨上，而且，她修長的手指在胸前交織著，頗具王者神采。從她的結婚鑽戒散發出來的閃光，穿過整個房間。

「嗨，奶奶。」我說道：「你看起來很像女王。」

她懶洋洋的眨眼，睫毛好像快壓到她的臉頰上。

「看到你一切安好，我很高興。我很想念你。」

我的奶奶做了一個深呼吸，才慢慢的吐氣。她的吐氣，讓我更渴望生命的感覺，數百萬次像這樣具有節奏感的吐納樂趣，我曾經視爲是理所當然的。現在，我更靠近她，看見她的鼻子像老鼠般膽怯的、好奇的抽動著，她的頭部向我的方向輕輕地傾斜。她說了一句話，但是，她的嘴巴並沒有張開——如果我集中注意力，我可以看到並聽出她在叫我的名字——瑞芝拉。

我又走過家裡的通道。走了二十三步女生步伐，十六個驚慌的、笨拙的跳躍，只差一次盤旋就到了我父母親的臥房了。沒聽到喃喃低語的聲音，但是，他們是完全清醒的。我像旋風轉動一般，從房門的底下撲了進去。

父母親的臥室內，三個窗戶全部敞開著，晚風拂動著窗帘的邊角。他們各自睡在他們的固定睡的地方。一條淡黃色的被單，覆蓋在他們臂部以下的部位。母親的臉朝著牆壁的方向，父親在母親的背後，下巴頂著她的脖頸，左手環繞在她的腰際。母親的前臂碰觸到父親的前臂，而她的手則蜷縮在她的肋骨之間。母親並沒有穿上睡袍。

他們都假裝睡著了。所以，呼吸的頻率變得很緩慢。偶而也傳出輕嘆、乾吞口水與咂嘴的聲音。在一片青灰色的光線中，他們望著，但是，並沒有看見。鬧鐘每滴答八下，爹地就會眨一次眼。母親用綠色的眼睛，帶著朦朧的眼神凝視著。他們一點睡意都沒有，他們的臉部看來煩躁不安。從房間這邊，我可以看得出來在他們的眼窩下面，有灰色、腫脹的斑點。但是，更糟的是，他們的眼球並沒有反應。那樣的空洞，令我驚訝不已。我的母親和父親，如此自信和了然，似乎很令人感到奇怪。他們可以這樣撐幾個小時——他們一直這樣嗎？我很想知道，他們是不是可以不要這樣躺在床上，而到客廳去看看書，或品嚐白蘭地，或聽一聽靠近樓梯的老爺鐘的聲響。我的靈體開始振動，把熱能散布到床舖附近，但是，我迫使這種振動停止下來。

我想起來了，有一個晚上，也是很多次中的一次，我躺在父親和母親的中間，嬰兒呼吸的香甜味兒，凝結在那個當下，母親的嘴唇，呼應著我的囟門的脈搏。我的手壓到父親的下巴。

母親的手指移到父親的手臂上，他順勢彎起手來，把她拉進懷裡。她暫時閉上眼睛，再睜開眼睛時，眼神閃閃發亮。母親咬緊著下巴，老爸一定感覺得到，因爲他用臉頰摩挲著她的臉。這麼安靜的氣氛下，她吞嚥的聲音，大到可以聽得見。

「喔。」母親以溫和的驚訝聲音叫著：「她嬰兒時的氣味。」

「妳也聞到了？」老爸說道。

當母親轉過背來，她的嘴唇剛好碰觸到爹地的嘴唇，這時，有一顆眼淚流過她的太陽穴，掉進她的髮絲。爹地下面的床單搓動著，他的手臂抱著母親的肩膀，他赤裸的軀幹、伸臀部和雙腿，展開來，壓在她的上面。窗外的月光射進一束光輝，從他身上照到她臉部的曲線。她深深的吸進一口氣，又重重的吐出來。她把被單挪到旁邊。我的靈體旋即支離四散。

✦

一九二八年元月月底的某一個星期六，是一個清冷的早晨，到了中午就暖和多了。從我們離開那個城市那一刻起，我們座車內的聲音蓋過外界的聲音，狹窄的輪胎壓過路上的石頭，呼嘯的風把我們的對話不經意的吹到車窗之外。安德魯把雙手放在方向盤上，讓車子穩定的行駛，但是，雙手並沒有緊抓著方向盤。我找到身體更靠近他的藉口——喔，你的左邊有一群白鷺，有一根羽毛掉在你的頭髮上，一定是風吹進來的；你的領子不順，讓我把你的領子拉好。密西西比河的主流，隱藏在河堤的後面。砂礫路面，弄得我們前翻後仰。孤獨的樹木伸展瘦弱、柔軟的枝椏，迎接著我們。乾燥、青銅色的芳草與微風共舞。太陽擁抱它的天空，湛藍與白金的光影緊密交織著。

「我們到了。那裡有煙囪，我們找個地方停下來。」我說道。老舊的家除了基座和中央的壁爐還留著，其他東西全都不見了。安德魯的車子開進一片寧靜的大地，幾棵橡樹佇立著，地上一叢一叢倒掛金鐘的美洲紫荊花盛開著。我們在地上舖上一張毯子，把野餐籃子拿出來，取出雞肉沙拉三明治、胡蘿蔔配芹菜捲、醃漬秋葵、薩摩蜜橘、薄荷茶和磅蛋糕。我們用過野餐之後，安德魯脫掉毛線衣，把它披在脖頸之間。他看似一副昏昏欲睡的模樣。

「我們離開之前，妳的祖母跟我說了一些不尋常的話。」安德魯說。

「你要習慣這件事。」

「她說：『瑞芝拉沒有預料到會碰上你。你不要忘了。』她說這些話是什麼意思？」

「嗯，那是因爲你是我這麼多年來第一位固定男朋友。或許，奶奶擔心我們的交往，會讓我疏忽了學業。」

「妳說過，她並不特別在意妳對於學業方面的追求。」

「奶奶希望我在認眞考慮要當一位妻子和母親之前，能快快樂樂的過日子。」

「她的語氣並不是這樣，她似乎在警告我。」

「她想警告你什麼？」

「這就是我要問妳的事。」

我們還剩下一個薩摩蜜橘。我開始剝薩摩蜜橘的皮，很想讓橘子的外皮保持完整的一片。我說道：「她有時候喜歡故作神祕，如果她想測試一下你的反應，我並不感到驚訝。」

「我還來不及回應之前，妳就走進來了。」

「你要來一點嗎？」我一面問，一面將剝下來的整片橘子皮丟在草地上，並遞上一片給安德魯。他接下那一片蜜橘，掠過我的指尖。

「我完全不知道我祖父母的事情。在我出生之前，他們都已經過世了。我一直希望有一個祖父或祖母，他們可以講一些古老的故事給我聽。他們要是活著，我會很喜歡多知道他們那個時代的故事。」

「那會很棒，直到每一則故事，你都聽過五十遍以上，而且，一成不變爲止。」

「我可能得暫時借用你的祖父母。對我而言，他們都很新鮮。」

「下一次，奶奶掉眼淚的時候，我會讓她打電話給你。」

「上一次，我們約會時，在妳還未下樓之前，妳的祖母告訴我關於她姊姊的事情。」

我面帶微笑搖頭。安德魯好奇的看著我。我靠過去，將一片水果送到他的嘴巴，問道：「奶奶談了那些事？」他小心翼翼張開下巴，將水果吃了進去。

「關於監禁的事情。」

「你錯過了她把我的祖父鎖在房間的那一段過程。」

「她眞的相信她的姊姊在那裡。」

「絕對—肯—定。」

「妳認爲如何？」

「妄想幻覺。被那樣監禁讓她瀕臨瘋狂。沒有一個女人，也沒有任何人，應該活在那種匱乏的情形之下。她的心智必須做一些事，來彌補那種匱乏。」

「她是不是比較能接受這類事情？我曾經看過關於黃教巫師的資料。他們不進食、不喝水、而且，棄絕外緣，以便能通往另外的世界。」

「怪人。眞是太荒謬了。」

「爲什麼呢？」

「佛洛伊德的著作，你讀過吧？」我問道。「佛洛伊德曾經說過，夢境是我們的希望和恐懼的體現。當一個人在身體沒有受到刺激的情況之下，像是睡眠狀態，就會進入自我的深層部分，不會有東西讓我們分心。所以，如果我的祖母或黃教巫師很渴望見到一個兄弟、姊妹或朋友時，她就會有辦法看到。」

「很有趣。如果還有其他的東西，那又該如何？」

「譬如，像什麼呢？」

「像是一種屬於靈界，一種人們看不到的靈界，但是，它就像我們現有的世界那般眞實。」

「我以爲你不再是一位天主教徒了。」

「這和天主教教義並沒有關聯。我們假設每個人都有一個固有的本體。我們都學過拉丁文，拉丁文裡有一個字叫 anima，羅馬天主教會將這個字翻譯成靈魂。現在，讓我們談一談生死大事，當我們死亡之後，靈魂會留下來嗎？它一定到某個地方去了。可能停留在我們的周遭，也可能進入另一個我們目前還不知道的領域去了。」

「到天堂去嗎？」我的嘴裡慢慢咀嚼著一片薩摩蜜橘。薩摩蜜橘輕微的酸味，讓我的舌頭邊有縮緊的感覺。

「妳愛怎麼稱呼它，隨便妳。」他說。

「胡說。」

「不然呢？」

「這是一種有限能量的規則。一旦我們死了，我們身體的器官和血液也都會跟著走向死亡。

我們就是這樣的。億萬個令人驚訝的小細胞，在許許多多小組織內密切的運作著，這些小組織都是整個身體大機器的一部分。整部身體的機器停擺了，我們死了，這些東西會有其他用途。」

安德魯顯得很安靜。他盯著我看，一直看到我也盯著看他。他說道：「沒有人知道爲什麼心臟會跳動。」

「那是隨意肌和不隨意肌的作用。」

「是什麼讓肌肉運動呢？」

「大部分的原因，是因爲心血管組織的作用。」

「那麼，給它跳動的力量，又是什麼東西呢？」

安德魯眞的很聰明，那也是爲什麼我——我不願認輸的原因。我說：「也許能找出原因的人是我呢！」

「嗯，很有志氣！」他回了一句。同時，做出伸展身體的動作，挺著胸膛朝向天空。他保持那種姿勢很久，讓我覺得他有精瘦、結實的肌肉支撐著脊柱。等到他又恢復原來的姿勢時，我的手伸向他的右手，我的手掌被握在他的手裡。這時，微妙的肌肉緊張感覺，將我拉向他的懷抱。

安德魯把我的手拉到他的胸前，我的手掌朝上，放在他的胸上。他沒說一句話，便沿著我的手掌的輪廓開始遊走。我的指甲旁邊的弧線部分有了連鎖反應。一種感覺慢慢的、頗有節制的，像花粉般輕柔，通過我的手腕，螺旋似的穿過手掌，朝向手心，鑽入手中，產生電流的感覺。安德魯的手指在我的手心畫圈圈時，我屏息以待。不管他怎麼做，也不管我感覺有什麼樣的流動，那股激流正在通過我的手臂，到達我的四肢末梢，並集結在我的核心深處。他注意到我正看著他的挑情動作。我知道進入情況，我的呼吸更加急促，也將眼睛閉上。

「瑞芝，看著我。」

遙遠的正月陽光將安德魯的藍色眼睛變得更加蔚藍，他的瞳孔不見了。我想轉身過去，也想低下頭來，或是斜向一邊躲開，但是，他的手掌已經托住我的臉頰，將大拇指放在我的下嘴唇翹起來的部位，我幾乎不能呼吸。他並沒有移動身體，只是一直盯著看我，看著我的眼睛。我渾身發熱，我內在的激情，終於無預警的爆發了。

我們有充分理由快速行動，但是，我們倆並沒有那樣。我解開他身上穿的牛津襯衫的扣子，看到他的骨骼和肌肉充滿著生命的活力。我用手幫忙將他穿的那件襯衫脫掉，他的手臂很配合的移動著，上上下下，來來回回，終於襯衫的領子被拉下來了，袖子也被脫掉了。我輕吐一口氣，背部的拉鍊被拉到腰間，背脊凹陷的部位形成一條弧線。我的連身襯裙罩住一個領域，我們只愛撫著彼此所看得到的部位。現在，有一個吻落在我的頸項，接著一個又一個，無數的唇印，像一條幸福的項鍊在我的脖子上圈成一圈。他的嘴唇像有魔法一樣，將我們繫在一起。在他的腰間，我的手指碰觸到涼涼的銀色皮帶，兩個釦子，他的背部朝向地面躺下，我把他的皮帶解開了，拉鍊拉開了，毛衣下面是棉杉。他嘆息著，手往下快速移動，放在我的臀部，我的連身襯裙由下被往上拉起，接縫由裏朝外翻出，絲質襯裙經過我的頭髮被脫掉。現在，他的手往下遊走，我的脈搏在他的手腕處跳動，他的脈搏也在我的手腕處跳動著。我脫掉他的毛衣，然後是棉杉。輕慢和緩的搖擺著，從左邊到右邊到中間再回到左邊。他的手指放在我的吊襪帶上，往下拉，到兩個小腿、足踝、趾尖處，脫掉了。我的指尖按在他左臂上的一些雀斑上，構成一個星座圖，第一個點，第二個點，還有這裡……不要急，首先是用手和眼睛，然後是用我的嘴唇，而在我完成那個星座圖之前，他依樣畫葫蘆在我身上用手和嘴唇做了一遍。

我好想——我好想要，我好想跟他合而爲一。

我們雙手抱得緊緊的，一起解放。

安德魯仔細看我的眼睛。帶著微笑，好像知道了我的祕密。

✦

自從我開始教導李歐尼爾如何過一位身處陰陽交界者的生活時，李歐尼爾幾乎和我天天黏在一起。我一直沒有一個弟弟，如果我有個弟弟，李歐尼爾就是我所想要的那種弟弟。他是一位很好的交談對象，非常擅長傾聽別人的心聲，而且，也是一位很有趣的搞笑高手。

雖然李歐尼爾知道我們不應該彼此互相干擾，但是，他卻無法自我克制。人們的感知能力很緩慢，實在太具有誘惑力了。沒有任何人比他更喜歡這種心靈傳導移動物體的樂趣，而且，他非常擅長這種把戲。因爲他無法運用自己的靈體來分散被他捉弄者的注意力，所以他必須更留意觀察被捉弄對象的反應。他時常可以在非常短暫的時間內移動一組汽車的鑰匙、雞尾酒杯、或是塞得滿滿的手提箱，讓備感挫折的人們流下眼淚。

他最愛玩弄的把戲就是膝蓋跳舞。尼爾已經學會創造生前曾經擁有的充滿活力的身體的薄膜。他再也無法體驗生前所擁有的那種人體接觸的感覺，但是，他幾乎可以肯定人們無法分辨這兩種接觸的不同之處。他偶爾將自己的靈體偷偷地黏在搭電車的行人，或上電影院的人的屁股後面。首先，這種深刻感覺會使這些被捉弄的人受到驚嚇，而且，這些人一定會用雙手去撥弄被附著的部位，接著，這些人會驚跳起來，四肢胡亂擺動，並在發現後頭空空如也時，驚惶地跳開原先那個地方。我責備他做得太過火，但是，他毫不理會我的譴責。

「我很卑鄙。」他低聲輕輕笑著說道：「我知道，這是不對的。不過，想一想，我們從前是這麼容易驚惶無助，那些可憐的蒼生。」

尼爾無法從這些活動中自得其樂時，就在死後的前面那幾個月，依著他開列的一張清單，做一些單純的令他有成就感的事情。他仍然保留著一份生前就很想去看的電影清單，所以，有幾個星期他每天從凌晨一點到早晨八點，就躲進販售錄影帶的商家觀賞那些影片。之後，我們在白天和夜晚都在城裡的各間圖書館裡消磨時間。剛開始，他閱讀愛默生的全部作品。我告訴他那幾乎沒有什麼意義，因爲我們生前所讀過的任何東西都會記得淸淸楚楚。雖然李歐尼爾在高中時期只研究過兩篇重要散文，但是，他讀完愛默生的作品卻只用掉幾天的時間。他不需要睡覺。後來，他又研究藝術史。三個月之後，他帶著喜悅的心情宣稱，懂得看畫的門道是多麼有趣的事，現在他看到一幅畫即知道該畫作的風格，以及其創作者是誰。他也認爲應該這麼做，所以，他強迫自己從頭到尾將《戰爭與和平》全部看完。接著，他又研讀汽車修護手冊，而且，還混進汽車修護廠，以弄懂汽車的內燃機和剎車系統。基於好玩的心理，李歐尼爾有一次讓所有汽車的修護技師嚇了一跳。因爲那些技師有一天一大早上工時，竟然發現每部車子都能完美的運轉。

「妳不想要做些什麼事情嗎？」他在死後的六個月，這樣問我。我們還去過教士會堂，這是李歐尼爾想去的地方。他說道：「妳不會煩嗎？妳最近都沒到外面去走走。」

「我打擾了你嗎？」

「不會，不會。妳完全不礙事。但是，妳整天只是閱讀，或看著遠方。這幾個月以來，妳幾乎沒學一些新技術。」

「我已經忙了七十多年了，我不能暫時休息一下嗎？」

「這種情況下，是無法退休的。甜心，他們需要妳。」

「謝謝你，尼爾。」我看著他踮著腳尖走路，這是他尚未根除的舊習性，只是他現在是在離開地面一英寸的高度這樣做。

「當我處在調整過程之中，一直想著妳告訴我的事，也就是我們究竟是什麼東西，妳認爲我們到底是什麼？妳說過，我們是那些原子微粒的濃縮體，不管它們怎麼保持。所有這些元素——氧、氫、氮——也就是在空氣中和我們人體中皆有的東西。」

「這只是一種理論。我們可以走了嗎？」

我們從拱門底下通過，朝著傑克遜廣場的方向前進。

「我當學生時很不喜歡物理課。」他說道：「我很沒有耐心學這門課。以爲自己不夠聰明學會物理。但是，一旦用心投入之後，物理學的確很有意思。」他看著我，說道：「自從妳學過物理學之後，已經有很大改變。」

「肯定是—絕對。」

「那麼，妳說我們是簡約體，這個觀念妳是從那裡得來的？」

「這是簡單的邏輯。物質需要有構成的分子。有形的物質不見了，所以，其他的便留下來，這就是我們。」

「是未發現的零星碎片。從原子到電子，從質子到夸克——最近的發展是什麼？——弦論嗎？」

當我們走過聖路易大教堂，經過許多手相師的攤位，以及靠近教堂階梯那些並排而立的讀卡機時，我沒有轉頭去看他。尼爾很不尋常的對令一般人的腦筋呆滯和混亂的話題越來越感興趣。雖然我很欣賞他的好奇心——我喜歡李歐尼爾，就是因爲他是打破砂鍋問到底的那種人——但是，我不知道是什麼動機促使他這麼做。我不知道他要的是一個解釋，或是一個安慰，兩者他都無法得到。

「瑞芝，是弦論，對不對？」

「是的，最近的發展是弦論。」

「我認爲這是很好的想法，妳認爲呢？想像一下，深入的去想，分解到零零碎碎的點點滴滴，都是一樣的。它們是如何振動而成爲非常獨特的，像是一個光子或一個電子，然後，它們又如何移動和互動，使它們又變成這麼獨特的東西，像是原子或原子之類的東西。」

「眞的很可愛。」

尼爾停下腳步。他在遊客都想避開的人行道中央處，弄出一塊空白地帶，問道：「妳這幾年來都不讀書，對不對？」

「我有些涉獵。我了解關於量子理論和混沌理論。」

「我以爲妳不只是一位涉獵者。」

「這些物理學者都在質疑每樣事物是什麼做的，是什麼將它們結合在一起。但是，這一切仍然都是屬於有限的，不管它是什麼，這一點並沒有改變。」

「但是，請妳解釋爲什麼我們有知覺？也請妳解釋爲什麼我們仍然有記憶？是什麼東西把我們組合成我們現在這個模樣？妳不想知道嗎？」

「你眞是打破砂鍋問到底的孩子，對不對？」

「瑞芝，妳是會大聲說出答案的人。現在，請問妳這個問題的答案是什麼？」

✦

艾美打電話回家，表示又會很晚才下班。史考特掛上電話後，就在起居室來來回回走了數分鐘。之後，他走到廚房，有一本小書被風吹開。這時，傳來時鐘敲響十一點鐘的報時聲音，使房間更顯得安靜無聲。

史考特的臀部靠在廚房的水槽邊，打電話問道：「是克洛伊嗎？嗨，我是史考特・丹肯。」

電話那一頭傳來震動的大笑聲音：「你是誰呀？你不是在上班嗎？喔，我的天呀！你還好嗎？」

「很好，謝謝你。你在新單位工作還好嗎？」

「太棒了。我敢打賭，你一定沒料到我是搞科技的傢伙。」

「沒有料到。當年，你經常改變主修的課程，我更驚訝你現在還是靜不下來。」

「都是老朋友了，也都成爲過往雲煙的事了。我好喜歡這些。我們隨便聊聊吧，艾美最近可好？」她停頓一下，問道：「有什麼問題嗎？」

「我不知道。」

「她是不是對於祖父母過世的事情，心情還非常難過呢？」

「我不知道，她都不談這件事。」

「不必爲這種事情大驚小怪。」

「不是那件事。」史考特瞇著眼睛，看看廚房外面，並說道：「妳還記得在診所那一年的事情嗎？」

「我關心的事情，我都記得。」

「你還記得艾美那時有一段時間，把東西都整理得井井有條嗎？」

「喔，媽的。」

史考特用力吞下口水，說道：「我不認爲她是爲了祖父母過世而哀傷。她的祖母過世後兩個星期，她每天都在哭泣。之後，她偶而還會哭。後來，她的棻爺爺過世時，她只哭過一次，是在他的喪禮之後哭的。然後，一次也沒哭過了。她甚至沒有提過他們。」

「兩位老人家都走了，令她很傷心。但是，她對於棻爺爺生前的行爲很不諒解。不久後，她傳了一則電子郵件給我，告訴我關於棻爺爺所做的事情。我告訴她這種事也發生在我的家庭，我的大表姊的先生也過世了。幾個星期後，她擺脫了一切。我想這件事情太奇怪了，但是，我從他們的觀點看到這種事——這種事纏繞不去，會傷害你的。」

「不過，那是在不久之後。」史考特說道：「而且，是他單獨做的。艾美會很希望她當時在那裡，以便應急。」

「我們沒有權利告訴人們該如何悲傷。」克洛伊回應道：「不過，她是什麼時候開始出現潔癖的毛病呢？」

史考特打開後門，坐在階梯上，說道：「三、四個星期之前，至少，那是我開始注意到的時候。」

「你知道是什麼原因引發的嗎？」

「如果我知道，我就不會打這通電話跟妳說這些事情啦。我希望她多少說一些話。上次妳做了什麼事，幫助她解脫出來？」

「上一次是指什麼時候呢？」

「那一年夏天呀，也就是在抗議事件之後的那個夏天呀。」

「喔。」

「喔什麼？」

「我幾乎沒做什麼事情。大部分都是她自己想開了，走出來了。」

「那年夏天我也在那裡，克洛伊。她不是靠自己一個人走出來的。」

突然間，恍恍惚惚，傑米的氣味浮現了。他的出現很意外，彷彿史考特並無意想起傑米也曾經在那裡似的。

「妳看。」史考特說道：「我不知道從前妳——以及傑米——是如何幫她度過難關的。這一次眞的很糟，完全不像從前那幾次，那時候她淸掃是爲了思考事情。那種情況只延續一、兩天，而不是長達幾個星期。」

「你必須勸勸她不要這樣。」

「她不願意說。」

「她會說的。每一個人都有一個轉化點。」

「我不想她突然精神崩潰。」

「她不像嫩枝那般脆弱。你是這麼敏感的新世紀的人。她愛你的這一點，不管你是否知道，帶著一個新的轉變進入下一個新世紀。拼圖先生，敏感是指知道一個正確的策略，以獲得你所想要的東西。」

「你的自助書籍什麼時候能問世，擺在書店中出售？」

「像我這樣的眞正天賦是不會出售的。」

「如果你知道內情的話，你一定會告訴我，對不對？」

「如果我的立場可以告訴你的話，我一定會說。絕對沒有問題。」

「你的立場？」

「這是一種說法。不要太偏執。」

「我需要你的幫忙，來吧，你趕快過來看看她。」

電話那頭的克洛伊，沉默片刻，才開口說道：「我必須老實告訴你，我付不起這趟旅費，所以，可能沒辦法過去。」

「我來付車費，這樣，你可以來吧？她有話跟你說。我知道她會跟妳說的。你就像硫噴妥鈉⑨一樣。沒有人可以對著你睜眼說瞎話，我曾經見識過你的厲害。」

克洛伊的電話中傳來她翻動紙頁的聲音。「或許我該進中央情報局去做事。不，我敢說，聯邦調查局早就有了我早年活躍時期的檔案。好吧！三個星期後，也就是在八月初，我會去看看你們。我頂多能做到這樣，老兄。」

---

⑨ sodium pentothal，一種靜脈注射的麻醉藥。

史考特聽到她答應了，身體輕鬆的向前一傾，閉上眼睛，說道：「謝謝妳，克洛伊。」

「我眞希望不是在你們處於這種情形下的好幾個月後，才第一次見到你們。不過，我也應該去看一下了。你一定要弄點好吃的肉醬豆子湯⑩，讓我們嚐一嚐。我一直都沒好好地吃些東西，女孩子從沙拉吧只能吃那一丁點東西。」

「我甚至會請妳喝啤酒。」他說道。

✦

當安德魯撥弄著那件新玩意兒時，托莉和我一本正經的坐在凳子上，擺好姿勢，等待拍照。那是一架可以調整快門和焦距的柯達照相機，安德魯受到《國家地理雜誌》上照片的啓發和鼓舞，很想變成一位環球旅行攝影家。不過，在成爲環球旅行攝影家之前，家鄉的景物才是他目

---

⑩ chili 指的是一種墨西哥的紅番椒，但通常老美講的 chili 是指在速食店在賣的一種 chili soup 裏面放了肉醬豆子等一堆雜七雜八的東西。

前的攝影題材。

「托莉，將頭部往左邊靠過去一點點。好。頭部再往下面一點點。好了，就這個樣子。你們兩個人都不要再動了，好——拍好了。」他看著攝影鏡頭。

我伸展我的腿，問托莉：「狂歡節⑪的假期，你會去紐約嗎？」

托莉將她的嘴巴皺成一團，像顆小梅乾。「老爸不想讓我去，老媽讓老爸很在意紐約有很多外地人。而且，在老爸的腦子裡，總以為有人會把我賣掉，讓我變成『白奴』。」

我聽了忍不住大笑。

「這並不好笑。」她說道。

「你這麼明理，怎麼會有這麼奇怪的家人呢？」

「我的老爸關心我。」

「我的老爸也一樣會關心我呀，但是，他不會讓我覺得沒有個人的私生活呀！你沒有告訴他，有個姊妹會陪著妳去？」

---

⑪Mardi Gras，即四旬齋。

「泰蕾一個月後就要生產了，芙勒正準備結婚大事，席娥很會暈車，小索蕾爾則只會增加我的負擔。」我們哄然大笑。

「妳在浪費妳的才華。」我說道：「如果妳的老師不認爲有人要搶走妳，她就不會提出安排見面的事。托莉，想像一下，妳最擅長珠寶這一行，你可以從紐約起步，接著或許轉往法國發展。妳的名字完美極了，伊托莉。你一定會成名的。至少試試看，妳會從中得到樂趣。」

「我眞的一點也不想去紐約。」

「你說謊。我應該親自陪妳去。不過因爲妳一副一本正經的樣子，妳可以充當我的監護人。」

「什麼監護人？」安德魯現在的位置，正好可以聽到我們的談話。托莉簡單把我們的談話內容說給他聽。安德魯說道：「妳應該去的。如果妳沒去，妳將會永遠掛意著如果去了，又將變成怎樣？」

安德魯忙著轉動那些小齒輪時，我注意到他的襯衫袖扣上那個正方形銀扣，鑲著一個APO的縮寫字。我問道：「安德魯，你姓名的中間那個字是什麼字呢？你沒告訴我。」

安德魯深黑色的眉毛皺縮了一下，說道：「如果我使用縮寫的名字，那會怎樣？」

「老實說吧，現在，就把它說出來。托莉比誰都能保密。而我只需要一點點賄賂就可以。」安德魯笑著，拚命搖頭。我又說道：「我願意告訴你我的中間名字來交換你的，但是，我從來沒有中間名字。托莉，妳來告訴他妳的全名。」

「叫做伊托莉・露娜・奈特。」

安德魯跟托莉眨眨眼，最後說道：「很有創意的名字。」看得出他很想笑。

「想笑就笑吧，她告訴我她全名時，我就笑了。」

安德魯微笑著。他太有紳士風度了，不會拿女士的名字開玩笑。

「好，」我說道：「她的中間名字是這麼可笑——」

「喂——！」托莉說道。

「——你不妨也告訴我們你的中間名字。」

「我可能甚至不會告訴我結婚的對象我的中間名字是什麼。」安德魯沒有眨上一眼。

「眞是掃興，你讓我猜嗎？」我輕撫他的手臂，由上而下。

「猜三次。」

「如果我猜對的話，你會承認我猜對了嗎？」

「這樣很公平。」托莉說道。

「是的，很公平。」安德魯很同意。

「是一個以P做起頭的名字，嗯，現在，你一定很想要保密，因爲這個名字很怪異。而且，你或許認爲這個名字糟糕透了，但是，也許它並不是那麼差。最後，你可能毫無理由的痛恨這個中間名字。歐康納，愛爾蘭人，天主教徒。喔，一定是一位聖徒的名字。『是保羅。』不對。

『那一定是彼得。』還是不對。不然，叫做『菲利普』?」

「至少妳很努力地猜了。」安德魯笑一笑，然後，就走開了。

「市場外的小姐，如果妳一直那樣瞪著他看不停的話，一定會把他的褲子燒出一個洞來。」托莉說道：「妳很可愛，當妳在——」

「安德魯。」我叫著他的名字，跑向他那一邊說道：「照相並不像我想像的那麼好玩。」

「我需要多多練習。」

「很好。但是，像麥斯菲德．帕瑞緒的模特兒那麼嚴肅、哀愁，懶洋洋地斜倚，對我們來說並沒有什麼好效果。」我繞著安德魯輕快的跳躍著，說道：「你看，我是仙子。幫我拍一張吧！」。

「是的，小姑娘。」他帶著愛爾蘭人的腔調，回答我的話：「妳可以用一個吻作爲代價，許下妳的願望。」他對著我使眼色，讓我很想多親親他臉頰以外的地方。我在托莉和其他人的面前頂多只是親親他的臉頰。

「托莉，到操場那邊去。」我說道。

我跑在他們兩人的前面，把帽子丟在褐色草地上，用手指梳著我的髮絲，並且，騎坐在翹翹板上。當我轉頭看看他們兩位在那裡時，托莉手中正好拿著那個照相機，安德魯則跟她解釋如何操作那些機件。她用靈巧的手操作著那件新玩意兒。

「讓她拍一張照片。」我說道。

「喔，我可以拍嗎？」托莉帶著討人喜歡的眼神，看著安德魯。

「還記得怎麼對焦嗎？」安德魯問道。托莉點點頭，並跟我說道：「看起來很迷人，瑞芝。」

「來和我一起照，到這裡來。」

安德魯一再拒絕，但是，托莉用溫和的語氣不斷催促他跟我合照一張。我從翹翹板下來，安德魯走過來時，神色靦腆的笑著。他將僵硬的手搭在我的肩膀上。托莉全神貫注操作著鏡頭，並沒有發現，我的手偷偷的放進他後面的口袋時，安德魯跳了一下。他差點笑出來，要不是及時按捺住，一定笑出聲來了。我將臉抬起來，看著他臉上出現一陣傻笑。我伸出戲弄的手，放在他的腰際。他的身體終於放鬆了，他的臀部也安穩的靠在我的臀上。

「不要動，我要拍了。」托莉叫著。

安德魯想推開我，但是，我突然抱住他，我把臉頰貼在他的胸前。他也摟著我，讓我感到很有安全感，備感溫暖。我覺得自己要融化了。

「我拍下來了，這個動作非常逗趣。喔，底片好像沒有了。」托莉表示。

「我口袋裡還有底片。」安德魯鬆手放開我時，並沒有顯得急急忙忙。他接過照相機，將舊底片換下來，又裝上一捲新的底片。

托莉搶走我的鐘形圓帽，說道：「眞好玩。我想我拍到了幾張漂亮的照片。」

「我深信，你很有藝術家的眼光。」我從托莉的手中，拿回我的帽子。

我們坐在翹翹板上，當托莉的雙腳一放，一時之間，她坐的那一端便高高翹起。她對我們這種不像淑女的遊戲行爲，並沒有大呼小叫。我們一起向安德魯揮手，並獻上飛吻。當他告訴我們不要動時，這時，比我高也比我重的托莉，突然將她那一端的翹翹板壓到地面上，我反而盪上半空中。等他幫我們兩人拍完照之後，就坐在地面上，看著我們用手指著天空的雲朵比畫著。

✦

我以前和托莉去藥局的戲劇性魯莽做法，以及在學校祕密散發傳單的行爲，終於醞釀出一套新策略——那就是舉辦「無男派對」的活動。

托莉和安德魯曾想盡辦法要我懸崖勒馬，他們指出舉辦無男派對可能會引發別人的惡意攻訐，困擾我的家人，損害我的名譽，並斷送了上醫學院的前途，更不用說我可能遭受牢獄之災。

雖然托莉最後也明白在女性有需要之前，先行提供她們一些特定資訊是很有必要的，但是，她還是認爲我不宜擔任這項工作的傳達者。當然，我不同意她這種看法。有誰會比女性更適合來分享這項親密事情？看看那些醫師對我們的祖母和母親所做的一切——利用手術刀和電子醫療器具做快速的處理。他們知道什麼？不管法律怎麼規定，他們有什麼權力只能對那些身體被拘束在神聖婚姻關係的女性提供建議呢？到了那個時候，不是爲時已晚嗎？

當我第一次告訴安德魯我正在做的一些事情時，他沉默良久。他的表情像極了父執輩的臉色，並希望我不要去做這件事。安德魯認同我做這件事情的意圖，但是，他不同意我使用的方法。他聲稱，如果可能的話，他個人會在法庭上爲我辯護，但是，這事牽涉太廣，不管我掌握的原則多麼有理。他認爲，我散發的資料甚至連郵寄都不合法。我所談論的女性話題，也被認爲只有醫師才能討論。總之，大多數人也認爲，談這種事是下流的、猥褻的行爲。於是，我介紹安德魯認識德拉寇夫人，希望平息他的恐懼感。我所認識的這兩位最具有政治頭腦的人，在喝著檸檬汁，吃著草莓蛋糕時，話匣子全打開了，談得很投機。安德魯很喜歡德拉寇女士，雖然他還是不想讓我去做這件事。他以無比景仰的語氣，推崇葛楚德是一位很了不起的人。

葛楚德和我對於我們自己及其他女性朋友的安全，都做了最佳的保護措施。透過她的特殊聯繫管道，爲了女性朋友開辦的衛生保健課程相關事宜，口耳相傳不斷散播出去。葛楚德將自己的家，開放做爲聚會的場所——這是一種策略性的操作手法。聚會的場所不選在容易啓人疑竇的黑暗房間和暗巷裡，卻反而挑在受人尊重的社區中令人敬重的房間內舉行，這是舉世最不可能舉行那種聚會的地方。此外，聚會時間也刻意挑選在晚上較晚的時段舉行。

過去我曾坐著偷聽大人討論女性話題的那間客廳，現在再度成爲開啓女性性知識的大本營。我並未要求葛楚德在母親面前替我保守這項祕密。但是，我知道她一定會自動替我守住這項祕密。我的母親從未爲此阻擾我。

我每隔幾個月就安排一次無男派對。我們透過耳語傳播的網絡，吸引了一些想參加聚會的女性朋友——大部分都是上班女郎和貧窮人家的媽媽——她們都能找到參加無男派對的地點。剛開始，只有一、兩個人來。現在，無男派對已經有五個人以上。葛楚德總是有辦法找到一些人來參加。

我們聚會場地的前門，燈總是關著的。參加聚會的女性都潛入後院，然後直接從後門進來。我就站在那裡迎接客人，並告訴她們穿過廚房，走到燈光明亮的聚會地方。作爲聚會場所的這個客廳的窗簾非常厚重，完全阻擋光線外洩，而且，從外面街道也看不到室內的光線。路過的行人猜不到那些進入聚會場所的人是誰，客人進來時，帽檐總是壓得低低的，蓋著她們的臉龐。剛開始，當這些參加聚會的客人開口說話時，總是非常緊張、吞吞吐吐。一直等到葛楚德推著一台擺滿茶水、咖啡和鎮上最好的法國和義大利烘焙店製作出來的蛋糕和餅乾的餐車時，終於緩和了室內的僵化氣氛。

我首先以觸摸保險套氣球的小遊戲，作爲無男派對的開場。那個氣球是一只充滿氣體的保險套。這個遊戲讓很多與會的女生大笑不已，甚至連那些不願觸摸保險套氣球的女生也跟著開懷大笑。一旦緊張情緒解除了，她們就有了聽課的興趣。首先，提出的是人體解剖學——我攤開幾張品質精美，能充分顯示腹肌內部神祕器官的醫學院使用的海報。有些人從她們的手提包取出紙片一面聽課，一面做筆記。有些人則借用葛楚德放在那裡的寫字板和鉛筆。大多數人都專心一致的聽課。我繼續說以下的內容時，只有偶而傳出的咳嗽聲，打破沉默。

我說道：「你們一定要知道陰蒂（陰核）的位置在那裡（我指著一張顯示女性外陰器官的超大型圖表），這個部位是滿足夫妻性關係非常關鍵的地方。有一位非常著名的心理學家曾經宣稱，成熟的女性不只應該達到性高潮，也喜歡性高潮。當你能找到正確的部位時，你才算眞正了解你的伴侶對女性的身體知道多少。」

接著，我說道：「你們可以在很多藥房買到保險套和避孕栓劑（suppositories），以阻止精液進入。其中，以硫化材質的保險套最耐用。使用硫化保險套的男性，時間比較能持久。是的，我指的是做愛的時間。」（此時，我將一盒裝著避孕用具的盒子發下去，給與會的全部女性朋友檢視。）

我繼續說道：「此外，也有一些你可以試用的陰道灌洗法，但是，這些方法一定要在行房之後馬上處理（我手中拿著一疊小冊子）。不過，除非你已計畫在淋浴室帷幕的鐵條掛上一個灌洗包，否則，我建議你還是使用其他的避孕方法。」

接著，我談道：「其次，陰道藥栓很適合放在子宮頸。廣告指出，這種陰道藥栓可以用來導正鬆脫下垂的子宮。但是，這並不是它的唯一目的。橡膠材質的陰道藥栓，能阻止男性精液流進子宮內部，尤其在陰莖插入之前，先抹上一層特殊的膠狀物質時。(我又將一盒裝著各種避孕樣品的東西傳下去，給大家檢視。）再其次，就是使用子宮帽避孕，這種子宮帽跟前面所提到的陰道藥栓很類似，但是，這種子宮帽有一個彈簧片，那是爲了方便放置。我們這裡沒有那種避孕裝置。你們一定要找醫師幫忙才能安裝這種避孕器，而且，醫師也會教你如何使用這種避孕裝置。」

最後，我說道：「如果你還是未婚，你要戴上一枚假結婚戒指。如果你還沒有先生，大多數的醫師都不會告訴你有關性這方面的事情。他們不想違反嚴格的康姆斯托克法（Comstock law），他們那敢？」

在聚會結束之前，膽子比較大的人會在眾人面前提出一些問題，這些問題包括：每個月都會有一段期間是安全期嗎？這是眞的嗎？爲什麼乳房變得特別敏感？這種情形有害嗎？這麼做會不會犯下道德上的罪行呢？偶而，也會有人想問一些不需要其他人知道的問題。碰上這種狀況，葛楚德就會叫我把盤子收好，拿到外邊去洗。這個團體的聯繫在整個市鎮中是最好的。葛楚德也說：「我的目的就是先確保不讓女性覺得絕望無助。」

艾美不再上班之後，不管財務狀況多麼拮据，她還是需要一個分散注意力的方法。她打電話給很多家族親人，跟他們調借照片，她準備掃描儲存起來。艾美曾經跟祖母桑妮保證，她會將家庭的相關照片做好存檔工作。而今，她正努力實現這項諾言。

這一次的家族聚會，不像上次托莉在星期六過生日時那般熱鬧擁擠。幾個箱子和幾本放相片的相簿，都放在屋子裡等著人們來整理。大夥兒提前吃了中餐的三明治和沙拉。之後，幾位家人就坐在餐桌前，一起看看大家拿出來的照片資料。艾美的叔叔史提芬和她的母親諾拉坐在同一邊，而托莉的孫女茱莉則坐在正對面，她的四個淘氣小鬼不在她的身邊。

「好，各位。」艾美坐在餐桌的主位，開口說道：「我想大家是不是先把這些相片按照一定的順序排好，可能的話，我們按相片拍攝的年代來排列。如果相片已經寫上日期，那就太棒了。如果沒寫日期，就猜猜拍照的大概時間。大家不要把全部相片都混成一團。因此，先把相片裝進貼上標籤的信封袋裡。」

當那些舊相片開始在大夥兒手中傳閱時，房間內充滿著笑聲，顯得非常溫馨。他們享受著回味陳年往事的樂趣，紛紛道出讓彼此感到歡樂的事件。托莉的記憶力超乎尋常的好，只是偶而會忘記一、兩個人的名字。

「喔，這裡有一張媽媽和艾美的合照。」史提芬說道。

艾美從叔叔史提芬手中接過那張照片。那是她七歲那年拍的，她站在最前面，臉龐稍微皺在一起。在她的背後是祖母桑妮，正笑著。照片中的桑妮，揮舞的筷子在靜止的畫面上留下一團黃色的扇形狀。

「那是糖醋烏賊肉。至今，我的嘴巴仍然保有當年咀嚼時的那種感覺。祖母所偏好的稀奇古怪的食物中，那是我唯一沒有承襲愛好的食物。是誰拍下這張照片呢？」

「我們家的老大拍的。來，再看看這堆相片中是不是還有你想要的照片？」史提芬說道。

那天所拍攝的照片還有幾張，但是，其餘的照片很奇怪。那些照片中都沒有人，只有庭院入鏡。而在那些庭院照片中，只有幾棵老樹點綴著，而且都被修剪得很徹底，離地面十五英尺以內的地方，沒留下半枝枝椏。

「你兒子捕捉了棻爺爺高超的修剪樹木的技術。」艾美將其他相片退還給史提芬叔叔時，她的眉頭深鎖。

「喝咖啡的時間到了吧？」諾拉問道。

當他們家人站起來在家裡四處走動時，木頭發出嗶剝聲，衣物發出窸窸窣窣聲。大家都走進廚房。一包咖啡的真空密封袋口敞開著，烘培過的深色咖啡豆的香氣，瀰漫了整個餐廳。

艾美端著一杯牛奶和一塊家庭自製的磅蛋糕，走回原來的座位。她開始挑選托莉姨婆拿出來的兩箱東西。在那兩個箱子裡面，有很多紙條、明信片和照片。托莉曾經明確的跟艾美說，除了那兩箱照片以外，還有很多可以看，但是分散在家裡的每個角落。這一點並不足爲奇。托莉早年唸大學時，她的宿舍就像豬舍一般凌亂不堪。

我親愛的老朋友的照片，都比她家裡的其他成員顯得更老氣。用深褐色的色調所捕捉的身影，是彩色攝影所無法做到的。我又想起安德魯幫我拍攝的祕密相片。我的身體曲線顯得非常勻稱柔和，因爲他在我的體膚上製造出如瀑布般流瀉的光影。

當艾美匆匆翻閱托莉那堆照片時，我也乘機從她的背後觀看。我認出照片中的桑妮，當時還是一位小女生。她在每張照片中都笑顏逐開，而且都站在最前面的中間位置。托莉的兩隻手則緊緊握著，放在腰際之間。

艾美貼近仔細看著一張桑妮年輕時的照片。桑妮的身旁是一個穿著二次大戰時的軍服的男子。他們兩人的手緊緊交纏著，眼神交會在一起，根本沒有看著鏡頭。他們的姿勢，顯示出超乎尋常的親密，完全不像我曾經見過的那種女孩依偎在一個笨手笨腳的男生臂彎裡的畫面。艾美翻轉她的手腕，那張照片的背後日期是一九四二年四月，照片留下了彼此互道珍重再見的情景。艾美屏住呼吸。

艾美又伸手去翻找照片。這次吸引她注意的是一張桑妮在一九四○年代早期所拍攝的。她懷中抱著一個小孩，那個小孩戴著的那頂軍帽顯然太大了，和孩子的頭根本不成比例。照片中那個孩子的臉，模糊中有點熟悉，那是史提芬嬰兒時期的照片。那張也被放回原來的舊照片堆中。

艾美繼續到另一個箱子尋找照片，並設法從堆疊在一起的照片中找出東西來。那裡面有一些是彩色照片，從艾美的童年到少女時期的照片都有。她急急忙忙的一一掃視，看到自己和表兄弟姊妹、她的哥哥，以及一些站在旁邊、似乎在保護她的大人的合照。她呼吸很急迫，顯出內心的焦慮。

當艾美用指尖夾出一張發亮的照片，我馬上認出那是傑米。他的頭髮濃密、乾淨，垂到肩膀，笑容讓人覺得他很誠懇。艾美的下巴轉過來朝著他，但是她看起來似乎很緩慢的在轉頭，以朝向隱藏起來的攝影者。不過，她並不是爲了照相鏡頭而笑，而是笑給傑米看，眼神充滿款款深情。

艾美的呼吸變得越來越急促，好像聞到傑米的氣味似的。

「喔，我的寶貝女兒。這是多麼珍貴的一張照片！」站在背後的母親諾拉說道：「他的髮型讓我懷念起六〇年代的歲月。」

「我知道，媽媽。對不起，我暫時離開一下。」

艾美匆匆忙忙跑上樓去，迅速走過托莉的臥室，將自己關在浴室內。她坐在廁所的馬桶上，彎下身體，胸部貼近靠在膝蓋的地方，整個額頭埋在那裡。她拚命的吸氣，她的肩膀毫無聲息的顫抖著。傑米的氣味，縈繞在她的周遭，就像夏日暴風雨來臨之前，突然飄來的一片雲。她哭了幾分鐘，淚眼迷茫。最後，她用衛生紙擦乾淚水。這時，浴室的門突然被打開。

「喔，對不起。」站在浴室門前的托莉發現裡面有人，馬上避開。不過，她想了一下，又探頭進去看個究竟。

艾美轉頭在肩膀上擦了擦臉，站起來，把馬桶的水沖掉，說道：「沒關係，我正要出去了。」她的聲音有點顫抖。

托莉走進浴室，並問道：「怎麼回事？」

「沒事。」

「我把眼鏡戴上了。到我的房間來，我們聊聊。只有我們兩個人而已。」

艾美跟著托莉走出浴室。托莉將房門帶上，然後坐在一張精緻的矮座椅上，說道：「我也會想念她呀，孩子。」

「不是爲了桑妮祖母過世的事情，不只是那件事。」艾美的手拉著短褲的邊緣，問道：「如果我問你一件事，你可以誠實告訴我眞相嗎？」

托莉泛白的眉頭皺了起來，眉毛下是嚴肅的眼神：「我會實話實說。」

「我的祖母眞的愛棻爺爺嗎？」

「她當然愛他。這有什麼問題嗎？」

「我不知道。我看到一張祖母和她的第一任先生的照片。」艾美的口氣明顯的顯示她一直知道這件事情的眞相。艾美又說：「這件事讓我想起桑妮奶奶和棻爺爺的夫妻關係。他們似乎總是很疏遠。我不知道。但是，她對他似乎沒有一往情深的感覺。」

托莉露齒而笑，說道：「我們這一代不像你們一樣，摟摟抱抱的。」

艾美皺著眉頭，不表贊同：「不是這樣的。我不是那個意思。事實是，她似乎失落了什麼似的。她與棻爺爺定下來，長相廝守嗎？」

「我的小妹是不會和任何男子定下來的。你必須了解，孩子。時代不同呀！那個戰亂動盪的年代，人總是痛苦萬分的。那個時代所發生的一些事情，在歷史書上是看不到的。每個戰死異鄉的男子，在故鄉都有個人在思念他，那種思念是永遠無法平復的。沒有一個人能夠平復。桑妮為她的第一任先生悲痛逾恒——喔，天啊，他叫什麼名字來的？——我還記得他的臉，可是，他的名字我叫不來——」

「叫做米契爾。」艾美說道。

「對，沒錯。我的小妹為了米契爾哀傷了好幾年。之後，她才再婚。」

「那麼，她為什麼會看上棻爺爺？」

「跟你的棻爺爺結婚的理由很多。他的家世良好。雙方的家長都是商場上的朋友。他受過良好教育，眞摯誠懇，英俊瀟灑，很會保護別人。」托莉注意到艾美的表情，接著說：「雖然有時候他可能做得太過火了一點。但是，桑妮覺得跟他廝守在一起很有安全感。他是善於養家的人。在從前，這一點是很重要的。他們有共同點，有相同的價値觀。」

「她怎麼熬過失去米契爾這件事呢？」

「她經歷了千辛萬苦。當年米契爾去當兵時，她跟我們住在一起，出事之後，她也跟我們住在一起。我的孩子那時都還很小，史提芬也還在襁褓之中。當米契爾爲國捐軀的惡耗傳來時，妳以爲那消息會令人目瞪口呆，但她是當場情緒崩潰。更糟的是，連米契爾的屍首都找不到。她終日想著米契爾是如何死的，是粉身碎骨嗎？你知道。她曾經懇求他不要入伍當兵。身爲獨生子，米契爾可以聲請緩徵。可是，米契爾太堅持自己的原則。」托莉說完，擦掉睫毛上的淚水。

托莉又說道：「桑妮和米契爾，他們兩位是很登對的情侶。他非常尊重她。他是紳士，而且，她也認爲米契爾是天使。米契爾過世後那幾個月，她過著行屍走肉的痛苦日子，知道何時微笑何時大笑，但是內心中毫無歡喜。日子一天天過去，最後，她決定感恩曾經與米契爾共度美好時光的日子，努力回憶著他們曾經擁有的幸福往事。她遇到妳棻爺爺時，已經厭倦形單影隻的生活。他是一個好人，一個正派的人。」

「桑妮奶奶曾經告訴妳，她懷了第一個孩子，也就是米契爾的孩子之後，是什麼情況嗎？」

托莉瞇著眼睛以懷疑的眼神看著艾美，並說道：「沒有。她最擔心的是那孩子沒有爸爸這件事。這件事我知道。而你的棻爺爺善盡職責。他是一位好父親。史提芬這孩子是桑妮的慰藉。眞的。桑妮的先生上戰場時，有史提芬在家，也幫她度過那些難熬的日子。而且，她的先生戰死之後，他也在身邊陪著她。史提芬是他們的骨肉，她永遠都能從史提芬的身上找到米契爾的影子。」

艾美咬著面頰內部，問道：「她曾後悔懷了史提芬嗎？」

「她當然不曾後悔。怎麼問這種問題？」托莉坐了起來，移到床邊，坐在艾美的身旁。托莉將纖細的手放在姪孫女的膝蓋上，問道：「艾美，有什麼問題嗎？」

「我想我現在正在想辦法釐清他們是誰。好像我剛剛才知道，我對他們的了解少之又少。」

「好孩子。如果說我學到了什麼，那就是人們隨時會讓你感到驚奇，不管你認識他們有多久。你所擁有的一切，就是你的回憶，以及你對那些已經離開人間的人的記憶。那一句諺語怎麼說來著？是不是說：『死人不會說出祕密？』」

「應該是說：『死人不會說謊。』」艾美說。

✦

托莉住在父母親的家裡，睡在她小時候住的房間。她的雙人床當然沒有整理好，床鋪上放著一床用好幾排飛鳥圖形縫製成的超潔白被褥。此外，還有一床較厚重樸素的被子，堆放在地板上。她的枕頭排列成馬蹄形，這樣一來不管晚上睡覺時身體怎麼翻滾，都會有東西可以抱著。

她的家具都還很新，幾年前才買的，而且都是高價品，這也證明她的父親眞的發了大財，所以，家當都是相當耀眼的。托莉在那張堅固的槭木製床頭几上面，擺著一盞檯燈和幾本皮質封面的書籍。那座裝潢精美的大衣櫃的門敞開著，在木製衣架上掛滿著不停晃動的洋裝和大衣。一整排的鞋子和帽盒，排到梳妝台附近，而梳妝台上則擺著圍巾、粉撲、香水罐、髮夾和幾張糖果紙。

梳妝台上面的鏡子微微發光。

我已經死亡將近五個月。當時是十二月中旬。我已經調整好，可以再看到自己的影像，我的靈體是一團具有形狀的朦朧光影，是過去的我和鏡中銀白色交互作用的產物。看到自己和昔日照片中已經完全不一樣，回想到生前的種種，是一件重大的打擊。托莉有一張我們兩個人坐翹翹板的照片，她把那張照片嵌在鏡框裏。這張照片讓我連想到她在思念著我，至少偶爾想念著我。我感到很安慰，我並沒有被遺忘——或被隔絕在她的記憶裡。

我陪托莉過了一個星期。她雖然整天忙著不停，卻似乎從來不休息。一早起來，她就忙著讀當地報紙，給親友們寫長信。接著，她看著管家擺設餐桌，準備午餐。她一面慢慢享受午餐，一面聽母親聊八卦消息。中午過後，是喝咖啡聊天的時間，來的客人都是和她年紀相若、結婚數年的婦女，有的剛懷孕，有的即將臨盆，也有一些是已生了孩子的。她們帶來的小孩子如果跑到她跟前，托莉會心不在焉的輕拍他們。晚餐之前，她跟小妹桑妮玩西洋棋或拼字遊戲，當時，桑妮才十一歲。那幾天，她的父親晚上都回家跟家人一起吃晚餐。晚餐時他們偶爾會談到托莉在找終身伴侶的話題。有兩個晚上，有兩個男人分別來陪她坐在客廳。托莉顯得很親切，其實，那兩個男人令她覺得很無趣，但是那兩人都沒有感覺到這一點，因爲她的彬彬有禮掩飾了她的淡漠。

托莉洗好澡，渾身抹上保養乳液，就直接鑽進沒有舖好的被窩，看一、兩個小時的書。她的大型鬧鐘一直默不作響。她沒有設定鬧鐘的必要，也毋需在生理時鐘自動醒來之前就起床。

我跟她在一起的倒數第二個晚上，桑妮手上拿著東西衝進托莉的房間：「姊，這個東西斷了，幫我修理一下，拜託妳。」

「什麼斷了？」托莉並沒有抬起頭來。

「妳幫我做的那條美麗的項鍊斷了。」隨著身體的扭動，她所穿的那件棉質睡袍發出沙沙聲。我聞道到象牙香皂、薄荷和含有單寧酸的樹皮的味道。

托莉走到擺在床舖後面的香柏木材質五斗櫃，拉出那個我印象非常深刻的木箱，裡面裝著她製作珠寶的工具和材料。她回到床上，調整床邊燈座的燈罩，讓她周遭的光線再放亮一些。桑妮的那串項鍊已經斷成三段，但鑲在精美的銀墜子下方的黃玉並沒有壞掉。

「我很高興妳沒去紐約。如果妳去了，就沒有人幫我修理項鍊。」桑妮說道。

就在我們畢業之前的幾個星期，紐約有一家著名的藝術學院邀請托莉去就讀。對一位女生來說，那種榮耀就好像進入哈佛大學那麼稀罕珍貴。但是，顯然她已拒絕去讀那所藝術學院。

「我們這個鎭裡也有會修珠寶的師傅呀，桑妮。」托莉說道。

「沒有人有妳這麼好的技術。那堆衣服底下是什麼東西？」

托莉看了一下，說道：「是我還沒打開的東西。」

「是誰寄來的？我可以打開嗎？」

「不關妳的事。不可以開。」

在一疊衣物下面，有一個包裹，是寄給托莉的，而那地址字樣，正是我親手寫的。那個包裹是我過世當天想寄給她的東西。不管是為了什麼緣故，她不願打開那個包裹。

「妳的項鍊怎麼了？」托莉一面問，一面伸手在她的箱子裡找東西。

「它撞到了樹枝。」

「怎麼會這樣呢？」

「我倒掛在樹上時，這個東西就飛出去了。」

「什麼時候的事？」

「幾分鐘以前。」

「外頭一片漆黑，而且是睡覺時間了。」

「我知道。」桑妮噗通一聲，身體趴到床鋪上，說道：「我很好奇，想知道蝙蝠倒掛在樹上是什麼樣的感覺？」

「妳這孩子，眞是挺奇怪的。」托莉暫時停下找東西的動作，「難怪瑞芝那麼喜歡妳。」

已有將近三個月之久，我不曾在一個房間內，或是在同一屋子裡，甚至是從幾條街外，聽到關愛我的人提到我的名字。自從我參加了奶奶請人舉辦的降靈會以來，我從沒聽過有人提及我的名字。而且，這也是安德魯前往耶魯大學以來，第一次聽到有人稱呼我的名字。我的靈體周緣開始震動。

「我也喜歡她。」桑妮把臉埋在枕頭裡問道：「妳想念她嗎？」

這時，那個箱子突然啪的一聲蓋上，托莉答道：「是，我很想念她。」

「那她的舊情人呢？」

此時，所有的房門、抽屜、蓋子突然間砰的一聲全部關上、蓋上。那個晚上的溫度並不特別冷，但是，她們的眼睛看到震驚事情之後所吐出來第一口氣息好似凝結起來。看到這個景象，兩個姊妹你看著我，我看著你。

「這是好玩的穿堂風在作怪。」托莉故作輕鬆的說道。

「我想也是。」桑妮仔細研究房間內的狀況，想找出是不是有別的原因。

「我必須用一種小焊接工具，才能幫你把這條項鍊修理好，必須等到明天才能做。」托莉又把工具盒放回原來的地方。當她翻動箱子裡的東西時，有一張紙從箱子裡掉了出來。

「好吧，明天再做。晚安。」桑妮離開前，在托莉的臉頰輕輕一吻。她打開房門，站在門口，停留一下，又跟托莉說道：「今天晚上，要把頭藏進被窩裡，可能會有鬼魂出來喔，托莉。」說完，她一路跑到門廳，帶著一陣笑聲，打破寂靜中的恐慌。

我親愛的朋友將電燈關了，把頭深深埋進被窩中。我可以感覺到她還是清醒的，而且，專心祈禱著。托莉相信有鬼神這回事。當她的呼吸變得緩和輕淺時，我才撿起剛才掉在地上的那一張紙。

我在星光下看著那一張明信片，就像在陽光下一樣清晰。那張明信片郵戳日期是一九二九年九月十五日。明信片的正面是波士頓港口的照片，明信片背面有幾行字，寫道：

托莉：

我正在旅行之中，也探訪我的表兄弟姊妹。

一切平安。我會很快讓你知道我的新地址，現在還沒安頓好。

安德魯　致意

安德魯，我的安德魯。我很想知道他去波士頓幾個月之後的那個晚上，他在做什麼？他在波士頓的宿舍室外是不是下雪了？他在寒冷的屋子裡看書嗎？或是對著窗戶的小風口抽菸？他跟朋友在一起嗎？還是跟年輕漂亮的女孩在一起？有可能他正想念著我嗎？

托莉的房間又變得很冷冽，她把頭深深的埋在棉被裡。我力圖想把當年愛撫時那種慾火焚身的感覺，以及對他的深摯熱情和我那顆已不再跳動的心的熾熱，給冷卻下來。

那個晚上，我很成功辦到了，是前所未有的。

✦

我決定今天晚上要陪著托莉。艾美要回去父母親的家裡。艾美過去跟托莉姨婆擁抱道別時，答應明天早上會為她準備一份可口的早餐。這時艾美已經顯得筋疲力竭。

托莉在夜間看護的幫忙之下，上到樓上，走進浴室洗澡。當我聽到浴室的蓮蓬頭傳出水流聲音時，便到餐廳，把那個箱子裡面的東西再仔細的看個究竟。或許在托莉收藏的物品之中，可能還有一封安德魯寄給她的明信片或信件。我把箱子裡面的東西通通倒出來，然後又把照片放回去。托莉是一位顧念舊情的人，也有收藏舊物的癖好。如果她這裡有任何與安德魯有關的線索，我一定會發現。不久，在一個老舊的褐色箱子的蓋子內面，我看到夾著一則電報。

V893 12＝路州拉法葉市 763 R 一九四〇年元月十九日上午八點四十三分

李歐納・蘭柏特太太

路州拉法葉市米托地大道 10001 號

托莉：恩瑪蓮過世。我將前往致哀。可否在下星期去拜訪你。我準備搭火車到拉法葉。請回電報到上面地址的西方聯合辦公室。很抱歉，一直沒有和妳聯絡。

安德魯　致意

發出電報的地址是在費城。我想，眞是太巧合了！這則電報發出的那一年，即是一九四〇年，當時，被我誤以爲是我的安德魯的那一位「安德魯・歐康納」湊巧也住在費城。那個人在當年也跟他的友人合夥開了一家事務所，公司的名稱是集合了三個合夥人的名字——即「費茲福、柯爾、歐康納」事務所。而且，那個人在聖誕夜娶了一位出身賓州名門望族的年輕女子爲妻。

那一年冬天，我的安德魯爲什麼會留在費城呢？有一個可能，他去拜訪老朋友華倫和安娜・崔普夫婦。另一個可能，則是他去拜訪從波士頓搬到費城並在那裡住了幾十年的遠房親戚。安德魯是不是只是路過波士頓而已，而波士頓是他前往弔唁恩瑪蓮的一個中途站？或許是他一時心血來潮臨時決定拜訪托莉，從她那裡到紐奧良，搭火車只要兩個小時車程。

或者是那個時候安德魯剛好住在費城或費城附近？也許他就在費城附近的小鎮當律師、銀行家或攝影家。這兩位都叫做安德魯的人——也就是我的安德魯和那個陌生人安德魯——當他們到處走動，會不會在買報紙或問時間時，萍水相逢，撞在一起呢？在芸芸眾生之中，我的安德魯是不是個隱姓埋名的人？

是的，隱姓埋名。我就曾經以巴瑞德・布瑞特的筆名寄出一些信件，其中，只有幾封收到回音。我收到一位遠房親戚珍娜・歐康納的回信。我也收到杜蘭大學的回信，但是，那封信告訴我，安德魯於一九二九年六月取得學士學位畢業之後，就失去聯絡。爲了追查他的可能去處，除了耶魯大學以外，我也寫信給每一所長春藤大學的法學院。我很驚訝很快就接到這幾所法學院的限時回函，但是，卻很失望的知道安德魯並沒有到這幾家法學院深造。

雖然我很難繼續追查下去，但是我知道他並沒有消失。現在這一則電報出現，已經證實安德魯在離開紐奧良的十年後，依然健在。

當我把滿滿的箱子拿回去放在艾美先前擺放的地方時，托莉剛好經過餐廳，走進廚房。他們家人已經吃完那些餐點。這時，洗碗機傳來一陣溫暖的空氣。托莉裝滿一壺水，並在櫥櫃裡找到一包薑汁餅乾。

她站在那裡，我看得一清二楚。她的吃法很秀氣，一口一口咬著薑汁餅乾，細心的品嚐著。我看到我在幾個星期之前用杜蘭大學的假信紙寫給她的信，就平放在電話機旁邊。那封信仍然打開著，她尚未回函。我很好奇的想知道，爲什麼她還沒回覆這位很想知道她大學生活的幽靈校友代表的信件呢?當托莉看著時鐘的那一剎那，我將那封信推到那張櫃台式長桌的中央。可能她對那封信已經很熟悉，所以對它視若無睹了。

我好想跟托莉說話，想知道她的生活是不是眞的很幸福美滿。我也想問問她，她喜歡當媽媽的滋味嗎?她的先生是怎樣的人?他是不是配得上她?她如何安排自己的閒暇時間?她有沒有想過未到紐約繼續深造，失去的是什麼?

我在托莉的耳朵還沒有聽到壺笛鳴響之前，早已聽到水壺即將燒開的聲音。水燒開的尖銳叫聲響起，令我退縮了一下。托莉穿著一襲淡紫色的絲質睡衣和一件超可愛的黃色泡泡紗睡袍，慢慢走過去，踏在地板瓷磚上的腳步發出吱嘎聲，穿著白色的芭蕾舞鞋型拖鞋的那雙腳的腳踝，顯得像雞腳那般纖細。她沖泡了一杯橘子茶，風味絕佳的橘香溫暖了整個房間。托莉在一個小小的骨瓷碟子上，放了四塊薑汁餅乾，並把那個小瓷碟和手中的橘子茶放在托盤上。

在樓下，幾乎每一道光線都是靜止的。她窩在自己的房裡，將電視機打開。她隨手翻閱著手中的讀者文摘，直到晚上十點鐘的電視新聞開始播報。等到運動節目開始播映時，她已經吃完點心，坐在又軟又厚的椅子上，開始打盹。

我盤旋在那張無靠背長椅的上方，這張長椅就擺在她的筆直小腿旁邊，她的小腿在燈光下閃爍著微光。我說道:「托莉，我眞不敢相信妳還活在世上。」雖然只有另一個像我這樣的「人」能聽到我的聲音，但是，如果可能，我還是想用某種方式大聲說出來，讓托莉了解我的話:「妳還記得過去我們在一起有多快樂嗎？我希望妳記得。我們是這麼好的一對朋友。」

她的眼瞼像優雅的蝴蝶翅膀一樣慢慢的合上。我藉著空氣浮力的協助，將她的眼鏡拿下來，放到茶几上。她噘起嘴巴，然後又放鬆，那模樣好像在將一個深情的吻獻給某個人似的。我告訴我自己，她這個吻是獻給我的。

我跟她說道：「看看妳，妳還是很健康。妳很會照顧自己，而且心滿意足。感謝上帝，妳並不孤獨。托莉，做爲一個亡者，是非常孤單的。我的天，妳不會相信這件事的。每一個人都會前往不可知的彼岸，一旦這裡的情況變得太令人受不了——或是不能令人滿意時。」

我又跟她說：「我過得很開心，妳想不到吧？妳一定不相信我讀了很多書，也看到了很多事物。我可以診斷任何疾病，也幾乎可以教任何一段期間的歷史。我現在懂得義大利文、德文和法文，所以，我可以當一位翻譯。長期以來，我都在幫忙像我一樣的人。我教導他們維持生存所必須知道的東西。我的意思是，妳可以不吃、不喝、不回憶，也不呼吸。但是，妳必須學會能到處遊走而不惹事生非。學會如何處理有這樣多的時間的情況。學會如何自得其樂。一旦你學會這些，就應該不會造成別人的痛苦。」

我想起安德魯的眼睛，他在離開紐奧良，前往我所不知的目的地之前的幾個星期，深邃的眼神和亮光便已消逝。那個晚上，我看到他的眼神光采完全消失了。

我繼續說：「他偶而會寫信給妳嗎？妳曾經再跟他見面嗎？再見到他時，他跟妳提到過我嗎？告訴我，再見面的情景沒有很傷感。告訴我，你們開懷大笑。請妳告訴我，他知道我是多麼愛他。眞的，我只愛我的安德魯一個人。」

我大聲叫喚他的名字，而不只是想念著他。我聽到我的記憶以他的聲音回應，呼喚我的名字「瑞芝」，那是一種心滿意足的低語，好像他把我吸進又呼出。這時，我的靈體如微波盪漾，起了雞皮疙瘩又消失。

我的手停留在托莉的膝蓋上方，我不能碰觸到她的身體，我問道：「托莉，安德魯在那裏？」托莉的鼻子發出聲響，自己醒了過來。她快速眨了眨眼，將右手舉到臉旁道：「我的眼鏡。」她的左手慢慢伸到茶几上，拿到我剛才幫她摘下的那副眼鏡。她做出像貓咪伸懶腰的大動作，接著把電視和電燈通通關掉。

她走進廚房，展開就寢前的一連串關燈動作。走回臥室的途中，她從廚房的燈開始，接著關掉餐廳、門廳和裝在天花板上的小燈。後來，她走進起居室，站在擺放照片的桌子前面，靜靜的祈禱著：「願上帝保佑我的家人和朋友，也願他們永遠知道我深愛著他們。願你們都能平安。阿門。」她將燈光熄滅之前，還對著室內獻上一個飛吻。接著，她以小碎步走進臥室，口中哼著大學時代經常哼唱的調子，輕輕的關上房門。

尼爾決定學習用來撰寫他最喜歡的那些歌劇的語文。他處在陰陽交界處已經長達八個月了。他認爲，如果愛默生未使用錄音帶就學會了多種語言，他有了錄音帶，一定能學會那些語言。

在寂靜的夜晚，李歐尼爾坐在公共圖書館裡面，在應該是頭部的部位，飄浮著一副耳機，並一再朗誦語彙。我們溜進很多所高中，使用這些學校的視聽圖書館。李歐尼爾也閱讀教科書，學習那種語文的讀與寫。他不斷的練習，發音腔調無懈可擊，是道地的義大利語。

他要我陪他去看費里尼的電影，以測試自己使用義大利語的能力。但是我只對超現實的電影感到興趣。尼爾將裝爆米花的盒子擱在他的臉部前面，這樣就遮住銀幕的底部，讓他不能作弊，看不到字幕。尼爾爲了準備死亡之後的第一次聽力初體驗，已經幾個月沒聽義大利歌劇，雖然這對他是一種折磨。

「這種情形好像在猜測『Louie Louie』這些字的意思。妳可以模仿他說這個字的每個音，但是，妳不知道他在唱些什麼。」尼爾說道：「想像一下，妳的腦海裡有一個轉換器，通過這個轉換器，這些字的意思就清楚了。你不再只是嘴巴模仿聲音而已。這不是很妙嗎？」

「妙極了。」我回答。

當他確定自己已準備好去做死後的初次聽力測試時，那時是二月間。我們穿過那所擁有最佳CD唱片館藏的圖書館的前門。他找到了最喜歡的歌劇，很緊張的用手指撥弄那些按鈕，啓動雷射唱盤。這時，我靠在一個沒有窗簾的窗戶旁邊讀一本書。我在看書時，剛開始，尼爾的耳機傳出來的聲音非常細微。不到幾分鐘，我聽到他在哭泣。

那種聲音，那種音質，一點也不像是一個處於陰陽交界者的聲音。那是在人類聽覺範圍內可以聽得見的聲音。

「尼爾，你怎麼了？」

「我聽懂每一個字。眞是美極了。」

沐浴在室外街燈的光輝中，尼爾像老鷹展翅一般平躺在地板上，啜泣著，像是個被拋棄的戀人。那一片CD的封套，很靠近他的臀部。當他大聲唱著獨樹一格的《茶花女》的詠嘆調時，他的胸部不停的起伏著。他的唱腔令人不敢恭維，但是十分眞誠，所以我不敢開他玩笑。

我坐在舖了褐灰色地毯的地板上，就在他的身旁，旁邊有一個扭彎的釘書針和指甲刀。他擦掉原本就不存在的眼淚，鼻子發出抽搐聲，雖然本來就沒有什麼東西阻塞著。他偶爾還伸手在半空中輕快的揮舞著，作勢強調一連串升高的激昂曲調。他唱的每一段歌詞都走音了，但是，沒有人會懷疑他生來就是義大利人。

尼爾在極端痛苦和無比歡欣之間來回掙扎著。從他的聲音，我聽得出那種強烈的感覺。我看他微笑時，那一對淡褐色的大眼睛瞇著，含著虛幻的淚水，就可以知道，他很痛苦。他聽歌劇的感受需要——也一定要——一個身體來圓滿，讓那種感受能完完整整的呈現出來。

我很不喜歡歌劇，但是跟他一起坐在那裡時，我也了解，我可以聽懂每一個字。我一直在尼爾身邊聽他練習，但是，從來沒注意到自己已經慢慢的將義大利語一點一滴學會了。

「Alfredo, Alfredo, di questo core non puoi comprendere tutto l'amore」這是薇奧蕾塔爲她已離開的情人而唱的，歌詞的意思就是：「阿弗雷多，阿弗雷多，你不了解我的心，難以測度有多少濃情愛意深藏我心。」

我注意到這裡的裝潢，很靠近兒童閱讀區。在拱形的愛心圖形區域，所陳列的書籍都與假期規畫和青少年戀愛有關。即使在那樣的光線之下，我還能看得到粉紅色的排行榜單、摟抱親吻的卡通人物背後的玫瑰色襯紙，以及害臊的愛神丘比特。我來不及轉開視線——在一個繁花似錦的場景——我的嘴唇有糖霜的甜蜜滋味——他第一次告訴我的聲音。

一陣突如其來的感受，使得我有如薄紗般的靈體裡面，變得相當冰冷。隨著音樂旋律的起伏動盪，我從白天以來由於音樂的震撼而大爲減輕的孤獨感，這時襲上心頭。

「我好想它，瑞芝。」尼爾平靜下來說道。他的眼瞼似乎腫脹起來。歌劇依舊持續唱著。

「你說什麼？」我感覺喉嚨發緊。

「從前，音樂響起時，我的皮膚會刺痛，我的心臟砰砰跳。我一聽到音樂，身體的某些部位就會動——我的腳、手指，還有我的頭都會動。我感覺得到，你知道嗎？不只是這裡面。」尼爾輕輕的用拳頭搥著胸前：「後來就有了很多與音樂有關的回憶。有些歌是在夜間和情人相聚，品嚐美酒時唱的。有些是我離開他溫暖的被窩，走在潮溼的街道回家時，路過的汽車所傳出來的歌聲。或是蟋蟀的叫聲。」他抬頭望著頭上裝了難看的隔音板的天花板。在我們之間，充滿紅酒、含麝香氣味的古龍水、廢氣的味道和薄荷——如果他願意，他可以細數那些美好的夜晚的味道。他說道：「那是我想要的。我永遠也聽不膩這種音樂。我不應該去當人力資源主任。我幹錯行。我做了我以爲我應該做的事，而不是我想要做的事。而且，再回頭已是百年身。」

我嚎啕大哭，卻哭不出眼淚。我的靈體周緣開始顫動，但是，我沒有呼吸，也沒有身體，哭泣只是空洞的，不完全的。自從安德魯前往紐海文以來，或是我認爲他已經前往紐海文以來，我從沒有這樣哭過。儘管已經有七十一年又五個月了。尼爾坐起來，把手伸向手我。他的動作那麼自然，完全沒有想到要刻意停下來。

那時，我非常想念安德魯，所以忘了舉起手來把他推開。就在我們虛幻的靈體相遇的那一刻，有一種瞬間獲得撫慰的感覺——一種令人覺得安慰的擁抱。那種感覺只是一種舒適之感的回憶。我們同時縮了回來，我們的靈體激動不安。我們本來不應該碰觸的，卻一度混成一團。

我們彼此看著對方，他又哭了起來。

「我很想念他。」我說道。

「我知道妳很想念他，甜心。妳不覺得說出來，妳會感覺好一點嗎？這個時候，你可以信任我。」尼爾知道安德魯是我的生命的註解，但是，我知道尼爾了解他填補了所有章節。

「有一件事，我想告訴你。上星期我收到一則訃聞，是這幾年來一直就安德魯的事情和我通信的人傳來的。訃聞上的那個人——出生於伊利諾州。那個人不是我的安德魯。」我說道。

尼爾用疑惑的眼神望著我。

「我確定，因爲我的安德魯出生於紐奧良。我追蹤多年的這個人，他的名字也叫做安德魯。他過著安德魯那樣的生活，但是，他不是我的安德魯。他不是我所愛的那個人，我搞錯了對象。」我又說道。

「這幾年來你都不曾想去看看他嗎？不曾想過親自去找他嗎？」尼爾問道：「去拜訪一次會有什麼損失嗎？」

「你不知道，李歐尼爾。」我說話的聲音很小，但是，帶著不祥之感。換做是在其他的夜裡，他可能會追問我。但是今晚他顯然因爲自己的痛苦已經累壞了。不管他對這件事有多麼好奇，他並沒有力量盤問我。我看著我的朋友的淡褐色眼睛，說道：「我很想知道我的安德魯怎麼樣了？」

「沒有妳之後他怎麼樣了。」他沿著我們之間的地板伸過手來。我也伸手出去。我們彼此沒有碰觸到，我們不能這樣做，沒有什麼意義。

在艾美與家人聚會，整理照片之後的隔天早上，她給托莉做了一份豐富可口的早餐，包括法式土司、新鮮的藍莓和桃子沙拉，以及濃郁的咖啡。

托莉吃飽之後離開餐桌，直接走回她的臥室，開始在內衣櫃的抽屜裡翻找東西。她將至少有四十年歷史的珍品丟在地上。我們年輕時，大家就知道她常常把東西藏得連自己也找不到。她一面自嘴裡喃喃吐出一些溫和的罵人話，一面尋找著她確信一定放在某個地方的一些東西。

艾美凝視著裡面放著很多箱子的寬大衣櫥，掛衣服的橫條由於衣物的重量而略微下垂。一整排的鞋子排在地板上，可是，卻沒有一雙是配對並排在一起的。艾美輕輕的嘆氣，好像覺得筋疲力竭了。她喃喃對自己說：「就開始吧。」她開始挪動那些沒有貼上標籤的箱子，將那些箱子堆在地板上。

「喔，寶貝。」托莉說道：「請妳千萬要弄清楚那些箱子原來放在那裡。一弄亂了我就找不到。」

「是的，夫人。」艾美聽了幾乎笑出來，說道：「有沒有找到什麼？托莉姨婆。」

「我還在找，我知道幾年前這些照片還放在這裡。」

艾美伸手到衣櫥裡面，從裡面搬出一個大型的木製珠寶箱。我以前在托莉父母親的家裡看過那個箱子，當時托莉年紀還輕。艾美把那個珠寶箱放在一堆箱子的上面，並開始翻找抽屜裡的東西。這個抽屜裡面有精緻高檔的珠寶飾物、眞正的巴克萊（Bakelite）手鐲、小小的空盒子、收據、錢幣和髮夾等等。

「托莉姨婆，這是一個金礦。」

托莉轉頭看著她的姪孫女，手中拿著一件蕾絲女褲快速轉動著，她戴著眼鏡瞇著眼睛看著。她看著艾美拿起一條精美雅緻的銀鍊子，這鍊子上分布著多顆透明的長方形翠綠橄欖石。

「這是妳做的珠寶，我認得出這是你的風格。」艾美說道。那個抽屜裡面都是同樣造型的珠寶。

托莉繼續尋找：「我眞的很喜歡那一段製作珠寶的日子。」她從那個珠寶箱中拉出一個抽屜，放在床上：「妳可以拿走這些東西。」

「我不能拿。」艾美說道。

「拜託妳，寶貝，拿去吧，整箱都拿去吧。現在妳是我認識的人中唯一會佩戴這些珠寶的人。」

「爲什麼不給妳的孩子──」

「他們不喜歡這些東西。不久前，桑妮過世後，我才檢視過這些珠寶。我跟桑妮不時共用珠寶。妳母親和姨媽把她們想要的都拿走了。」托莉繼續去整理她的東西。

艾美把那條項鍊放回原處：「非常謝謝妳。我把不想佩戴的放回原來的地方。」

「妳留下吧！」

就在關上那個抽屜之前，艾美輕輕的翻動厚厚的一排項鍊，發現後面有兩個小盒子。第一個盒子是空的，第二個盒子，我認得。

艾美打開盒子的蓋子時，盒子的樞紐發出吱嘎聲。微弱的三色董花香逸出黑暗之中，安德魯的氣味也飄逸開去。他的戒指放在那裡面，周遭是和他眼睛相同的顏色。我拒絕去觸摸它的渴望，也不想去撫摸戒指上鐫刻的字，或繼續追問那些問題。

托莉吐了一口氣，看著鼻子下方的空氣變成灰色，變得濃密。艾美從頭到腳渾身顫抖，速度之快好像心臟病發作。老舊而通風的窗戶上的水氣，凝結成冰。當她們慢慢將手中的東西放下時，這兩個女人你看我，我看你。

「羅瑞妲！」托莉抓著她赤裸的手臂，一面問道：「她跑到哪裡去了？這些看護老喜歡玩那個溫度計。羅瑞妲！」

「我來處理。」艾美把狹窄的抽屜關上，放戒指的盒子被藏起來了。

我覺得奇怪托莉怎麼會保有我遺留下來的那個戒指，同時再度讓我這位老朋友溫暖起來。所有人之中，只有托莉能了解那個寬寬的、男子氣概的指環，對他所具有的意義。

艾美走回來時，托莉已經發現正在尋找的東西，她說：「妳看看，這裡有些是你的姨婆和你祖母的照片。」她們兩個人並肩坐在床鋪上，臀部幾乎碰在一起。

前面的那幾張照片，是托莉和她的姊妹的照片。她們的裙子很長，而且，頭髮也長得可以變換髮型了。那是大蕭條年代之後的流行打扮。堆在底下的照片，則是發生在大蕭條之前所拍攝的。有一張是在紐康姆校園拍攝的，拍的是校園周遭那些像灌木般的小橡樹。還有一張是和她的同班同學的團體照，看似模糊卻又熟悉的臉孔看著拍照者的後面。我看到安娜・懷特康，那時她還沒成爲華倫・崔普的太太。

托莉碰觸到我和她的那張合照時，遲疑了片刻。在這張照片中，她坐在翹翹板壓在地面的這一端，而我則坐在翹在半空中的那一端。

接著是倒數第二張照片，原來的照片朝下，現在被翻過來了，正面朝上。艾美仔細看過照片後，不禁叫道：「好棒的照片！」

照片中，我在長沙發上睡著了，但我並不是隻身一人。我的身體緊靠在他的身上。我們的頭碰在一起。我的金色髮綹，垂在他俊美的側面輪廓旁。他的臂彎輕輕的環繞著我，似乎稍早前我們摟得更緊，現在他睡著了，把我鬆開一點點。——我想起來了，那時，卡嚓一聲，把我驚醒。等到我的眼睛看清楚時，那個偷拍的人早已逃之夭夭。我半睡半醒之間拍著他的胸膛。他慢慢醒來，幾聲呵欠，將我抱得緊緊的。他說道：「該回家了，我的瑞芝灰姑娘。」

「托莉姨婆，這個人是誰？」艾美拿出那張照片，指著問道。

托莉的反應有點遲疑，但她還是伸手拿了那張照片。她匆匆看過那張照片的背面，然後翻過來看那張照片的正面，說道：「那是瑞芝。她是我最要好的朋友，她已經過世很久了。」托莉暫停一下，又說道：「眞是奇妙的巧合，昨天夜裡我才夢見她。瑞芝和我在外面玩著玻璃珠。夢境中的時間是一九二七年的耶穌受難日。那一天，下了一場豪大雨，每個人都擔心堤防會潰決，造成水淹紐奧良的慘況。妳知道，那一年發生了大水災。夢境中，我們兩個人就在瑞芝家的後院。她有一個圓圈，我也有一個。我們繼續把玻璃珠丟進對方的圓圈中，直到所有的玻璃珠完全混在一起。不久一陣強風暴雨襲來，那些玻璃珠全部被吹走了。一聲巨雷，把我們嚇了一跳。她看著我，說道：『嗨，托莉，這種天氣我們還在外面做什麼呢？我想，我們的玻璃珠都不見了。』說完，她爲自己開玩笑的話大笑不已，眞是太奇怪了。我已經很久沒夢見她。」

托莉觸摸著深褐色照片中我的下巴。

「跟她在一起的那個年輕男子是誰？」

「她有很多追求者。男生都注意到她的眼神充滿冒險精神。而且，他們也喜歡他們所看到的她。她也喜歡不同風格的男生。天啊，她很大膽跟他們在一起。她會在舞會中消失，再出現時，口紅已經因接吻而擦掉了。」托莉把那張照片遞給艾美。

「妳看他們，他們抱得多緊密，他們多相配！」艾美的手指著我們的身體碰在一起的地方，說道：「他一定相當特殊，妳不記得那個男子的名字嗎？」

「很多年前的事情了。」托莉停了一下，猶豫著說道：「他叫做安德魯。」這時，安德魯的眞實氣味，非常快速的從她那裡消失。

「叫什麼安德魯來的？」

「多年以前的事了，我記不得那麼多事情。」

「妳記得他是怎樣的人嗎？」

「他長得很體面，彬彬有禮。很受尊重，很聰明，非常聰明。他準備當律師。」托莉滿臉笑意，但是，有點審愼和憂傷。他的氣味很濃郁。托莉突然站起來說道：「我早餐吃的蔗糖糖漿太快附著在我的腸道上，人老了腸子也不中用了。」

✦

我親吻過四十七個男生。其中，有二十七個男生，包括我的第一個男友吉米．雷諾在內，都只得到面頰上輕輕一啄而已。我承認，其他和我交往的男生，我跟他們都有不同程度的擁吻親熱行為。在這些男生之中，我曾經跟十四個有過激烈的親吻，但是，沒有更進一步的發展（雖然其中有十位男生曾經試圖更進一步），八個想探索我的胸部，三個觸摸到我的下體。最後，有五個男生曾經撫摸我的身體。不過，只有三位看到我的裸體。跟其中的兩位男生在一起，我就必須謹守桑格女士的忠告。那個「手藝」很好的風趣男生非常猴急，我從來沒有機會叫他「香檳」⑫。另一位胸前毛茸茸、當過美國步兵而罹患震彈症的男生，則很容易分心，尤其當他聽到難以區別是痛苦或歡愉的聲音時。最後，只有安德魯曾經在大白天看過我的臀部。

說眞的，我的手都比他們的手還好奇。我喜歡追求奇怪地方的構造。看到寬鬆的袖口，我會很想伸手進去撫摸對方手腕內面的平滑地方。脖子傾斜時，光滑的韌帶從耳朵後方延展到肩膀上。我的手張得開開的在背脊上遊走，通過寬平的肩膀、堅實的肌腱，突起的肋骨、四方的腰部。在我手指掌控下堅硬的方形膝蓋。當我的雙手在兩側臀部間做水平移動時，萎陷的腹部。有的胸前毛茸茸，有的稀疏，下面是紅色的血管。

當男生的柔軟祕地已經進入興奮的景況時，我心裡明白。這時，我可以感覺到他的呼吸急促，血脈賁張。我會呼應他，配合他，擁抱他堅挺的急速衝刺。我還是生氣勃勃、腦筋清楚、渾身似火、毫不膽怯。我的軀體湧起一陣歡愉。當高潮過去，我也如潮漲潮退。跟他們在一起，我的身體完全沉醉在肉體慾望的滿足中。激情是給他們的報酬。其他，我什麼也不期待。

偶爾，跟某個人繾綣相依時，我會想起跟另一位舊情人親熱時的情景。當我握著一個男孩的手時，突然間，會想起稍早前的另一位男孩——他的關節的扭動，他的肩膀的摩擦——而且，

⑫作者以香檳隱喻男性高潮。

在那個當下，對遙遠的那位追求者的記憶，也跟眼前這位男孩的影像，一樣鮮活。有時候，回憶往事時，舊情人的名字不自覺的從我的口中溜出來，我還要爲了這種弄錯人的糗事而道歉。我無法承認，我的感覺有時是一種花招，就是處在那個當下，可能會令人信服的、絲毫不差的喚起對過去的記憶。

接下來就是安德魯了。他很有耐心的，帶著期盼的心情，讓我碰觸他的軀體，那是別的男生做不到的。我用手指、掌心和雙唇，以令人抓狂的極其緩慢的速度，在他的皮膚上來回撫摸。在我的本能直覺以及他的要求下，我學會在他的呼吸發生變化，或是肌肉起伏時，改變我施壓的力道，推撫的方向和速度。他的激情和我的熱火合而爲一時，我跟他之間，根本分不出是他還是我。

令我很興奮的是，他轉而向我，在我身上作同樣的探索之旅。我的每一個細胞眉飛色舞，迎接著他的愛撫，我的全身隨著他創造出來的和諧，一起歡唱起舞。靈肉興奮的極致，像火山爆發，又如潮湧而至。而且，他還發現我的反應很難事先預料，但是，每次總是讓我回味無窮。

我渴望和他緊密結合，那種感覺是我和其他人在一起時不曾有過的。從的我的肌膚底下所掀起的，不只是熱血和氣息。不管是他看著我，或是我想念他，或是我們相互愛撫，一種輕得像拂曉之際的慾望湧現，完全擄獲我的身體。這種感覺，就叫做眞愛。我的安德魯，他的吻，開闊了我的生命，我們緊密的結合，遠遠超越了肉體，儘管我只看到肉體的結合。

電話鈴聲響起時，史考特已經睡著了，艾美還在忙著檢視她從姨婆家帶回來的家族照片。她趕緊衝進廚房拿起電話，口中責罵自己竟忘了將電話關機。電話答錄機已經響起，她讓它播放史考特錄製的答話訊息。

「嗨，是我，克洛伊。有誰還沒睡？我知道——。」

「我還沒睡。」艾美一拿起電話便回答：「有什麼事嗎？」

「只是打個電話跟妳問候一下。」

艾美咬了咬嘴唇，眨了眨眼，問道：「妳的新的工作如何？」

「太棒了。我正忙著一個資料庫的工作計畫，經常大量超時工作。但是，爲了一些原因，我並不介意。我想，我終於還是會喜歡我的工作。喔，妳想不到吧，我們公司今年十月底要派我到紐奧良開會。公司裡那些大人物熱中的是本地的專業發展。」

「那是三個月以後的事。」艾美的聲音聽起來有點失望似的，說道：「妳有時間順便來看我們嗎？」

「艾米絲——拜託，妳想我可以忍受得了連著三天都喝旅館煮的咖啡、吃鹹餅乾和一直聽演講嗎？」

「那表示妳答應來我們家了。」

「他們必須動用所有的發條橘子（Clockwork Orange），才能把我綁在那兒，幫我點眼藥水。你最近忙著什麼事呢？」

「我還在忙著一些事情。上個週末到托莉姨婆家，去收集了一些家族照片。」

「進行得如何？」

「很順利。」

「妳的情況還好嗎？我知道妳的祖父母最近相繼過世，妳的心情一定很難過，再加上妳祖父對祖母所做的事情造成的影響，你的心情當然不好受。」

「還好，我們還是得熬過這一切。不是嗎？」

「我認爲我會盡可能撐下去，妳知道的。」

「他是很特別的人。妳也知道。」艾美說道。

「他是個怪人。我猜想這和他的學識領域有關。」

「或許吧，如果他教授的是航太工程或心理學的話，但是他教的是作文和修辭，多麼尋常的科目。總之，老想著我根本解答不出來的東西，無濟於事。成定局了。是繼續前進的時候了。」

「妳還是非常想念妳祖母嗎？」

「是的。克洛伊。我眞的很想念她。」

「那麼，妳的家庭計畫是什麼？」克洛伊從艾美簡單扼要的語調中得到一些線索：「妳正在收集照片，並複印那些照片？」

「複印留下來的照片。妳爲什麼問這個問題？」

「妳要做成剪貼簿嗎？採用新聞剪報、貼紙、髮綹等諸如此類的東西？別人做剪貼簿一定是想要吸膠尋快活。」

艾美露齒而笑：「全都做成數位相片。我運用巧妙的現代科技，所以，家族中的每個人都可以拿到拷貝照片。」

「眞該死。總有一天，會有個傻瓜想到如何將晶片植入每個人的腦袋裡，這樣他們就一件事也不會忘記。想像一下——所有家族史都忘了，就像你以前從來都不知道一樣。到時候，我們都不再需要照片了。」

「是沒有祕密的集體記憶。」艾美說道。

「這就好像榮格遇見矽谷或類似矽谷的東西一樣。」

「妳可以寫程式讓它實現。」

「不，謝了。有時候，忘掉也是好事一樁。」

艾美看著微波爐門上自己的影像，說道：「當然啦。」

自從艾美與托莉和托莉的家人一起共度週末的幾天後，有一天晚上，史考特發現艾美在餐廳的桌上，擺著一部電腦和掃描器。她翻閱週末那天帶回來的許多裝著家族照片的一個袋子，掃視其中的照片。史考特的手中也有一個裝著家族照片的小袋子。

「我們跟他買房子的那個人姓布瑞特嗎？」

「不是。」她的頭並沒有抬起來。

我那一天並沒有檢查信箱。回覆有關我在尋找安德魯下落的信件非常稀少。史考特的手指摸著信封的封口處。我瞥了一眼，看到寄信人地址上有一個手寫的名字班傑明・畢克。我還在等候托莉和華倫・崔普的回函，並且希望我寄給費城的歐康納家的那批信件，會有豐碩的成果。

「我想，我們鄰居並沒有姓這個姓的人。」史考特說道。

「沒有。」

「我認爲，這是一封私人信件。一定是有人把地址寫錯了。」

艾美迅速用手將那些舊照片重新加以排列。

「妳的那個計畫進行得如何？」他問道。

「進度有點慢。我還沒有確切想出要如何把那些東西組織起來。」她將照片放回原來的地方，說道：「你要睡覺了嗎？」

「差不多了，都快十一點鐘了，妳呢？」

「我晚一點才睡。」

「好吧。」

在電腦螢幕前她突然低下頭去，緩慢的將電腦關機。

「艾米絲，我很想知道妳回娘家探視家人的經過。妳卻什麼事也不告訴我。」

「你想知道什麼？」

「嗯，首先，妳父母親的身體還好嗎？」

「老爸在清洗櫥櫃時不小心扭傷了膝蓋，老媽對主浴室的顏色選擇傷透了腦筋。」

「沒有問何時妳會讓他們抱孫子的問題嗎？」

「有。」

「托莉姨婆還好嗎？」

「行動比以前緩慢了許多，但是，腦筋的反應很正常。」

「那麼，翻看舊照片時覺得怎麼樣？」

「很好。我們偶爾會開心大笑。托莉姨婆還一面聊著往事。」

「心情不會很煩吧？」

「爲什麼會心煩呢？」

「嗯，妳回去找照片，這是妳答應祖母要做的事。這種事情一定有一些令人傷感。」

「這是你想知道的我週末是怎麼過的嗎？我是否坐在桌邊，緊握雙手大聲哭泣呢？」

「我不是那個意思。」

「那麼，你是什麼意思？」

「親愛的，我知道妳腦海裡有一些事情。我知道妳開始把家裡整理得這麼乾淨其中必有緣故。有些事讓妳很煩，但是情況似乎並沒有好轉。我很想幫助妳。」

「你幫不了忙。但還是謝謝你的關切。」

艾美假以辭色，史考特臉紅了：「我應該怎樣回應？」

「只要讓我自己一個人就好了。」

「我一直都給妳空間。」他傾身越過桌子上方，靠近她說道：「我沒有去查究妳爲什麼把整個房間到處都弄得沒有一點灰塵或一隻細菌的原因，但是，我受夠了。我受夠了要擔心妳，受夠了要逼著妳，妳才肯講話，要想辦法才能獲得妳的注意。我試著去了解，但是一點用也沒有。」

「你不知道我正在面對的事情。」

「是的，我不知道。那麼，妳爲什麼不告訴我呢？我是妳的先生，如果妳不跟我說，妳要跟誰去說？」

「我想自己處理這件事。」

「妳想處理什麼事？妳處理什麼？」

「我不期待你了解這些事情。自從他們過世之後，很多複雜的事情——複雜的記憶——接踵而至。這些事情是很久以來我不曾回想過的。」

「像是什麼事情呢？妳被騷擾？或是什麼事？」

「別扯了！」

「那麼，妳說的是什麼事情呢？」

「你知道，就像很久沒聽過的一首歌，當這首歌出現時，你突然會想起當時人在哪裡，或跟某個人在一起。如果有一件事你已經幾年不曾想過，而你卻記得清清楚楚，而且，你可以感覺得到。對我而言，讓我產生這種感覺的不是一首歌，而是照片。也就是那些我幾乎忘記它們的意義，而且，很久沒看過的照片。」

「妳沒有告訴我問題是什麼。妳只跟我說，事情是怎麼開始的。」

「我不想再談這個事情，你爲什麼不去睡覺？」

「不要想趕我走。」他說道。

「不要對著我大吼大叫。」

「妳花十秒鐘，將心比心，想一想我的立場。」他抓著椅子上面的邊緣，說道：「如果我也以這種方式對待妳，妳會有怎樣的感覺？自從妳的祖父母過世後，我們的家庭生活好像停擺。短時間內，妳的祖父母匆匆過世，我也很難過。我知道妳很愛妳的祖母桑妮，也知道某種程度上，妳也愛妳的祖父。而且，要妳去原諒祖父對祖母所做的事情，或受到過度保護，或妳對祖父的不滿，眞的也相當不好受。但是，那些都不是問題。我知道，妳想建立生活的新秩序，不要一開始就亂七八糟。但是，不管怎麼回事，這件事已經把妳我隔絕了。」

史考特快速吸了一口氣，就在他停頓的那個當下，一縷傑米的氣味懸在空中，時間之短，就像一個受到禁制的念頭，稍現即逝。

「上一次我們一起看電影是在什麼時候？」史考特問道：「或是我們一起吃飯是在什麼時候？我們談了什麼？我甚至不要談妳不想提到的那位以B開始以Y結束的那個大人物。喔，對了，既然說到這裡，妳可以想見，我很俗氣地想到，不記得我們上一次做愛是多久以前的事了。」

艾美坐著，手臂交叉放在胸前。她的藍綠眼睛乜斜著看電腦螢幕的角落。

「妳反擊呀！」

「我不想跟你吵架。」

「那麼，跟我說一說話。」

最後，她抬頭看他，說道：「我辦不到。」

這時，他們兩個人你瞪我，我瞪你。對於史考特來說，發脾氣並不是一種自然的反應。空氣立刻冷淸下來，儘管艾美唐突的拒絕告訴他，她到底在極力隱瞞什麼。當房間裡安靜下來時，傑米的氣味又轉強，像是三氯甲烷的味道，圍繞在她的周遭。我想起先前艾美和托莉的談話。艾美問的是有關桑妮祖母的第一任先生的事，以及他們所生的孩子的事情。

史考特離開那個房間，不發一語。

✦

親愛的布瑞特先生：

我已經很久沒寫信，所以寫得不好請見諒。我也要爲遲遲才給你回信而致歉，希望沒有延誤了你的工作。

當然，你知道賽門・畢克是我的父親。老爸在十二月間已經過世了。如果他還活著，他可能會對你最有幫助。不過，我也會盡可能告訴你我所知道的事情。

老爸經常告訴我們，歐康納先生對我們家人非常好。老爸的祖母（恩瑪蓮・寇拓是她名字）在歐康納家當了很多年的管家。歐康納家非常富有，他們家裡的財富未受到大蕭條年代太大的影響。到了一九三〇年代的末期，派崔克・歐康納——也就是安德魯．歐康納的父親——過世，留下豐厚的遺產。這些財產有些是美國電話電報公司（AT&T）和美國無線電公司（RCA）的股票。當時，這兩家都還是小公司。安德魯．歐康納先生將他分得的股票轉讓給我的曾祖母恩瑪蓮，儘管在他離開紐奧良後，恩瑪蓮已經不在他家當管家。老爸說，安德魯．歐康納先生在恩瑪蓮晚年眞的非常照顧她，讓她在飲食、醫藥費和家庭開支上完全不用操心。

後來，在我曾祖母過世之前，安德魯．歐康納和我曾祖母安排讓我爸爸賽門接下那些股票。因爲有了這些股票，老爸有錢支付上霍華德大學的學費。曾祖母過世之後，老爸非常感謝安德魯．歐康納先生對我們的慷慨協助。正如老爸所說，安德魯．歐康納並不想再度到紐奧良住上一個晚上（你一定知道他的女朋友是怎麼死的。）但是，他還是來參加那次喪禮。而且，那個晚上他們還一起喝酒（老爸很喜歡談他們去的那家在河邊的小酒館。那個地方的人對於一個白種男人跟一個黑種男人講話，不會多看上一眼。老爸說，他們一面欣賞音樂，一面喝啤酒。）安德魯．歐康納先生沒有義務做這些事。但是，他和那個時代大部分的人不一樣。我的老爸再怎麼讚美，也無法道盡安德魯．歐康納對於我曾祖母的特別照顧。

因爲有了安德魯．歐康納的幫忙，兩個姊姊和我才都能上大學，我的老媽和老爸也才能安然歡度晚年。我的老爸一直盡力保有那些股票。只有在非不得已的情形之下，他才會將股票變賣換成現金。說眞的，我們都不知道老爸有這麼多錢，一直等到姊姊莎拉去就讀史佩曼大學時才知道。在她高中畢業那天，老爸給她一張支票支付四年的學費和生活費，足夠她讀完四年大學。我們原本想不透，像他當個歷史老師，怎麼會有那麼多錢。不過後來，他將安德魯如何幫忙我們的事情都說了出來。

你知道，老一輩的人都會把同樣的故事一說再說。老爸也是不斷跟我們講述相同的故事。老實說，我忘了很多小時候聽過的故事。但是，我卻一直記得，他提到歐康納先生時永遠是一副肅然起敬的態度。

喔，我自己也有些事情想告訴你，既然我現在想起來了。他們——我的老爸和安德魯·歐康納——一直都有聯繫。當年，他們逢年過節都會寄卡片相互問候，也經常通信。我八歲那一年，我們到他家裡去，我不很清楚爲什麼會去，只模模糊糊記得老爸帶了一個大箱子去給他。無論如何，我們那些小孩子都知道安德魯·歐康納先生出錢幫忙老爸上了大學。我們也知道這是一次非常重要的拜訪。當時，我們必須從紐奧良搭火車前往。我從來沒有搭火車長途旅行的經驗。我想，我可能會沿途觀賞風景。但是，上了火車之後，我卻一路睡覺。歐康納先生開著一部藍色的新雪佛蘭轎車到火車站來接我們一家人。我還記得有很多人在看我們。他是一個白人，居然開著車來接我們這一家黑人。但即使在他跟我們很正式的握手時，也沒有表現出絲毫不自在的神情。在五十年代，你可以想像這種事會引起多少人側目和竊竊私語，而且因爲膚色的關係，你不可能不注意到這種事情。無論如何，我還記得老爸坐在車子的前座，我很擔心警察會把我們的車子攔下來。可是，歐康納如常開著他的車子，彷彿那是最稀鬆平常的事。

歐康納先生的家非常漂亮，一共有兩層樓。我記得我非常喜歡他們家的樓梯。他的夫人對我們很親切，但是，我感覺她不太自在。她讓我們——我姊姊、我和他們家的孩子——全都待在一個小房間裡。我們吃餅乾、牛奶，還有老媽烘烤的糖蜜麵包。

歐康納先生家有一台收音機。那時候我們家還沒有這種新產品，所以聽收音機對我們來說，可是賞心樂事。我們兩家的孩子後來雖然沒有再見過面，但是，我永遠忘不了，歐康納先生讓我們覺得在他們家作客的那段時間，我們是非常受歡迎的。

我的姊姊莎拉也許可以給你較多的協助。她說她也收到過你寄給她的信。但是，我想她可能一直忙著工作和處理老爸的產業。我會提醒她寫信給你。還有，你沒留下你的電話號碼。我的孩子上網查電話簿，也沒查到你的電話。我的名片放在信封裡，如果你還有什麼問題，可以隨時打電話給我，讓我再多想一些能夠告訴你的事。

祝你好運

班傑明·畢克

我不期然想起在安德魯啓程前往不可知的地方的隔天，我在他的房間看到賽門，當時賽門正用小手摸著那個書櫃，那個書櫃後來成爲他的，連同書櫃裡的幾十冊藏書。賽門走到他的新書桌，並注意到旁邊一個小垃圾筒裡的廢紙。賽門將那個垃圾筒的東西清掉。他在門口停下腳步，將我寫給安德魯的最後一封信從垃圾堆裡面撿出來，並端詳著從信封正面滲透到信封背面的黑褐色污漬。他拿起來嗅一嗅，想知道那是什麼造成的，然後賽門將那封信塞進他的口袋，拍一拍臀部，好像保證要好好保護著它似的。

我看著班傑明・畢克寄來的名片，知道他任職於一家化學公司，擔任工廠經理。他在名片上空白的角落，寫下家裡的電話號碼。我眞希望我可以打電話給他，請他想一想孩提時一些他以爲已經永遠忘懷的事。我很想了解他是否知道他父親怎麼處理我最後寫給安德魯的那封信。

✦

我九歲。幾個星期之前，我終於了解女人怎麼會生小孩。嬰兒不是鸛鳥從煙囪扔下來的，也不是從包心菜田裡長出來的。嬰兒是男女愛情的結晶，自然的產物。我的母親告訴我，生兒育女是有一定的邏輯。一個男生和一個女生的結合，就像花粉和種籽，從發芽到開花，再從開花到結成果實。我的父親則說，這是一種因果關係。

我知道嬰兒如何在母親的肚子裡成長。我曾經看過這方面的圖片，雖然有些事情我還是不了解。

德拉寇女士排行中間的女兒瑪格麗特，有一次在參加由主張女性有參政權的婦女所舉辦的午餐會之後，到我家來拜訪。當時，我無意間偷聽到她已經有五個月的身孕。她趁著她的母親在準備食物的時候，向我致意，並問起我在學校的功課。我告訴她，父親不久前買了一個新的顯微鏡給我，也告訴她我製作植物和昆蟲標本的幻燈片。她說她膽子很小，佩服我有強烈的好奇心。瑪格麗特突然間跳起來，雙手緊緊握在肚子側邊上。

「怎麼回事？」我問道。

「沒事。是小寶貝在踢腿。」她回答。

「踢腿？」我追問道。

「妳想感覺一下嗎？」

我用手掌輕輕的貼在那件柔軟的棉質衣服上，感覺到緊繃的肚皮表面。她肚子裡的嬰兒突然快速的胎動一下，我的指尖為之彎曲，接著，又有幾個急劇的推擠動作，然後，才平靜下來。於是，我想起看過的那些懷孕圖片，一個小小的蜷曲的身體，窩在橢圓形的子宮裡，外面有一層薄膜保護著。

「胎兒不會呼吸，對吧？它有一條可以輸送氧氣的臍帶跟母親聯繫著。」

「沒錯。」瑪格麗特驚訝的看著我，說道：「不過，不久後，胎兒會在水中練習呼吸。」

「在水中？喔，是在羊水中。」

「妳怎麼知道？」

「我看書知道的。」

「妳媽媽知道妳了解這麼多嗎？」

「是她給我看這方面的書。」

「妳懂得這些，覺得怎樣？」

「很有趣，就像是破解了一個長期以來的謎團。」

「妳不會感到失望嗎？」

突然間，我回想起去年奶奶的聖誕晚會，聖誕老人正要經過廚房門口時，被我把他的帽子和鬍子拉掉。原來聖誕老人是羅傑叔叔扮的，他從我的手中，搶走那頂帽子，笑著說：「瑞芝妳現在是『共犯』了，會失望嗎？」我停了一下，微笑以對。現在，我有些美好的事物想要說。

我笑嘻嘻跟瑪格麗特說道：「發現事實的感覺，眞的非常好。」

✦

我十歲。我們玩了幾次矇眼睛捉人的遊戲之後，決定玩向人要錢的遊戲。

我的母親很快就找到幾張美元鈔票，但是，她沒有零錢。當母親掏著錢包時，維利爾女士低聲說道：「喔，那位是法蘭斯．波那文徹。」這時，維利爾交給她的兒子和女兒一個一角硬幣。

推著嬰兒車的波那文徹走在前面，她的四個孩子依照個子高矮跟在後面，就像一排階梯似的。從她的穿著打扮看來，顯然又懷孕了。她走近我們時，我的母親跟她揮揮手致意。

「她是不是又有了？」維利爾女士問道。

「好可憐的人。」德寇拉女士嘖嘖有聲地說道。

我拿著媽媽的錢包，慢慢的翻找錢包裡面的東西。我的遊戲玩伴叫我快一點。我答道：「喔，我來了。」波那文徹女士直接走向這條長椅。我的母親和她的朋友歡迎她，跟她致意。

「看，妳的孩子長得可真快！」我的母親問那位婦人：「他們今年幾歲？」

「手中抱著的這個嬰兒，下個月滿周歲。」然後她指著一排孩子，兩個男生，兩個女生，他們的手規規矩矩的互相交握著，說道：「他們分別是七歲、五歲、四歲、二歲半。」

「他們好可愛。」德寇拉女士說道：「你們都很乖，可不是嗎？」

「過年時，上帝都會保佑我們。」

「恭喜。」我的母親說道：「希望妳的老公一切都很順利。」

「喔，的確如此。他很忙，很忙。不過，哪一個當老公的，不都是這樣？」

「妳說得沒錯。」我的母親回答道。

「好啦，我們還得繼續散步。我答應讓他們吃冰淇淋，如果他們表現得很乖的話。走吧，孩子們。各位女士，但願你們度過一個美好的下午！」波那文徹女士說道。她的孩子像小鴨子一般，排成一列跟在她的後面。

我將一個五分錢的鎳幣夾在手指間，繼續尋找下去。我覺得奇怪為什麼波那文徹女士的臉部肌肉無法拉得緊實，而且，還一臉蒼白，也很好奇為什麼她的乳房鬆垂。我覺得對她有一種自己也無以名之的同情。

「好可憐的人。」德寇拉又嘖嘖有聲的說道。

「她老公是個畜生。」維利爾女士說道：「本來還有一個六歲和一個三歲的孩子的。不過我想你們都聽說發生了什麼事。」。

「我一定要讓史尼契在今年冬天給這一家人送一箱橘子過去。」德寇拉說道：「不對，要給他們送兩箱過去。他們需要一些維他命。」

「瑞芝拉，你找到一分錢硬幣了嗎？」我的母親平靜的問我。

我拿出那個鎳幣：「這個可以嗎？」

她點點頭，她看著我的那個神情，讓我覺得，她希望我沒看到剛才看到的那些事。

我看到尼爾和尤金妮亞在她的可愛老家四周漫步。對尤金妮亞來說，晚秋是一個令人寂寞的季節。住在她的房子裡的人在這個季節種的花很少，而且，她沒有太多時間去照顧。尤金妮亞的步調快了一些，還經常注意著她的袖口和領子。我們都在玩把戲，放鬆心情，度過這段安靜的空檔時間。尤金妮亞在這個頗有涼意的早晨與尼爾在一起，心情似乎很暢快。

自從尼爾身處陰陽交界處這幾個月以來，尼爾和尤金妮亞的關係就很親暱，讓我覺得他們在彼此身上看到他們所思念的某個人。在地面上不斷繞圈子對尼爾有撫慰的作用，而尤金妮亞喜歡有個喋喋不休的同伴。他們對古典音樂有共同的興趣，而且，兩個人時常以兩部合唱哼著歌曲，雖然有點走了調。

當我轉身看到第一道粉紅色的陽光出現時，我看見諾柏從角落處現身，向我這邊走來。我跟他揮揮手，他也跟我揮手致意。

「尤金妮亞會很興奮——今天來了這麼多訪客。」我說。

「她很期待看到我，好幾年來，我們都會在這一天見面。」

我仔細想一想這個日期，這天是十一月二日。我想起上主日學的日子。這一天是萬靈節。自從諾柏嚥下最後的一口氣，已經過了將近二百年了，他仍然依據一個信仰而進行禁食，雖然他認爲那個信仰早已背棄了他。他的神情緊張激動，顯得很脆弱，說道：「我不知道尤金妮亞也有同樣的——觀察。」

「瑞芝，這對我們特別有意義。」諾柏停了一下，想到一個事情但沒有說出來。他看了李歐尼爾和尤金妮亞一眼，說道：「那個新來的怎麼樣了？還跟在你的後面嗎？」

「他很有趣，你有時候應該試試看。」

諾柏得意的笑著，但是帶著某種程度的幽默說道：「你覺得我有憂鬱傾向。」

「不是嗎？」

「我跟那位溫柔的女士有個約會。」

當我們走近時，尤金妮亞的手在胸前舞動，笑著說道：「喔，李歐尼爾，你眞是逗趣。」尼爾趨前向諾柏致意並停了下來，還是笑得很開心。尤金妮亞也停下腳步。我告訴尼爾，動身的時刻到了。

「我想先跟他們兩位問一些事情。」尼爾說道。

我很希望有一個袖套——一只縫得很好的厚棉織品——以便將他拉走。我感覺他的心裡很想詢問自然浮上來的問題，如果有的話。他最近問了太多問題，近乎愛管閒事。

「尤金妮亞，妳上次什麼時候離開這座庭園？」

「喔，嗯，是蜜蜂螫我之前，我外出買東西的那個早上。」

「爲什麼從那時之候妳就不再出外買東西了？」

「李歐尼爾，我再也不需要任何物質了。你到底要問什麼？」

「這裡沒有妳想看一看的東西嗎？對於這個城市改變成什麼樣子，妳不感到好奇嗎？這個世界改變成什麼樣子，妳不感到好奇嗎？」

尤金妮亞眨一眨眼，說道：「對於那件事，我完全使不上力。親愛的。此外，這是我一直想待的地方，我的花園。那些北方佬一直想把我的家、我的花園全部加以破壞。但是，我是一位好手。我的確是，我省下了足夠的錢，再重新開始，我即將完成了，接下來——我已經告訴你整個事情的經過。」

「是的，是蜜蜂。」尼爾說道：「但是尤金妮亞，妳弄死的那些蜜蜂，那不是牠們的錯。」

「我當然不想讓這種事情發生在別人身上。」她的聲音很小，很甜美：「那是很可怕的死法，李歐尼爾，你無法想像那種身體裡裡外外腫脹的感覺。」

「尼爾，我們走吧，諾柏來是想私下跟她聚一聚。」我說道。

尼爾的臉色顯得很鎮定，但是，他的眼神有些憂慮，說道：「等一下，諾柏，我可以請教你一個問題嗎？」

「好，一個問題。」

「你留下來做什麼呢？」

「請解釋一下你的問題。」

「你一直有很充裕的時間，去看或探查你想做的任何事情。但你仍然留在這裡。我很好奇想知道爲什麼。」

諾柏伸直身體，個子只比我高一點點，並不像李歐尼爾那麼高，說道：「這是我的家。」

「任何地方都可以是你的家。」

「你也留了下來。」諾柏說。

「我還沒決定接下來要去那裡。」

「先生，我已經決定留下來。我屬於這裡，我屬於接近我離開時的樣子的地方。」諾柏看著我，這是向我發出警告。我知道讓他留在紐奧良的部分原因是什麼，但我寧願我並不知道他留在紐奧良的原因。

尼爾跟在他的後面，說道：「這是什麼意思？」

「我只同意回答一個問題。」

「接近離開時的樣子的地方？你們的人早就都離開了。現在，這個城市已經不像是你們第一次抵達時的那個樣子。所以，我只能想這裡一定有你們想完成、想看、想做或是想了解的東西——那就是你想留下來的原因。」

「李歐尼爾．穆貝瑞，你這樣下去，會把自己搞瘋掉的。但是，我會遷就你。你必須留下來做什麼？」

「我想找出是不是只有我一個人留下來。」尼爾說道。

我們三個人——尤金妮亞、諾柏和我——都彼此望了一眼。尤金妮亞從來沒有引領任何人去看別人嚥下最後一口氣，但是，諾柏和我都曾經這樣做。有些人根本就沒有辦法面對我們的這種經驗，像是意志薄弱的人、精神病患和兒童，譬如多娜，她是我幫過的第一個得到解脫的人。而且，有些人心中充滿疑惑，一直在質疑發生了什麼事，一旦離開人世，就無力改變環境了。當他們被帶去跟將死之人坐在一起，他們非常感激，準備好想終止那個疑惑。我很擔心尼爾正在步向這個終點。

「李歐尼爾，親愛的。我觀察到你們現代人，都讓自己非常忙碌。」尤金妮亞又開始漂浮，完全靜止讓她感到很緊張，她說：「但是，你也是南方人。你的血液就有南方人的特質。對你來說，和迷人又可愛的女士一起散步，一定可以列爲優先事項。」

「尼爾，跟我走吧。」我說。

「這是一個美好的早晨。」諾柏說道：「要好好把握的一個美好早晨。」

尼爾禮貌性的道別，但是，他的心顯然已受到傷害。當我們快速通過尤金妮亞家裡的草坪時，露水蒸發了。清風的拂動，弄醒一排排色彩鮮艷的三色堇。我把香氣推到一旁，不願意欣賞由尤金妮亞努力撲滅蟲害和防範冰雪所保護而成的茂盛花朵。

「我知道你剛才所做的事。」尼爾說道：「妳自己不願意聞那些花兒的味道。」

「是的，今天不是你要知道爲什麼的日子。」

✦

克洛伊坐在艾美家後門的階梯上，一大包的行李就放在她的膝蓋旁邊。她舉目四望，快速的環視寂靜的後院。這麼熱的八月天，她穿著深黑色的亞麻衣料，似乎並不覺得不舒服。她像是意圖明確，有備而來的女人。

艾美十分鐘後也開著車子回到家裡，她沒注意到她的朋友已經在後門等著，一直等到她把車門砰的一聲關上時，才發現這位好朋友。就在那一刻，她的臉色顯得有點困惑，問道：「這不是幻影吧？妳眞的來了？」

「那可不！沒錯，是活生生的人啦。」克洛伊走下階梯，張開雙臂，兩位好朋友緊緊的摟在一起。

「是什麼風把妳吹過來？」艾美問道。

「給妳一個驚奇。」

「但是，妳不是說要等到十月才來嗎？」艾美說著，順手將後門打開。

「十月我還是會來。這次是偷偷過來先看看妳。」克洛伊一板一眼的把行李拖到廚房。

「怎麼這麼突然就來了呢？也不事先通知一聲。要是我們不在家，妳怎麼辦呢？」

「艾米絲，自從你們兩位買了這間房子，我都沒來過。妳帶我看看你們的家。」

克洛伊將手提箱放在客房，她們兩人便開始看房子。克洛伊停下腳步來欣賞那座書櫃，伸手去壓一壓客廳裡那一套豪華沙發，看看它的材質，還用手指去摸一摸經過處理的質地很好的牆壁。克洛伊對艾美居家裝潢的本領加以品評，她完全找不出一絲一毫的瑕疵。她們把家裡的一切看了一圈之後，又繞回到廚房。這時，克洛伊上廁所去，而艾美則準備了兩杯開水。

克洛伊走進客廳，說道：「妳家裡收藏的這些小擺飾很漂亮。」她一頭便栽坐在史考特平常坐的座椅，並拿起茶杯喝水。她發現咖啡桌上有一個淺碟子，於是從碟子裡拿出幾顆彈珠，放在手上把玩，就像在玩骰子一般。

「我們喜歡這棟房子，鄰居很安靜，附近的樹木很多，是很有價值的房地產。我們住在這裡好處多多，所以每回這個小鎮對賦稅問題進行投票時，我們一定會去投票。」

「共和黨人的作風？」

「可能是露骨的維護自我利益作風。」

「都一樣，對不對？」

「這要看妳怎麼界定。」艾美靜靜的坐著，她有好幾個星期不曾像那樣的坐著了。

「嗨，那個項鍊很酷。妳從那裡弄到這個古色古香的漂亮項鍊？」

「是托莉姨婆送的。妳在臥室看到的那個珠寶櫃，裡面有很多這麼漂亮的項鍊，妳會很喜歡去翻看那個櫃子的。」

「我會去看看。嗯，史考特到那裡去了？我很想抱抱褲襠還是鬆鬆的男人。」

艾美笑著說道：「他要等到晚上十點才會回家。」她停頓一下，又說道：「所以，妳眞的沒有告訴任何人就跑來了？」

「好吧。拼圖先生應該爲這件事負責，他認爲我來了你會很快樂。」

艾美的眼神變得很溫柔，她的嘴角微微翹起，說道：「別開玩笑了。」說完，她一眼也不眨地看著克洛伊，笑容消退了。

「他說，他還是喜歡製藥業的工作。」

「他談到想在製藥業一面工作，一面進修企管碩士的課程。」

「製藥業是很大的生意。現在時機正好。戰後嬰兒潮時期出生的那批人，現在年紀越來越大，他們很需要林林總總的治病藥物，尤其是老化問題。有人靠這個可以大撈一票。」

「我的母親有熱潮紅的問題，急需荷爾蒙替代治療。」

「她服藥丸？還是使用貼片？」克洛伊說道。

「她服藥丸。」

「我媽媽是用貼片。我甚至試著讓她試一試黃豆、藥草。但是，她是非常傳統的人——妳在笑什麼？」

「我也給那經過二十五個小時的陣痛才生下我的媽媽同樣的古老勸告。」艾美說道。

「永遠像母親一般的諾拉‧里奇蒙，妳所從出的女性，已經變成新潮流的典範？」

「一點也不。她吵著想要抱孫子了。但是，那是改天的話題，今天不談這個。」艾美開始搓弄她的結婚戒指，那種動作讓克洛伊感到緊張。

「嗯，我餓了，妳怎麼樣？」克洛伊問道。

「我可以吃一些。」

「帶我到令人懷舊的地方逛一逛吧。我有點懷舊心情。事實上，到妳這裡之前，我已經開車到路易斯安那州立大學那邊逛了半個小時。這個城市有些奇怪的不變之處，也有些奇怪的變化。學生社區那邊的景況跟以前一樣悽慘。但是，校園南邊的新公寓大樓則有令人驚訝的改變。誰有錢住進那裡呢？」

「利用貸款的方式，或是由老爸給錢。」

克洛伊猛然站起來，將玻璃珠丟進碟子裡，然後將長褲弄平，說道：「該死，每個人都應該嚐嚐我們所受的苦。建立品格。那樣一來你才會珍惜你努力工作後才獲得的東西。」

「很有共和黨人的口氣！」

「閉嘴。」

艾美將每一個玻璃杯洗乾淨、擦乾，收進櫥櫃後，兩人才出門去吃晚餐。

3

史考特回到靜悄悄的家。他知道克洛伊已經抵達，因爲她租用的汽車停在屋前，而且有個打包得很緊實的行李箱放在客房的床上。他淋了浴，穿上會客的衣衫，挑的是前有拉鍊的短褲和短袖圓領衫，而不單是乾淨的內褲。他拿了一本讀了一半的書和一杯橘子汁，坐在自己的椅子上，緊張的感覺在指尖躍動。他把書中的段落來回看了三、四次後，瞄了時間。大約十一點鐘時，他在廚房和飯廳間來回踱步，不時看看窗外。

克洛伊和艾美走進後門，一面笑著。他招呼她們時，臉部表情放鬆了。

「抱我。」克洛伊向他的懷裡跑去，他把她舉高離開地面。放下來時，她摟著他很誇張地親吻他的臉頰。

「看看你，好傢伙，你身材眞好，除此以外，要命，你一點兒都沒變。」克洛伊用指背在他肚子上拍了一下。

「要命，妳也沒變。」

克洛伊大笑。艾美忙著把她的手提包收好。

「玩得愉快嗎，小姐們？」

「我肚子裡塞滿了路易商店的薯條，而且讓電影院中一排未成年的孩子侷促不安。很棒的一個晚上。」克洛伊說。

史考特和艾美對望了一下，艾美正在卸下她的手錶和項鍊。克洛伊宣布她要使用浴室，打破了沉默。

「我在門階上發現她的。」艾美說。

「妳有幫她刷洗乾淨，給她一碟牛奶嗎？」史考特問道。「我們可以把她留下來嗎？」

艾美微微一笑，搖了搖頭：「只有這個週末。」她移動著，好像要碰觸他一般，但卻轉過身去，向櫃檯走去：「謝謝你，史考特，我很高興看到她。」她伸手去拿一個玻璃杯。

「不客氣。」他的手指在她的頭部後面滑動，並輕捏她的脖子。她從水龍頭接水。他問道：

「妳們玩得愉快嗎？」

「你了解克洛伊的。和她在一起，要不好玩是很難的。」

「她似乎過得很不錯，看起來氣色很好。」

「我想她有大幅進展，那很適合她。」艾美面對他，啜了一口，然後把飲料放在長桌子上。

她看起來很細緻。她的衣服燙得太平，頭髮整理得太整齊，臉上的妝畫得太好。艾美站著，兩手下垂，手腕微彎，宛如一個就要溜出房間的娃兒。她的手指伸張，以祛除在電腦上工作了一整天所造成的壓力。在她再度拿到玻璃杯之前，史考特把她按在水槽邊，煩擾她。

「史考特。」

「我很高興妳玩得愉快。」

艾美拍拍他的背，說道：「放開我，我必須去洗個澡。」

她經過他身旁時，他走開了。

「洗澡時間。」艾美一面走向前屋，一面說。

克洛伊在一秒鐘後走了進來：「我們有——什麼？——只有二十分鐘？」她打著赤腳，穿著男人的睡衣，上面披了件薄棉袍，頭髮用一條粗髮帶盤在腦後。她的臉明亮潔淨。

「要喝點東西嗎？吃個點心？」

「不用了，謝謝。」

「妳們談了多少？」

「多數時候是我在說話，聊了近況之類的事情。我想我必須慢慢地來，妳知道我們有將近一年沒有碰面了。劈頭就問：『所以妄想強迫毛病又犯了？』我想不太適宜。」

「沒有比我告訴妳時的情況好些——現在她簡直整天黏在電腦前面。」

「她不知道你去找人商談——不論這是什麼問題？」

「不知道。」

「我不這樣想。」

「我眞的很擔心。我一直在想，是否我做了什麼事而引發這個問題或是令它惡化，但我想問題不在我。她祖父母死後，發生了一些事情，一些她不肯告訴我的事情。」

「你曾經和她談過嗎？」

「她總是閃閃躲躲，我無能爲力。」

克洛伊抬高身體，坐在水槽旁邊。「就這樣？」

「她向我解釋說看到了一些照片，令她回想起一些已經遺忘的事情。」

「什麼照片？」

「她沒有說。」

「照片或是還有別的東西？」

「她只說是照片。」

「噢。」

他盯著她，直到她的眼神與他的相接觸。「什麼？」

「她有沒有提到一捲錄影帶？」

「說吧。」

克洛伊坐著，身體向前傾，雙手彎曲放在長桌邊緣上，說道：「我不認爲那有什麼大不了，所以我們當時交談時我沒有告訴你。我寄了我在儲藏室發現的錄影帶給她。」

「什麼時候的事？」

「三個月以前。那是我們在政局很糟時拍攝的一捲帶子。我們的印象。我覺得那有點兒懷舊情緒。其中有一部分她談到她的祖父母。她無法相信老桑妮竟然是個反墮胎者，而她的祖父支持婦女有墮胎選擇權。她以爲他很保守——自她懂事以來，他支持每個共和黨總統候選人，所以那不符合他的個性。」

「那樣做似乎也沒害處。」史考特說。

「不過老實說，我並沒有看完那整捲帶子。我看到我們在討論一個重要問題時，就沒繼續看下去了。那個問題讓我們很傷腦筋。後來我把那帶子拿到一個朋友處，他幫我做成一片DVD。」

「也許那和現在這個情況無關。」

「時機很可疑。聽起來好像差不多是在她拿到那捲帶子時，開始生氣惱怒。這也許是我自己糟糕的判斷。我以爲她看到後可能會受到一些激勵。我想我錯了。」

「你的用意是好的。」

「但結果糟糕透了。」克洛伊用腳後跟輕踢櫥櫃。她的嘴唇張開，但是從她嘴中發出來的卻是微微的一聲傑米。她呢喃著，聲音太低，沒有人聽得到她在說什麼。「我會盡力而爲，但是如果她打開心門的話，不要期望我會洩漏什麼祕密。如果她要我發誓什麼也不能說，我會依她的意思去做。我只能答應你，去說服她自己告訴你。」

「這比我今天早晨醒來時的情況好些了。」

「從來不曾有男人爲我淚眼盈眶。絕沒有像這樣子。」她的評語讓他把下巴往內縮。「如果我對那個大計畫有任何影響力，我不會讓你們男人胡搞。沒有人可以打退堂鼓，不論他必須面對處理的是什麼。你不行，尤其艾美更不行。」她仰頭靠著櫥櫃，看著天花板。「當你失去勇氣面對事情時，你失去的會比你沒有得到的更多。」

「所以妳失去了什麼？」

「除了我的自尊和一些工作外？可能是一個叫做艾富瑞的男人。但是時機完全不對。某人應該想清楚如何讓那件事情同時發生。」

4

就在史考特和艾美準備上床睡覺時，克洛伊漫步進入前廳。她打開書櫃的門，仔細閱讀書脊上的字，手指撥著分隔板。小說、傳記、散文選集，一本字典和參考書籍。對於令她感興趣的書籍，她掃視了封面、書背和前頁。然後她挑了一本史考特喜愛的，相當舊的書，放在搖椅邊的小桌上。克洛伊坐在抽屜前面，手指順著抽屜上那深邃、筆直的雕刻紋路遊走。她打開右邊抽屜時，觀察了楔形榫頭的弧形，然後用手指在整合木頭的各個木釘上敲了敲。一股百年之久，人人都可察覺出來的氣息散發出來了。克洛伊對著那奇特的氣味微笑，那是類似好的菸草和香料的氣味。抽屜中唯一的東西是蠟燭，各種大小的蠟燭和一盒火柴。她用雙手關上那個抽屜，然後傾身打開另一個。

她用力拉時，抽屜有點兒卡住了。她不知道艾美已經發現的那個竅門，那是安德魯常用的——把把手平衡地往上拉，然後讓抽屜滑出來。克洛伊把那抽屜拉到它幾乎要脫離書櫃了。她用左手扶住抽屜下面，手指放在側邊上，她的碰觸是緩慢、有探測意味、憑感覺進行的。我退到一個角落裡，違背我意願地震動那個房間，並使它變冷。艾美和史考特從來不曾讓那個抽屜開著那麼久，而且那氣味是異常地強烈，讓我承受不了。我可以看到抽屜裡面安德魯的血跡——冷冽、棕色、無生氣的。

克洛伊的左手滑掉了，抽屜正正掉到地板上。她把抽屜拿起來以便裝回去，首先得把後面部分放進去然後關起來。但是關不起來。她再度把它拉出來，檢查後面部位。有一片薄板從底部突出來。噢，見鬼，她喃喃說道，並檢查裡面看看有什麼地方受損了。她把抽屜放在膝頭上，輕輕搖動那片薄板，它開始滑出來了。一個量紙尺寸的板子掉落到她的兩腿間。克洛伊慢慢把那假的底板拉出來，一堆照片像花瓣般往她的大腿掉落下去。放下抽屜，她拿了一手的照片，像扇子般在手上展開。

每一張上面都是我。

「妳在這裡不冷嗎？」艾美走了進來，往上一瞄，看到風扇沒有在轉。然後她看著克洛伊。

「怎麼回事？」

「這些東西從抽屜底下掉了出來。」

艾美坐在克洛伊旁邊，把照片一張張拿起來看。

「我在欣賞這個書櫃造得多麼好時，不小心讓抽屜掉了出來。結果出現了一片木板——連同這些東西。」

照片上面是赤裸的我。光和影，我的身體蜷曲，順著地勢的起伏，野花半遮著我，整個輪廓映著背後的天空。我記得安德魯的指尖輕輕按著我拱起的背部，推移我的後腳跟，碰觸我的掌心。有時候，他讓我和景色融合為一，好像我就是從正躺著的那個點上生長出來似的。其他時候，我就像一隻來自天堂的鳥飛翔在草木間，富含異域風情。當他看著我時，讓我有一種深入皮膚、容光煥發的赤裸之感。

「她眞美。」克洛伊審視著每一張照片，並翻到背面看看有沒有寫字或任何標記。

「誰很美？」史考特出現在走廊上。

艾美伸出手，遞給他一小疊照片。有好幾秒鐘史考特一眼都沒眨。他的笑容既靦腆又慎重。再度看到一個男人那樣子看我，是多麼奇特呀。

克洛伊把另一張照片遞給她。「妳想這些照片是多久前拍的？」

「二〇年代吧，也許。」艾美說。

「看看這一張。看得出她的頭髮剪短了。」史考特說。

有好一會兒艾美細看著我。照片中的我躺在地上，胸部和骨盆處有花遮蓋著。我的臉呈現的是側面輪廓，日暮時分的光線和午睡後的慵懶讓我的臉顯得很柔和。我記得那一天，在他拍了那張照片後發生了什麼事，燥熱的他在我的下面，微風在上面吹拂。

「眞是情色。某個可愛的年輕女子爲某個男人擺姿勢。」克洛伊說。

「眞想知道她是誰。」艾美審視著另外四張。「她看起來似乎很眼熟。」

「連一個照相館的標記都沒有。」史考特說。

「最後一張，我的色情朋友。」克洛伊把那張照片遞給艾美。

我湊近到能看出那是他爲我拍的最後幾張照片之一。我赤裸著，雙乳間有一長串珠子，一手彎曲放在左臀上，雙眼閉著，嘴角呈現心滿意足的柔和角度。當時他說沒有別人會看到我全身，我相信他。

✦

一九二八年情人節前的星期六。托莉說我的眼神恍惚，我無法否認。每件事情都沐浴在壯麗的光輝中，每一天的氣味都轉化成華貴的芳香，最簡單的餐點吃起來也覺得很甘美。日常的噪音聽起來有如交響樂。我的肉體就像蜘蛛網的絲那般敏感，反應迅速。我不想說出來，也無法說，但我很清楚我正在經歷的是什麼。

安德魯答應在星期二要讓我驚奇的禮物，給我的興奮多過於恐懼，托莉了解這一點。她熱切想要知道那究竟是什麼。

「到司令餐廳吃晚餐？」托莉平躺在我的床上。

「太招搖了。」

「鮮花？」

「那是一定會有的，妳不認爲這樣嗎？」

「糖果，好大一盒？」

「那太容易猜到了。我告訴妳，妳不能憑外表去論斷人。」安德魯，在他含蓄的笑容和剪裁合身的西裝下，是個令人難測、與眾不同的人。在那絕妙的初吻過後兩星期，他寄給我一個填字謎遊戲，那字謎是他自己做的。其中有一些方塊的線條比別的方塊粗，顯示那些方塊要透露一個祕密訊息。我破解它後，那些方塊由左上角到右下角拼出了ＵＲＣＡＴＳＭＥＯＷ的字樣⑬。聖誕節時，他送給我一個蟋蟀盒，裡頭有一隻活蟋蟀，他說，中國人認爲蟋蟀象徵奮鬥精神。元月間，他寄了一個小包裹給我，裡面是一隻紙鶴，尾端繫了張細長紙條，上面寫著：「把我撫平」。我不想破壞那精巧的紙工，但我還是照做了。附在裡面的訊息是：我打破基本的

---

⑬即 your cats meow，妳的貓咪喵喵叫。

規則，變得這麼熱切，遊走四周啄著這麼好的蛋——那不是尾巴，信不信由妳。充滿深情的，安德魯⑭。

托莉上身前傾，並在空中踢腳。「珠寶？」

「太早了。」

「瑞芝，你們兩人眞的很愛對方。」

「我沒有配戴足夠的飾品，讓他以爲我居然會喜歡那些玩意兒。」

「妳會嗎？」

「不介意。」

「在河船上吃晚餐，飯後去跳舞，在黑暗的角落耳鬢廝磨？」

「挺吸引人的。但是他會在三點鐘來接我。太早了。」

---

⑭原文爲「I'm breaking a cardinal rule to be this earnest, but itswanderful to beak around such a good egg. That's no tail-feather you believe me or not.」，作者在此用了許多諧音字，itswanderful爲it's wonderful的諧音，tail爲tale的諧音，feather爲weather的諧音，而cardinal（基本的）這個字又有紅雀之意。

「他沒有給妳任何暗示嗎？」

「沒有，我還求了他。他就是可以這樣神祕，迷人得可怕。」

「對其他男孩，妳從來沒有這樣容忍過。」

「別的男孩沒有這樣聰明。」

「那麼，妳爲他準備了什麼禮物？」

我蹦蹦跳跳地走到梳妝台。「有點像是沒有地圖的尋寶遊戲。他一直在迫使我去和他比賽創造才華。我在一個地點找到我先前留下的紅線，然後在床頭板上纏繞紅線，並用紅線環繞我的房間。整個屋子我都要這樣繞紅線。他得從前廳開始，在各房間裡進進出出，直到找到他的禮物爲止。」

托莉從交叉的紅線後面盯著我瞧。「噢，挺好的。」

5

那一天安德魯提早來接我。我們離去前，我讓他順著我做的路徑走。我給他一個舊的紡錘，上面有一張捲起的字條：順著這條線走；沒有什麼好害怕的；你的情人節禮物就在前面。他的藍眼睛閃閃發亮。他走來走去時，把紅線纏繞在紡錘上。可憐的奶奶被困在戴文波特，直到遊戲結束爲止。她和我父親在我爲安德魯準備這個讓他驚奇的禮物時取笑我，現在他們閉嘴了，我也原諒他們了。

在好幾度上上下下樓梯、繞著餐廳椅子旋轉、繞著客廳中的每樣物件轉圈圈、以一曲華爾滋穿過我父親的書房，然後在廚房數個不同的地點浸水後，遊戲結束了。他的禮物放在後陽台上，包在一個大箱子內，那個箱子裡還有一系列的其他箱子。終於，在我們的鼻子都變冰涼後，他打開最後一層包裹——是一磅重的一便士糖，分別包在蠟紙內。在甘草棒子的上方有一張小卡片。我花了好幾個小時寫那些字，現在它們封在信封內。儘管我寫的都是我心坎裡的話，我卻擔心他會有何反應。我這一輩子還沒有對任何男人寫過這樣的東西：

每一回我把你的唇引向我的唇時，多少的甜蜜蘊含其中，這可口甜點是如此美好，糖漿注入我的白日夢中，而當我閉上眼睛，它就化爲眞實。

瑞芝

安德魯用力吞下口水。他緊盯著我瞧。我靜靜地回視，試圖解讀他迷亂、臉紅的表情。「我的天，瑞芝，」終於他開口了。「謝謝妳。」他把我的臉捧在他手中，用驚人卻美妙的力道吻我。

我們進屋去拿外套以便離去時，他仍然紅著臉。我們步履輕快地出門時，只看到奶奶對我使了個眼色。

我們開車前往那個神祕的約會地點時，他微微含笑，笑容奇特。他和以往一樣健談，但有點緊張，手指在駕駛盤上敲著，看起來既不是因爲無聊，也不是爲了好玩。遇到紅燈停下來時，他的腳就在車底板上輕輕打著拍子。這讓我也緊張起來，之前我只有一回看到他緊張不安的樣子，那是在我們初識的那天晚上。

我們終於駛進一處我從來沒到過的社區時，我一言不發。沿著街道，一棟棟狹長的房屋林立著，門窗緊閉，還用布條密封著。有些屋子的狹小前院內有一些毫無生氣的樹木。我們的車子緩緩行經泥土路時，小孩停止遊戲，瞧著我們。我向他們揮手，他們也向我揮手，指指點點地笑著。

安德魯把敞篷車停在一棟狹長的、漆著淡紅海螺殼色的房子前。「到了，」他說。我目瞪口呆地坐著，直到他爲我打開車門。「哈囉，賽門。」他向一個大約十一歲的男孩說話，這孩子正在修補屋前的木造圍籬。

「午安，安德魯先生。」賽門嘴唇間啣著兩根鐵釘。他笑起來眼角出現皺褶，讓他看起來像個大人。「嬤嬤正在等候你們。」他用左手修長的手指拿著鐵釘，並對我點點頭。「午安，小姐。」

「這是賽門．畢克，這是瑞芝拉．諾蘭小姐。賽門是恩瑪蓮的孫子。」

「你好嗎？」我說。

「我很好，小姐。妳呢？」

「很好，謝謝你。」

「你們最好快點進去，安德魯先生。你知道她是多麼急性子。」賽門的頭上下擺動，很像同意似的。

安德魯看看腕錶。「我並沒有遲到。」

「是沒有，但是她就是——噯，她就是很高興你來，只是這樣。」

「你可不可以去告訴她我們到了？我得準備一下。謝謝你。」

「沒問題。日安，諾蘭小姐，妳的名字聽起來很悅耳。」

「謝謝你，賽門。」

我看著賽門跑上那乾淨、堅實的門階。安德魯碰了碰我的手。我轉頭看他時，他拿著一條圍巾在我眼前晃著。「妳信任我，對吧？」

「沒錯。」

「至少妳沒有猶豫。」他把我的眼睛蒙上，拉著我旋轉。

我抓著他的手臂，聽見乾枯的草在我鞋底喀擦作響的聲音。我聞到附近有慢火細燉的料理香味。聽力可及之處，有人在彈吉他。微微的叮咚聲告訴我，有人正在擺餐桌。遠處有個鉸鏈發出咯吱聲。我被引導著向前走了一點點。

「我把它拿下來時，我要妳直視前方，直到妳的眼睛適應爲止。然後我讓妳轉身。」

我瞇著眼，視力集中看著他領帶上的寬條紋。「我現在很好了。」

「那就轉身吧。」

這個花園會讓一位英國女士羨慕得要死。在酷寒的二月天，這個小小的後院奼紫嫣紅。一株紫荊正要長出新葉來。一排山茶花開滿了粉紅色的花朵。在右邊角落是具有日本風味的木蘭花，完美無瑕，宛如水彩畫一般。在近旁，一畦早開的玫瑰花瓣舒卷，有如酣睡中嬰兒的小手。

在院子的後方，有一棵休眠中的桃金孃，披著好幾碼長的緞帶，還裝飾著許多小銀鈴。樹下是一張桌子，罩著白色桌布，還有兩張有軟墊的椅子和全套的磁器餐具。

「眞是壯觀！」我輕呼。

「我們坐下來吧。」他舉起手，引導我走到桌旁，爲我拉開椅子，讓我坐下，然後才輕鬆地坐到另一邊椅子上。在樹底下有個燃燒著木頭的小火爐，正噴出胡桃木的煙。在我們對面的是含苞待放的杜鵑，圍住了屋子的後面部分。

恩瑪蓮出現在後門，帶著美麗的笑容和一個碟子走來。「午安，瑞芝小姐，安德魯先生。我要開始上茶點了，需要什麼就呼叫我，這裡有個小鈴鐺可以用。祝你們玩得愉快。」她擺了三個盤子，倒了咖啡。我敢發誓她對著安德魯眨了一眼。

「謝謝妳，恩瑪蓮。」安德魯咧嘴一笑。

我感動得說不出話來。我看著她在桌上擺東西。一個盤子裡裝著水果，另一個裝著小三明治。她拿手的花色小蛋糕疊成個金字塔，擺在中央。上面的糖霜是白色水仙花和有粉紅花瓣、黃色花芯、綠色葉子的小花。

他抬高眉毛，彷彿在等我說話似的。

「你眞令我驚奇，安德魯．歐康諾。」

「妳也一樣。」

「謝謝你。」

「不客氣。」他啜了一口咖啡，和平日一樣的不加牛奶和糖的咖啡。

我伸手去拿點心，疊起一疊蛋糕來。有一會兒我們安靜地吃東西。「恩瑪蓮做的小蛋糕是我吃過最可口的。」我拿起一條熨過的亞麻餐巾擦嘴巴。

「我知道，妳告訴過我。」

「什麼時候？」

「我們相識那個晚上。我們去園子散步前妳吃了一些。」

「我忘記了。」

「妳稱之爲『仙饌』。」

「是嗎？」

「是的。妳知道神話中是怎麼形容仙饌的嗎，妳知道吧？」

我想了一下，一面吞下另一個小蛋糕。「神仙的食品。」

「沒錯，讓人——他停頓了一下，直視我的眼睛——長生不老。」

我的身體突然湧出充沛的精力，但又覺得飄飄然往下墜。「我在樹上時就是那樣告訴你的，我說我要長生不老。」

「我記得。」他舉起杯子。「敬妳要去惹麻煩的那些歲月。也祝你可愛的靈魂長生不老。」

我回敬了他。我體內的一切都已變成橘子醬。爲了岔開我的心思，我把點心留在桌上，走向桃金孃樹，它的裝飾是如此簡單，卻又如此美麗。「這些都是恩瑪蓮種的嗎？」

「是的。她還是個小女孩時，一家人就住在這裡了。在她到我家工作前，她替別家做事。那家的女主人清空他們的園子時，把一些植栽送給恩瑪蓮。在恩瑪蓮的這個園子裡，多數的樹木和灌木已種了將近三十年了。」

「你怎麼會知道有這個園子？」

「湊巧得知的。有一天她生病了，母親覺得如果她待在自己家裡會覺得舒服些。她病得很重，不太能走路，而我覺得若坐公車她還是得走很長的路，當時我大概是十四歲，其實並沒有資格開車的，但是母親不會開車，父親則出門遠遊去了，而且沒有友人會到這個地區來。」他爲我們兩人添了咖啡。「恩瑪蓮的母親當時還在世，但是垂垂老矣，又很虛弱，而她女兒，也就是賽門的媽媽當時不在家。這一老一少的丈夫都在一九一八年西班牙流行性感冒肆虐期間病故了。送她到家後，我把她安頓好，就走到外頭要拿木柴來添火。那時大約也是這個時節，我簡直不敢相信雙目所見的，完全出人意表，妳同意吧？那一天她沒有心情說話，但是她回去工作後我就問了她這個事情。自那以後，只要季節變化，她就會告訴我園子有了什麼新貌。她種的都是會開粉紅色或接近粉紅色的花朵，那是她最喜歡的顏色。」

「她顯然很以這個花園爲榮。」

「除了她的家外，她所有的不過就是這個園子了。」

「我覺得從某個角度來說，她也擁有你。」

「恩瑪蓮應該有個幸福的晚年。她才學會走路後，就一直很勤奮工作。我下決心絕不讓她有所匱乏，因爲我這輩子一直受她照顧。忠誠應該是相互的，不是嗎？」

「在正直的人之間確實如此。」

他若有所思地笑了並走到我身邊，那時我已平靜下來。安德魯伸手過頭，解下了一圈緞帶，取下一個銀鈴。「瑞芝，妳眞是個好人。」

「我是啊，不是嗎？」我笑著說。

他忍住笑聲。我把緞帶邊緣纏繞在我的手指間，大約和我的心臟齊平。他把雙手放在我的肩膀上。緞帶掉了，我把手平放在他的胸膛上，在那苜蓿葉型西裝翻領的下方，然後兩手掌滑到他的腰間。我突然想起他左臂前面零星的斑點，就在我右手大拇指下方一吋的地方。

「我想——我想，我和別人在一起從來不曾像和妳在一起這樣快樂過。」安德魯的眼睛定定瞧著我的眼睛。

「我必須承認我也是如此。」我努力讓自己的目光不移開。他的凝視讓我覺得輕飄飄的。

「而且我覺得我從來不曾這樣快樂過。」

「我想我從來不曾遇見過像你這麼聰明、英俊、有魅力的人。」我想要他吻我。如果不是我很好奇他接下來要說什麼，我就先吻他了。由他的雙手緊張的情況看來，我覺得他全神貫注在當下。緊張感從他身上散發出來，好像他要自己鼓起他以為自身所沒有的勇氣。我體內波濤洶湧，讓我極度興奮。

「而妳開朗機靈、美麗動人、富有冒險精神。」

「你快讓我臉紅了。」

他的手從我的臂膀往下滑，手指扣住我的後腰處。「瑞芝，」他用一種有如他已把我吸入體內，不讓我脫離他的聲音喚我。「我愛妳。」

他一副實事求是的樣子，我幾乎以為他是在開玩笑。

「我也愛你。」

他開始親吻我，他的嘴唇是那樣柔軟靈活，在他的懷抱中，我的上身後仰幾乎到腰際的程度，在最初那幾秒，我完全是靠他抱著才站得住。我已墜入情網，而且確定他也愛上了我。

「這個給妳。」他環著我的脖子。「這樣妳才不會忘記。」

他把一個精美的頸飾盒掛在我的脖子上，垂在我心臟上方一吋之處。我打開那個小小的盒子，裡面只有簡單幾字，「送給瑞芝，吾愛，安德魯。」

「謝謝你，親愛的。」

「不客氣。」

他黑色頭髮的髮際都溼了，我用拇指把它弄乾。「天哪，你很緊張嗎？你以前有沒有過這種事？」我笑著說。

「我從來沒有想到會這樣做。」他對我深情地一笑。

「我也是。」我在等待那驚慌的感覺。如果我感覺不到，那會讓我更害怕。

✦

他拿著相機去拍照了。他說，現在拍的每一張都是練習，以便來日他去環遊世界時可以拍出好照片。最近他到哪裡都帶著相機，以便隨時可以捕捉影像。大部分的照片他都不滿意，不是光線不對就是主角模糊，或是他的焦距沒有弄好，不過他把喜歡的照片放在一個小箱子裡。他最鍾情、最想拍的究竟是什麼，我並不清楚，因爲他什麼都拍。在那箱子內，我看過各種吸引他目光的事物——日暮餘暉中垂頭喪氣的牽牛花，恩瑪蓮捧著骨磁杯子的雙手，在比威克俱樂部外面聊天的男人，法裔居民的新漆農舍，每一張我都喜愛。安德魯取材自平凡無奇的景物，然後把它化爲神奇的影像。

我在草地上滾著，時而把下巴安置在葉片間。一片葉子碰到我的嘴唇，我咬了它一口。咀嚼的時候，我把耳朵放在地上，地上的草被我的重量壓平了。我聽到它們在呻吟。

「妳不穿上衣服？」

「爲什麼要那麼麻煩？這裡除了我、你、小鳥和蜜蜂以外又沒有別人。」

安德魯把相機拿在臀部旁邊。「妳有裸露癖。」

「你有偷窺癖。」我側躺著，把膝蓋蜷縮到腹部旁邊。青草爲我的曲線滾了邊。他緩緩地把相機舉到臉前，舉步側移，後退，又側移。現在他在我後面了。「把相機放下來。要是照片意外流露出去可怎麼辦？」

「不會的。」

「安德魯！」

「讓我照。」

「你在陽光下待太久了。」

「沒有任何人會看到這些照片。妳知道我都是自己沖洗的。」

我把頭轉過去看他，身體未動。沒有閃光，不是我以前看過的那個相機。「好吧，我們來訂個條件。告訴我你的中間名字，我就讓你照。」

「太容易了。我讓妳猜三次。如果妳猜錯了，就讓我拍照。如果你猜對了，那麼，妳想要什麼？」

「你必須用一根羽毛勾出我的輪廓，直到我叫你停止，而你不可停止。」

在那裡——一如我所預料，他眼中閃現情色的火花。「我接受這個條件。」

「現在，很顯然的你是個傻瓜，歐康納先生，竟然會提議做這樣的遊戲。你的中間名和你父親的一樣，叫做派崔克。」

「不是，不要動。」

「柏西。這個地區常見的名字。」

「不是，不要動。光線撫觸妳背部的方式——」

「皮爾斯，有點歷史的名字。」

他的手沿著我的脊椎撫摸，並把我的臀部推緊，一種甜蜜的慾望在我皮膚底下遊走。「希望妳下次運氣好一點。不要動。」快門按了一次，兩次，三次。安德魯跪在我旁邊，但沒有碰觸到我。我仰面平躺。

「眞美。」他遠遠地說。

我把手放在他的胸膛上，感覺到那個複雜迷津的中心點，他的血管開始與結束之點。我想要的——很快，現在就要——的東西，我們還沒做好準備，我還不宜提出要求。

✦

史考特週六一大早和同好去晨跑回來後，煮了早餐——有鬆餅、煎蛋、火腿片、新鮮水果沙拉和自製餅乾。艾美和克洛伊穿著睡衣坐在後院台階上喝咖啡，有一對紅雀、麻雀和三隻松鼠在吃餵食器內的東西。這兩個女孩不太交談，但是她們在一起很愉快。史考特把她們叫進去時，克洛伊在他頰上親了一記，他轉向艾美時，艾美在他的唇上啄了一下。他心滿意足，已經有好一陣子沒有那種感覺了。艾美也是一樣。吃完早餐後，史考特清理完畢，才去做他喜歡的事。

艾美淋浴、穿衣時，克洛伊自行打發時間。首先，她去看了珠寶箱內的東西，試戴了手鐲，並對那些項鍊讚嘆不已。接著她看到了安德魯的戒指，讀了上面鐫刻的字「咦，心會跳我才能愛你」，臉上露出了不明所以的笑容，並把它套在自己的拇指上。收好珠寶後，克洛伊走進前屋，研究那個書櫃，手指沿著胡桃木雕刻遊走，並打開書櫃的門。那濃郁、幽鬱的氣息，促使她去輕輕推動橫隔板。

我努力讓空氣靜止不動，無聲無息，並且溫暖。全神貫注讓我得以暫時脫離隨時可能湧至的澎湃情感。數尺之外，相片中我裸露的身體暴露在一張小桌子上，伴隨著它的是我對拍照那男人的情感。刻在我給他的戒指上的是我沒有機會說出口的答覆。雖然我很希望有機會再度欣賞那光滑明亮的指環，但我絕不想以我的意志力讓它現身在光線下。而那個書櫃，那個有一扇原本的波浪形門板，另一扇平面門板（真是完美的更換）的書櫃，所代表的與盛裝的，是我尚未預備好要承認的東西，還不到時候。

克洛伊走到屋角，那裡有一些照片盒堆疊在一個狹小的架子上。她隨便挑了一個，裡面有數張她們大學時代拍的照片。克洛伊面帶笑容坐在起居室沙發上，開始翻看那些照片。

「很好呀，妳能自得其樂。」艾美一面走進房間一面說道。「還要一些咖啡嗎？」

克洛伊點點頭。「那些珠寶眞是美極了。妳說其中有一些是妳姨婆做的？」

「是呀。」艾美從廚房喊道。「她專精金屬和寶石工藝。」

「那戒指也是她做的嗎？那枚藍色銀戒。」

「也許吧，但我想應該不是，她喜歡製作項鍊和手鐲。」

克洛伊快速翻動照片盒內的東西。她困惑地皺著眉頭，開始仔細地一個一個瞧。數分鐘後，艾美遞給她朋友一個大馬克杯，然後拿著自己的小杯子坐在一張大椅子上。

「我從來沒有問過妳對我寄來的DVD有什麼看法。」克洛伊說：「既尷尬又有趣。」

「我似乎沒有對任何東西像對那片DVD那樣感興趣過。」

「拍得很用心。」

「坦白說，我並沒有全部看過。我們談過那個『死亡抗議』嗎？」

「沒有，我想，那是那年夏天過後才發生的事情。」艾美說。

「記得我們在法語區迷路嗎？那個開車的女子，給我們指錯路那個。我的天，她那北美野人腿上的百搭裙。而且她幾乎每個紅燈都闖，差點撞上一群醉漢。」

「我不記得了。」

「不過她的穿著在那場合倒是挺合適的。黑色的面紗和釘滿金屬製掛衣鉤，有如鎖子甲的衣服。硬裡子。」

「妳趴在地上哭著說：『父權制度謀殺了我！』」

克洛伊笑著說：「不，不是這樣。『父權制度是凶手。』然後在我的『死亡陣痛』停止後，妳用粉筆畫出我的輪廓。」

「在聖路易大教堂前面，有十幾個粉筆畫的圖形被鴿子和觀光客踩壞了。」

「當時我們應該用噴漆才對。」

「那我們會被逮捕。」

「爲了那個宗旨，艾米絲，那個宗旨。」

「那樣做有什麼用?於事無補。」

「如果我們不追隨熱情，其實不啻已經死亡。」

「克洛伊的名言。」

「我應該開個專欄。」克洛伊坐直身體，兩手叉腰，一副胸有成竹的樣子。開著的照片盒，還放在她的膝間。

艾美拿起一個搖控器打開收音機。她搜尋頻道，直到聽到一個在播放音樂而非廣告的電台爲止。那個電台的週末節目一定會有早期的爵士樂。

接收器上一個按鈕發出啪的一響，收音機轉台到現代熱門音樂。艾美用力按搖控器，但是無法轉換電台。克洛伊看著艾美拚命地按遙控器。

「我不知道妳竟是老爵士樂迷。」克洛伊說。

「我不是。有爵士樂可聽就算幸運了。妳知道，我這個星期只收聽得到這個電台，很是奇怪。我們所有的電器用品都著了魔了。」

「我能問妳一個問題嗎？傑米到哪兒去了？」

艾美舉杯湊近嘴唇，用力喝了一口。「什麼意思？」

「他沒有在這些照片中。許多張照片都是我們大學時代的照片，那時他也在學校裡。」

「它們在另一個箱子內。」

「我把它們分開放。」

「爲什麼？」

「爲什麼？」

「對我來說有其意義。」

「傑米是個好人。」

一股男人的氣味從艾美身上散發出來，好像傑米跑步穿過房間似的。

「說說話吧。」克洛伊說。

「史考特要煮妳今晚想吃的墨西哥肉醬豆子。他出去找一些好的鱷梨。妳喜歡在墨西哥肉醬豆子裡放鱷梨，對吧？」

「沒錯。說到史考特，他擔心著妳呢。」

「你們偷偷談論過我？」艾美停頓了一下，繃著臉問道：「這就是妳來這裡的目的，是吧？」

「有多少男人會這樣做？饒了他吧，想想他的好處。再說，告訴妳，沒有什麼祕密。我們之間沒有什麼祕密。但是他知道妳有些事情不讓他知道。」艾美沉默不語。克洛伊靠向她，熱切而鄭重地說：「我發誓，我不會告訴他，但是告訴我——問題在哪裡？」

艾美眼睛望向窗外，身體縮在椅子內。她小小的身軀緊張得發抖，準備要跑走。「史考特不曉得胎兒的事。」

「妳一直沒有告訴他？」

「他會崩潰。」

「妳低估他了。我是說，他知道妳失去傑米後才娶了妳的。」

「競爭終於結束了，他贏了。」

「那並不公平。他不認爲自己贏了。」

「在內心深處他認爲自己贏了。而且如果他早就知道我懷孕了的話……」

「他會離開妳？」

「不會。只是——克洛伊，他眞的很想要個孩子。但是我沒有辦法，現在不行。我對於發生的事情仍然覺得很矛盾，即使在過了這麼久之後。有好幾個月我都沒有想到那件事情，然後有一天它突然在我內心洶湧澎湃。有時候我很想要那已失去的孩子，有時候又覺得失去了他，讓我獲得了解脫。」

「如果史考特準備要有個孩子，而妳知道爲什麼妳不要孩子——至少現在不要——妳應該告訴他眞相。」

「我能說什麼？」

「妳只要告訴他眞相，這比妳現在這樣對待他來得好。」

「已經那麼久了。」艾美悲傷的語氣讓房間好像變暗了。

✦

我藏著一個東西不讓他知道。我感覺不到子宮帽封住了我的子宮頸，但是它確是在那兒。我練習著適應它應該有好幾個星期了。這是我這輩子最大的祕密。在此之前，對於別人，我的慾望只是基於生物性和好奇心——我的肉體受到本能的驅使，我的心智想要查究我所不知的事物。我可以——它們願意那樣做——但總是會在一個重要關頭，我停頓下來，往回走。我沒有再去尋求那個機會。

直到現在。

安德魯扶著公園內人行橋的欄杆。橋下的小溪沐浴在春天美麗的夕陽餘暉中，小魚兒不時跳躍出水嬉戲。他瞅著我而沒有期待什麼——這個簡單的姿勢表示他感謝我就在他身邊。他一言不發，但是眼神卻在邀請我靠近他。

「我必須問你一個事情。」我的雙手環抱著他的腰，臉向他的背部靠近。他把一隻手放在我的手上。

「什麼事情？」

「我們從來沒有說過我們不要，我也不是在說我們應該，但是如果你要的話，我也要。所以……？」

安德魯仍然沉默不語，一動也沒動。然後他站直起來。「妳要——？」

「我準備好了，我很確定。」

他轉過身，脫離我的環抱。「現在嗎？」

我緊張地笑了起來。「不是，不是這一刻。」

他凝視著我。「如果發生了什麼事情怎麼辦？」

「你要記得，我懂得這些事情。」我的手在他溫暖的胸膛上來回撫摸。

「妳十分確定嗎？這是嚴肅的事情，比我們之間以前發生的所有事情都嚴肅。和婚姻一樣嚴肅。」

我的手往下摸到了他長褲的口袋，一如我所預料，他的身體給了我他的嘴巴不願透露的答覆。「安德魯，說，好。」

✦

不能在這裡，我告訴他，那木蘭花的香氣太濃郁。我們繼續在園裡往內走，走到我們以前不曾去到之處。那裡的青草長到半人高，草叢裡有受驚嚇的老鼠在流竄。他抓著我的手讓我帶頭前行。一隻發著啁啾聲的紅色小鳥振翅急飛而過，後面緊跟著一隻與牠唱和的黃褐色小鳥。我想，牠們和我們其實沒有什麼差別，只除了我所用的方式會碰觸我以外。我向後看，安德魯沒有笑容，但他的臉容有了變化，尤其是眼睛，像月暈那樣的藍色、安詳與明亮。在他的肩膀上，是一捆毯子，毯子內有熱水瓶和一小包餅乾。

「這裡好嗎？」我問道，而他同意了。這是在一棵橡樹下，地上有青苔，橡樹的丹寧讓青草無法勝過樹根。當他找到一塊平坦、有蔭的地方舖毯子時，我的每一條神經都在嗡嗡作響，那是前所未有的感覺。我對他的身體並不陌生，反之亦然，而且即將發生的事情不是偶發事件，不是放縱行爲，我不應該覺得這麼焦慮、無辜才對。一陣夏季強風吹襲我的頸背，我打了個寒顫。

安德魯把襪子塞在樹旁他的便鞋內。他張開雙臂走上前來，溫柔地擁我入懷，他的胸膛因爲在日光下搬運東西而汗溼。我聞到一股沼澤微風的氣息——那是他，熱的綠鹽的味道——以及我印在他喉頭的吻，我的唇離開時，唇上的溼氣比留在他喉頭上的更多。

我們躺在那一方土地上，非常涼爽。我們一一解開拉鏈、鈕扣和帶扣。全身赤裸後，我們只用雙手交握，彼此相對。我想告訴他我愛他，但沒有那樣的氣氛。所以我吻他的嘴，他的唇溫暖柔軟，緩緩地，小心翼翼地，它們分開了，他的舌在我的舌邊，我們透過「生命的元素」結合在一起，他的舌抽出插入時我喘著氣，期待韻律的來臨。

我推開他。他看著我用手環著他遊動，如羽毛般的異樣壓力深入肌肉。當我移動到他最舒服的地方時，他闔上眼睛發出嘆息和呻吟，彎身向前，渴望著還要。我的嘴唇加入這場嬉遊，潮溼的痕跡在風吹過時變涼了，然後我再度品嘗他的處男部位，這將是他最後一次擁有處男之身，在堅挺陽具之下，他的柔軟皺褶捲曲著。他要我離開，現在不要，等一等，那樣太快了。他抓住我的手臂要把我拉下來，但是我拒絕了，我還沒有結束，讓我碰觸你。我找到在我體內湧流的噴泉了，它們隆隆響著。

安德魯抓住我的手腕，把我按在地上。他眼睛內的亮光火熱，所到之處即把我融化。他粗暴地親吻我，但是力道不傷人，只是充滿慾念。他的嘴輪流親吻我的胸部，舌頭的震顫讓我的肉體激動到最高峰，我發出不含言語的喊叫，不要停，我的核心獲得全然解放，一股熱漣漪讓我身體朝他拱起。緩緩地，緩緩地我覺得疼痛，他開始吻我，由我的腹部一路往下到腿部，他的手從我的足踝滑到大腿。輕推一下後，他俯身到我兩腿會合處的中央之點，以堅定、溫柔、燃燒般的吻使我的呼吸灼熱冒煙，我的身體在他下面滾動。

他把一隻手留在我的肚臍下方，另一隻手伸出去拿毯子上的箱子。安德魯看著我。我屈膝以檢查那子宮帽是否還在適當位置上。「有這個東西在，我們就很安全。」我說。「摸摸看，你才會知道。」他溫柔地伸手進入我，停住，抽出來。我向他張開雙臂。安德魯緊緊擁抱著我，親吻我的臉，呢喃著說他愛我。我知道。

他進入我而被我包圍時，我們交會時那種圓滿的感覺吞噬了我。每個動作都讓我更加深入他——人體構造上的不可能性——我們只是肉身——但是那種慾念持續不退——我想要到達他體內的一個地點，在我體內，我知道那個點在那裡——現在他親吻我——我們的聲音含糊不清——我在悶燒，但是我尚未準備好——然後他插入，背部肌肉緊張起來，他喉頭發出妙不可言的聲響。

安德魯抽出。「噢，那樣做不對。」他帶著抱歉的眼神說。我笑了。「親愛的，你只是需要練習。」我說。「妳沒有不高興嗎？」他問道。「沒有。在我們再度嘗試前，吃塊餅乾吧。」

安德魯躺在我的肚子上吃了五塊餅乾。我把他額頭上一綹綹的黑色鬈髮拂開。在他濃密的黑髮下面，有我留下的金絲，我拿掉一根。現在讓我們心心相繫的不過就是這樣細細的一縷金絲吧。

✦

克洛伊待在他們家的最後一夜，史考特煮了他答應要煮的墨西哥肉醬豆子。

「我可以有一個你的分身嗎，拼圖隊長？」克洛伊坐到她的椅子上，說道：「我要一個會做菜的男人。」

「我們是這個品種具有可塑性的另一半，只要尺寸大小都很精確，就可以訓練。」他說。

「你從來沒有受過訓練，一直都是你在做菜。」

「這是生存之道。我媽就不是，她討厭做菜。我爸以前常說那是他們分手的原因。他餓了十五年，受夠了。」

「結婚新誓詞：在富足或饑荒時。」克洛伊伸手入碗，那些碗中裝著滿滿的辣調味汁，切達乾酪，紅洋蔥，鱷梨，黑橄欖和酸奶油。在一個三腳火爐架上，有放在平底煎鍋裡保溫的玉米麵包。

史考特喝下他第四罐啤酒的最後一口，揉了揉他呆滯的雙眼。「還要一些啤酒嗎？」克洛伊點點頭，滿嘴都是肉醬豆子。

他回來時手裡拿著三瓶已打開的啤酒，把它們放在桌上。艾美坐在克洛伊旁邊，史考特坐在她們對面。他們把菜裝到自己的碗裡，默默地用湯匙舀著吃。

「乾了，敬老朋友和維繫的友誼。」克洛伊說。他們舉瓶相碰。

「我們已有多年不曾這樣做了。」史考特說。「上回我做菜，結果我們都喝醉了，是多久以前的事了？」

克洛伊把一片玉米麵包弄碎後放進她的碗中。「沒有人喝醉，上路後才醉的。不過爲了回答你的問題，那是我們畢業那年的夏天。那時診所的抗議活動結束了，你們要搬到拉斯頓，我也要搬到維吉尼亞，艾米絲找到了新工作，傑米在打包要到田納西去。」

「就只有我們嗎？不只，我記得有許多人在一起。」史考特說。

「結果就是那樣。有人沒有事先告知就突然出現，然後在數個小時後，你的公寓就一屋子東西了。對嗎，艾米絲？」

「沒有錯。」艾美說。

「嗨，我在客房床下看到你的拼圖。那是什麼樣的被虐待狂？」

「那是一種挑戰。我必須專注在連結點上，而不是大圖片上。」

「記得傑米會把拼圖的圖片藏起來嗎？」克洛伊問道。

「你會上窮碧落下黃泉地找，結果就像變魔術一般，當你不再找時，那些遺失的拼圖圖片就突然出現在適當的地點了。」

「至少在他搬出去後這種情形就變少了。那個討厭鬼。」

「不過妳讓他變好了。記得那一次你把一片讓人昏睡的藥片放在他的啤酒中嗎？他對那東西太敏感，當場昏過去了。妳花了大約一小時，把他的頭髮編成像波戴瑞克（Bo Derek）遇見巴布馬利時那種細辮子。」

史考特大笑。「他責怪妳。什麼樣的傢伙會把別人的頭髮編成辮子來開玩笑？」

「那眞是好玩極了。妳記得吧，艾美？」

「不記得。」

「不記得？」克洛伊用湯匙刮下一片起司硬皮。「噢，對了，那是在我把妳介紹給他們以前發生的事，大學第一年。我和那紅頭髮的啦啦隊長住在你們男生大樓的對面。她只和書呆子約會，因爲她認爲書呆子會是較好的丈夫。聰明，從來不欺騙，會養家。這樣你就能得到她了。」

「我不是——我不是書呆子。」

「你是書呆子。而且你知道，艾美看起來很像她，同樣的膚色和姣好、均衡的五官，而且身材嬌小——也有點像我們昨晚發現的相片中的那個女子。但是我的室友——她叫什麼名字來著？——不管怎麼樣，她有綠色眼睛和一對碩大的假乳房，而且畫起眼線來從來不節制。也許那是你們不喜歡她的原因，她很造作，不像我們這裡這位。」

「艾美從我第一眼看到她時起，就很自然不造作。」史考特說。「妳們兩人在學生聯合會前面分發保險套，妳介紹我們認識。然後我們就——很高興認識你，你主修什麼，你認識誰和誰——如此這般地交談起來了。然後大約二十呎外一個大聲嚷嚷的傢伙停止向路過的行人說教，開始對她呼喝，大喊大叫。記得妳當時怎麼回應嗎，艾米絲？」

「我走上前去對他說：『對一個處女不能那樣子說話。』」

克洛伊被啤酒嗆到了。「妳真的那樣做？我完全不記得了，不過我確定那個人相信妳，妳那天真無邪的小臉。」

「他又開始對著群眾揮舞他的聖經。」史考特說。

他盯著艾美，直到她回視他。他溫柔地笑著。

「史考特把他的書袋丟到地上，舉起雙拳準備打鬥。」艾美說。

「雖然妳們不需要我的援助。」他回答。

「那時候我們知道如何操控他們。」克洛伊說。

「妳們兩人應該爲自己感到丟臉才對。」史考特說。「那樣子折磨那些敬虔的人。」

「門兒都沒有。你知道他們是多麼討厭女人而且僞裝成很虔誠的樣子。說到丟臉——」克洛伊用她的湯匙在空中敲了一下。「有人一點兒羞恥心也沒有，在買起居室的那本書的時候。」

「什麼書？」史考特問。

「你知道的，那本關於高潮、持久的極樂，密教性愛的經書。」

「噢，是的。」他說。

「論及一個男人的『光之棒』的書——史考特，拜託。」

「我的棒沒有光，而且我也未獲允許那樣做。」

克洛伊和史考特笑得上氣不接下氣。艾美搖著頭，但她那藏在幾乎滿瓶的啤酒後面的臉，微微笑著。

「不完全是那樣，」史考特一接上氣來就說。「最後那個部分，確實是有的，但情況應該不一樣。不涉及任何液體，如果你知道我意思的話。」

「所以它對你的作用如何？」克洛伊問道。「艾米絲，和盤托出吧，妳的聖殿點亮了嗎？新的熱情高潮達到了嗎？」

「他只是讀讀而已，克洛伊。」艾美回答。

「嗯，封面還很乾淨。」克洛伊說。

「噢，看在老天爺的份上。」艾美說。史考特又開始笑起來了。

「抱歉，」克洛伊說。「不論如何，我看了書中大部分的圖片。」

史考特喝了一大口。「是插圖。真的，我在一些別的書上讀到有關這本書的事，因而覺得應該要看看這本書在談些什麼。它不是宗教，但有些人把它當宗教儀式在做。兩個人可以透過那樣原始的事物來獲致那種層次的聯繫，我覺得這個理念很有趣。我猜，那是一種超越，也涉及一些科學和心理學。一對伴侶分享彼此能量，但他們繼續前進時能量也隨之增加。非常強調呼吸與眼神的接觸。他們會渾然忘我，不知身在何地，處於何時，有時候會進入其他的意識狀態，也許就像一個跑步者進入恍惚的狀態。這是我對它的理解。不管怎麼說，那是非常深奧的。」

「我得使用藥物才會有那種性愛。」克洛伊說。

「這不需用到藥物。」史考特說。

「達到同樣目的的快速方法。」

「那不一樣，」艾美說。「那是精神上的，克洛伊。」

「妳怎麼知道？」克洛伊的手撫摸著她的啤酒瓶的頂端。

「是呀，妳怎麼知道？妳也讀過那本書嗎？」史考特的瞳孔放大到他的虹膜只剩個輪廓。

一股熱氣自他的皮膚湧出，掠過桌子。艾美臉紅了，在他的注視下回看了他一眼，但沒有他所想望的那種相對的意圖。

「我懂的比你所料想的更多。」艾美回答。她把頭低下來就碗。史考特的眼睛輪流看著眼前兩個女人。當克洛伊接觸到他的眼神時，她的表情顯示出她完全不清楚，艾美爲什麼會突然冒出那樣一個回答。

「有人還要一瓶嗎？」史考特離開桌子時問道。

✦

一天下午，我們兩人應該要讀書時，安德魯花了將近兩個小時聽我奶奶述說她改變信仰的事。他那樣做不是基於禮貌，而是他眞的感興趣，因爲他不像我那樣把不豫之色顯現在臉上，也不像我爸媽那樣忍住不耐的聽著，奶奶覺得她終於找到多年來不曾有過的好聽眾了。我把注意力集中在有機化學上時，她告訴他有關女巫、幽靈和她所見過的證據。當她談到招魂術是一種符合科學的宗教——那些施行招魂術的人蒐集到的證據顯示，我們的世界的區隔非常薄弱時，她試圖激我加入他們的談話。

奶奶現在非常迷戀他。安德魯到我家讀書時，我以吻迎接他進入客廳，幫他脫下夾克，然後我單獨待在餐廳。在那些日子裡，很奇怪的奶奶都沒有友人來訪，她另外四個兒女也都沒有來看她。她會有意無意地走進客廳，頭髮與服裝都精心打理過，但彷彿很訝異看到他的樣子。

他們會談個半小時左右，話聲嗡嗡，直到安德魯溫文有禮的告退。我後來取笑她說，奶奶，他對妳來說太年輕了，鄰居們會怎麼想呢？她的手在空中一拂，但有一種賣弄風情的姿態。

這個週六下午也是一樣，我們快要考試了，但是安德魯沒有錯過對我祖母獻殷勤。我無意中聽到他們關注對方的交談。

「我可以看看這本書嗎？」奶奶說。「菲德瑞・道格拉斯的口述傳記，一個美國奴隸。你修什麼課程得讀這本書？」

「不是為了修課。」安德魯說。「前幾天我注意到我圖書室中一冊書沒有歸位，我的管家的孫子賽門不知道我知道他拿我的書去看。我在一箱我為我母親募來的捐獻書中發現了這一本，她的慈善事業是要在一家孤兒院設立一個圖書館。」

「偷孤兒的書？你讓我很詫異。」

「我懷疑那些孩子會喜歡這本書，這種內容。」

「孩子也是人呀——他們有受過教育嗎？」

「沒有，夫人，賽門是他們家第一個受教育到五年級以上的。」

「他多大年紀？」

「十二歲。」

「他應該受到這種方式的鼓勵嗎？一個黑種男孩——他是黑人，是嗎？」

「是的，夫人。」

「身爲黑人，他能運用他的知識的機會有多大？」

「如果我們依循這種邏輯，那身爲女性的瑞芝爲什麼要上大學？」

「一個女人應該有她自己的興趣。」

「當然，妳曾告訴過我妳所受到的限制。妳說被禁止進行智力的追求並沒有幫助。神經衰弱症只會更嚴重。」

「沒錯，一個人的心智必須保持活躍。」她停頓了一下。「的確，造物者的用意是要我們所有人都是能思考的生物。」

「我同意。那麼如果我可以下結論的話，賽門有權利追求知識，就像妳和我一樣。他是個聰明的孩子，令他洩氣或拿走他的書不是很錯誤的事嗎？不論他是如何拿到書的。爲什麼要禁止他去做他喜歡的事？」

「至少他還沒有惹麻煩，但他不應該抱什麼期望。每個人都屬於某個地方。」

安德魯沒有回答。起初我在想他是不是在考慮如何反駁她，但他一向反應快速，口才便給。我坐在餐桌旁我父親的座位上，但我的注意力卻放在另一個房間，頸背上的毛都豎起來了。我聽見喃喃聲，那是奶奶在輕聲低語。

「我不會問這種事。」安德魯突然說。

再一次沒有聲息。

「有些是例外情況。」他說。

「我想應該是有例外。」奶奶回答。

「她會說規則是訂來被打破的。」

奶奶清了清喉嚨。「那麼有人必須準備面對那個後果。」

在他回應之前，我走進客廳。「歐康納先生，你要赴另一個約會不是快遲到了嗎？」

「我們聊得正愉快。」奶奶說。

安德魯站起來，把上身的那排鈕扣拉直。「我同意。下回再聊了，布瑞特夫人。」

奶奶把那本道格拉斯的書還給他，從座位上站起來，走向樓梯。「午安。」我發誓，她走到樓梯中途的平台要轉彎時對他眨眼睛。

「親愛的，她是個老婦人，」我說，「對世界的看法已經固定了。」

「妳的祖母和一般的老婦人不一樣。她自有主張，而且個性很強。落下的堅果不會離樹太遠。」安德魯用手環著我，我們走到餐廳。

「你說的是堅果，不是水果。」

「沒錯。」

我坐在餐桌旁父親的椅子上，安德魯坐在我的左邊。我拿著一支鉛筆，在物理筆記本上輕輕敲著。「剛才她低聲說些什麼?」

「她擔心妳的期望比妳的機會還大。」

「對什麼的期望?」

「得到妳所要的。」他回答。

「她認爲那是什麼?」

他打開一本教科書。「全部都在妳的面前。」

✦

一九二八年我大四那年的感恩節假期。安德魯以爲我提前在爲一項艱難的考試做準備，但是我沒有。

放在我床上的是哈佛和耶魯大學醫學院的申請表格。我一個人也沒有告知——沒告訴媽媽、爸爸、奶奶或托莉，尤其沒有告訴安德魯。如果我獲准入學，那麼我會想想要怎麼辦。如果我沒有獲准，那麼那種失望感，或是如釋重負感，就只須我來承受。

好幾星期前我就寄出了另外五家醫學院的入學申請書。在我看來，西北大學無疑會接受我的。我的成績優良，我修了合宜的課程，師長爲我寫的推薦信非常耀眼。對於長春藤聯盟的大學我就沒有這樣的信心，我很了解光是腦筋好是不夠的，我太驕傲了，不屑去動用不屬於我的影響力——雖然有人要爲我出力——我也不屑倚靠任何不屬於我的才智，我一直都是這樣。

我想搬到芝加哥這個值得探究的城市去住，住在一個不知名的地方，在那裡我不是誰的什麼人，就只是我自己，清晨寒風如割，夜晚我可以丟開書本，找個有爵士樂的地方駐足。除了我出生之地外，我也想去看看我是如何成長的。當我答應爹地我會去杜蘭大學時，我知道他會在適當的時候讓我去，所以我的讓步可以確保未來得到自由。所有的跡象都顯示，爹地和媽媽與奶奶一樣，是遵守這個協議的。

但是還有安德魯，這個突如其來的變數。雖然我很想自認爲我們的戀情只是我一時沉迷，久了就會厭煩——畢竟我是個現代女性——並期待它會慢慢消逝，但是我知道我不是逢場作戲，一點也不是。從前我對外宣告過的我所愛的男孩，沒有任何一個在情感上有一點點像這段戀情，會讓我想要改變我以爲自己應該要走的人生之路。我喜歡他們向我獻殷勤，但即使是我最愛的那些人，在他們離開後，我也從來不會很想念他們。

在這裡，我在耶魯大學的申請表格上頭寫上我的名字，我現在在想什麼？我在想在今天早上醒過來之前他的剃鬍膏的味道從我的指尖揮發的感覺，我也在想我今天一整天都沒有看到他，如果他沒有先打電話給我，我就來打給他，只是要向他道晚安，告訴他：「我愛你」。

我失去理智了。對於我所追求的事物，我一向都很理智，也很講究方法，一心一意，堅定不移。當我無意中聽到有智力類似我的女孩，無法受教育而浪費她的才智時，這種輕視女孩的事情只會讓我更加堅決。我對我得到的每個「甲」都很自豪，它們是我未來的標記。對於幾乎不認識我，有時候卻會當著我的面對我媽說，女孩子受太多教育會變成不孕的那些貴婦人，我很瞧不起。我了解我是什麼樣的人，我知道我想成爲什麼樣的人，當我還是個孩子時我就發現人體是個偉大的機器，它會修復自己，並製造更多自己的同類。

我何時才會恢復理智？

✦

艾美放了一杯咖啡在床頭的小桌子上給克洛伊，克洛伊已經把行李打包好了，並把袋子放到地上，讓它滾到屋角。她從床下拿出史考特的拼圖。在屋外，割草機正呼呼經過屋子的這一面，艾美走到窗邊，手指掠過束在一起的窗簾。

「昨晚我領悟到一件事情。」克洛伊的拇指摸著史考特的拼圖的接合處。「困擾妳的不只是流產這件事而已，還有傑米。」

「已經十一年了。」

「差不多整整十一年了，紀念日就在這個月。但是事到如今，聽見他的名字不應該會讓妳心煩意亂了。」

「如果是妳有這種情況，那麼我們需要談談。」

「噢，停，停住。爲什麼要把我推開，妳知道這樣做只會讓我更加堅持？」

「這不關妳的事。」

「不，和我有關。在我們認識傑米或史考特之前我們就是朋友了。我關心妳是否快樂幸福。我在意妳是不是頹廢度日，是不是會破壞妳自己的生活。」

「那倒是眞的，妳盡了力，說服我不要嫁給傑米。」

「這樣說不公平。」

「妳確實有那樣做。『妳有一個好工作，艾米絲，一畢業就有，妳眞幸運。爲什麼要辭掉那個工作？他會等妳的。』還有，『現在是二十世紀了，女人所需追求的只是她自己的夢想而已。』」

克洛伊沒有立即回應。一種自責的眼神出現在她的眼中。我瞥了她一眼，心中想到了托莉，她好意給我的指引我都很快就不甩它了。我記得那個戒指盒，蓋子闔上的，在我死去的那天早晨放在我的梳妝台上。

「妳不必嫁給他，」克洛伊說。「妳原本可以和他一起搬走的，但是妳決定不要那樣做，記得嗎？」

艾美撫摸著窗簾的摺痕。「妳沒有幫忙，克洛伊，不幫忙的所有理由都是政治的、虛誇的，不是實情。我非常愛他，愛到想嫁他的地步。」

「我當時不了解妳是那樣認真。對於傑米，當然，毫無疑問。但是我沒有妳確實要那樣做的印象。舉行婚禮，所有那些事情。」

「我們考慮過私奔。」

「妳不想有一些自己的時間嗎？你們兩人在一起有三年了，妳不期盼單獨生活，至少試試看？」

「是有想過，也許情況不會很糟。」

「所有這些事情還是那樣令妳傷心嗎？」

艾美咬著她的唇角。有多種氣味從她身上散發出來：廣藿香，肉桂、燒烤雞肉、玫瑰、汗水、雨水，非常怪異。「我仍然做噩夢，車禍、沒有人發現我們。我從昏迷中甦醒過來，蛆正在把他吃掉。或是我祖父告訴我說傑米死了，而且他哭得很厲害，上氣不接下氣。或是我流產了，胎兒懸蕩在我體外，淹死在傑米的血泊中，地板上滿滿都是他的血。」

「我的天！」克洛伊拿著咖啡杯，盯著她的朋友看了好幾秒鐘。「我想過他，有時候，我聽一首歌或看一部重播的舊片或聞到什麼東西，令我想到他。我覺得好像我們再度重逢了。我讓他進來的。」

「我辦不到。」

「那麼妳是在告訴我說，妳從來沒有眞正的忘懷過他？」

「當然我有，我繼續前進，不是嗎？我嫁給了史考特。」

「那是不同的問題——究竟發生了什麼事情讓妳這麼苦惱？史考特認爲那是因爲妳失去了妳的祖父母。」

「他說對了，那件事仍然困擾著我。」

「那只是部分原因。我想最有可能的是，妳收到那片光碟後就心神不寧。」

艾美沒有轉身。她全身都變得很緊張，手臂和小腿的肌肉在抽筋，呼吸變得很淺。她想要把它隱藏、埋葬起來，把它忘懷。「我沒有準備會再看見他。」

「坦白說，我不知道裡面都錄了些什麼，當然也不知道它會令妳那麼痛苦。」

「在那片光碟裡，他給我那樣的表情。」

「什麼表情？」

「他非常快速的眨了個眼，像這樣，很好玩的。他會在我眼前瞇一下眼，直到我看著他的眼睛，然後……但是他眨眼的同時還微笑著，其他人不會注意到。」

「我不記得有這回事。」

「妳並不知道。那個表情是給我看的。」艾美用力揉著眼睛。「我已經忘了他那樣看我時，我有什麼感覺。現在那種感覺全部回來了。我體內的每根骨頭都燥熱起來，無法自已。所有的回憶都回來了，原本儲存回憶的所在被打破了。一股激情湧起，遍布我全身，然後消失。其後那幾天，有時候會有一個聲音，或是我的襯衫磨擦我的手臂，或是一股氣味，讓我覺得承受不住，就像是我的身體記起了其餘的我，並且在提醒我還有其餘的我。」

克洛伊兩腿交叉坐在床上，看著艾美的背部。艾美控制著她的呼吸，好像在調整她接下來可能要說的話的速度。

「我對史考特沒有同樣的感覺。」

「什麼感覺？」

「那種熱情。」艾美蹲下來，雙臂環抱脛骨，把下巴放在膝蓋上。「妳有沒有這樣的經驗：妳和一個人做愛，那種感覺就像是妳從這個世界溜走了，而妳這輩子從來不曾如許的信任或愛過一個人？」

「那是很久以前的事了。」

「我愛史考特，他是個好人——親切、負責、敏感、聰慧。他是個很棒的丈夫，但是和他在一起，與和傑米在一起不一樣。和傑米做愛是一種超脫，沒有什麼事情比得上，那是我身體內在與外在的絕妙感覺，我無法解釋。與傑米在一起，那種聯結幾乎是無法承受的。和史考特在一起，那是舒服的感覺。」

「妳有沒有給妳自己機會，讓它不致變成這樣？」

「什麼意思？」

「妳愛史考特——這一點我知道——但是那和妳愛傑米不一樣。妳永遠不會再愛任何人就像妳愛傑米那般，再也不會有同樣的愛了。但是我認爲妳對史考特的愛可以同樣強烈。妳必須願意付出妳所有的愛。打從我一開始認識妳，妳做事從來不半途而廢。」

艾美搖著頭。「我應該嫁給他的。我應該那樣做的。不管妳或別人怎麼說。如果我那時嫁給他了，我們就不會在那天，在那個時間，待在那條路上。那件事就永遠不會發生——」

「妳無法知道事情是不是如妳所想的那樣。」克洛伊移到地上，抓住艾米絲的一隻手臂。

「如果當時我們晚一點離開旅館，如他所希望的那樣就好了。我催著他在天亮時離開。」

「要命，那不是妳的錯，也不是傑米的錯。那輛卡車的司機睡著了。」

克洛伊輕輕搖晃著艾美。「不要再折磨妳自己了。」

「我們的小孩如果還在，就快十歲了。」

克洛伊用她的額頭抵著艾美的額頭。「艾美，聽著，妳必須從這個憂傷中走出來，不論得做什麼，去看個心理諮商專家，爲妳的寶寶悲傷，爲他悲傷，但是讓史考特幫助妳，再也不要記懷往事了。」

「這太難了。」艾美說。

「像現在這樣子妳活不下去的。」

克洛伊離去後，艾美停止了她狂熱的對房子的維護。髒碗碟放在洗碗機裡沒洗，桌面上積了灰塵，廚房的地板上不時有麵包屑。洗好的衣服分別放在籃子裡，籃子放在衣櫃裡。艾美不再一次燙完他們上班穿的衣服。她在睡前燙自己的衣物，而史考特偶爾會在早上過來燙平他襯衫上的縐紋。雜誌攤開在沙發上，垃圾郵件混雜著帳單丟在長桌上，家具下面棉絮堆積，有如長了風滾草一般。

艾美不再做家事，每天晚上都坐在電腦前面掃描、修飾那些照片。每張照片她都精細的調整了反差與清晰度，宛如要把照片修到全都完美無瑕似的。

克洛伊造訪過後一星期，史考特站在廚房的走道上，看著艾美處理一幅影像上的色點。「我再也忍受不了了，妳必須和我說說話。」

艾美迅即停止工作關掉電腦。「這和你無關。你擔心的就是這個嗎？」她說。

「這事兒已經持續太久了，不管那是什麼事。」

艾美向臥房走去，史考特跟在後面。她關掉床頭櫃的檯燈。他用兩手撐著門框。在被單下，艾美歪扭著身軀，臉朝牆壁。他爬到毯子的上頭，一隻手放在她的臀部。

「晚安，」艾美說。

「給我一個吻。」

她微微翻滾了一下，順從的在他臉上乾乾的啄了一下。他吻了她的頰，耳垂，頸部。艾美毫無反應。他慢慢的把手拿開。

「妳瞞著我和別人在一起嗎？」

「胡說八道。」

「妳不肯親近我。」

「我沒有外遇。」

他坐著，背靠床頭板，俯視著她。「我一直試著要有耐心，一直在等候妳投入我的懷抱。但是實際情況是，這個房子完美無瑕，我們卻愈行愈遠。」艾美沒有回答。「妳不能再拿妳的祖父母來做藉口了。他們已經過世好幾個月了。這不成理由。」

「我一直在努力，一切都會好轉的。」

「什麼時候？我們共同的生活已經終止了，就地停止，不再前進。妳不要一個家嗎？我們不是一直都同意我們要一個寶寶嗎？」

「史考特，讓我睡覺吧。」

「這一切都始於托莉的生日過後，是這樣嗎？是不是發生了什麼事情而我被蒙在鼓裡？是不是有人讓妳苦惱？妳媽媽嗎？妳那瘋狂的表妹茱莉？」

「不是。」

史考特抓了一個枕頭放在胸前，好像是它在呼吸似的。他凝視著她的背部，她的背部在被單下面幾乎一動也不動。「告訴我，如果妳有了外遇，就直接告訴我，我要知道。」他的聲音空空洞洞的。「妳怎能這樣子對我？」

艾美坐直起來，兩腿交叉，沒有碰到他。「我沒有，我絕不會做那種事。」

「那我應該怎麼看待這件事？」

「事情很複雜。先前——就在——，我的天，我要怎樣告訴你呢？」靜默。他在等著。她說：「先前我懷孕了——」

「什麼？」

「那不是你的孩子。」

「那麼是……」

「在那件事故後——」

「噢。」

「我流產了，我從昏迷中醒來後，醫生告訴我的。」

「妳爲什麼沒有告訴我？」

「除了克洛伊以外沒有人知道。」

史考特伸手去握她的手。她沒有抽離。傑米的氣味滲入房裡，那氣味是從他們兩人身上發出來的。「我很難過，親愛的。」

「我也很難過。」

「我很高興妳告訴我了，真的。」他鬆了一口氣，幾乎是在笑了。「先前我擔心妳變心了。這件事我們可以應付得來。」

「當然。」顯然，在招認了部分實情後並沒有讓她覺得好過些。

「還有一些別的事情，我也要知道。」

「不久前克洛伊寄給我一片DVD。其中一部分錄的是我們在診所裡。有些是訪談，大部分都是她和我在說話。影片的結尾有一些她的鏡頭，我不記得她錄了這個片子。」艾美拂了拂她長睡衣的胸前部分。「裡面有他。」

「誰？」

「傑米。」

「噢。」

「許多事情都回來了，回憶，感覺。」

「還有呢？」

「我明白了我是多麼想念他。」

史考特移向他那邊的床。「妳想念他？好——妳知道嗎——我知道這事不應該會困擾我，他已經死了，妳不可能回到他身邊。但是這件事令我感到很不舒服，因爲它影響到我們。他已經過世好幾年了，而這是我的生活——我們的生活——不知怎麼回事，他出現在我們的生活當中。妳要我怎麼說？」

「我不知道，我不知道我爲什麼會有這種感覺。」

「我也不知道。」

「我愛他。」

「我知道。」

「你不了解的。那時候我的生命從我身上被奪走了。」她說。「那個打擊太可怕了。我以爲我在做夢。我爺爺站在床邊，把他口袋裡的零錢弄得叮噹作響。我問傑米在哪裡，他說，『我們原本以爲我們連妳也失去了。』然後媽媽把他推開，說她很高興我醒過來了。她試圖讓我轉移注意力，但是我要她告訴我眞相。後來我知道我醒來了——我的臉、骨盆和腿痛得要命，他們不得不讓我服下鎭靜劑。我再度醒來時，媽媽在身邊，她告訴我，我昏迷了六天，傑米已經下葬了。」她停了一下。「你無法了解那是什麼情況。像那樣子失去一個人。」

「當然我能了解。他是我最要好的朋友。」

「對我來說他不只是最好的朋友。」

「即使在過了這麼久之後，妳從來沒有從失去他的痛苦中恢復過來？」

「我曾經有——我有。」

「妳愛我嗎？」

「是的。」

「像愛他那樣愛我嗎？」

「我無法回答這個問題。」

史考特的小腿纏繞在床邊。他昂然站立，兩腿張開，雙拳頂著臀部的接合處。「他仍然擁有妳，而他已經死了。」

「我不是你的初戀，你也不是我的初戀，這並不意味著我不愛你。」

「在競賽中贏家無法履行他的義務時，就由第二名來履行——」

「我們的情況不一樣。」

「那麼是什麼情況？我是妳丈夫——妳對我許過承諾——而一直以來我得到的只是個精神獎。」

「這樣說是不對的。我嫁給你是因爲我愛你。」

「或者說我是妳所能得到的最接近傑米的事物。」

「你！」

「可惡。」

「史考特——」

「我不想聽。我可以想像失去一個孩子是什麼感覺，可以理解妳甚至於不知自己懷孕了，那一定是很可怕的事，至於傑米，我可不是呆瓜，我知道從前妳愛他，他是妳的未婚夫，是的，在我們結婚前妳有告訴過我。誰知道那不是最大的祕密？昔日的感情不能取代妳的生活，艾美，它們絕對不能取代我。」

「我很遺憾。」

「沒錯。」他轉身要離去時，抓了一個枕頭抱在胸前。他經過浴室時順手關了燈。一會兒之後，通往客房的門砰的一聲關上了。

在床墊上，艾美全身蜷曲，有如一個球般。

第3部

1

艾美透露了她的祕密的三個星期後，史考特仍然睡在客房裡。床頭櫃的大笨鐘從來不會誤時。每天清晨，它以尖細的鈴聲叫醒史考特。他平日的作息沒有改變，穿上運動服，吃過少量早餐，做了伸展操後，慢跑將近一小時。沖過澡後，史考特找出衣櫃中燙得平平整整的襯衫和褲子，那衣櫃立在他沒有睡過的舖得很整齊的床舖的對面。當他拿出那些衣物時，總是一副看起來很吃驚的樣子，因爲他自己並沒有燙過那些衣物，而令他覺得很困惑，但他對於誰爲他燙了衣服從來沒有表示過什麼。他要出門的時候已經不再伸手去拿梳妝台上的滑石箱，路線因而改變了。他的手錶和結婚戒指已經改放到鬧鐘旁邊，這兩樣出門時他都還配戴著。

有時候史考特回家時家裡一片寂靜，答錄機上有留言說：「我仍在工作，不必擔心，先去睡覺不必等我。」他一面解開鈕扣，拉開拉鍊，一面走向浴室，快速的洗了個澡。他坐在電視機前吃了晚餐，觀賞了重播的孩提時代舊節目。等到他覺得無聊時，就進入臥室裡看書或做他的益智遊戲，讓其他房間的燈亮著。到了睡覺時間，如果他在她回家前睡著了，他從來不會睡得很沉。最小的聲響都會讓他睜開朦朧的雙眼。

其他的晚上，如果她沒有遲歸，他會在餐桌旁找到她，這個餐桌現在成了處理老舊照片的工作台。他們至少會互相說聲哈囉，打一聲招呼，但彼此的眼神卻不接觸。在那些夜裡，史考特總是站在廚房櫃台旁吃晚餐，吃過之後，他會逕自走進備用的房間靜靜地自尋娛樂。有時候他會抬頭傾聽遠處傳來的掃描器的嗡嗡聲。在那些夜裡，他睡得比較好，但也沒有好到哪裡去。

在星期六，他會早一點離家，以和他的跑步夥伴會合。未見人就先笑，頭髮精心梳理，還費心搭配相稱的襯衫和短褲，這令人有點擔心。每星期都會晚個幾分鐘回家，到家後，他會把長跑後去買的一些食物存放到冰箱裡，鳳梨汁、臘腸、不含防腐劑的麵包。當他要走去沖澡時，穿過的幾個房間內含有除塵壓縮空氣罐與磁磚清潔劑的氣息，而且室內樣樣井井有條。如果他待在家裡，他會煮午餐，只有他自己吃，所以他會把剩菜放到冰箱裡以免壞掉。如果他離家，會留一張字條在廚房櫃台上。他出門數小時，買到一本新書後才會回家。

每個星期天，由於天氣溫熱讓花朵一直到九月仍然盛開，在上午九點半前，他會除草並把整個院子的邊緣修剪整齊。如果發現有哪個花壇上的植物無精打采，垂頭喪氣，就把水管放在花壇上頭，然後去喝杯水。他洗了一個長長的冷水澡，接下來洗滌浸泡著的工作服。有數小時之久，他把電視遙控器在電影和新聞節目之間轉來轉去。他煮了晚餐，然後他們輪流吃了，吃完後各自清理乾淨。有一陣子他們在星期天晚上提早一起上床，沒有討論什麼，有如例行公事，也有如舉行儀式一般。

2

艾美從來不需要鬧鐘，雖然鬧鐘已設定了時間以便隨時可用。她在床舖中央躺了數分鐘才起床。一站起來，就把床罩拉直並把枕頭安置好，弄成對稱的樣子，即使少了一個人。她燙好的衣物掛在衣櫥的門把上。過去兩個月的平日早晨他們都是這樣子。她用那較小間的浴室泡澡，並梳理頭髮。在那連接主臥室與客房的浴室裡，艾美薄薄地上了一層淡妝。她緩緩地穿上衣服，也許從托莉的箱子裡挑了條項鍊或一對耳環。有兩枚戒指她從來不曾從手指上拿下來過，一枚是結婚戒，另一枚是嵌了紅珊瑚的細環銀戒。她通常會吃豐盛的早餐，是不需烹煮的麥片、格蘭諾拉燕麥捲和水果。偶爾她會打包午餐。

她下班回家時屋子裡總是很安靜。如果沒有熬夜晚睡，艾美就會泡個澡，穿上睡袍，做一頓兩人份的餐點，然後邊看新聞節目邊吃。她清掃整理屋子。之後，以一副下定決心的表情走向放在餐桌上的電腦。原本放在客房裡的她的辦公椅，取代了一張直背式的木椅。她把小小的附有軟墊的耳機放進耳朵內，把音樂的音量調低，然後專注在她面前的一箱紙上。一張又一張，她掃描照片並在電腦螢幕上仔細研究那些照片。游標移動，滑鼠輕按，影像忽隱忽現，直到每一幅都達到最大的清晰與明亮度爲止。史考特回到家時，她簡單地和他打了招呼。到了就寢時間，她在他們並未共用的浴室中，摸黑刷了牙。

她待在辦公室工作而晚歸的那些夜裡，艾美至少接到一通電話，她接起來說了聲「喂」，對方就掛掉了。有時候在她背後有說話的聲音，喃喃說些有關像素或編碼的事情，有時候只有音樂聲。回到有一排照明燈的家，她逐一把一盞盞燈熄滅。在那些夜裡，艾美沒有操勞什麼家事，反正也沒有什麼東西需要她打理清潔的。她在那間小浴室裡泡了一個長時間的熱水澡，並在入睡前看了幾頁書。

在星期六，她和平時一樣早起。史考特一離開家，艾美就去採買一些雜貨，然後回家把買來的東西一一收好。她動手清理每個房間。有時候她會出門一整天，草草留張字條，但從來不帶任何東西回家。如果她待在家裡，會一面看電影或讀書，或是弄電腦中的照片，一面注意洗衣的情況。

在星期天，割草機的聲音會吵醒她。她坐在電視機前，看電視吃早餐。在史考特去洗澡前，她在臥房裡，拿出燙衣板和一堆衣物。她燙了自己星期一早晨要穿的全套服裝，但沒有燙他的衣物。只有在她清理衣物的情緒最惡劣時她才會這樣做。一如往常，艾美習慣性的把自己的以及他的衣物摺好。當她把他的衣物籃放進衣櫃時，很驚訝地看見一排燙得好好的卡其布和牛津布襯衫。每一次她都會去摸摸有稜有角的上了漿的線條。

✦

我有能力阻止他。

就在安德魯打開他書桌和書架的抽屜，把我的信件扔進一個箱子時，我可以製造一些大的聲響或是燃起一團火，或是把他房間的溫度調到一個讓人受不了的極限來分散他的注意力。給他一個機會再考慮一下。他並不知道自己在做什麼。我知道他不會坐下來讀一讀我寫給他的東西，因爲在他腦海中，我說話的聲音會再度把他的內心切成碎片。

我可以環抱住他的雙肩，在他的耳邊輕言低語，安德魯，親愛的，不要。他無法聽見我的聲音，但是我已看見在我撫觸他時，什麼事情發生了。當他醒過來，以雙手抱住枕頭邊的空氣時，一定是以爲自己在做夢。我就在他的雙手環抱中，他記憶中我的下顎、肩膀、臀部，都非常眞切，如今卻已遙不可及。我在他的雙手當中，我記憶中他的拇指觸到我的雙唇，手指與我的手指交織，他的一隻手掌平放在我的肚臍下方。他知道有些事情不對勁。空氣中的氣息不應該令他覺得彷彿那個女人——他對她的肉體比對自己的身體還熟悉——還活著似的。有時候，我知道我的安德魯有時候會以爲是不是自己發瘋了。

我有能力阻止他，但是我沒有。我沒有出手干預。那些是他的，他有權銷毀。

他把箱子夾在腋下，靜悄悄的走下樓去，關上了通往他父親書房的門。午夜的藍色帷幕隔絕了所有的光線，所以帷幕的金色滾邊沒有光澤，沒有顏色。他從一個角落拉了張椅子到壁爐邊。他把箱子丟到地板上。安德魯拿了一封信把它撕成碎片，丟進壁爐裡。一張碎片上有一幅圖，畫了一個女孩在旋轉車輪。我寫那封信的那個晚上，我們一下午都在公園裡一棵樹下閱讀，看著孩子們在草地上蹦蹦跳跳。他把疊在最上層的那張紙伸出去，點著了火。

一根火柴在那張紙的下方化成灰燼，但木頭沒有點燃。他丟了更多火柴進去，幾片木頭開始燃燒起來，也冒出了煙。他拿了另一封信丟到一簇微弱的火焰近旁。灰色的煙霧環繞著他的手指。安德魯的身體發出的熱氣比壁爐本身還多。

砰然一聲，門撞在牆壁上，我們頭上的燈亮了起來。

「我就知道我聞到了煙味。」恩瑪蓮走進了房間。

賽門在她背後現身，提著一桶水，長脖子上纏繞著一條被子。當他發現並沒有起火時，眼神放鬆了下來：「你有最敏銳的鼻子，瑪姆。」

安德魯轉動頭部，將書房掃視了一圈。

恩瑪蓮慢慢走近他：「安德魯先生，你在酷熱的八月天點火，是爲了什麼？」

「我在銷毀一些紙張。」

「一些紙張？」她瞄了瞄那個箱子。「賽門，把那些東西拿走。你出去時關上門。」

恩瑪蓮把歐康納先生的大皮椅推到安德魯旁邊，說道：「那些不是學校報告。」

「不是。」他的眼睛盯著壁爐。

「那些是瑞芝小姐的信？」

「是的。」

「你爲什麼要這麼做？」

安德魯把他的兩個手肘夾在膝蓋之間，並用雙掌覆蓋住額頭。

「我知道你思念她。你的心碎了，而且覺得它不會癒合了。我能體會你的感覺。當我的惠伊得了西班牙流行性感冒過世時，我感覺就像是太陽變冷了，而上帝袖手不管，不願再讓我保持溫暖。但是孩子，就是這樣你才會明白你是如何全心全意地愛著某個人，當他們不在世上了，這個世界變得多麼寒冷。」

他伸手去拿火柴，開始點起火來。一根一根，把有如他雙眸那般湛藍的火焰丟進黑暗中。

「我見過她如何凝視著你，當你在近旁時，她說話的聲音是多麼甜美。瑞芝小姐，她愛你。你想她會喜歡你這樣子燒掉她的信嗎？試圖忘掉她嗎？你永遠不會忘掉她的。她會永遠長居在你的靈魂深處，至死方休。你還很年輕，你會再愛上別人，瑞芝會希望你這樣做。但她會希望你記得你們共有的美好時光，以及你對她的感情，這會教你在下一回如何去愛。」

突然間火焰轉烈，變成黃橙色，把他的面頰邊緣照亮成一道銀色的線條，也照亮了他未刮的頰鬚。安德魯用手臂擦了擦臉，傾身向前握住箱子。他抓了一把信，丟進火焰中。

恩瑪蓮把一隻手放在他的前臂上：「安德魯，親愛的，不要這樣做。」

他說：「我受不了留著這些信。」他的聲音嘶啞。他用雙手捧著放在大腿上的箱子，淚水像水銀般湧洩而出。

「讓恩瑪蓮來保留它們，直到你覺得承受得了時。」

「這些是私人信函，這些信是我的。」

「相信我，我不會去翻閱那些信的。」恩瑪蓮把她強壯的手放在他的肩膀上。

他把掉在地上的信撿起來，放進箱子內，把箱子拿給她。有好一陣子，安德魯靜靜地啜泣。

恩瑪蓮在他的背脊上按摩了一圈又一圈，嘴裡哼著一首歌，一首既莊嚴又愉悅的歌。我想要親吻她的臉頰。我吹動了一絲微風，散在她耳際的粗糙髮絲拂上了她的臉，讓她覺得癢癢的。

「謝謝你，孩子。」她輕聲低語，那樣的神情，我不知道她是在對安德魯或是對我說話。

傍晚時托莉在她的活動躺椅上打瞌睡。電視上播放著藝術和手藝的節目，聲音大得足以蓋過她偶爾發出的打鼾聲。她窄小的胸懷中，抱著一個紅色錦緞大枕頭。她穿著一件寬鬆的棉質上衣，以及相稱的褲子。腳上是一雙拖鞋。

艾美顯然是聽到了嘈雜聲，她坐在房間地板上，快速地整理一個藍綠色的手提箱。在她面前有三個透明塑膠箱子，照片、明信片和各類文件分開裝著。她不閱讀，也不瞧第二眼，快速地一張張丟進適當的箱子中。圖像和字詞飛快地溜過去，連我也看不清楚。一張明信片被丟進去時，寫著地址的那面朝上，在那訊息的底下是安德魯的姓名縮寫。

「托莉小姐，四點鐘了，該吃藥了。」羅瑞妲說。

托莉睜開了一隻眼睛：「你拿我的蘋果醬來了嗎？」

「是的，夫人，全都放在你的桌子上了。」她那有如雛菊花瓣的指甲輕掠過木頭：「你不要再睡著了。你最近常常這樣子。」

托莉輕笑了一聲，坐了起來。「打個瞌睡，有助養顏。」

「你已經夠美麗了。艾美，你能不能盯一下，看她吃下藥？我正在烤豬肉讓你們在晚餐吃，需要去塗個油脂。」

「你得做拔絲胡桃我才幫你盯著她。」

「史考特要來嗎？我也做了他愛吃的糖漬甘薯。」

「不會，這個週末我一個人過。」

羅瑞姮搔了搔她剪得短短的頭髮。她黃褐色的眼睛緊盯著艾美：「你告訴那個男孩，我們想念他。你聽見了嗎？我們已有好一陣子沒看見他了。托莉小姐，我沒有看見你把藥吃下去。」她離開了那個房間。

托莉捏起了六顆藥丸中的一顆，並端起一杯水：「我不明白她為什麼要為我煮那麼多東西，我幾乎不再吃什麼東西了。」

「她必須試做她的食譜。她很努力在按照她那本食譜做菜。」

「她是個很好的廚子。我喜歡有抱負的女孩。水果軟糖給你。」

艾美抓了最後一把各類紙張，把較小的紙片扔進那些箱子中。在她手中的是一封信，仍然裝在信封內。「你確定你不介意我讀了你所有的東西？不只是照片，還有卡片和信函。」

她吃了一口蘋果醬：「到了我這把年紀，還有什麼好隱藏的？」

「你確定如此就好。」艾美瞧著信封上的地址，上面的字很清晰。

郵戳日期仍可辨認，是一九二九年四月十九日，由紐約藝術與應用藝術學校寄給伊托莉・露娜・奈特小姐的。艾美小心翼翼地打開信封，拿出那封信來。托莉曾經獲准進入那家名聲顯赫的學校就讀，而且當時幾乎每個聽到這個好消息的人都比她自己興奮得多。

「你的藝術學校錄取函。當時你為什麼沒有去讀？」

她把紅枕頭放在背後，伸展細弱的四肢：「那樣做太離經叛道了。我這個小女子大老遠跑到那個大城市去。」

「但是你這麼有才華，大家都有同感。」

「我從來沒有完全放棄。我仍然不時在製作珠寶首飾，直到我的手無法再做任何細工爲止。從前每個閨秀都有一項讓人尊敬的嗜好，刺繡、種花或裝飾蛋糕。」

「這已不僅是嗜好了，那是一項才華。」艾美把信堆成一疊。

「謝謝你，甜心。我知道你難以想像當時是什麼情況。女孩子就是不會離家去上藝術學校。我去上大學簡直就是一件醜聞。那時候的專家說，教育讓女性成爲更好的母親和太太，但是他們這樣說，並沒有讓人們減少對於去受教育的女性的猜疑心。這是違反自然的。究竟她們需要教育來做什麼？你知道，在我們女兒要去上大學時，李歐納和我大吵一架。我堅持讓她去，他卻認爲那只是浪費金錢。她會在那兒遇見一個丈夫。我告訴他，我們兩人都是大學畢業的，而且在我拿到文憑時我們已經認識三年了。我告訴他，他的工程學位讓我們得以溫飽，而我的學位則讓我在對他很重要的公司宴會中，不至於成爲一個言語乏味的人。」

「你曾經後悔沒有去上藝術學校嗎？」

她噘著嘴斜睨雙眼：「後悔是個強烈的字眼。」

「如果你能夠重新下決定，坦白說，你會做怎樣的選擇？」

托莉盯著她的姪孫女，她把背靠向後面，把雙手覆蓋在膝頭上：「我會去。」

「什麼事情讓你改變了？」

「我從來不知道我是否有特殊才華。我從來不知道我是不是個勇敢的人。我所認識的唯一一個天不怕地不怕的女孩就是瑞芝。這個世界遭到詛咒了。她的學業成績是多麼的棒，她的自信心是多麼的強，她崇信、努力爭取的事情，例如節育，簡直是說不出口的禁忌。你現在看來一定覺得很奇怪。艾美，你們這一代是多麼自由。」托莉的目光看著我所在方向的遠方：「你知道，我從來沒有告訴過任何人這件事。」

「什麼事？」

「其實我從來沒有拒絕藝術學校的錄取。我所有的朋友都鼓勵我去，瑞芝尤其熱切。當時我無法拿定主意。然而，就在我覺得我已鼓足勇氣，要去告訴我的父母親說，我要去就讀時，瑞芝死了。隻身一人去紐約是一回事。但是隻身一人去紐約，而並非撥個電話或發一通電報就能聯絡上她，我辦不到。」

「她是你的幸運符。」

「不對，她是我的護身符。」

艾美和我一樣沉默。

「真遺憾，你想想看。我們兩人都沒有得到我們想要的。」托莉似乎與她的思緒分離了，但是房間內的氣氛顯示不是這個情形。她正在想著安德魯，但其實她並不願意去想他。他的靈魂以奇特的方式被淨化了，但是能量很強。

艾美說：「她的遭遇眞悲慘。」

「上帝不應該取走這麼年輕的人的性命。」托莉站了起來，眼睛掠過地板上的那些箱子。

「我要去上洗手間，注意聽聽看我有沒有掉進去。」

羅瑞妲走進房間，手裡拿著一根湯匙，湯匙上裹著厚厚的一層橙色麵糊，說道：「我想你們可能會喜歡麵糊。你還好嗎，親愛的？你的眼睛淚汪汪的。」

「過敏。太多陳年灰塵。」艾美離開房間去擤鼻子。

羅瑞妲沒有注意到微風攪動了裝著明信片的箱子。

一九六九年十月十八日

托莉：

華倫保存著多年前你爲安娜做的銀項鍊，後來給了他的孫女。那條項鍊是安娜的最愛。華倫希望你知道這件事。

APO

一九五五年七月九日

托莉：

會議眞是無聊瑣碎的事情，不過天氣常年陽光普照，令人愉悅，不像我們所習慣的那般。「金門大橋」壯觀無比（見背面）。

APO

✦

我在跳水板上做了一個雙彈跳，躍入水中，激起水花四濺。浮出水面後，我的臉落入水中，吸了一滿口的水，然後漫無目的的漂浮了一會兒。附近的兩個玻璃杯掉到水泥地上破碎了。波浪湧來撞上我鬆弛的身體。他的手臂橫過我的胸部，一隻手抓著我的腋窩時，我的頭浮到水面上。

安德魯把我扛在他的肩膀上搖撼著，說道：「你不能死，你不能死，瑞芝！我向神發過誓，你膽敢死在我面前。」

我把水從他的背部噴下去。「我的英雄。」他把我放下來。

「你到底怎麼了？」他的臉色緋紅，雙目中含著淚水，呼吸的樣子彷彿他一直在使勁全速游泳似的。

「我只是開個玩笑。」我觸摸他的胸部，感覺到他皮膚和骨頭下面血脈的流動。他把我的手拿開，說道：「你把我嚇得半死。這一點都不好玩。」

「稍後就好玩了。很讓人信以爲眞的，你不這麼認爲嗎？」

「太讓人信以爲眞的。」他皺著眉頭，全身發抖。

我期待他會迸出一個笑容來，但是他沒有。「我很抱歉，這是個玩笑。」

安德魯緊盯著我的雙眼，我受不了而把眼神移開不再看他。他說：「絕不要再對我做這種事。我發誓，我的心臟剛才停止了跳動。」

「安德魯，拜託，奇情劇不適合你。」

他走向放著他的浴巾的休閒椅，說道：「我對這種事是很認眞的，瑞芝。」他擦著頭和臉，把浴巾繞在脖子上，又說道：「萬一你滑落跳水板，眞的受傷了怎麼辦？」

「別擔心。」

「我無時無刻不爲你擔心。」他盯著我瞧，直到我們目光相接。

「我知道，但是你不應該這樣。我一直都很小心。葛楚德也一樣。」

「總有一天你的好運氣會用光。」

「我不會停止去參加無男派對，也不會停止派發小冊子。」

「如果我堅持，你會停止嗎？」

「你打算怎麼樣？」我瞪著他，不確定他是不是在開玩笑。

「我等著妳媽深夜裡打電話來告訴我，你被人拘禁了。我衣櫥抽屜裡有個罐子裝滿了要保釋妳的錢。」

「噢，那眞是太窩心了。」我微笑著，放下了心。「你不必擔心的，眞的。」

「也許我是不應該，但是我還是擔心。」他把手指滑過溼漉漉的頭髮，直到他的頭髮像黑色海豹一樣油光滑亮。「失去了妳，我怎麼辦？我們是天造地設的一對。」

「祖母也是這樣說。」

「妳祖母不像妳想的那樣瘋狂。」

「我愛你，安德魯。這樣還不夠嗎？」

「在目前，也許是夠了，但是我是你的佳偶，不管你喜不喜歡這一點。」

「我認爲是不是眞的能找到眞愛，這是時機的問題。」

「這眞是一個非常務實的人口中說出來的非常寬宏大量的聲明。妳的祖母不會贊同這完全是時機的問題。她相信一切都規畫好了，每個靈魂都有一個完美的伴侶。」

「她也相信有鬼魂，親愛的。」

他衝過來把我抱在他的懷中。

「貝拉・瑞—芝—耶—拉，妳是多麼令我痴狂！」他吻著我的雙頰。「你眞是個讓人無法抗拒的小麻煩。」

✦

安德魯用手頂著門讓我通過，他趕上來時，我勾住他的手臂。他左臂下方持著一個盒子，是從他最喜歡的服飾用品店拿來的，裡面有一件鴿灰色襯衫和帶有細紅條紋的紫羅蘭色領帶。這不是我們第一回到市中心區買東西，或在霍姆斯餐廳吃午餐，或在別人正欣賞一個手錶或一頂帽子時，站在一旁等候。在這個寒冷的十一月天的星期六下午，在熙來攘往鬧哄哄的運河街上，我覺得我們的步伐此起彼落，前所未有的互相呼應著。我被這種感覺吸引住了，同時覺得有點困惑。

「我想去喝一杯巧克力蛋蜜乳，」安德魯說，「你想喝什麼？」

「兩根吸管。」

他把臂膀挾緊，這一來我和他靠得更近了。「到哪家店？」

「我們在哪一個街區？」

就在他回答前，葛楚德突然從一家鞋店外頭的牆壁凹入處大步走到我們面前，把她冬季大衣的領子拉得高高的。

「嗨，安德魯，眞高興看到你。」她沒有直接看著我。接著很小聲地說：「瑞芝，親愛的。」

「德拉寇太太，午安，你好嗎？」他親切地問道。

「好，好。喲，你們有一點點時間嗎？我丈夫有件事情我想聽聽你們的意見。」她做出要我們跟隨她的表情，然後逕自向前行走，彷彿不認識我們似的。

「葛楚德，你一直埋伏在那兒等待我們嗎？」我盡可能以最幽默的口吻說。我已有好幾個星期沒見過她了。下一回的「無男派對」要到下下個月才會舉行，事情有點不對勁。

她沒有轉頭看我，便開口說道：「我看見你們兩人走到這條路來。我運氣好。我必須和你們談談。」

我們尾隨她走進一家百貨公司，走到一個不顯眼的角落。她簡直就是蹲伏在一根柱子旁。安德魯放開了我的手臂。我感覺得到在我手邊他的手的熱氣。

「要我離開一下，待會再回來嗎？」安德魯問道。

「他能信任嗎？」葛楚德問。

我看著他們兩人說：「可以。」

「面朝著你們自己，不要看我。聽著，史尼契遭到突擊檢查了。這倒不成問題，完全不是問題。他一直有辦法送走運進來的東西，而沒有遭報紙刊登上報過。但是這批貨有他通常進口的貨品，是他以批發方式購買的，你了解，以及他獲准進口的東西。」

「他們檢查了水果箱。」

「他通常把不同的貨物分開裝運，或是混合裝運，但是這一回它們一起運到了。比往常還多的一批貨。而且由於某些緣故，讓海港的某個人覺得事有蹊蹺。結果他發現除了酒瓶外還有某些器材而大為驚駭。」

「發生了什麼事？」我的身體有如暖爐，我想脫掉大衣。

「還沒有。他宣稱這批貨出了一些錯誤，裡面有些東西不是他的。但是他還是脫不了干係。他的太太很有點名氣。」她淺笑了一下。「他可以找一些他曾幫助過的有力人士幫忙，但他不喜歡這樣做。」葛楚德看著我。她的眼睛瞇成一條細縫。「我們不能被人看見在一塊兒，親愛的，下一回的派對必須取消。這只是暫時的。我必須找出已走漏多少風聲了。」

「我能幫什麼忙？」我問道。

「幫不上忙。什麼也不要說出去。不要把妳自己牽涉進去，妳太尊貴了，不能有任何閃失。」她瞧著安德魯，再看看我。「我保證，這只是暫時的，當一切都安全了，如果我們願意，我們可以再開始。我們必須採取不同的行動方針。如果有情況危急的婦人來找你，你仍然十分安全，你不像我知道如何幫助她們，其他人也一樣。」

「這事可以安排，」我說。「還有其他的辦法。」

葛楚德把她大衣的胸前部位拉平。「妳很勇於爭取自己的權益。要當心，親愛的，你在醫師診所裡能做的遠比在監獄牢房內能做的多得多。」她展露了一個淘氣的笑容。她在替我擔心，替我們擔心，但葛楚德是個具有冒險精神的女性，我們彼此了解。

「是，夫人。」我說。

「安德魯，」葛楚德說，「瑞芝告訴我，你是個具有罕見個性的年輕人。你來證明她是對的吧。」

她在柱子四周瞧了瞧，然後大步走出這家百貨公司，雙肩敞開，勇往直前。

我需要安靜片刻來決定現在該怎麼做。我想到那些心懷感激的婦人，她們離開葛楚德的房子時，內心有一種前所未有的能夠掌控自我的感覺。那種解放的力量不是那麼容易會平息的。在一瞬間，我想到我母親在獲悉女性贏得投票權時所說的話：從現在起我們女兒有發言權了，噢，怕的是你要怎麼告訴她們。她的笑聲非常愉悅，既驕傲又懷著機心。有好一段時間，她一直讓我很煩。

安德魯一直什麼話也沒說。他看著我，一副內心有所衝突的表情。

「我一直朝著我的目的在做。那是我秉持的眞實信念，我並不害怕。」

「我知道你不害怕。」安德魯說，「害怕至少會讓你不會那樣做。」

「你生氣了。」

「是的，但是我並不確知是爲什麼生氣。走吧，我們去喝蛋蜜乳吧。我突然覺得餓極了。」

他讓我先通過，我拉起他的手，他捏了捏我的手。我們走到街上時，他放開了我的手掌，摟緊了我。

✦

一九二九年元月，我們大四那年第一學期期末考之前一週，安德魯和我在圖書館裡讀書。他眼睛盯著書本，頭抬也不抬地問道：「妳什麼時候能得到西北大學的消息？」

「我想是早春。耶魯大學呢？」

「我預期也是那時候。他們也有護理學院嗎？」

「可能有，我不清楚。你爲什麼問？」我盯著他看，直到他抬起頭來。

「妳有考慮過去讀護理學院嗎？」

「不當醫生嗎？從來沒有想過。」

「那也是屬於醫藥領域。」

「你究竟想說什麼？」

「女醫師並不太能讓人接受。」

「這可不是要我成爲護士的好理由，好像這個觀點會打消我的念頭似的。我有十足的能力，足以當個醫生。」

「妳毫無問題。」

「我從小就想當醫生，一直到高中，到現在都是如此，我可以去修家政學，但那簡直不能稱做是一門科學。那是給所有想要更有成就，但有人告訴她們不能更有成就的女孩的安慰獎。這年頭不管一個女人獲得了什麼工作，總是會有人告訴說，她不應該有那個工作。」

「有些情況可能會更糟。」

「如果你到現在還沒有注意到，我告訴你，男人嚇不倒我的。我自己能夠處理一切。」

「男人有很多種。妳太理想化了。」

我的胸膛變成一片眞空狀態。他的意思是說我很幼稚。「我知道即使我有兩倍的聰明都還不夠。我不在乎。」

「別生氣。」

「太遲了，你爲什麼要提這個話題？」

「我只是好奇。」他開始坐立不安，搖晃著他的肩膀，動作大得我不能不注意到。

「告訴我。」

安德魯設法讓自己安坐在椅子上，盡量顯露出一副安適的樣子。「要是我們結婚了呢？」

「什麼？」

「妳曾經想過這件事情嗎？」

「沒有特別想過。」

「從來沒有？」

「沒有考慮過要為了結婚而放棄當醫生。」

「我不要求妳這樣做。」

「你現在不就是在這樣要求嗎？要我去當護士！你怎麼可以這樣？如果我質疑為什麼你不去當個跑法院新聞的記者你會怎樣？從來不會有人盤問你，為什麼你想成為律師。你可以選擇你將來要當什麼，而且人們會認為那是個崇高的志向。你以為我沒有注意到，當別人發現我是認真的在努力獲得一個學位，而不是一個丈夫時，他們眼中輕蔑的眼神嗎？」

「妳太誇張了！」

「那麼去問問你媽媽，她對我的真實看法吧。」

「真的是這樣。」

「如果你太太有工作，會讓你覺得丟臉嗎？」

「為什麼會丟臉？」

「這是事實。」

「別人怎麼想並不重要。」

「你沒有回答我的問題。」

「不會。」

我收拾了書本，放進一個角錐型袋子裡，抱在胸前。「我不知道你是在騙我或是騙你自己。」

「都沒有。瑞芝，我完全信任妳。不論妳選擇做什麼，我都會以妳爲榮。」

「直到有人問你，我們之間是誰要聽誰的爲止。」

我連一聲再見都沒說，快速地走出圖書館。我太生氣了，氣得哭不出來。一種銳利的感覺劃過我的內心深處。邊際在哪裡？這是他給我的愛情的邊際嗎？我們的愛情已走到盡頭，無法和好了嗎？這是遲早會發生的。不是嗎？安德魯在現實世界的沉重壓力下一定會屈服，並且會考慮到別人預期他應該扮演的角色，而把我們困在合乎體統的地方。我在生我自己的氣。我應該早就預料到這一點，並預做一些準備。我的性格有很多面向，但我可不幼稚。

✦

大部分情況下，我都遵循這個原則：我不干預家人的生活。我確實曾經欺騙過他們，但那只是在他們生日時，而且是在我表現最佳的時候。我母親、祖母和父親不承認他們曾感覺到我的存在——沒有掃視房間的留戀眼神，沒有抽吸鼻子的聲音，沒有眼淚。他們形體的改變是突如其來的，沒有日夜交替的光陰來讓我緩緩知覺他們年歲已高。

他們過世的時候，我不在那兒。如果我在的話一定會引起他們的注意，可能因而讓他們了悟到自己已經死亡。如果他們中有任何一人像我一樣留下來，我會很高興教導他們那些他們必須知道的事物。此外如果還有什麼事情，那就是我希望，我究竟有什麼遭遇，能有個解釋，否則他們不知道還有其他的選擇。

在他們都過世後，我不時到他們的墓地去擦亮墓碑。布瑞特家族的墓園幾乎已經額滿了，曾祖父母、早么的叔公、祖父、祖母、代表羅傑叔叔的象徵——一個喜氣洋洋、有羽毛雙翼的天使在我祖母的上方注視著他們，祖母很厭惡這種把未知的事物簡化的童話故事。她當初是如何得以葬在天主教墓地的，我無從得知。撇開她有接受洗禮與受堅信禮的證明書不談，有好幾十年之久，她沒有去望過一次彌撒。我眞想知道是否她選擇了要回到我祖父的身邊。一個忠實的妻子在死後還是忠實。在這座城市的另一邊，有一個小小的聖公會墓地，諾蘭家族的墳墓裡放著我的骸骨，然後是父親的，接下來是母親的，按照我們離開人世的順序。

而在這些骨頭內，寒冷與直覺到的事實一逕透入骨髓。

我們不去探訪自己的墳墓的理由很簡單，顯而易見。太接近我的遺骸，我肉體消亡後殘存的骸骨，會讓我聯想起我的肉體已經化爲烏有。我的肌膚已經化爲塵土，但即便如此，還是可以篩出來，摸得到，有一個輪廓放在一個已腐朽的絲質襯裡內。我要那蒼白的、含碳酸鈣的骨架，那肌肉所賴以支撐的、每個動作的核心回到我身上。我要再度感受肉體的痛苦與愉悅。

我並不孤單。

有一次，諾柏在我焚燒布瑞特家族的墓園周邊的野草時出現了。他瞧著那些植物萎縮，解體，最後再度回歸塵土。「我從來沒有想過要做這種事。」他說：「我把它們連根拔起，然後吹走。」

「你怎麼會在這裡？」我問道：「改變你的路線了？」

「我常來這兒。」他幾乎碰到他的頸部附近的肩胛骨。他開始飄走，飄向舊墳墓。

「諾柏——」

「日安，瑞芝。」

我很好奇地跟在他的後面。他的妻兒都埋葬在這個城市某處的一個集體墓穴中，沒有在這裡。他停在一個老舊的墳墓前，看起來倒是乾淨而且維護得不錯。風吹雨打使得墓碑上的銘文變模糊了，但是仍然依稀可以辨認。

「不要打攪我。」他把他名字上面的灰塵吹走。諾柏開始喃喃念著懺悔的短禱。

我以前也看過他處於這樣的心緒下，回憶就像事件本身一樣的鮮明。他的情緒因爲一個周年紀念日或是生日而激動，也許是盛夏蚊子的嗡嗡聲令他如此，這些蚊子是那些以有毒唾液叮咬他的家人，使他們流血致死的蚊子的後代。這一次他徘徊在自己的墳墓旁，爲他的罪愆禱告並致歉。

諾柏轉頭看見我藏匿在墓碑間。他知道我仍然在那兒。我飄向他。

「你不會明白的。」他說：「這種痛苦更難受，因爲不是肉體的痛苦。身體是很簡單的東西，不論你對科學了解多少。劇痛到達的地方深得多。在那些日日夜夜中，我點燃我親手做的蠟燭，讓燭光和禱告充滿我們的房間，在我店面的人們大聲呼喊：『開門，把你的蠟燭賣給我們。』我的妻兒把血吐在我的手中。」

「諾柏，那麼你已經盡力了，沒有人知道那些蚊子攜有『黃熱病』的病毒，更不用說知道如何防止其散播了。」

「我也被咬了。我的手臂和脖子被叮得腫了許多小包包。」

「沒有人知道爲什麼有的人會生病，有的人不會。」

「但是爲什麼我得以倖免，只是看著他們受苦？我曾經向上主與聖母瑪莉亞祈禱，這樣的信心。而我不是唯一的一個。我的孩子、妻子，他們也都在禱告。他們對上主有信心。」諾柏凝視著我。「我失去了他們，一個晚上失去一個，我的妻子和四個寶貝。上帝結束他們生命的方式，就如同祂選擇了我，延長我的劇烈痛苦那般。」

「我很難過。」

他到了已被封起來的墳墓的入口處，但是沒有碰觸它。「我很少生病，從來沒有受過傷。我在睡夢中過世，對某些人來說，這是很安祥的死法。我的內心從來沒有獲得安寧過，求取信心的渴望，就像想要放棄的渴望那般強烈，這是多大的負擔啊。我禱告祈求那樣的負擔能夠減輕，但是並未如我所願。」諾柏面向著我。「當我奉召必須離開時，我拒絕穿過那道門。我抗拒不從。一個無法減輕他的孩子痛苦的父親，為何要給他榮耀？而且在我拒絕的那個當下，我體悟到，別人所傳的道，都不是福音，這是很容易犯的錯誤。」他的笑容很淒苦。

「為什麼你要回到你的遺骸旁？諾柏。」

「我肉體的痛苦可以減輕我靈魂的痛楚。」

「那麼當你沒有指望能獲得答案時，為什麼要祈禱？」

「你很幸運，從來沒有信仰，我眞希望我沒有信仰。」

✦

自從我去看過賽門・畢克後，十年的光陰荏苒流逝。五〇年代已成歷史。現在是一九六二年。

他走下人行道，他的頭在長頸項上固定不動，脊椎骨伸得直直地，好似多出一兩節似的，那是讓我最早認出是他的部位。接下來我仔細端詳他那自豪、聰慧的臉，酷似他祖母的鼻子和他父親加勒比海式的眼睛。

一路上他熱誠地和鄰居點頭招呼。他右手拿的手提箱看起來似乎很重，左手臂以軍隊式的精準度前後擺動著。每次上揚時，他的結婚戒指在秋日早晨的陽光中閃閃發光。他的一頭灰色捲髮剪得短短的。西裝是海軍藍，剪裁合身，裡面是白襯衫和印有橘色方塊的領帶。他時年四十六，但是人們可能會以爲他只有三十六歲。

高中校園裡很安靜。時間還早，學生都還沒到。賽門走進紅磚建築物，一路吹著口哨走過明亮的走廊。他在一處飲水機喝了點水，在一個有一半是鏡子的門上檢查了他的儀容，並看了一下手錶。

在一間教室裡，他把手提箱放在桌上，拿出了一疊紙。考試、打分數。在黑板上，他開始寫下美國內戰時期的一些人名。牆壁上貼了一些海報，上面是一些樹枝狀家族譜系，有的上溯至兩代以前，有的則只包含早期的一些人名。有許多只有空枝，或日期上打了問號。賽門也做了他自己的家譜，包括他的父母親、祖父母、姑嬸、伯叔、堂表兄弟姊妹，妻子以及他們的三個孩子。

後面牆上有一塊漆得很工整的大型木製標語牌釘在石壁上：「無法記取過去歷史的人會遭到譴責，而重演歷史。喬治・桑塔雅納，生於一八六三，卒於一九五二年。」

賽門把雙手在身上拍了拍，除去灰塵。他伸手自手提箱中拿出一本已有磨損的教科書，封面上的印刷是過時的，那種字體是大蕭條時期常見的，當時流行的是粗黑、線條明快的字體。第二本書更老舊，顯然很受喜愛。他打開封面，緩緩地翻動最前面的數頁，版權頁，書名頁，獻詞。第一版。富瑞德里克・道格拉斯一生的故事。獻給賽門・畢克先生。安德魯・歐康納致意。賽門的笑容很堅定。

鈴聲響了一會兒之後，年輕人開始進入他的教室。

「早，畢克先生。」他們一面說，一面把家庭作業放在他的桌上。

「早安。」他回答。賽門看著他們坐到各自的座位上。看起來他有很重要的要說。

✦

已有七星期之久，他們兩人都沒有向對方說過一句完整的話。兩人也都不願試圖放下身段或鼓起勇氣來重修舊好。沉默的力量一直在增長中，永遠地分隔他們，比他們肉體分離的隔膜更嚴重。

星期六，史考特在近午時分回到空無一人的房子。他去洗澡時，嘴角帶著笑容。他身上的鹹味勉強覆蓋過艾菊的氣味，那不是他的。他以前也曾帶著那個氣味回家過。和他一起跑步的同伴人有個人吸引了他。不過那個強度已經改變了，並非只是一閃而過的念頭而已。以那種強度來說，很危險，不過他還沒有踰越界線。

他一面脫掉慢跑裝，一面吹著索薩（Sousa）的一首進行曲，這是好幾個星期以來他第一次吹口哨。水沖到他的背部時，他吹起了另一首。他沖澡時，水滴流下簾子。塗滿香皂後，他靜靜站在蓮蓬頭下。一瓶開著的洗髮精從浴缸的邊緣掉了下來。他咒罵了一聲，關掉水龍頭，試圖把還沒有流失的洗髮精收集起來。史考特停了一下，聞了聞那個瓶子。他還記得身上那個熟悉的杏仁香味，但那不是他曾經用過的洗髮精。那個香味是艾美的，但她一直使用另一間浴室。他擦乾身體、開始穿衣服時，不再吹口哨，神情有點緊張。他環視四周，好像意識到有什麼東西失蹤了一般。

史考特有大半天都坐在他最喜歡的那把椅子上，看電視以及閱讀。到了晚上，他站起來走到前面的房間。他打開書櫃去找一本一向固定放在某個位置的書，但是那本書不在那兒，他的手指摸了個空。史考特把前面幾排的書一一瀏覽過，然後移動書本以便能看到放在後排的書。

艾美突然進入那個房間。她伸手拿了一些我袒胸露肩的照片，那是她先前放在那兒的，和她自己的照片放在一塊兒。史考特嚴厲地看著她。

「字典到哪裡去了？」他問道。

「在那裡，老樣子。」她轉身要離去。

「每件東西亂糟糟的。字典沒在這裡。」

艾美站在他旁邊，說道：「也許你把它放在別的地方了。」

「不，我沒有。一定是你放到別處了。」

「我什麼東西都沒有動。」她盯著那幾排書瞧，神情一片迷惑。

「那麼這裡究竟發生了什麼事？」

「不是我弄的。」

「也許是妳做過後不記得了。」

「我沒有。」艾美猜疑地看著他。「也許是你自己不記得動過東西了。」

「我有好幾個星期不在這裡。」

艾美開始走出房間，回答道：「連上網路，到網路上去查一查。」

他跟著她走出去，說著：「我仍然要那本字典。」

「它在某個地方。它不會消失無蹤。」

她進入臥室，打開了衣櫥。她把腳上的鞋子踢掉時，史考特在走道上，查看家具的頂部。

艾美從他身旁經過，走到五斗櫃去拿她的睡衣。他手腳並用，爬到床邊。史考特看看床下，然後轉到右邊，他那一邊，伸直手臂。

他拿出那本字典時，艾美正站在附近。有幾顆彈珠從床下滾了出來，彈跳著。一層薄薄的灰塵覆蓋著那深藍色的硬皮封面。史考特坐下來，用手指拍掉灰塵。當他抓著那厚厚的書脊時，他注意到有個狹長的長方形物體從字典上端的書頁中突了出來。史考特把它抽了出來，仔細瞧著。那是一張舊照片，他們婚前在游泳池邊照的，在他們被一個淘氣的、留著鬍子的朋友推下泳池之前照的。

史考特沒有移動。艾美從他的肩膀後方看了過去。

「克洛伊。」艾美說。她只能假定那是她的朋友幹的。

「為什麼？」

她坐在他身邊，說道：「要強調一個重點，要提醒我。」

當她抓著他的手臂，把額頭放在他的肩膀上時，他沒有推開。

3

在黑暗中，兩人面對面坐在沙發上，他們嘗試著重新開始。

艾美一直沒有告訴史考特，因爲年復一年，她的感覺已經改變了。傑米死後最初那幾個星期，她爲那個她不知腹中已懷的胎兒哀慟，她只向克洛伊傾訴，她能夠全心信任的僅剩的唯一一人，不會令她失望的一個人。她的悲傷情緒很複雜，若是在不同情況下，她不會歡迎那個胎兒。她一直在服用避孕藥，從來沒有遺漏過一次。那個失誤令她震驚，破壞了她的可信賴度。她記得那個月月經來了一下下，那是不常見的，但並非從來不曾那樣，而且在白天有輕微嘔吐現象。她把傑米的夭折歸咎於她的身體有毛病。

全盤看起來，如果傑米沒有夭折，她會去做人工流產，這幾乎是很確定的。但那只是猜測，她明白，因爲在她知道發生了什麼事的那一瞬間，她是希望保有傑米的。

在她復原的那幾個星期，她回到父母舊宅自己的房間，擱下她的第一份工作，當她不經意地看到鏡中自己的側影時，想像著肚子慢慢的鼓起來。她若懷孕會讓她父母大爲驚駭，因爲她無法結婚，也做不好什麼事。但是艾美知道她的母親會慢慢接受即將有個孫子的事實。而傑米悲慘的早夭會讓他們覺得同情多於羞愧。有時候她很想告訴她母親關於她曾懷孕的事。身爲人母，她媽媽應該能夠體會女兒的痛苦。不過，那時候艾美自己覺得很迷惘——既因她不須自行做決定，不須自己養小孩而感到釋然，又氣憤她以自己未料想到的方式失去傑米。那起意外事件決定了他們所有人的命運，她爲自己不曾想要那個孩子而覺得可恥，有時候又爲自己畢竟做了一些事而感到驚訝。

接下來，在她再度離開老家後，她租了一間公寓，回到她原先的工作上。在那些漫長的工作時日中，艾美體認到，她無法單獨一人養育一個小孩。她內心竊喜自己不必作出選擇，又爲這個想法覺得有罪惡感。也就是說，直到她公寓的安靜讓她受不了時，她想要有個東西、有個人能抓住，有個人再度需要她。

那個嬰兒原本應該在五月誕生的。在那個月的第一周，她想像自己生產了。艾美記得打了電話給克洛伊，哭得不能自抑。她的朋友住在維吉尼亞。克洛伊準備搭第一班飛機來。談了三個半小時後才安撫住她。原本如果生的是男娃兒，艾美要把他取名爲傑瑞米，若是女娃兒，就叫做米珂拉。嬰兒有像傑米的深色頭髮和像她的藍綠色眼睛，有酷似他的修長手指和她的貝殼般的細小耳朵。艾美不知道這般的情緒激動與空泛想像是否正常。克洛伊向她保證，如果她完全沒有反應，那狀況就更嚴重了。

接下來每一年，她都想像那個孩子在長大。那是個男孩。小傑瑞米很少出現，但是他出現時艾美完全可以感覺得到。她夢見過他。有時候他在超級市場的貨架與走道間一閃而逝。有一次她向克洛伊吐露有關她這個幽靈嬰兒的事。克洛伊沒有取笑她，沒有告訴她要忘掉這件事情。傑瑞米是她的一部分，即使從來沒有人見過他。

她不確定爲什麼自己沒有告訴史考特她意外流產的事。當他們的情誼之火重新燃起之後，她想要把焦點放在他們快樂相處的時刻。在她與他陷入情網以前，她發現自己比較少想念那個孩子了。艾美知道史考特想要他自己的孩子，而且據她所知，沒有理由去擔心她是不是能夠再懷孕。然而，艾美常常仍然希望她生下了那個孩子。那是傑米的孩子，這個事實讓她的坦白承認更加複雜，他們三人之間有太多的恩恩怨怨。艾美相信史考特能夠諒解，但她害怕一旦和盤托出，事情會演變成怎麼樣。

接下來，將近一年以前，當史考特第一次溫柔地敦促她，徵詢她是否準備好要生個他們自己的孩子時，那個幽靈孩子比往常出現得更頻繁了。他不再像她了，但是他不讓她忘記他是她的孩子。

艾美忙完的時候，史考特執起她的手：「我很抱歉，眞希望我多少可以幫得上忙。」

「我沒有告訴你，對不起。」

「你剛剛告訴我了。」

那天晚上，他們各自躺在不同的床上，但是都沒有睡好。他們兩人都知道，彼此之間除了孩子外，還有其他的問題。

✦

「妳以前在孩提時就像那個樣子，不是嗎？」安德魯說。

我把目光從書本移開，抬頭看他。他指著幾公尺外的一個女孩。她大概是七、八歲大，正在做側手翻，偏紅的金色短髮在她雙手觸及地面時散亂開來，當她站立時就延著雙頰形成兩道可愛的弧線。她的動作非常迅速，兩膝敞得很開，使得她的衣服都沒有滑落到內衣下面。她以一腳的拇指爲支撐，做起車輪翻，她的背部和大腿彎成一道弧線後，身體蘊積的力量再度把她拉直。有個年紀不會大於四歲的小男孩試著做車輪翻，但是看起來像是一隻得了關節炎的青蛙。

「你說『以前』是什麼意思？」我站起來，把裙子的摺邊塞進吊襪束腰帶內，並把我的鐘形帽丟到他的大腿上。

在安德魯抓住我以前，我跑到那些孩子旁邊，一鼓作氣連翻了十個完美的車輪翻，那個小女孩驚訝得張大嘴巴，但小男孩則用力鼓起掌來。我向他們鞠了一個躬，令他們兩人很開心。

他們一人站在我的一側，然後我們三人就在那場地上旋轉、做車輪翻以及翻筋斗。我們讓地上的草恢復活力，生機勃勃。最後我們倒在地上，頭暈目眩，我面朝天空躺著，捧腹哈哈大笑。兩個孩子在近旁咯咯的笑。我安靜下來以後，有個女人在我背後輕聲地說：「舒珊，賀柏特，立刻到這裡來。」我把頭轉過去。有個年紀不比我大多少的女人看著狼狽的我們，目光迎上我的目光。我只得微笑著。她說：「對於這些鬼把戲我是怎麼告訴你的，小女孩？淑女不應該做這種厚顏無恥的事。」最後這句話是針對我說的。舒珊聽從了，但在她走在媽媽背後跟著離開前，她給了我一個飛吻。我假裝在我鼻子前端接到了這個飛吻。笨拙的賀柏特踩到了我的手，但在他立定腳跟前，給了我一個最珍貴的笑容。

我起身把身上的葉片拍掉時，看到安德魯坐起來，背靠著樹，還沒有決定是要表現出歡樂、尷尬或是受到驚駭的樣子。

「妳不應該那樣做的。」他用一種父親般的口吻說，但他眼中卻閃閃發光。

「爲什麼不行？」我整理了儀容，讓自己恢復端莊的樣子。

「那是不體面的。」

「那要看你看到的是什麼。」

安德魯無法再繃著臉而大笑起來，說道：「他們的媽媽看起來很生氣。」

「臉色鐵青。」

「妳將來會是怎樣的母親？」

「那必須先假定我想做母親。」

「我在聽著。」

我把頭髮塞進帽子內，翻到先前在讀的那一頁。安德魯把他的書平放在膝上，說道：「坦白說，我不會隱瞞任何事情，像是在我不快樂時假裝快樂，或是不說出生活中的嚴酷現實。我會縱容孩子，並不是說我會讓孩子吃棒棒糖代替晚餐，但是我會要她成爲一個獨立的人，不會強迫她變成她不想做的那種人。而且我會很疼愛孩子，孩子都喜歡被擁抱、親吻和寵愛。還有尊重。孩子應該獲准說出她對事物的看法。」

「妳會照妳被養大的方式養育孩子。」

「我想你是對的。所以你會是怎樣的父親呢？」

「當然是一個充裕的供應者，我的孩子將會有各式各樣的必需品，也會受到良好的教育，此外我會鼓勵他們發展自己的興趣。同時我也會保護我的孩子安全無虞。這一點對我很重要，雖然我預期自己會非常忙碌，但我要自己照顧他們。假設我的孩子想要跟我說話，關於他白天遇到的事情，諸如此類的，我會傾聽，不會把他打發離開。」他停頓了一下，瞧著我，又說：「我同意妳的看法，孩子需要被關愛，有時候這可能和慈愛的言語一般重要。妳不認爲嗎？而且我要孩子明白，我愛他，也要他愛我，不是因爲我是他父親而愛我。」

「就像你被養大的那個方式。」我打從內心知道安德魯談的是他的願望，而不是模範的育兒方式。

「在那個基礎上，是的，當然。」

「你會成爲一個非常可愛的父親。襯衫上會有奶油，褲子上會有一片溼。」

「妳認爲我會成爲一個好父親嗎？」

「你只要專心致意去做，難道不是每次都做得很好嗎？」

「沒錯。」

「在這件事上也是一樣。要緊的是你要的是什麼。」

「我想妳會成爲一個好母親。」

「是嗎？爲什麼？」

「孩子從來不會質疑他……」

「或她。」

「或她得到多少愛。」

我張開喉嚨要回答，但是還沒有想到要說什麼。這是一個奇怪的小小理由，好像這樣就已足夠了。絕對眞誠的，好像他以前就已思考過似的。最後，我拍拍他的膝蓋：「謝謝你，親愛的。」

安德魯給我一個充滿深情的微笑，回頭繼續去讀他的小說。我看著他的時候，想像他的臉變成老人的樣子，皺紋無法遮掩他的英俊容貌，我對這個情景怕得要死。

✦

我在小睡後醒來，身上溼溼的，媽媽試著要幫我換上乾衣服。我只有兩歲大，全身赤裸，我蹦蹦跳跳穿過房間，跑到窗戶邊往外看。夏季的暴雨打在屋頂上，構成一種快速的節奏，我努力在用我的小腳模仿那個節奏。一聲驚雷在我體內迴響。我把頭上的絲帶扯下來，繞在身上。

「瑞芝拉，到這兒來。」媽媽的膝上擺著一件衣服。

「不，不，不，不，不。」我唱著。

「那麼我會抓到妳，呵你癢直到妳受不了。」她站起來，開始朝我走來。

我大叫著，跑出門外，搖搖晃晃衝下樓梯，比以前任何時候跑得都快。媽媽喊道：「噢，慢一點！」接著快跑過起居室。父親原本在看雜誌，當我拖長的紅絲帶接近他時，他抬起頭來。一會兒之後，他爆笑了起來。

在我努力旋轉後門的門鈕時，爹地對媽媽說：「我們的女兒太暴露、太不雅觀了，妳眞丟臉。」

「她很像你，親愛的。」媽媽說。

他們的腳步聲接近時，我大聲關上門。當他們到了門外時，我已在躺在庭院中央，臉朝天空，在水滴流下我的身體時咯咯笑著。一道含有金屬味的水流讓我張開嘴巴。一聲霹靂驚嚇了我，我驚叫著，但是叫聲中歡愉多於恐懼。剛開始時，我緩緩旋轉，絲帶盤在頭上。我閉上眼睛，轉得愈來愈快。青草在我圓圓的腳趾間偷窺，並舔著我的腳踝。我的呼吸急促歡快，體內的空氣只夠讓我發出咯咯的笑聲。

接著我聽到爸媽的聲音。我在轉到一半時停了下來，看到他們在後陽台那狹窄的突出部分的下方擁抱著。他們的臉頰上被淚水所沾溼。他們笑得太厲害了，不得不互相撐持著才不會倒下去。他們看起來很滑稽。我指著他們說：「不要哭。」但這反而讓他們笑得更厲害。

爹地放開了媽媽，把他的鞋子踢到台階下。他脫掉襪子朝我走來，一面解開襯衫上的鈕扣，等他拉起我的手時，那件襯衫已經被丟到地上了。「這個水沒關係，克萊兒。」他開始唱起〈美麗的做夢人〉那首歌來。我抓著他的手指，在他下面旋轉。

媽媽修長的腳加入了我們。她以和聲爲他伴奏。我放開了父親，笨拙地以腳尖旋轉了幾圈。他們身體貼近，開始跳起華爾滋來。媽媽的手抓著爹地身上緊貼他胸膛的溼內衣，爹地則輕拂她耳後一綹溼溼的鬈髮。

這首歌曲結束時，我用力拍手。「再一個，再一個。」

爹地張開他的雙臂。雨水濺在我光滑的腿上。他把我抱起來，臉頰上的鬍渣子輕觸我的溼臉。他把媽媽拉過來，開始唱歌，這時候雨及時下了起來，應和著歌聲。

✦

艾美持續著幾乎每隔一週的週末就去探望托莉。托莉受到關心照料，加上照片計畫，令她精神大爲振奮，也許和十月天氣變得涼爽也有關係，她開始清理那多年來不曾清理過的房間。滿櫃的衣物被清理出來，那些衣物已經奇蹟式地再度成爲流行的式樣。對艾美來說，這可是一大利多。老舊的生意紀錄塡滿了好幾個垃圾袋。她把所有的快照和混雜物件放到一邊，要給她的姪孫女。

當托莉和艾美專心整理東西的時候，我趁機檢視箱子，查找和他有關的物件。我必須找到安德魯曾經寄出的一封信，我記得有一疊明信片是他所寄的——日期，地點，商務或是娛樂，更別提是一整個家庭了。經過了數個週末，我發現了從賓夕法尼亞常常有人寄信來，傳達華倫與安娜．崔普對托莉關切。

數月之前，我以巴瑞德．布瑞特的身分，寄了一封簡要的信給唯一的華倫．崔普二世。透過電腦搜尋，我可以找到。我沒有收到回音，而在我發現有人曾提及安德魯的作品後，我尤其希望收到回音，因爲那是我之前不曾見過的直接致意。一九五三年十一月，安德魯寫道，古典教育已經死亡。模擬法庭空前糟糕。我爲他們的當事人擔心。那郵戳上蓋的是費城，賓州。

有一封信要求托莉回憶朋友往事與在杜蘭大學和紐康姆學院的趣事，托莉也還沒有回覆。這封信仍然放在她廚房的櫃台上，信封上蒙了一層灰。我知道她的日子並沒有忙到讓她耽擱這麼久不能回覆。雖然我不想這麼做，但是我已開始討厭起她的沉默來。

一天下午，在吃蛋糕喝咖啡之際，托莉把一個鮮黃色的帽盒放在廚房桌子上。裡面是半滿的。艾美把它打開，裡面只有灰塵、照片與紙張。

「這些是我少女時代的東西。」托莉說：「瞧瞧我的頭髮，那時是多麼的長。我姊姊芙勒把它編成辮子，綁得太緊了，讓我總是睜大眼睛，一副看起來很詫異的樣子，也許那是我外表和年齡不相稱的緣故。她讓我一輩子皮膚都很緊實。」她拿起一張明信片，又說：「我希望有一張我戴著那個帽子照的相片。妳知道嗎？還有一個這種箱子不知擱在什麼地方。也許在我女兒的舊房間，或是在閣樓上。」

「一次整理一個房間就好，托莉姨婆。不要把妳自己累壞了。」艾美輕輕地闔上箱子。

托莉看著艾美用手勾繪餐具墊上雛菊的輪廓。「這些事情不會占用妳太多時間，對吧？」

「我想要做這件事情，坦白說。我不想表現得鬱鬱寡歡的樣子，但你是碩果僅存的唯一一個了。」艾美把手伸到桌子另一邊。她掃描過的照片整整齊齊放在一個新的防酸箱內，每一面都貼有「奈特家族」的標籤。「妳要我把這些放在哪兒？」

「那個衣櫥還沒有清理。至少妳也知道它們放在哪裡。」托莉喝完咖啡，擦了擦嘴角的奶漬。「準備開始了嗎？」

艾美拿起桌邊的一個大信封。「等一下，我要讓妳看看這些東西。」她一張又一張擺出克洛伊在抽屜下面發現的照片。

托莉看著三張照片，咯咯的笑著。「噢，天哪，天哪，妳在哪裡找到這些的？」

「它們藏在我們的書櫃內。」

「書櫃？」

「一個月前我們在紐奧良買下那個書櫃。我的朋友克洛伊，很久以前妳見過的，在一個抽屜裡發現了這些照片。我一直忘了把它們帶來給妳看。我想妳能夠幫我弄清楚這些照片是多久前拍攝的。」

我的朋友仔細地瞧著一張又一張，突然間，我從前擦過的香水味從她身上飄散開來。「噢，我的天，這不可能。簡直不可能，究竟是怎麼發生的呢？」

「妳不會不高興吧？會嗎？我以爲妳會覺得這些照片很有趣。」

「我沒有不高興。那個頑皮的女孩，經過了這麼長的時間，仍然讓人們非常吃驚。」她以一手在空中揮舞我裸露的身體，另一手拿出更多的照片來看。「這就是瑞芝。她的身材很棒，不是嗎？」

艾美的眼睛閃閃發亮。「妳確定嗎？」

「一點沒錯。看看這一張，那種頑皮的笑容，那就是瑞芝。」

「我不認得她。所以是誰拍了這些照片？這些照片和我以前看過的當代的裸體照片很不一樣，比較有藝術感。」

托莉沒有抬頭。一陣風來，他的氣味突然在她們之間飄散。「一個帥哥，一定是的。」

「她的男朋友中有一個是攝影師嗎？」

「那個時候很多人都有小型的柯達相機。」

「這些照片很有專業水準。連相紙摸起來都很不一樣，比較厚。」艾美停了一下，拇指在一張特別暴露照片的白色邊緣來回摸著。「會是我幾個星期前發現的一張照片上的那個男孩嗎，安德魯？」

「安德魯，當然是。」

「快點，在你陷入往事前塵以前，他姓什麼？」

托莉撫摸著我的臉，顫抖著手。「噢，親愛的，我什麼也想不起來了。那麼久以前的事了。」

「妳爲什麼臉紅了？」

「我——一個女孩子不應該看見她親密的老朋友裸露成這個樣子。」

艾美頑皮地笑了。「妳有什麼事情要告訴我嗎?」

「沒有。」

「妳在發抖，而且很激動。妳從前很迷戀他嗎?托莉姨，妳和這個安德魯有過小小一段情嗎?」艾美輕捏著托莉的手臂，追問道:「或是轟轟烈烈的熱戀?畢竟那是一九二〇年代。」

「就像是——沒有，眞的。」托莉氣憤地說，一面把照片疊在一起。她的動作攪動了他的氣味。「我快凍僵了,妳不冷嗎?羅瑞妲是不是又去動了自動調溫器?」她聳著肩膀離開了房間。

艾美用力摩擦她的雙臂，然後把我的照片放進信封裡。她離開時，桌子上方的空氣仍然是冰冷的。除了安德魯的氣味外，我什麼也沒聞到，只有他的氣味。

我不確知是什麼讓他的存在這麼強烈。

✦

克洛伊沒有放棄他們。雖然她沒有打電話到他們家,這當然是因爲她明白如果另一人在家，他們兩人任何一個都不會談論太多，但是她還是和他們保持聯繫。有時候艾美查看電子信箱的時候，會收到朋友的來信或回信。信函的內容太簡短了，所以他們必定是在某些時點上已經談過話了，以彌補隔閡。

史考特也收到信息。克洛伊偶爾會寄個笑話給他，或連上某個有趣的網頁，有時候是一封短簡，說她希望他一切沒有問題。艾美告訴他流產的事後數天，克洛伊寫電子郵件給他：現在你知道懷孕的事了，我以爲她很久以前就告訴你了。先前我無論如何也不能談這件事，我沒有那個立場談。我確信你一定覺得很嘔，有受傷的感覺，但是要好好待她，史考特。他回信說，「我在努力中，但問題不在流產那件事。毫無疑問你明白我的意思。」

他回信給她的電子郵件後那天晚上，克洛伊打電話來。艾美仍在工作，還沒下班。克洛伊知道這一點，因爲之前他們已經談了數分鐘。

「坐下來，」克洛伊說，「因爲你不會喜歡我接下來要告訴你的事。」

他把背部向後，靠著廚房的櫃台。「什麼？」

「你對傑米有什麼感覺，你也很快就必須面對這件事了。」

「不要把這個問題扯到我。我可不是那個還在害單相思的人。」

「你仍然懷恨在心。在這個時候，這樣是很可笑的，而且也不公平。他一點也不知道你對她的感情有多深。」

「我確信他可以感覺得到。」

「誰不認爲她是他們所曾見過的最可愛、最端莊的女孩呢？你知道你不是迷戀上她的唯一一個。傑米在愛上她以後有了很大的提升與進步。艾美從來沒有注意到這點，因爲她在這方面很愚鈍。你是最早知道這一點的。」

「妳到底要說什麼？」

「你從來不認爲他們兩人很適配，不過你這樣想是基於傑米在認識她以前的樣子。我們大家最初結識時，他不是最挺拔正直的男子。當他們開始約會時，我著實有點擔心。」

「克洛伊，妳好幾次曾試著請她和我吃東西，妳很擔心。妳扮演的是媒人，並不是爲了他。」

「她相當無辜。我是想去盯著她。」她說道。

「我也是。」

「而對這整件事情我們兩人都錯了。不論你怎麼想，他們兩人感情好得很。他們對彼此的眞心熱愛是眞實的。你想如果傑米沒有過世，會發生什麼事？」史考特靜默不語。克洛伊等了一下才說：「他們還會在一起嗎？」

「誰知道？」

「你在迴避。你知道他們是眞正能夠結成良緣的一對。這件事情困擾著你，即使到現在，即使他已經死了，即使你得到了這個女子，還是如此。但是實情是你仍然認爲你們的結合是很糟糕的事。」

「她仍然愛著他。」

「當然她是這樣。如果你是她的初戀，而你死了，你會希望她不再愛你嗎？」

「我會希望她往前走。」

「你沒有回答我的問題。」

「我想我不希望發生這種事。」

「我就是一直這樣想。你關心傑米，我確信你以男人的方式在愛他。你們過去曾經共有過許多好時光，而且除了艾美以外，你們之間毫無芥蒂。他一定會很高興你和艾美在一起。爲了你們兩人的緣故，他一定會希望你們有美滿的結局。」

「値得一試，不過問題是她忘不了他。」

「她告訴你的嗎？」

「她告訴過我ＤＶＤ的事。不管你在那裡看到了什麼，都對她有一些影響。讓我把話說清楚。我能夠接受她隱瞞流產的事，其實在我想到那就是她所隱瞞的所有事情時，還覺得鬆了一口氣。但是接下來她告訴我她是多麼思念他。如果只是這樣，我也還能夠應付，我不是個渾蛋。我承認，有時候我也想念他，但是當她開始瘋狂地清理屋子，並且在晚上獨居時，那就不正常了。」

「是不正常。」

史考特摩擦著頸背，嘆息了一聲。房間裡開始出現新刈過的青草的氣味，以及乾洗衣物的味道。

「什麼事？」克洛伊問道。

「我剛剛想到他的葬禮。在他母親身旁有一張空椅子。她確定那是沒有人坐的。我知道那是爲艾美留的座位。我記得我當時多麼高興沒有看到她坐在那兒。我的感覺就像是她被赦免了那無法承受的那部分一般。」他靜默了下來。「但是她沒有被赦免，就是這樣，她抄了捷徑。」

「嗯，就這麼簡單嗎？」

「這是個起點。」

✦

親愛的布瑞特先生：

數週來內人一直提醒我要寫信給您。在收到您的第二封信後，我終於坐下來提筆給您回信。我希望這件事沒有妨礙你的工作，我要說的話也不一定對您的研究工作有很大助益。

很遺憾家父母已經過世，否則他們早已寫了長信給您。家母於一九六九年撒手人寰，家父則是於一九七五年棄養。歐先生（Mr. O，即歐康納・安德魯）和家父相處融洽，似乎是如此。他們對當代的事件有共同興趣，所以大多數的時間都是在談論那些事情。家父會爲任何事情爭辯到面紅耳赤，有時候甚至到令人非常討厭的地步。但是歐先生會恭敬地傾聽，提出他對那件事物的觀點，然後改變話題。家父會試圖煽動他，但沒有任何事情能激怒歐先生。我還是個孩子時，就佩服他的冷靜沈著。我相信您早已從您訪問過的人當中聽說了此事。

您提及您得到的一張字條，押日是一九五三年十一月，您要求確認歐先生當時候的住所。那時候我是高三學生，我記得他每隔幾周就會來吃晚餐。他已在賓州大學法學院待了兩個學期，住在市內某處，我想是一個公寓。不過在那之前與之後，他大約每隔一年就會去拜訪住在那地區的我家人和他親戚。他通常單獨前來，他的妻子很少與他同行。我記得，歐夫人是個了不起的女性，身材嬌小，金色頭髮，笑容甜美。家母和歐夫人相處甚歡。她們似乎有許多共同的特性。

然而我一直覺得歐夫人不太符合我雙親的標準。有時候他們會談起歐先生已過世的心上人。他們會變得非常懷舊，而且悲傷，非常悲傷。他們非常鍾愛那個年輕女人，瑞芝。每次一提到她的名字，他們就會搖頭說：「可憐的安德魯」，而且絕對是在歐先生不在場的時候。我有一個印象，那是個禁忌的話題。

我非常思念老歐先生。他是個沉默慷慨的人。當我要挑選一個法學院時，他給了我很好的忠告，並爲我寫了一封推薦信給波士頓大學。我確信主要是他校友身分的優勢，而不是我的成績，讓我得以入學。在我事業發展的早期，我偶爾會打電話給他向他請益。他很擅長做出毫無破綻的論點。

他也眞心關懷我的雙親。不論他們住得多遠，都和他們保持聯繫。我想老朋友之間就是這樣子，對我來說就是如此。歐先生對他們眞心相待，即使到最後也是一樣。他們亡故時，歐先生都是搭第一班飛機前來。父母的過世令我悲慟非常，但那打擊對歐先生來說似乎尤其沉重。您從他的眼中可以看出他是個非常善感的人。

您沒有提及歐先生是否還在人世。他還在嗎？若是如此，可否請您惠賜他的電話號碼與住址？我想去查找他。我的雙親一定會喜歡我這麼做的。我實在不應該那麼久和他失去聯絡。如果我能夠進一步幫上忙，您知道如何聯絡到我。

順頌

時綏

華倫・崔普二世

至少我有了一個新線索可以追尋下去，有更多關聯性把我再度與安德魯拉近。我根本沒想到他會採取一條較安靜、較乏名望的途徑來通往相同的目標。我一心盼望他會去上耶魯大學，那是他一向的計畫，我不明白爲什麼他後來決定不要去。雖然華倫的兒子寄來的信情深意摯，也很有幫助，但信中所描述的安德魯——別人也是如此形容他——是我幾乎不認得的。想一想他和華倫之間的互動已喪失了先前的熱切。不過他變成了什麼樣子是我管不到的。

✦

安德魯和我在陽台上聊天，有個我不認識的女孩泰然自若地走進我們。他親切地和她握手招呼，介紹我們認識。

柯琳是他以前愛過的一個女孩。他曾告訴我，他們在大學第二年秋天時是一對情侶，但這段戀情在翌年春天結束了。原先安德魯喜歡和她在一起，但後來發現兩人的共同興趣極少。大約在那時候，她退學了，本來就不是做學問的料子，變得成天逛街購物上館子。他結束了這段戀情，而且很慶幸是很平和的分手。他感覺到她也在想要如何和他分手。

我注意到柯琳是個傳統型的美女，有雙大大的明亮藍眼，琥珀色的頭髮，以及豐滿的嘴唇與胸部。她嫣然而笑時露出整齊的象牙白牙齒，每顆都是一樣大小。我們得知她正在做慈善工作，而且和一個從羅耀拉大學畢業的年輕人訂婚了。後來華倫突然出現了，唐突地和她說了哈囉，就挽著安德魯的臂膀把他拖著離開了。安德魯大聲地道著歉。

「他是個甜心，」柯琳說。「是我約會過的最有禮貌的男孩子。」

「我有同感。」

「他還會對政治長篇大論、侃侃而談嗎？」

「他還不明白憤世嫉俗是時髦的論調。」

「至少他對某件事情有熱忱。」

「他確實有。」

「我確信我們以前沒有見過面。但妳的名字似乎很熟。棉花交易所是不是有位諾蘭先生？」

「我父親擁有一家廣告公司。」

「眞的？那麼妳是如何認識安德魯的？」

「在他前年的生日派對上。那天學校裡有許多人都去了。」

「妳學的是什麼？」

「科學。我今年秋天要進醫學院。」

「眞的？安德魯對這件事覺得如何？」

「他會想念我。」

「噢，瞧，那是我的未婚夫。眞高興認識妳。請代我向安德魯致意，好嗎？祝妳有個愉快的夜晚。」

「謝謝妳，柯琳。也祝妳愉快。」她走入一群女孩中，不見了。我跟在後面，看到她被一個年近三十的男子摟在懷裡。是個舞廳，我掃視了一下。有幾個男子看見我的臂膀上空空的。

在我右邊有個聲音說：「晚安，諾蘭小姐。」

「吉米・雷諾，我有好久沒看到你了，你一切都好嗎？」

「還是很受人喜愛呀。我們的老姑娘也還好嗎？」

我還沒有回答，他就把我拉到舞池邊緣，離開男士區。這種違背禮節的做法把我逗笑了。我抬頭看著他的臉。他的臉和十二歲時沒有相差太多。鼻子周邊有雀斑，太陽穴旁邊有鬈髮，下巴上有新月形的疤痕。他現在手腕高明了，知道要把雙手放在哪裡。

不管是外頭的熱氣或是吉米手心的熱氣，使得我背部的爽身粉溶化了，向我的尾骨流動。

「我爲自己撲的粉末延著背脊流下去了。」我說。

「對不起？」

「蛋糕上的糖衣融化了。」

吉米迎上我的目光，笑了。

「你這一向躲到哪裡去了?」我問道。

「阿拉巴馬州，莫比爾市，我在經營我父親新開的五金店。」

「你喜歡那個工作嗎?」我注意到有兩個男孩跺著腳，等著要插進來請我跳舞。

「當然，他付給我很好的薪水。大學生活似乎很適合妳。有人告訴我說，妳要離開這裡了。」

「到芝加哥醫學院。」

「眞的？」吉米把我帶到另一個角落。「堪堪避過了那些男的。」他從我的肩頭看過去。「再一分鐘，老兄。」

「你說『眞的』是什麼意思？」

「妳是夠聰明的了，但是沒有人想得到在妳找到一個男人，有了依靠後，竟然還會一心一意追求妳的夢想。這樣是行不通的，姑娘。」

「你等著瞧好了。」我的回答口氣不善，我原本無意用那種口氣說話的。

「不論如何，這可能是我最後一次和妳跳舞。」

「爲什麼？」

「我訂婚了。」

「恭喜！是哪個女孩？」

「她來自莫比爾市，叫做珮姬，長得很甜，家世良好。我簡直爲她瘋狂。」

「你臉紅了。你眞可愛。」

音樂停了。吉米放開了我的手，但把他的手指輕輕放在我背部中央部位。在舞池邊，那兩個男孩跑過來想要加入，但是樂隊把他們的樂器擺到一旁。休息時間。我對他們眨了眨眼，敲敲我沒帶手錶的手腕，向演奏台點點頭，並舉起一隻手指示意。他們笑了，彼此的距離拉開了一些。

「沒有特別要好的男友？」

「來破壞所有這些對我的愛慕？絕不。」

他笑著，把雙手放在口袋內。「我聽到的不是這個樣子。」

「我已經有個要好的男友，交往一年多了，他叫安德魯・歐康納。」

「聽說有許多人在下注賭你們什麼時候會訂婚。眞是一大成就，逮到了這樣好的一個男人。」

「沒什麼，我讓人無法抗拒，他也是。」

「要讓我知道妳的落腳處，好嗎？」

「肯定—絕對會。老天在上，看到你眞的很開心，你的珮姬是個幸運的女孩。」我的雙手環住他的肩膀，在他的面頰上輕輕啄了一下。我忍不住也在他下巴的傷痕上輕捏了一下。「滑進二壘吧。」

「多麼美好的回憶。謝謝妳和我跳舞。晚安，瑞芝。」

我們的手相觸後又分開了。我找不到安德魯，但是看到安娜在雞尾酒缸旁邊。我走進她時，她對我揮揮手。

「我們再度被冷落了。」安娜轉動著眼睛。

「好像他們彼此還看不夠似的。」我拿了一杯鳳梨雞尾酒，眼睛朝那些男孩的方向看去。

華倫把陽台上的灰塵彈掉，安德魯緊握的手指指著湯姆和艾倫。

「我不應該抱怨的。對華倫來說，這些很快就要全部結束了。我們舉行過婚禮後就要搬走了。我昨天發現的。在費城，安德魯的一個堂兄弟在那兒爲他找到一個工作。」

「你看來一點也不興奮的樣子。」

「這是我唯一有過的一個家。我不想離開任何人。在這方面我並不勇敢，不像妳那樣。妳很快就會離開，爲了妳自己而去冒險，不過那是妳所要的。我總是認爲我會一直在這兒生活，直到老死。」

「妳不一定要永遠待在這兒，安娜。」

「我知道。看看他們。華倫喜歡故意和安德魯抬槓，而他每次都會上當。」

「沒有唇槍舌劍的生活，他活不下去。」

「他很愛妳，妳知道。」

「我有感覺。」

「稍早時我看到妳和柯琳談話。她是個好女孩，但是那兩個人絕對不適合在一起。當然還有別的女孩，不時和他約會。有很長一段時期，我認爲安德魯太挑剔。好像沒有人配得上他似的。他們的家世不夠尊貴。並非這樣。他要的是一個和他談得來的女孩，一個不會事事附和他的女孩。記得十二月間的那個晚宴嗎？」

「當然記得。」

「我承認，我當時覺得妳在晚餐後離開我們女孩子是很奇怪的事。我聽說妳是個小蕩婦，所以我很好奇妳眞正在追的是哪個男孩。接著華倫告訴我發生了什麼事。他說不論你們辯論的結果如何，你們兩人的看法都不相同，但是他尊重你堅持立場的做法。至於安德魯，打從他們很小的時候他就認識安德魯了，他說，他從來沒有看過安德魯如此這般受到一個女孩的吸引。」

「謝謝妳說起這件事。」

「這是實情。我很喜歡安德魯。我們喜歡看到他很快樂的樣子。」

樂隊回來了，奏起了一首快節奏的曲子。

「我不知道妳是怎樣，不過我來這個派對是來跳舞的。我們來吧？」我伸出手，她捧腹大笑起來。

「妳是個傻瓜。」

我們跳著狐步舞穿過舞池。一對對跳舞的人分開了，好讓我們通過。有些人跳到一半停了下來，開始鼓掌。湯姆最先注意到我們，

他在男孩當中做了個時間已到的手勢。華倫盯著我瞧，臉上露出不懷好意的笑容。他知道誰該爲這個情景負責。毫無警告地，華倫用手臂勾住安德魯的腰，並抓住他的手腕。大夥兒笑得東倒西歪。鼓手打錯了幾個拍子，而小喇叭手和單簧管手勉強奏完了一個音節。我以爲安德

魯會甩開他的手，但他反而帶頭——安德魯略為高大強壯——往我們的方向移動。安娜和我笑著我們男友那副德性，所以只能勉強跟上節拍。他們兩人突然每一步都跳得很認眞。在一片叫好聲與掌聲中，這首曲子結束了。我們都向觀眾鞠躬。

樂隊改奏起一首緩慢、輕鬆的曲子。安德魯突然把我拉到他的懷裡。他的下巴輕輕摩擦著我的面頰。他說：「這樣好多了。」

✦

他敲門的時候，艾美正在床上讀書。她叫他進房前，先拉了被單蓋在臀部和赤裸的雙足上。史考特像個陌生人般進入房間。最後他們的目光終於交會了，但是已看不到兩人之間曾經有過的安適輕鬆之感了。他坐在床墊邊緣上。從他眼中的鎭定表情和下垂的肩膀看來，顯然他並非來吵架的。

「我必須告訴妳一件事。」

她用手指按住書頁，合上書本，把臉朝著他。

「我們都知道我從前很忌妒傑米，因為他曾經擁有妳。我不會為我過去曾有這種感覺而道歉，那時候我關心妳。我所知道的傑米是妳從來也不知道的。我從前認為他配不上妳。我從來沒有承認我對這件事的感覺，因爲，第一，承認也改變不了什麼，第二，在我內心深處，我想要看到妳快樂，而妳和他在一起很快樂。」

「在我搬回來這裡後，我們相遇之前，我一直在設法成長。我曾經有過幾個女朋友，她們妳全都認得。我們開始一起出去玩時，我眞的沒有期望太多。沒有克洛伊或傑米在身邊感覺怪怪的，而且我明白了一點——以前——我們的情誼有賴於他們的在場。我們的聯繫不是介於彼此之間，是透過他們的。」

艾美沉默不語。

「還記得妳邀請我去參加妳老闆的聖誕派對那一夜嗎？記得我們覺得無聊，去吃冰淇淋嗎？那天晚上天寒地凍，我們走回車子時妳拉著我的臂膀。妳那樣做沒有什麼用意，一點也不羅曼蒂克，但是就在那時候我很確定妳和我在一起很快活。我知道我們是好朋友。」

「我記得那件事。」她說。

「當我們之間開始出現變化時，我以前只是被沖昏了頭腦。我滿腦子都是妳。我很驚訝的發現，和妳墜入情網讓我有罪惡感。我們沒有談到傑米，但是他似乎一直在我們身邊。我不曉得他會怎麼想。而我覺得有罪惡感，因爲我感到我會獲勝。就好像我已經被證明我的看法是正確的，好像事情的結局就是會這樣。這是很糟糕的，我知道。」

她沒有回答，開始把床墊上的床單拉平。

「也許以前我們應該多談談傑米。雖然已經是那麼久以前的事了。我們開始約會時，他已經過世六年，快七年了。但是我瞭解他——在他生前和死後。而且你也瞭解他對我的意義仍然有多麼重大。」

「我沒有欺騙你。」

「是沒有，但是妳隱瞞了一些事情。我們從來沒有談到他過世的事。有時候，我們談到大家一起做的事情，或是他愛看的一部電影。但除此之外別無其他。我不知道他死後妳經歷了什麼事情，之後我發現妳懷孕了。保持緘默究竟有什麼好處？」

艾美不願意看他。「這是我私人的事情，沒有人需要知道。」

「我不是飛機上的某個陌生人。我是妳丈夫。」

「這並不表示你有權力知道我的每個思想。」

「但這顯得妳不信任我。」

「我信任你。只是有些事情實在很難啓齒。」

史考特把他的手放在她被單下的脛骨上。「聽著，我還是很生氣。有時候我覺得無法呼吸。感覺很痛苦。但是我愛妳。我要把這個問題解決。我相信我們辦得到，妳也會需要這樣做的。在內心深處妳也許認爲，如果傑米沒有死的話，妳和他仍然會在一起。這一點我同意。但事情的演變不是這樣。」

「妳必須做個選擇。如果妳眞的愛我，眞的要我，我們可以挽救這個婚姻，不然就讓我們分道揚鑣。不論是哪一種狀況，妳都必須面對有關傑米的回憶。如果妳辦不到，我無法想像妳的生活會變得有多慘。」

「他已經死了。還有什麼好面對的？」

「妳對於錯過他的葬禮有什麼感覺？」

她把裸露的膝蓋彎曲起來，靠近她的下巴。「那不重要，他已經走了。」

「妳知道他的葬禮是什麼樣子嗎？」

「克洛伊後來有告訴我了。」

「在那次意外事件後妳有和他的父母親談過嗎？」

「談過幾次。」

「妳知道他媽媽在葬禮上，在她身邊幫妳留了一個空位嗎？」

艾美幾乎要抬頭了，但只是肌肉痙攣了一下，說道：「不知道。」

「她確實有這樣做。妳和他的家人相處得很好。傑米提過好幾次。」他停頓了一下：「妳後來曾經去看過他們嗎？」

「沒有。」

「所以妳從來沒有去過他的墓地。」

「沒有。」她說道，壓抑著聲音。她把頭埋入彎曲著的膝部。

「這眞是糟糕極了。眞相已經很清楚，一部分的妳仍然愛他，但其他的部分愛著我。我知道是這樣。現在，妳必須選擇是誰勝出。我愛妳，但是我不願意再拖下去。爲了妳好，讓我們和解吧。如果妳需要我，就來敲我的門。」

他站起身來。把她前額的頭髮拂開了，並在她的額頭親了一下。史考特離去時，看起來很平靜又很堅決的樣子。

✦

接下來幾天，他們打照面的情況比較頻繁了，但他們仍然各自在自己的房間內休憩。她把工作帶回家做，而不是留在辦公室。他改變了作息表，這樣一來就不必在深夜還待在藥局裡。雖然餐桌上仍然是「家譜災難區」，照片狼藉，但是已經有一個角落被清出來，讓他們兩人可以同時用餐。一個週六夜晚，他們一起看電視。艾美做了爆米花。

在她上床之前，比史考特早了些，艾美總是會到客房探一下，向他道晚安。每天晚上，他們聊的比較多了——他的拼圖進行得如何了，她正在閱讀什麼書，明天的行程是什麼——以及她是否有注意到，她已經不再把她的彩色格子睡袍在前胸綁得緊緊地。

當燈光熄滅時，艾美並非孤單地滑入被單中。傑米在她身旁。她眼中的他是模模糊糊的。她盯著天花板，思緒映照在天花板上。有時候她的臉龐顯露出她的情感，一個如花的笑靨，柔軟的眼瞼以及更柔軟的嘴唇。狹窄的眉毛皺紋和緊實的下顎，她哭泣時就把臉埋藏在枕頭中，讓聲音在她的胸骨下激盪，壓抑在她的喉嚨內。有時候他的雙手在她的手內，在她身上游移，在回憶中。每天晚上，傑米的靈魂緩緩消失時，她才沉入夢鄉。被單上開始有一些跡象，顯露出那個男人曾經和她共過床。

接下來有一天早晨，她照常出門上班，回家時比平時晚了二十分鐘，家裡空無一人。艾美小心翼翼地把她的外出服吊起來，換了一件短袖襯衫和短褲。她拉了一把堅固的椅子放在閣樓入口處的下方，用雙手抓住繩子，使盡全身力量猛拉。鉸鏈伸直了，發出吱嘎聲。梯子懸吊在半空中。

艾美從閣樓搬了八個大小不一的箱子到客廳。她把裡面的東西倒在地板上，把那些寶貝東西散開成薄薄的一層。學校通知單、書本、照片、男人的衣物——不同季節穿的襯衫，一件綠色的防風外套，棕色的皮帶，兩件牛仔褲，一條渦紋狀領帶，一件有開洞的男用內褲，還有小冊子、新聞剪報，陰陽形徽章，畫筆、牙刷、古龍香水瓶，明信片、線香、便條紙、卡片、信紙、一枚小鑽石戒指。

她脫得只剩下內衣，然後挑了一件褪色的藍牛仔褲和洗得很舊的法蘭絨襯衫換上。她坐在那些物品當中的時候，嬌小的身體就縮在那套衣服的覆罩下。艾美把雙手交叉放在肩膀上，手指緩慢的掃下來。她的指尖拂著右脛的白色補釘。她猶疑著，但還是伸手拿了線香和古龍水。她嗅聞著那乾燥的、黃褐色而有異國辛辣香味的小棒子。然後打開古龍水，把瓶子拿到鼻子前。一道尖銳、細柔的啜泣聲自她的喉嚨中升起，她的眼中浮著一層淚光。她用兩隻手指的指尖壓住瓶口，然後傾斜瓶身，直到那琥珀色的液體碰觸到她，塗敷在她頸項的凹陷處。

她用法蘭絨襯衫的袖子擦了擦面頰。她的結婚戒指卡在第一個指關節上，用力拉才拔了出來。她讓它滾到幾公分外的地方，它滾不了多遠的，她伸手去撿了起來。那是傑米爲她買的。它仍然戴得上，在她美麗的手上，看起來很精緻。

有數小時之久，艾美清理著那些引起她回憶的東西，一個一個拿起來，輪流研究每件寶貝。中途她有稍做休息，但是馬上又開始，一點也不浪費時間。

那天下午四點過後，她打電話給還在上班的史考特，告訴他說她回家了，要求他讓她那天晚上單獨在家。

「爲什麼？妳還好吧？」他問道。「妳沒有，妳不是……」

「拜託你，史考特。有一些事情我必須做完。」

「我現在要下班了。妳什麼都不要做，待在那兒。」

「我沒問題，你不了解的。你在這裡我無法面對他。」

「什麼？」

「傑米。他出去了。我帶他出去的。」

「妳讓我很擔心。我馬上就回家。」

「不要，你不必看到這件事。拜託。去看一場電影，吃一些東西吧，晚一點回來，天很暗了才回來。」

「妳不會對自己做什麼事情吧？」

「沒有什麼好擔心的。我保證。」

艾美掛斷電話，走回房間，拿了一疊錄音帶。當她聽著數十首歌曲，有些還重複地聽時，秋天的光線變微弱了。從頭至尾，她撫弄著包裹著她的襯衫。

夜色染黑了每個房間。只有微弱的街燈引導艾美走向書櫃。她發現了她放在那兒的光碟，並把它放進ＤＶＤ播放機。影像飛快移動，她快轉到末尾。畫面回到正常速度，傑米穿著涼鞋的腳出現了。他的聲音揚起，是響亮的男中音。

當派對的場景開始出現時，艾美哭了。那些鏡頭是她從來沒有看過的。攝影機搖攝著一個餐廳，餐廳旁是一個小型廚房的入口。在那兒，靠近走道的地方，傑米的肩膀（他穿的就是艾美當下正穿著的那件襯衫）拱起又放下。兩條臂膀在下背處相交叉。傑米突然把他的臉轉向鏡頭並且搖著頭，顯然是表示不要在現在拍攝。攝影機轉回去時，可以看到艾美抱著他，她的臉靠近他所配戴的政治徽章。她的鼻子碰觸到他胸前的陰陽標誌。麥克風播放著音樂夾著講話聲。傑米告訴她：「不會有問題的，我們會駛完全程，途中會在至少一個陌生的床上做愛……」他用手肘推了推她，她笑了。「感恩節很快就到了。這只是暫時的。」

悲鳴從她的內心中湧上來時，一股暗紅色的東西從她的嘴唇噴出，她沒有試圖去讓它停止。她的身體承受不住，而劇烈搖晃著。一時間出現太多回憶了。

我想要把她拉過來，出諸本能地安慰她。我要把她臉上的淚水拭淨，輕撫她的背脊。我的碰觸不一定能夠安撫她。這時卻有一股清涼、柔和的微風環繞她吹著。艾美的眼淚在掉落到她的下巴之前蒸發了。她的呼吸比較穩定了些。她抬起頭，注意到天花板上的吊扇並沒有開著，她摸著自己乾乾的面頰，感到有點驚訝。

史考特在將近十一點回到家時，艾美坐在客廳的搖椅上，身旁全部是傑米的物品。放在她膝上的是那天她所穿的傑米的衣服。史考特膽怯地叫了她一聲，她回應了。

他站在走道上，眼睛盯著地板，但是沒有打開燈。

「我下個週末不會在家。」她說。

「妳要去哪裡？」

「紐澤西。」

我無法跟著艾美去紐澤西。我太清楚在現場目擊、分擔別人的悲痛是一件很悲慘的事情。

爹地以前和安德魯談話，就像和我談話一樣從容自在。現在他們面對面站在樓梯邊，避免接觸到對方的眼神，默然無語。祖母把她要我爹地從閣樓拿下來的圓桌與餐椅一一排好，並在中央擺上一支大蠟燭。母親把父親的折疊椅進一步拉到陰影中，不擋路的地方。

祖母開始在前門旁邊踱步。她把窗簾拉開，從波浪形玻璃向外看。她的外表沒有改變，但難以察覺地在顫抖著。母親坐在長沙發邊緣上。她輕柔地順了順太陽穴上的一綹琥珀色頭髮。她的臉色蒼白且緊繃著，看起來很瘦。爹地的頭髮全灰白了，眉毛好似凍僵在皮膚上。安德魯則眨著眼，彷彿剛剛從一個不得安寧的睡眠中醒過來似的。

敲門聲才起，祖母衝到門邊用力打開門。

「晚安，布瑞特夫人。」這個女人的眼睛是黑色的，黑得看不見瞳孔，她的頭髮是光亮的深灰色。她修長、前端略寬的手指伸向祖母，兩個女人的手短暫地交握了一下。她審視著屋內的其他人，然後點點頭。繞在她頸項的鮮紫色圍巾落到她平坦的胸前。當她把圍巾放回肩上時，她銀色的手鐲發出咯咯聲，其中一個環勾到了圍巾，抽出一條細線有如蛛絲。她的上衣緊貼上身，非常合身，但裙子是舊式的，由上而下一層層如瀑布狀。

噢，那服裝完美極了！

祖母介紹波麗華夫人給安德魯與我的父母親。她握了每個人的手，並細看他們的眼睛。我想要看到安德魯眨一下他的左眼，這個奇特的把戲總是令我發笑，但是他沒有這樣做。他沒有顯出任何對她不敬的態度。今晚他的眼睛比之前數星期都來得明亮些，但那光彩是因發燒引起的，顏色也變淡了。我的父母親在打招呼後向她鞠躬。母親把手臂環繞在父親的腰上，父親則將他的手放在母親的背部近腰處。他輕輕吻著她的前額時，安德魯把頭轉開不看他們。

他們自以爲是的態度令人惱怒。這一次，他們太遷就祖母了。

波麗華夫人要求點燃那些蠟燭，然後熄滅其他所有的照明物。安德魯從口袋中拿出一盒火柴，爹地則把每盞燈熄滅，連門廊的燈都熄了。桌子的中央很明亮，房間的其他地方則隱入一片模糊中。她邀請他們都坐下來。波麗華夫人，然後是祖母，安德魯，母親和父親。

「今晚我被請到這裡來與瑞芝拉的靈魂取得聯繫，她是受鍾愛的女兒、孫女和愛侶。」波麗華夫人說。「我向你們保證，她雖然在近日離開人世，但還沒有遠離。在接下來的短暫時刻，我要請大家手牽手來把我們的能量結合起來。當我陷入出神狀態時，請勿驚慌。我可能會發出一些奇怪的聲音並起來走動。這樣做並非不尋常，而只是展現我的能力而已。」那女人停了一下，看著大家。

是的，妳的能力。

「在我們開始之前，有沒有任何問題？」她問道。

「她會現身嗎？」安德魯提出這個問題，令我驚訝。他在想什麼？

「具體現形是很罕見的，不過有可能。離世的人可運用許多跡象來提示她和我們在一起。她可能透過靈氣來顯現，那是一種神祕的白色物質，她也可能操控物件。其他人有沒有問題？沒有，很好。那麼我們就要開始了。大家請手牽手，緊握著。閉上你們的眼睛。深呼吸，因爲呼吸是生命的要素。在你們的心中，想像你們的瑞芝拉，讓她的形象固定在你們面前。」

波麗華夫人開始搖晃，起初是由一邊到另一邊，然後是順時鐘狀，她的前臂壓在桌面上，雙手分別和祖母與爹地的手握在一起。「噢，靈魂哪，打開你們的門。允許你們其中之一現在來加入我們。我們要求瑞芝拉來，親愛的瑞芝拉。我們鍾愛的，來加入我們，加入妳的家人。」

我瞥了一下桌子下方。波麗華夫人脫掉了她右腳的鞋子。一隻拇指伸到她的左踝處並搔著它。我等待著。在她的裙子下面有玄機，我知道。

「靈魂哪，去找你們當中的瑞芝拉。我懇求你們邀請她回來一下。把平安帶給這個哀傷的家庭。」

沒有人說話。爹地睜開了一隻眼睛，把桌子掃視了一圈，又閉上了。我想要擁抱他。

「等一下，我感覺到有一個靈魂在場了。」波麗華夫人說，她瞇著眼看了看四周，然後脊椎變得僵直，仍然坐著，胸部前傾。她輕輕吹向蠟燭，使每道火焰搖曳著。「它是個明亮的能量。噢，幾乎讓我失明了。」雖然每個人的眼睛都應該是閉著的，她仍然猛然把臉轉到左肩上方，並且抽搐著。「注意聽，有一陣風，愈來愈大。」她的喉嚨流洩出一種奇怪的嘯音，音量忽高忽低，但是聽起來好像是發自房間的另一個角落。

祖母立即挺直背脊。安德魯張開眼睛，環視著房間。母親和父親交握的手握得更緊了。

「媽媽，呼喚妳的孩子吧。」波麗華夫人說。

在主日學裡叫我要保持靜默但不期待我相信神的那個女人什麼話也沒有說。她在哭泣，淚痕滿面。

「妳說不出話來，我了解。爹地，你能夠說話嗎？」

「瑞芝拉，瑞—芝。」他說，彷彿這是一場和死亡有關的捉迷藏遊戲。

「噢，它變強了。」

「瑞芝拉，來和我們在一起。」祖母低語著。

波麗華夫人的臀部開始擺動起來，小小的近似鐘響的聲音在她周圍響起。在桌上，她的手並沒有在顫動。「她在笑，她不是悲傷的。」

「噢，我的天！」

突然間前門的底部變模糊了，一個赤裸的小孩穿過橡木門進來了。她不會超過三歲，那麼小的年紀是不應該到處遊蕩的。波麗華夫人懇求我加入他們時，我走近這個小女童。

她的形體是不透光的。她待在陰陽交界處的時間至少已和我一樣久，即六星期了，也許更久。我看得出她從前有橄欖色皮膚，大而圓的棕色眼睛，以及棕色頭髮。她意識到我正在向她前進，我在看她，她沒有動。她的手懸盪在胸前，有如松鼠。是的，我看到妳了。我叫做瑞芝，妳叫什麼名字？

多娜。

不要怕。妳迷路了嗎？

她點點頭。

妳怎麼會進來這裡？

那鐘聲，很好聽。

和我待在一起，多娜，不要離開。我會幫助妳。

我很憤怒，這個騙局竟然在我家人的面前演出；這個小孩赤裸著四處游蕩，竟然沒有人幫助她；而我眞的在今晚加入他們，不過只見證到他們荒謬的自以爲是罷了。我吹起了一陣風，弄熄了蠟燭。波麗華夫人要求大家留在原位——我的靈魂在現場。

多娜離開我身邊，從祖母的茶几上拿了一本書。她緊握在兩手中，然後輕輕一推把書放開。在那樣的黑暗中，他們只看見那本書左低右高地飄向門。當它碰到花飾鉛條玻璃時，砰然一聲掉到地上。那個聲音使得影像變得眞實了。

多娜把一個花瓶撞到地上。它沒有破掉。她咯咯笑著。兩隻手臂抱著滿滿的雜誌。一疊紙突然間衝上天花板，就像是一道噴泉似的。多娜拍著手，燈光隨著她小小手掌的接觸與分開而一明一滅。

到這裡來，小女孩，不要碰。

我試著用電磁氣旋讓她不能移動，但那能量超出我的控制。樓梯近旁鑲著框的照片與牆壁相觸而咯咯作響。玻璃碎裂，像針一般尖銳的碎片掉到木頭地板上，彷彿有一千個微型鐘發出齊鳴。祖父、我和我們的步兵羅傑的每張照片都摔到地上。我叔叔羅傑的臉移向我的腳。玻璃碎片刺穿了他的頭、頸和肩膀。多麼奇怪。他是在一片槍林彈雨中捐軀的。

波麗華夫人看著被撕下的書頁飄動著。「我們知道妳在這裡，瑞芝拉。妳要給妳親愛的家人什麼訊息？」

我的家人用焦急的眼光搜尋著房內。

那個小孩繞著桌子走動，並輕敲了每一雙緊緊交握的手。那些手在被她碰觸時鬆開了，母親和安德魯的，安德魯和祖母的，祖母和夫人的，夫人和父親的。父親把雙臂迎向空中，多娜立即爬到他的膝上，並用雙手環抱著他的脖子。在他似乎本能地擁抱著她小小的密集形體時，她蜷曲靠著他的身體，把她的右手放在他的胸部上。

「克萊兒。」他受驚地說——他的上半身顫抖著向前搖晃，他坐的椅子也在搖晃。

「離開他！」我對那個小孩大吼，她坐直了身體，轉向我，跳了下來。那一瞬間我才意識到多娜並不明白她剛剛做了什麼事。

「她碰觸了你，爹地。」波麗華夫人說。

我衝向她——我要傷害她，焚燒她的皮膚，融化她的衣服。這個女人一點都不明白她召來的是什麼。她感覺到有熱氣，舉起手臂保護她的臉，尖叫起來。

圓圈破裂了。我的家人喊叫著回應，從桌旁散開。我很憤怒，牆壁發出敲擊的聲音——我無法控制自己，愈試著控制就愈大聲，直到爹地搖搖晃晃走到電燈開關，開了燈，顯露了這個靜止的畫面。

每個人都站著。母親的雙手壓著她的嘴。祖母盯視著波麗華夫人腳邊的地板。這個靈媒的一個腳拇指指向她脫下的一隻鞋和掉落的那些鐘。安德魯垂著頭，拳頭緊握。在一個角落裡，那個神祕的小孩兩手抱胸，圓睜的雙眼噙著眼淚。

「她碰觸了你。」波麗華夫人說，她的聲音帶有權威性。「這是個多麼戲劇化的展現。即使是我也從來沒有感受到像這樣強烈的事物。她的力量很強。」

「夫人，」安德魯說，「妳什麼也不知道。」

「那不是我女兒。」爹地說，他的右手護在心上。

「你們無法質疑你們所目睹的。而你，諾蘭先生，她和你接觸了。」波麗華夫人是堅定且真誠的。

「那不是我女兒！」爹地對她大吼，並把那些鐘踢到房間的另一頭去。「我不知道妳在我家行了什麼騙局，什麼奇特的催眠術，夫人，在這樣的時刻對一個家庭做這樣的事是很殘酷的。」

「巴瑞特，拜託。」母親低語著。

「離開，現在。」爹地氣憤到要打那個女人。

波麗華夫人垂下了頭，穿上那隻鞋子，走到門口，離開了。一陣具有金屬味的的微風吹過她身旁，警告有一場猛烈的暴風雨正要來襲。門關上時，門鈕的機關輕柔的卡嗒了一聲。

爹地重重地吸了一口氣：「莉莉，絕不要再要求我做這種事，絕不。」

「親愛的。」母親說。

「克萊兒，不要，我需要喝點東西。」爹地擦掉他眉毛上的汗水，走向書房。

「噢，發生了什麼事？」祖母說。「我從來沒有看過這種事，從來沒有像這樣感覺到有靈魂同在現場。」

我母親凝視著祖母，然後是安德魯。她無法否認她看到的情景，但是她的個性是不去討論她還不了解的事物。一向善於應對、措詞得當的安德魯一直沉默不語。他沒有談論他的看法，而是牽著祖母的手，接著母親把左手臂靠在安德魯的身上。當祖母和母親開始哭泣時，安德魯全身變得緊張又僵硬。

幾分鐘後，母親堅強起來。「我們送妳上樓去。」終於她對母親說。「安德魯，我們歡迎你留下來。我有好一陣子沒看到你了。」

「謝謝妳，但是我應該走了。」

祖母吻了他的面頰，接著母親把雙手放在他繃緊的下巴的兩側。「噢，安德魯，」她的嗓音嘶啞，緊張且虛弱無力。「不要變成陌生人。」她也吻了他。

「是的，夫人。我會去向諾蘭先生道晚安，然後自行離去。」

4

安德魯由走廊走向我父親的書房時，我轉向多娜，她仍然在那角落。來和我在一起，寶貝。我們還不能離開。我催促她走向前來。她緩緩移動，目光游移，看著每個方向。我很想拉著她的手，但是知道不應該這麼做，因爲我不確定會發生什麼事情。

安德魯在書房門口停了下來。挺起肩膀，意志堅定地走進去。

爹地站在他的書桌前，目光盯著那片書牆。

「諾蘭先生，我要走了，我來向你道晚安。」安德魯說。

「你知道她曾經怎樣做嗎？」爹地背向著門。「她把書架上的每本書都以相反的順序，重新排列。從亞里斯多德到葉慈，從左上到右下，變成從葉慈到亞里斯多德。我費了一個月的時間才明白發生了什麼事。她從來不洩露她做了什麼事。她等待我自己去發現她。」他的頭稍微向後傾斜。我聽見他吞嚥的聲音。「每件事都不對勁，安德魯，她不應該先走的。」

「是的，先生。」

爹地轉過身來。他的杯子上有一層棕色的釉。他努力讓自己不要眨眼。當他眨眼時，一顆淚珠掛在他的睫毛上。「你最近怎麼樣？」

「很困難。」

「感情的事情。我知道你們有感情。」

安德魯凝視著他，屏息說出眞相。「很痛苦。」

「有時候我認爲她在這裡。我感覺得到她，聞得到她。我知道那是我的心在捉弄我。我知道。我的寶貝——」爹地的聲音嘶啞了。「我的寶貝會覺得那很滑稽，一定的。想像力在發揮作用。你有沒有遇到這樣的事？」

「有的，先生。」

「那就像是，在那一瞬間，她並沒有離去。奇怪的是我經歷過那樣的時刻。如果我沒有那些經歷，我想我無法承受這樣的悲慟。今天晚上所發生的事情——」他再度斟滿杯子。「要喝一些嗎？」

「是的，先生。」

爹地從他的桌子抽屜內拿出一個杯子，倒了杯雙份的酒給安德魯。他們默默地喝著，彼此相隔了幾呎。我舉起我如空氣般的手，在我父親的面前揮動一陣微風，以吹乾他的眼淚。當他好像在看著我時，我大吃一驚，這時房間出現了一連串的爆竹迸裂的迴響聲。

「你聽到了嗎？」安德魯問道。

「汽車引擎的逆火聲。」

「不是，我一直都聽到這些聲音。」

「也許是你自己心神太過耗損吧。」

「諾蘭先生，我——」安德魯吞了一口水，斜睨著那個燒傷處。「我要你知道——知道我愛——愛——她。」

「安德魯，難道你以爲我看不得出來嗎？」

「是的，先生，我想你看得出來。」

「我有一些東西。我以前不知道應該在什麼時候給你。爲了某個緣故，我以爲應該會有個恰當的時刻，一個最好的時機。」他從一個側邊的抽屜中拿出一個小金屬盒。安德魯把手伸過桌面去拿了，然後停頓了一下。

那是我那天去他的住所途中忘了的那封信。它一直和我的遺物放在一起，沒有被丟掉。

「我以爲克萊兒太早清理她的房間了。我擔心一些重要的東西會被丟棄。在她的梳妝台上我發現了一個包裹，收件人是托莉。我還放了一些我想托莉會喜歡保存的物件，即一些珠寶，一起寄給她。她回了我一個字條說，她很高興收到那個包裹。而那封信，上面已經寫了你的名字地址，是在那時候封好的。我沒有打開過，我發誓。」

安德魯把空杯子放在桌上，拿起信封，摸著封印。我的氣味，只有他才知道的我的氣味，在他和我父親之間升起。「謝謝你。」

「嗯，是的，不客氣。」爹地拭著臉，把最後一口喝完。「你什麼時候要去耶魯？」

「三星期後。」

「我很高興你要去那兒。她也會希望這樣的。」他停了一下。

「我會懷念我們的談話的。」

「我也會。你是個厲害的辯論對手。」

「而你是眞正的鬥士。」爹地伸出了手。

安德魯以很敬重的態度和我父親握手。但是爹地在握完手後沒有放開，一直看著這個他已視如自己兒子的人，雖然他從來不願承認這一點。爹地眼淚奪眶而出，用他的另一隻手蒙著臉，然後伸出那隻手臂把安德魯拉近他時，我抽搐了一下。爹地靠在安德魯身上。

他們分開時，兩人都用手臂擦了擦臉，並清了清喉嚨。

「祝你好運，安德魯。你是一流的人才。」

安德魯把我的信放進他前面的褲袋。「你也是。晚安，諾蘭先生。」他離開時，臉上是一副泰然自若，堅定不妥協的表情。

那一剎那我想跟安德魯一起走，但是知道我不能夠這樣做。還不行。我手邊還有一個赤身裸體的三歲小孩，孤單單的而且迷了路，她需要我照顧。有好一會兒，我看著爹地把威士忌收起來，把他的衣服拉平。爹地，我愛你。

多娜站在我旁邊。她用手肘推了推我。我也要我的爹地。

✦

雖然十月底的夜晚已有寒意，克洛伊和艾美並沒有在位於聖查爾斯大道柯倫斯大廈那溫暖、華麗的起居室內喝飲料。那寒意讓她們在那座古老大廈的旁邊巷子內得以擁有私密空間，她們似乎喜歡待在那裡。克洛伊蜷縮在她的厚呢大衣內。她把一個領子翻到一邊，撕掉裡面襯衫上一個有黏性的會議名牌標籤，然後把那張紙捲成圓筒狀。艾美把外套的拉鏈拉到胸骨處。她們坐在一棵枝椏半禿樹下的一個圓桌旁，克洛伊正在把她最近三個不愉快的約會，以及她在職場上認識的一個看起來有希望的傢伙的故事，當成好玩的事說給她的朋友聽。她已經和那個男人一起吃過好幾次午餐，就他們兩人。

「他是好久以來我認識的第一個笑起來會讓我感覺輕飄飄的傢伙。」一串橄欖已被克洛伊啃到最後一顆了。「我的荷爾蒙需要平衡。在我這個年齡，真是荒謬。」

「噢，好好享受，那對你的血液循環有好處。」

「所以你要告訴我，你的紐澤西之旅？我一直努力克制自己不去問你。但是你知道我非常非常想知道。」

艾美啜著紅葡萄酒。「我在那個星期五搭了晚班的飛機到紐華克，所以我租了一輛車，下榻在機場附近的一個旅館。第二天早晨，我驅車到她父母家。他們非常親切，非常熱忱歡迎我。」

「你有沒有告訴他們你去的目的？」

「我離開之前和布蘭妲——妳記得他媽媽吧——我和她說了。我不確定他們會願意見我。結果他們爲了在事故發生後沒有和我聯絡，而向我道歉。他媽媽說，傑米過世讓全家痛苦不堪，因此顧不到許多事情。後來她說，她不想干預我往後怎麼走。」

「真諷刺，那可能會讓事情有不同的發展。」克洛伊伸手去拿她的馬丁尼酒中的另一顆橄欖。

「布蘭妲說，她翻出了傑米的一些舊玩具和照片等等東西，如果我想看的話，可以去看，但由我自己決定。然後她和道格提議先離開，讓我可以獨處。那令我很訝異，我是想要那樣，但我絕不會自行提出那個要求。所以她把我帶到樓上他的舊房間。現在已經改成客房，但是還保有原先的家具，同樣的雙人床。我差點笑起來，因爲先前有好幾次我和他一起回去探望他的家人，我睡在他哥哥的房間，但是會在半夜裡偷偷溜到傑米那裡。妳知道。」

「艾米絲，我想不到妳竟敢做這種事。」克洛伊笑起來。

「他也不敢相信，但是他沒有把我請出去。」

「當然不會。」

「我確實有請他媽和我在那房間待上一會兒。對於那件意外事故我沒有多少可以告訴她的，因爲我記得的不多。我記得看到遠方有一輛卡車，我告訴傑米說，它好像開得太快了，然後下一件事情就是我從昏迷中醒過來，看見我祖父的臉。布蘭妲告訴我他葬禮的事情，以及他們是多麼的思念他，一直沒有稍減。然後他們就留我一人單獨在那裡。我在屋子內四處走動，拿著他的照片在不同的房間比對他是在何處照的。這樣做是有點奇怪。有時候角度和觀看點剛剛好，我拿著那張照片，看得出是在某個窗戶、走道或場景，而他就在那兒。」

「眞詭異。」克洛伊說。

「後來我很遲才吃午餐，他父親煮的，留了好幾道菜給我。有一些棒極了的通心粉沙拉。」

「傑米以前常用晒乾的番茄做那道有異國風味的菜。記得嗎？」

「那是他父親的食譜，道格也做了一些，但是我吃不了多少。和傑米做的一模一樣的味道。我食不下嚥。我沒想到食物也會讓我落淚。」

「我並不訝異。」

「那一天其餘的時間我看了一疊他媽媽留在他房間的錄影帶。有些是舊式帶子轉錄的，沒有聲音。」艾美停頓了一下，猶豫了幾秒鐘，說道：「你知道令人毛骨悚然的是什麼嗎？」

「是什麼？」

「呃……我們的……寶寶，我一直想像他在長大，那是傑米。」

「那當然，你之前看過他還是嬰兒時的照片，對吧？」

「從來沒有看過影片。傑米小時候非常好動，經過轉角時是用旋轉的。長大成人後他就不再那樣做了。」

「所以呢？」

「眞的很奇怪。」艾美說。

「這趟探訪後來呢？」

「本來我打算那天晚上回旅館去吃晚餐，但是他們要我留下來用餐。基於禮貌我接受了——我原本以爲會很傷感，而我不想在他們面前失禮，結果一切都很順利。他父親煮了一桌好菜，他做菜時，我們訴說著傑米的事情，也談到自己。我們笑的時刻比我預期的多。一直到後來，才有人失態。道格開始收拾碟子時，他看著我，哭了起來說，他希望傑米知道我是如何愛他。」

「艾美……」

「那之後我們哭成一團，」她說，聲音變小了。「他們邀請我那天晚上留下來，但是我沒有。他們對我非常慈祥、親切與體恤，但是我必須離開。第二天早晨，我去到他的墓地，那個小小的新教聖公會教堂，非常寧靜。那裡的景色讓我想起他原本要去讀研究所的田納西州的一個地方，那些樹木、丘陵和草地。那時我才明白他挑選的地方很像他的家鄉。我坐在他墓地旁邊的地上，足足兩個小時之久，只是說話，大聲地說。我覺得自己像個怪物，但是這樣做似乎是對的，那個感受是眞實的。我做完之後，簡直不敢相信我的感覺大大不同了。內心釋然，坦率眞實。而且我不知道我是否能夠那樣做——但是我把訂婚戒指戴上了。」

「所有人都不會丟掉這樣的東西。」

艾美把背部靠向後面，啜了一小口。她抬頭看著有星星點綴的天空。「還有許多東西我沒有丟掉。在那次車禍後，當我能夠起來走動時，我檢視了每一樣東西，但最後只是把它們都裝在箱子裡。我把那枚戒指收藏在閣樓上，放了好久。我決定沒有必要再保留它了。他的墓碑是平的，上面有花瓶，所以我把戒指丟進去了。知道他取回去了，我感覺好一些。我不希望讓某個陌生人擁有它。它的故事太悲傷了。」

「妳錯了。只有結局讓妳心碎而已。」

「妳知道，有時候妳就是知道應該說什麼。」

「我是聰慧得要命。我眞替妳感到自豪，眞心話。傑米也會爲妳感到驕傲的。但是他一直知道妳比外表看起來好鬥得多，」克洛伊說。「你和史考特現在怎麼樣了？」

艾美嘆息了。「我們仍然分房睡。但是我們有在努力。我有在努力。我一直在想我祖母的事，想她和她第一個丈夫的情況。我的意思是說，妳從相片中可以很清楚看出他們之間有什麼事情很特別。那和戰爭沒關係。」她喝完了最後一口酒。「我知道她對葉爺爺很盡心，但是她的愛似乎很實際。我看見了，但是沒有想到那是愛。我和史考特一直就是那樣子。我以前不了解。而且你知道，我想傑米爲了我和史考特的緣故，不會希望我們是那樣子。所有這些，讓我發現我愛史考特，而且他值得我給予更多的愛。我沒有理由也沒有藉口執著不給。」

「他雖然內心受傷，但仍然愛著妳。他是個罕見的怪人，他愛妳就像他沒有其他選擇一樣。他曾在妳、我、眾人和上帝面前做過承諾，不論日子好過或難過。情況會好轉的，越來越好。」

「我從來沒有想到妳是個羅曼蒂克的人。」

「噓，看不出來。」

「眞相現在很清楚了。一定是那樣才讓妳把我和史考特的相片放在字典內。」艾美說。

「妳在說什麼？」

「今年夏天妳來的時候，那時候我們的關係很緊張。妳去翻動了我們的相片箱，對吧？妳是不是拿了一張出來，然後放到別的地方去了？」艾美看起來好像她需要另一杯酒的樣子。「我就是這樣告訴他。發現那張照片是個轉捩點。」

克洛伊把塞在她最後一顆橄欖內的那片紅椒吸了出來。「我爲什麼要做那種事？那不是我的作風。我不是那樣詭祕的。我相信會有一個合理的解釋。」

5

艾美在紐奧良的最後一晚，她和她最親密的朋友一起睡在鬧區那家旅館一個房間的雙人床上。她們入睡時，我趕到這個我出生的城市。以賽跑的速度，我行經目前是運河街的鬧烘烘的商業區，穿過恢復了壯觀街景的法語區，進入了從前許多非法酒吧吸引酒客的地方，沿著已建了堤防以防河水改道的河岸前進，最後抵達住宅區，我成長的地方。

我在我家人屋子前駐足。那鑰匙形的門廊，在入口處那一邊是方形的，在另一邊是圓形的，近日淨空重漆過。我每走上一個台階，那美麗又可怕回憶如潮湧至，也就是那個回憶在我迅速穿越這個我鍾愛的城市時，不斷在我心頭翻攪。穿過每個房間——前廳，爹地的書房，我的房間——我重新經歷了每個時刻。我不同時段的人生，嬰兒，孩童、女人。停駐流連將讓那種遭到重擊的感覺更加強化，把我撕裂。

我沒有駐足，隨即出門離開，向南前往奧杜邦公園。在那兒我曾爬上一棵樹，祈願擁有某樣我以爲我想要的東西，結果獲得了許多回報，在那兒我避開了安德魯的許多吻，在那兒我和托莉曾經坐過的翹翹板早已消失無蹤。

往東是杜蘭大學，在那裡我的性別從來不是障礙，因爲我拒絕讓性別成爲障礙，在那兒我是個優等生，在班上名列前茅，而且我一直自信能辦得到，天呀，在那兒我在校園最大的橡樹後面親吻了安德魯。

更東邊有一棟維多利亞式宅第，外貌仍維持它原有的壯觀，依然是一個銀行家和他妻子買下之前的樣子，他們在那兒生下獨生子，這個孩子長大成爲一個傑出、溫和、英俊的男人，在那兒我撒手人寰，就在他即將聽見我要告訴他的話之前。

最後，往東南方，通往「下花園區」，那兒有個支持南部聯盟的女士，在她從北方佬與入侵者手中搶救下來的住所外圍不斷繞圈行走。

「尤金妮亞。」

「瑞芝拉，眞高興看到妳。有七個月之久了，不是嗎？」

「是的。」

「對我們來說沒有那麼久啦。」尤金妮亞停了下來吻了一下靠近我臉頰的空氣，然後繼續行走。「妳的新家怎麼樣？」

我努力要回答。我的思緒陷在那天下午我告訴尤金妮亞我要觸摸他的回憶中，以及她當時是如何對我這個欲望的後果嗤之以鼻。「噢，那裡非常安靜，鄰居很好。那對夫妻很討人喜歡。」

「妳在那裡受訓嗎？」

「沒有。」

「妳來這裡做什麼，瑞芝拉？」她的音調缺乏好奇心，但有洞察力。

「艾美——這是那個年輕女子的名字，她去紐奧良找朋友，我跟隨著她。」

「爲什麼？」

在我離開的這幾個月期間，我原本可以在任何時候飄來找她，我可以避開這三更半夜的談話，那她永遠不知道我這時候在這個城市內。我爲什麼要來？我瞥了一下她的舊居，這個房子的屋主在門上掛了一個紙做的骨骼。萬聖節……安德魯的生日。

尤金妮亞的目光迎上我來，並說道：「妳看起來不一樣。」她把裙擺拉離地面。一隻死蜜蜂上揚到空中一會兒，然後落到草叢中。她說：「妳在發光。」

「我有嗎？我有嗎？」我記起了尼爾離開前幾個星期，他奇特的發光現象——然後明白發生了什麼事情。

「自從我上回看到妳以後，發生了什麼事情？」

「我無法停止思念安德魯。」

「噢，甜心。」她說，話中有一種好母親慈愛的同理心。

10550

台北市南京東路四段25號11樓

大塊文化出版股份有限公司　收

廣告回信
台灣北區郵政管理局登記證
北台字第10227號

地址：　　市　　鄉/鎮　　路　　段　　巷　　弄　　號　　樓

　　縣　　市/區　　街

（請寫郵遞區號）

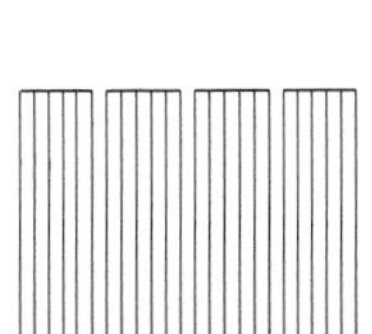

大塊 LOCUS 文化 **讀者服務卡**

謝謝您購買本書！

如果您願意收到大塊最新書訊及特惠電子報：

- 請直接上大塊網站 **locus**publishing.com 加入會員，免去郵寄的麻煩！
- 如果您不方便上網，請填寫下表，亦可不定期收到大塊書訊及特價優惠！請郵寄或傳眞 +886-2-2545-3927。
- 如果您已是大塊會員，除了變更會員資料外，即不需回函。
- 讀者服務專線：0800-322220；email: locus@locuspublishing.com

姓名：____________________ **性別**：□男 □女

出生日期：_____年_____月_____日 **聯絡電話**：________________

E-mail：______________________________

您所購買的書名：________________________

從何處得知本書：1.□書店 2.□網路 3.□大塊電子報 4.□報紙 5.□雜誌 6.□電視 7.□他人推薦 8.□廣播 9.□其他

您對本書的評價：

(請填代號 1.非常滿意 2.滿意 3.普通 4.不滿意 5.非常不滿意)

書名______ 內容______ 封面設計______ 版面編排______ 紙張質感_____

對我們的建議：________________________

歐康納夫人啜著水，輕輕伸長脖子看著左邊。深灰色的髻把她濃密的頭髮挽在後面，露出高高的前額和面頰。水晶杯和她的鑽石戒指吸收了枝狀吊燈的光。她用亞麻布餐巾擦了嘴巴後，轉到右邊。她胸骨上的小十字架沒有移動。她的下巴輕輕動著，以示招呼。歐康納先生點著頭，用微笑打招呼。黑色鬈髮環繞著他的頭，就像是戴得低低的王冠。他雙目漆黑，瞳孔隱而不顯，眼神炯炯有光。

「安德魯，」他的母親說，「漢菲斯家的人來了，但是柯琳沒有和他們一起來。多麼可愛的一個女孩！你上回看到她是什麼時候了？」

他走到他的左側，拉起他的手，說道：「幾個月以前見過她。她現在可能已經結婚了。」

「噢，當然還沒有，如果她結婚了，我們會知道的。」

「瑞芝，恭喜，」歐康納先生說：「安德魯說，西北大學錄取妳了。」

「是的，先生。」

「妳改變主意換到另一個學校，現在還不太遲。」他說。

安德魯和他父親曾經多次談論過我的事情，我眞希望他們從來不曾那樣做過，那些談論是我無法苟同的：「我欣賞西北大學錄取女生的一貫做法，這樣的傳統是很重要的。」

「申請學校時，你的成績如何？」

「我很有競爭力。」

「她將以優異的成績畢業，」安德魯說。「是不是有機會在畢業典禮代表全體學生致告別詞？」

「如果我那麼用功，就一點都不好玩了。」

歐康納先生笑了，並說道：「是的，好好享受你的青春。當妳日後回首來看這些年，妳會希望記得那些歡樂的時刻，而不是單調乏味的苦事。我在耶魯大學就讀時，我們有一些傢伙騎著大輪子腳踏車做競速比賽，來吸引那些年輕小妞的注意。」他把身體靠向桌子，露出他頦下的部位。「看看這個疤痕。我摔了一跤，差點摔斷脖子，血流如注，真可怕。有個女孩和我兩個朋友當場昏倒了。」

「所以他們『昏了頭』了，」我說道。⑮

「哈！是的，非常好，」歐康納先生向我舉杯致意，喝掉了半杯酒。

---

⑮此處「lost their heads」是一句雙關語，這個詞有被砍頭或是倉皇失措兩種解釋。

「歐康納太太，」我說，「安德魯提到過，妳在努力帶頭爲妳的慈善事業募款。這是多麼有益的活動。」

「是啊。那孤兒院的情況很糟糕。天花板會漏水，半數的窗戶打不開——妳能想像內部疾病叢生嗎？我還沒有告訴妳每個房間住了多少個孩子哪。糟透了！那些可憐的修女只能盡其所能的做，但是沒有向教區提出呼籲，情況只會更糟！」

「有沒有修繕那棟建築物的計畫，或是搬遷計畫？」

「修繕。我們差不多已找到一個可暫時安置的地方。不過有一個不相干卻有急迫性的問題，就是他們的飲食。他們看起來全部都營養不良。我們有個團體去訪問時，看見好幾百個食物罐頭。我從來不拿這種東西餵安德魯。兒童需要新鮮的水果和蔬菜。」

「我們家有個朋友可能有興趣伸出援手。理查・德拉寇先生。」

「德拉寇。我爲什麼知道這個名字？」歐康納夫人喝著水問道。

安德魯在桌子下用手肘推了我一下。我瞟了他一眼。他抿著嘴唇，直到嘴唇不見了，就像猴子的嘴唇一樣。他知道葛楚德後來發生了什麼事——以及我的情況是多麼不妙。葛楚德的小冊子已經兩度被截獲了。人們已開始傳說紛紛。我曾被傳去問了一次話，時間不長，而且由於安德魯的忠告，我盡可能照實回答。我沒有自願做什麼，而且說的是實話：是的，我知道在紐康姆圖書館有一些資料，我曾經告訴過其他女孩，不，我不知道那些資料已經在那裡有多久了

——可能有幾個月了，或是更久些。

「噢，是的，德拉寇。他做進口生意。」歐康納先生用指甲彈了彈空杯子的邊緣。

「是的，先生。主要是橘子和香蕉。」我說。

「不，還有一個理由。」歐康納夫人說。

「瑞芝，他能替孩子們做什麼？」安德魯問道。

「德拉寇。她在爭取婦女投票權。是的，我認為那是正確的。」

「媽媽，如果那符合妳的宗旨，那有什麼關係？」安德魯說。

「妳知道嗎？瑞芝拉，德拉寇夫人是否非常投入？」

「是的，夫人，她的確是。」

「確實如此。我自己是反對那個想法的。我曾經去參加過一次會議。有一幅動人的圖畫，裡面有個男人喝酒並毆打他的老婆和孩子。有一些女士在哭泣。然後有個穿著某種服裝的女子走上講台，聲稱一旦女人獲得了自由，所有這些事情都會結束。眞荒謬。有些男人是比其他男人還壞，但是所有的男人就是他們原本那副德性，沒有任何投票能夠改變這一點。」

「好男人們會成爲好榜樣。」我說。

「是的，是的。這個是德拉寇夫人，我還沒有說完。她的名字最近不是上了報嗎？」

「沒有，夫人。」

「和一次臨檢有關。淫穢的器材。」

「也許妳誤聽了八卦消息，媽媽。」安德魯的眼睛凝視著我。我讀得懂他的心思：妳閉嘴別說了。

「不，夫人，報紙上沒有刊登那樣的事情。」我說的是實情。沒有白紙黑字的刊登過，雖然隨時都有可能被登出來。裝滿節育器材的婦女衛生用品箱子和宣傳小冊，可是比挑動這個城市好色胃口的酒來得更詭譎有趣。

「我確定我曾經讀到一個報導。」歐康納夫人回答。

「關於孤兒，」我說。「德拉寇先生是個慷慨的人。他會幫這個忙。」

有好一會兒，歐康納夫人研究著我持守中立的表情。我們唯一的共同點就是我們兩人都愛安德魯，而她忍受這一點是因爲她預期很快就可以把我踢開，儘管她不贊同我要離開的理由。

「那麼謝謝妳了，瑞芝拉。妳可以安排介紹彼此認識嗎？」

「是的，夫人。我相信幫助有困難的人是每個人的責任，即使只是小小的援助。」

「說得眞對。瞧，第一道菜已經上來了。瑞芝拉，妳以前在安東英吃過飯嗎？這裡的菜眞是美味！」她靠向她的丈夫。「歐康納先生，」在公眾場合她不叫他派崔克。「親愛的，請把餐巾放在大腿上。」

「裴平？」

「不是，把你的臉向右邊轉一點點。讓肩膀垂下來。停住，不要動。」卡嗒一聲。

「我知道的你，有一部分是你母親十五年來不曾看過的，但是你仍然不肯告訴我。你爲什麼要把它放在你的名字縮寫中？」

「我對這個子音本身沒有異議。」

「這件事不像以前那麼好玩了。」我停下來。「裴西華？」

「不是。」

「裴瑞柯斯？」

「今天到此爲止。」他把照相機放在盒子中。我透過一片綠意盎然的楊柳枝看著他，並說道：「來和我睡個午覺。」

安德魯脫掉襯衫，手腳開展平躺在地上。他知道我多麼喜歡靠著他赤裸的身體睡覺。我把一邊臉依偎在他的胸前，以手順著他的胸毛。

他的指尖蜷曲握著我的左上臂。我迷迷糊糊快要睡著了。

他不知道她正從黑暗的浴室窺視著他。

史考特兩腿交叉坐在床上玩拼圖遊戲。還沒有拼上去的不到十五片。他用拇指和中指拿著一片，放在圖案上方，左右移動慢慢尋找它的位置。當那一片卡嗒一聲落入它的凹口時，他的左眼猛然跳了一下。他小聲模仿群眾的歡呼聲。艾美把手掌掩住嘴巴，以免發出笑聲。兩人都沒有注意到那些奇怪的小影子在地板上移動。

接下來的幾片很順利就拼上去了。他看也不看，手一揚要從盒蓋上抓最後三片，卻發現都沒有了，該死，他咕噥了一聲，溜下了床。

他在鴨絨墊上、拼圖板下、枕頭之間到處尋找，還像獵犬般爬過木頭地板。

艾美站在走道上，問道：「掉了東西嗎？」

「最後三片。應該在這裡，我開始之前全部都算過了的，我一向都是如此。」

她蹲下來幫忙找。兩人把整個地板都尋遍後，他去查看盒子。艾美說，那三片可能掉在毛毯下面。他們把床上所有的東西都挪開，除了最底層的床單以外，還把毛毯抖了抖。史考特皺著眉頭，雙手交叉在胸前。

「它們會再出現的，一向都是這樣。」

他瞄了一下她，又開始在地板上尋找。「我差點就拼好了。」

有個小小的噗哧聲讓他轉動頭。在那裡，在艾美的左腳踝旁，是失蹤的其中一片。他說道：「張開妳的手。」

她把手掌在他面前打開，垂下頭。

他走向她時，另一片掉了下來。史考特坐在他的腳後跟上，檢查艾美的臀部，然後搖了搖她的袍子的摺邊。三顆彈珠掉了下來，滾過地板。最後一片拼圖落在他的手中。

「史考特，真的，我沒有——」她摸著口袋，手指伸進了一個洞，然後纏繞著一條鬆掉了的線。她拉扯著，口袋突然裂開了。艾美張口想要說話，卻說不出話來。

他把那幾片拼圖弄得嘩啦響，就像骰子一般。「這個，這個，也許是隻小老鼠幹的。」史考特跪在拼圖板旁，要完成他的工作。「戲弄人不太好。」

「我沒有。你不在時，我從來沒有進來這個房間過。」

「否認只會讓處罰更重。」

「我發誓我沒有拿那些東西。」她吸了一口氣，說道：「我想我們家鬧鬼了。」

「鬧鬼？」

「這樣才能解釋這裡的東西位置錯亂的一切情形。東西都不在原位上。」

「我們沒有鬧鬼。」他蹲坐在腳後跟上。

「但是在電影中——」

他笑了。「人們鬧的是自己的鬼，那是他們的能量一直蓄積，直到怪異的事情開始發生爲止。並沒有什麼鬼。」

「你怎麼知道？」

「怎麼可能不是這樣？我讀來的。」史考特爬到離她數臂之遙的地方。「妳只不過是一束活躍的能量。不是嗎？現在，告訴我眞相，你拿了那些拼圖。」

「我沒有。」

「那麼妳應該遭到被鯨咬的懲罰。」他突然用手鉗住她膝蓋上方一吋的地方。

艾美又驚又痛，叫了起來，同時往後一跳。史考特用同樣手法攻擊她的另一隻腿。她迅速跑過浴室，進入他們的臥室。她正要關上門時，史考特抓住了她的腰。艾美突然彎腰頂開了他，這個令人意想不到的動作讓她脫身了。他站在兩扇門中間。

「現在要怎麼辦？」

她坐在床上，大口喘著氣。艾美咬緊牙根以免自己露出戲謔的笑容。史考特把他的雙拳壓在最後一根肋骨下方，彎曲著手肘，把空氣吸進赤裸的胸腔上部。「我知道如何整治妳。」他說，一面慢慢以一副大力士的姿態走進她。「沒有奶油的奶油盒。裝著飲料的滑稽帽子。」

「淡而無味的黃色芥末醬。白天播放的脫口秀。惱怒的濫用。」

「吉力根島。」他的雙臂垂了下來。「會漏的水龍頭。羊毛衫。」

「開著的櫥櫃。不打訊號燈的司機。遺失的拼圖片。」

「沒有先來個吻。」

「沒有事後的頸背輕搔。」她拉著他的手引導他坐下來。有好一會兒，她在他放鬆下來的拳頭上持續畫著8字。「回來這裡睡。」

「妳確定嗎？」

「你願意嗎？」

「妳準備好了嗎？」他問道。

「那是你現在要回答的問題。」

史考特靠了過來，她沒有移開，反而向他靠近，他溫柔地吻了她，好像突然記起該如何吻她似的。「我去拿枕頭。」

他進房時，燈是關著的，鬧鐘顯示九點十七分，比他們平常上床時間早些。史考特拉開被單躺了下來。艾美仰躺著。他用肘輕輕推著她，靠近她的胴體，把她擁入弧形的身軀。

他把鬧鐘留在客房裡。

尼爾學會了他最喜歡的一些歌劇裡所用的語言後，花了數小時在音樂圖書館裡傾聽各種曲子，從中世紀的複調音樂到二十世紀的極簡派音樂都有。他熱情澎湃，現在不只是「單相思」了。做研究時他很快樂，他還告訴我，浸淫在書本之間，可以研究一輩子。

他身在陰陽交界處已經十八個月了，他決定要拉大提琴。

「你要怎樣在人世間學大提琴？你必須找個地方學習。我不知道，也許你可以教會自己看譜即奏。無論如何，大提琴會發出聲音。」

「我可以在晚上練習。」他說。「我們不用睡覺。」

尼爾找到一個私人的大提琴教師後，我們離開了一所大學的音樂學院，成爲兩個安靜的房客，房東是一位絲毫不覺異狀、試圖向孩子展現樂器之美的人，那些樂器都沒有連接到擴音器。尼爾在那人上課時認眞觀察，在夜間，他會邀我到靠近法國區的一家樂器行去聽他彈奏。

剛開始時，尼爾沒有碰觸大提琴。他早就精通以空氣觸動物件之道。在同一時間要調動兩個物件只是個簡單的手法。他把自己生疏的技巧歸咎於弓弦發出的聲音太刺耳。我向他斷言，他拉的聲音聽起來很可怕，是因爲原本就應該是那個樣子。他在世時從來沒有彈奏過任何樂器。

我同意尼爾應該單獨練琴。爲了塡補那個空檔，我回到醫院和養老院附近閒逛，尋找已下定決心的以及還在困惑中的離世者。正如尼爾所說，他們需要我。然而，長久以來第一次，我在門廳晃來晃去，看到人們死亡。我不解他們怎麼會那樣徹底放開自己，進入大氣中。拉扯他們的也曾經拉扯過我，而我還在這裡。我留了下來，要留下來。爲什麼他們不這樣做？既然知道他們遺下什麼之後，如何能夠心安？

有一個片刻，僅僅片刻，我很想知道是否我的安德魯已經死了，以及在空氣把他完全吸收之前，他是否曾經猶豫了一下？

一天晚上，在離開兩星期後，我回到那樂器行去看尼爾。我連續嚇了好幾跳。進入房間時，我以爲我聽到的是錄音機播放的聲音，但是並沒有機器的嗡嗡聲。「哇，尼爾，那眞是——。」

他正在碰觸那個樂器，小腿上倚著大提琴那女性化的弧形部位，手指優雅地按著琴頸的弦，琴弓在他腹部旁邊振動著。尼爾瞧著他的雙手。他沒有閉上眼睛或看著天花板。他不只是在感受音樂。

「尼爾，你在做什麼？」我突然發出的聲音振動了店面的窗戶。

琴弓掉了下去。他看著我，吃了一驚。「我以爲我有進步了。」

「我沒料到是你，直到我看見了你。那是違反規則的。」

「拿著樂器？」

「碰觸，碰觸任何東西。碰觸任何東西是違反規則的。」

「規則是訂來被破壞的。」尼爾捏了捏他那靠著大提琴的膝蓋，並說道：「拿得太遠的話，我彈不好。」

除了他手中拿著大提琴之外，另一件讓我大吃一驚的事是他看起來的那副樣子。尼爾藏身在一種奇特的光輝中，那種光華是我身在陰陽交界處從來不曾見過的。

「尼爾，你發生了什麼事情？」

琴弦碰到了他而發出鳴聲。「妳瞧，妳不會明白的，我一直盼望學會彈奏——」

「我說的不是這個——」

「聽我解釋。小時候我們家沒有錢讓我學琴。我父親偶爾會讓我去一家樂器行轉一轉。那家店的老闆一直對我很和氣。我不會碰觸任何東西，也不煩擾他。後來有一天下午——」

「你不明白——」

「聽我說，請妳聽著。」

「好吧。」我必須移開目光不去看他。看著他那神情，令我不知所措。

「我十二歲時，不知爲什麼那個老闆讓我彈奏一些樂器。每一樣樂器若不是太複雜就是太大聲。但是那大提琴，是那麼可愛。我小時候長得高，所以對我來說，它並不會太大。那個老人推壓我的指尖，直到琴弦在我皮膚上壓出線痕。他教我要平滑的推移那個弓，有一次發出的幾乎是人聲。我覺得內心最深處發出相同的鳴聲來回應了，彷彿在我體內有一些琴弦似的。」

「正當我在把一個音符拉到完美境地時，我父親走了進來。他凝視著我說：『李歐尼爾，把那個娘娘腔的爛東西從你腿上拿開。靠近你鼠蹊部，像那個形狀的只有一樣東西我喜歡看到。』

我把大提琴交給那個老人，並謝過他的好心相待。我再也沒有回去過那家店。

「你父親不讓你再去那家店？」我問道。

「我自己不願進去。去那裡折磨自己是沒有用的。」

「李歐尼爾——」

「沒關係。我知道自己在做什麼。」

「聽我說，你彈奏得很美妙。坦白說，你有天賦，但是——」

「我終身念念不忘想做這件事。」他說。「現在機會來了，我卻死了。我所能做的就是回想那個音符，因爲那是唯一讓我覺得完整的。就是在那當下，我十分淸楚我並不像父親所說的那樣笨手笨腳的。我本來可以擅用我的雙手，但不是他所希望的那樣子。所以我強迫自己只要聽聽就滿足了。做個聽者，我也是一流的，表情豐富，妳知道，我的身體總是隨著音樂擺動。我停止不了。那是我生來要做的事。妳知道，如果我生在不同的家庭，或是我父親認同給予我們的不應該只是必需品而已，如果他曾經——」

「別再說了，李歐尼爾。」我的內心悸動，宛如我還有血管似的。

「爲什麼妳從來不想談一些重要的事？」

「那些都過去了，我們無法加以改變的。」

「但是妳知道哪些時刻是妳原本可以改變的。原本可以讓過去那個時刻和現在之間有所不同的。我已看過了我的一生，就像審視一幅地圖。我現在明白責怪我父親是錯誤的。我那時候並非全然無能爲力。我只是非常害怕而已。」

「那時候你還是個孩子。」

「那妳呢？」

「你是什麼意思？」

「如果那時候耶魯錄取了妳呢？或是哈佛？如果妳沒有留下那個戒指？如果你回去把它拿回來了？告訴我，瑞芝，如果有一件事是不同的，妳現在是不是還活著？妳會成爲怎樣的人？」

「你內心有小小的恨意。李歐尼爾．穆貝瑞，我發誓，我不應該告訴你那些事情的，一件都不應該說。」

「爲什麼不？因爲讓我知道了妳的祕密？現在妳知道了我所有的事了。」

「保持神祕使人更有吸引力。」我回答。

「如果那是妳的準則，那麼其他男人初來乍到時就像妳的安德魯一樣有魅力。」

我沒有理他。

尼爾讓我肩膀附近的空氣發出一個爆裂聲，所以我看著他。「我不知道爲什麼這一次我獲准——」

「沒有人准許你。」

「好吧，我在花時間把以前所損失的彌補回來。我從來沒有機會做的。情況改變了，」尼爾說：「從前我每次完成我想做的事時，我就有一種剛毅之感。」

「你要告訴我什麼？」我準備要聽他那天晚上他原本不想告訴我的眞正答案。他很快就會和盤托出了。

「我會陶醉在彈奏大提琴中。大提琴摸起來又冷又硬，但那並不會改變它發出來的樂音。音樂是靈魂的食糧，而我的靈魂已經饑渴很—久—了。」他瞧了瞧他擱在大提琴琴頸上的手。

「不過，妳是對的。」

「在哪一方面？」

「我爲我的身體感到非常痛苦。我無法打個噴嚏，伸個懶腰，打個呵欠，大哭一場，來個高潮。我愈彈奏，心就愈痛，愈撫觸，就有愈多回憶，想到我的形體已改變如許之多。那就像是我得了偏頭痛——愈來愈痛，直到我昏過去爲止。但是我醒來後，是在痛楚的另一邊，當下就在安詳中，我根本就不想離開那個狀態。我開始覺得很安詳。」

「但是你不應該看起來有所不同。這說不通。」

「摸摸我。我是有實體的。眞奇怪。」

「不，李歐尼爾，我不要。」

「只摸一下就好，你不會受傷的。」

「我不是擔心我自己。」

「好吧，親愛的。」他輪流撥著每條弦。「妳又要離開了嗎？」

「如果你要我離開，我就離開。」我凝視著他。他美得令人無法抗拒。

「待在這兒注意聆聽，好嗎？現在不要讓我孤伶伶的。老實說，我很怕孤單。而且我想念妳。」

「巴哈有作大提琴的曲子嗎？我喜歡巴哈。」

尼爾笑了。「妳一定是在什麼地方聽過。是個很難彈奏的曲子。」

「今晚，爲了讓你愉悅，由李歐尼爾．穆貝瑞先生獨奏。」

「我一直想聽那首曲子。」

✦

艾美拿著手電筒進入起居室，走進書櫃。她身上套了好幾件長襯衫、保暖的內衣和燈芯絨褲子。那是十一月天。他們的房子又停電了，而且是同一街區中唯一停電的一家。過去幾天來，電力波動太激烈，令他們擔心會發生火災。我一直試著安撫自己，不要去驚嚇他們，但我已不再能控制思緒的衝擊，衝擊一來時，會延展到我的形體之外，並干擾他們的日常作息與安適狀態。

「別忘了，電氣工人明天早上會來。」史考特跟在她後面走進房間。他穿著他最厚的長袖運動衫，戴著一頂鮮黃色的絨線帽，下面是一件有法蘭絨襯裡的藍色牛仔褲，腳上套了兩雙毛襪。「妳知道，這麼老舊的房子，線路一定會在某個地方露出來。」

「這是在四十年代初期建造的。怎麼可能糟到哪裡去？」

「旋鈕和管線，都很老舊了。」史考特說。

「也許你那些超愛彈珠的老鼠把閣樓的線路咬壞了。」

「妳知道，我並不這樣想。我在上面也放了捕鼠器。」

史考特走去坐在搖椅。我溜到一個角落裡。「我迫不急待要看今晚完成的成品。」我無法目睹艾美過去數月來的進步，因爲每次我一靠近他們的電氣用品，它就失去作用。過去一星期，只要燈會亮，艾美就加緊進行她的整理照片工作。她挑選的每張照片都被掃描、修飾過。她的耐心十足，對每個細節用心的回報就是有一批影像非常清楚、鮮明的照片，上面的人栩栩如生。艾美已經安排好要和她姨婆托莉花一個下午的時間把托莉能記得的所有名字、所願分享的所有故事都紀錄、整理出來。

「我對這些感到非常滿意。」她把指尖放在第二個書架的邊緣上。「我眞希望桑妮祖母也能夠看到。」

「我知道，艾米絲。她一定會為妳感到非常自豪的。」

「你最近讀的東西有什麼可以推薦的？我想要休息一下看看小說。」她的手電筒照著一些書本。

「以前妳買給我的那本有關印度教的書滿有趣的。」

她把燈光移到他身上，看著他的臉。「眞的？」

「是的。不要那樣看著我。我想到的可不是膚淺的書。情節很複雜。」

「那本書在哪裡？」

「第三個書架上，在左邊。」

艾美找到了那一冊，關上了書櫃的門，就著手電筒的光讀著書背上的文字。「我會讀讀看。」

「即使妳覺得這本書很無趣，妳也會喜歡它的插圖的。那色彩多麼鮮明。我看得出妳正在尋思如何運用這樣的色彩。如果妳最後如妳所願的去做室內設計，我想妳會設計出一些大膽的房間。」

她抬起頭來看他。「很大膽？」

他坐在搖椅上前後搖動，點著足尖。在朦朧的街燈下，史考特看起來像個沒有穿靴子、想要去堆雪人的小男孩。「妳會去試做一些事情，只是要看看效果如何。你的穿著品味，加上一切有同樣特色的東西，讓妳的風格很不尋常。」

「是因爲這樣，才會被人問到是否我是歐洲人嗎？我的穿著很大膽？」

「也許吧。而且爲什麼去年妳會贏得那家雜誌的獎項，那是很大膽的設計。還有幾年前，妳讓克洛伊去參加反墮胎會議以了解他們是何方神聖的做法。」

「那不僅是去了解他們而已。那是整個策略的一部分，要知道他們的戰術以擬定我們的戰術。」

「但是那需要——克洛伊怎麼說的——陰核？」

艾美笑了。

「妳祖父喜歡妳這一點。」

她的雙手垂了下來放在兩側，一手拿書，另一手拿手電筒。「你說什麼？」

「妳的大膽。」

「你怎麼知道？」

史考特磨擦著雙手取暖。「我記得我們結婚後不久，有一天下午去探望妳祖父母。妳和祖母上樓去了，我單獨和祖父在一起。他突然說——是的，我記得這件事是因爲他用的字眼極不尋常——他說，『你的艾美，她很喜歡冒險，那是女孩身上很罕見的美麗特質。』」

「你怎麼回答？」

「我說我同意這一點，然後他就改變話題了。」

我看到艾美正在思考她祖父說的話。從書櫃周圍，有一種乾淨的鹹味散發進入房間。我感覺到對過去的回憶開始激盪起來，我再度失去控制，迫使安德魯的形影十分明晰的浮現，令人神傷。但是那書櫃並非那氣味的唯一來源，也不是來自於我。

「他那樣說？」艾美問道，她的聲音緊促又高亢。

「是的。我不知道爲什麼以前沒有告訴妳，我想是因爲我以爲妳早就知道他有那個看法吧。」艾美舉起右手擦了擦臉頰，手電筒在她手心中。「我不知道棻爺爺會那樣想。」

棻爺爺。

光線、動作和聲音交織在屋內。史考特衝過去保護艾美，他們的表情既驚訝又恐懼——房間內從來不曾這樣寒冷過，這種情況持續到我接納了空中的鹹味，接納了她，也接納了安德魯曾經這麼接近的事實——。

✦

PHINEAS

這個字出現在箱子上。是一家我不認得的商店店號。中國式紅紙和銀緞絲帶從我指尖掉落下去。兩星期後就是情人節，這是什麼？我搖了搖那個禮物，有個低沉的砰砰聲，有個清淡的三色董的香味飄到我的鼻尖，然後我看到裡面色彩鮮麗的花朵。有一根細緻的羽毛飛揚了起來，我的手指撥動著那些花瓣，直到碰到一個硬硬的東西。我的心飛揚起來，膽氣卻下沉。接下來我明白了——。

✦

我把門用力貫上，把她從床上拉起來。「現在我知道他中間的名字了。」

「終於知道了，那是個開得太久的玩笑。是什麼？」

「斐尼斯，但是——」

「安德魯·斐尼斯·歐康納。還不算太糟的名字。爲什麼他——」

「伊托莉，聽我說，我知道他的中間名字。」她盯著我。「他向我求婚，拿來了他祖母的戒指和每樣東西。」

「噢，我的天。」我壓住她的嘴巴直到她自己掙脫了。「他怎麼說？妳怎麼說？在哪裡求婚的？」她抓住我的手，看不到什麼會閃耀的東西，除了我一直戴著的一枚戒指以外。「妳沒有。」

「我什麼也沒有做。我們同意延期。」

「你發神經嗎？延什麼期？」

「延到我們得到申請學校的回音後。大概是三月吧。」

「那和訂婚有什麼關係？他要娶妳。如果妳不再如此荒謬可笑，頑固任性，以及摩登，嗯，妳就會明白其實妳也想嫁給他的。」

「這我可不知道。」

「妳愛他。那還不夠嗎？」

「事情很複雜。」

「不，一點也不複雜。你們是天造地設的一對，是詩人無法用文字描述的。你們是完美的一對佳偶。」

「饒了我吧，托莉。」

「不要錯過妳的良緣。嫁給他吧。瑞芝。」她像姊妹般拉著我的手，擁抱著我。「妳愛他愛得無以復加，有誰曾像妳愛他這樣終身愛過另一個人？」

✦

恩瑪蓮把一杯咖啡和一碟脆薑餅放在靠近托莉的茶几上。我親愛的朋友向她道謝，他們交換了一個心照不宣的眼神。恩瑪蓮邁著快步穿過書房，關上了那道厚重的門。安德魯一語不發。

「我進城裡來不能不來看看你。」托莉說：「雖然這趟拜訪我朋友大衛家行程很短，我在他們舉行過歡迎會的第二天就要離開了。」

「你不必這樣做的。」

「我知道。我要這樣做。」她伸手拿了塊餅乾，咬了一小口。「恩瑪蓮自己做的嗎？眞好吃。她是個很棒的廚子。我們的管家不論烹調什麼總是放太多的小蘇打。甜餅乾吃起來像是鹹餅乾。我小妹索蕾爾把它們丟給黑椋鳥吃。那些鳥什麼都吃。」

安德魯從他左邊口袋裡拿出一盒香菸，傾身越過長沙發從他父親的保溼菸罐中拿出一盒火柴。他的右手包著繃帶，以保護小指下方那道深而整齊的切口。他點燃香菸，閉上眼睛，吸入的第一口菸又深又長，就像親吻一般。

「我只在派對上看過你抽菸。」

「新習慣。」

「你的手怎麼了？」

「割到了。一次意外。」他的腔調在警告她別追問細節了。

她啜著咖啡，分做兩口吃掉餅乾。「所以你什麼時候去學校報到？應該很快就開學了。」

「還有兩星期。」

「我聽說新英格蘭在下個月左右會美極了。所有的葉子都會變色，和這裡不一樣。我們這裡要是有一星期看得到那樣子就很幸運了。」

「那就不考慮紐約了。」

「我不去那裡，我考慮過，但爲什麼要去那裡？我從來不想成爲一位世界知名的藝術家或什麼的。現在我不想離開我的家人，現在不要。想一想，我幾乎不認得我的姊妹了。過去四年來我錯過了許多。」

「她們是好姊妹。」

「是的，沒錯。」托莉用她修長的手指握著杯子放在膝上，眼神下垂。一會兒之後，黑色的咖啡起了漣漪，一次，兩次。她咬緊牙關，小心翼翼地拂了下眼睫毛。「安德魯——」

他透過煙霧凝視著她。香菸已經燒掉了一半。

「我可以幫你什麼忙嗎？」

「不用。」

托莉抓住她的手提包，把身體移坐到他身邊。安德魯繼續抽著菸，一陣陣菸圈不斷跑出來。她從錢包內找出紙筆，放在膝上草草寫了些東西。「給你。」托莉把那張紙塞進他的左手掌心並把他的手指彎摺起來。「這是我的地址和電話號碼。不論你在哪裡，務必，務必，要讓我知道。就是這樣而已，我不奢望你寫長信給我。一張短箋就夠了。」

「爲什麼？」

「我關心你的遭遇。」

他沒有回應，也沒有避開。托莉不讓他離開。安德魯在菸嘴上重重敲了三下把它弄熄了。他需要哭泣，和她一起，再一次。那種情況我只看見過一次，在我下葬的兩個星期後。在他們之間有種家人似的溫柔體貼。至少，我曾經想過，他們在悲傷中是多麼的孤獨。

「你答應寫信給我嗎？」最後她問道。

「一個條件。」安德魯沒有轉身。「絕不可以再說出去。妳知道的太多了。」他的臉像貓頭鷹般轉動著，控制得宜又很謹慎。

托莉凝視著他的眼睛。她把背向後靠。她必定已經注意到他眼中的光芒不見了，注意到那湛藍中出現了縫隙，而且也開始改變顏色。「如果你要的就是這樣，我想我會在父母親家待一陣子。和我適配的男子並沒有在前廊上排隊。」

「他們終究會來的。」

門打開了。「嘿，老兄，我們去——」華倫走進房間前停住了嘴。「抱歉，那個黑種男孩沒告訴我你有客人。」

「你好嗎，華倫？」托莉放開了安德魯的手。

「嗨，幸會，幸會。我聽說妳回到位於史瑞文波的老家了。」

「我進城來探訪朋友。我以為你和安娜搬到賓州了。」

「沒錯，」華倫說。「在畢業典禮與婚禮之後，我們花了較長的時間才準備好要搬家。我們在星期一搬家，我的工作將從下下週開始。來吧，男儐相，我們去看場電影吧。我很無聊。托莉，妳要不要一起去？」

「我不想去。」安德魯說。

華倫大步走向窗戶，把薄紗窗簾收攏起來。「你臉色蒼白。來打一局網球如何？去兜兜風如何？我有父親的敞篷車。」

「不要。」

「你們男孩子自己去玩好了。」托莉在安德魯的面頰上親了一下，並捏了一下他的手臂。

「你答應了的。」

安德魯站起來，把托莉的地址放進口袋裡。他的手在口袋中游移，然後明顯可見的握成了一個拳頭。「謝謝你們兩位順道過來。」他快步走過他們但在走道上停了下來，背對他們。「還有，華倫，你知道那男孩名叫賽門，就用這個名字。」

托莉和華倫瞧著走道，然後互相對視。

「他的情況不好。」托莉說。

「的確不好，令我很難過，」華倫回答。「他變了個人。」

她開門時，莎拉‧畢克‧華盛頓伸手越過門檻握住了她的雙臂。她緊緊擁住這個比她年老的婦人，並親吻她的雙頰，好像她們是老朋友似的。兩人分開時，諾拉‧歐康納‧李奇蒙介紹了她女兒和女婿。

「我認識他們。」莎拉說。「他們買了爹地的——歐康納先生的書櫃。如果我那時候認出她是誰，就把書櫃送給她了。」她很親切地擁抱了艾美。「我必須退還妳的錢。我不能留著不屬於我的東西。」

客廳裡有一座靠背中央突起呈駱駝背狀的美麗沙發，兩張高背安樂椅和一張古董鴉片桌。莎拉的品味奇特但高雅。喝咖啡時，他們閒聊著，毫無陌生人間的客套虛飾言語，沒有尷尬的時刻，雙方父親的交情延伸到他們身上。

他們談話時，大家都想不透爲什麼莎拉會接到巴瑞德‧布瑞特的另一封信。在上一回的短箋中，她已奉指示要把她父親的房子再搜尋一遍，仔細地，尋找可能是屬於賽門‧畢克的物品，但已被遺忘數十年的東西。她的兄弟班傑明在他信中提到一個箱子，可能還找得到。她拿到了安德魯‧歐康納的一些後人的名字和電話號碼，他們必須允許她去檢視留下來的任何文件。莎拉打電話給諾拉，距離她們初次會面已有超過四十年之久。安德魯的大女兒獲悉賽門很細心地保存那些寶貝物品時，不禁哭了起來。

艾美用全部的時間在搜尋房間，假裝是在伸懶腰或弄平史考特的衣服。我知道她在找什麼。我在位於房子後半部的辦公室內發現了那樣東西。那是一個存放私人物件的小櫃子，上面有「S・畢克」字樣，被塞在一道牆邊。

「華盛頓太太，妳們倆敘舊時，可不可以讓我們看看妳找到的東西？」艾美問道。

「當然可以。走過甬道，右邊最後一個門。」

艾美幾乎是以短跑的方式衝出房間，史考特跟在後頭。他走進門時，那個小櫃子的蓋子已經打開了。她瞥了一下左側，注意到有一個大的塑膠箱，上面有膠布貼著她和她媽媽的名字。裡面的一些信封有安德魯手寫的地址，是他寄給賽門・畢克和恩瑪蓮・寇拓的。艾美決定從小櫃子開始看起。

最先拿出來的是一個放映機，然後是六個金屬罐，她拿起來時判斷裡面裝滿了東西。用粗繩綁著的三批信件。信件下面是一些裝滿底片、相片、他的舊相機以及未用過的相紙的盒子。有一本照片供應公司的目錄。有一個攝影機包在一個舊麵粉袋中，放在他的大學年鑑上。

艾美看著其中一捆信中的第一封。「安德魯・歐康納先生，聖查爾斯大道，紐奧良，路易斯安那州。我們在那條街上來來回回走了不下一百次，但卻找不到回函地址。」她的手指用力拉著那綁得緊緊、打了結的繩子。史考特遞給她一把小摺刀以把它割斷。她沒有動。

「怎麼了？」他問道。

「我很緊張。我很快要遇見祖父了。」她的手顫抖著，從信封中拿出發黃的信紙。「一九二八年十一月一日，星期四，在巴爾利。我親愛的安德魯，今晚你的舌頭流連之處，有一塊紫紅色的痕跡，它的顏色變得更深了，因爲我的手離不開它。我被拋棄的痛苦更甚於那塊皮膚。你眞誠的瑞芝，你的小女妖。」

「噢，我的天！」史考特說。

「噢，我的天！」她發出共鳴。「你想他有回信嗎？」

「問題是，他接下來會做什麼？」

「史考特，你眞是的。」艾美佯裝討厭的樣子搖著頭。「我無法想像他們是像這副樣子。而他保留著這些信，竟然讓它們離開他的視線之外。」

「讀另一封看看。」

「一九二七年十二月七日，星期三。親愛的安德魯，我收到那個小猴子雕像是多麼高興。現在它站在梳妝台上看著我。我收到它時，托莉也在這裡，她纏著我，直到我告訴她那是做什麼用的。她認爲你是個很棒的男人，肯聽我站在肥皂箱上大放厥辭。我發誓說你有插嘴，但我想她不相信。確實有時候我會慷慨激昂昂，每個人都得習慣這一點。你誠摯的瑞芝。」

艾美輕彈了一下那疊信，瞄了瞄郵戳。有一封信上沒有郵票。那是我寫給他的最後一封信，我父親把它收了起來，賽門把它搶救回來。信封上的血跡並沒有褪去。

「爲什麼托莉姨婆沒有告訴我，她早在祖父母結婚之前就認識棻爺爺了？她沒有告訴我們任何一人。還有，『我們雙方的父親因爲生意而結識』可以解釋何以棻爺爺會認識祖母嗎？托莉姨婆先認識他的，而且我敢說，她和他很熟。」

「但是爲什麼妳的桑妮祖母不說出來龍去脈？」

「要是她從來不知道呢？」

「知道什麼？」諾拉說，她和莎拉一起走進房間。

「妳們知道棻爺爺在大學時代就認識了托莉姨婆？」

「不，不是那樣。她去上了杜蘭大學——紐康姆學院，而他去了牛津大學。他們雙方家庭彼此認識。」

「妳確定嗎？」艾美問道。

「棻先生先去杜蘭大學。」莎拉說，「然後去牛津研習哲學，然後到波士頓攻讀法律。爹地說，我曾祖母恩瑪蓮不時收到從英國和波士頓寄來的信。」

「什麼？法學院？」諾拉說。「他從來沒有當過律師。」

「是沒有，但是他有那個文憑。他教授這個科目。妳不知道嗎？」莎拉顯然很吃驚。

「棻爺爺是個修辭學教授，他從拉法葉大學退休的。」她停頓了一下。「修辭學。我的天，這說得通。」諾拉看起來很難過。她指著艾美膝上那幾捆信：「這些是什麼？」

「證據。」

6

莎拉・華盛頓記得最清楚的故事，是她父親講述他和安德魯—棻—歐康納重逢的經過。

在賽門的祖母恩瑪蓮的告別式上，賽門的目光一直在搜尋著教堂的長椅。他知道安德魯已收到電報，得知他祖母的死訊，而且安德魯已回報將會參加喪禮。孤單一人坐在後面的是個白人，黑髮梳得很齊整。亡者的家人緩緩行經中間走道步出教堂時，他和他們一一點頭致意。

賽門在葬禮過後去和安德魯打招呼。他伸出手時，賽門注意到這個男人的眼睛和以前不同了。賽門記得從前安德魯有他所見過的最深的藍眼睛，他猜想那是大海中央的顏色，但在告別式那天，安德魯的虹膜是奇特的藍綠色。配襯著白皙皮膚和黑色頭髮，他的眼睛看起來——如同賽門所說——一副驚恐的樣子。

賽門說出他的名字時，「謝謝您來，安德魯先生。」這個年輕的大學生被糾正了。「棻，」他說，「叫我棻就行了。一個同學透露了我的中間名字，那時候我在牛津參加划船隊。這個綽號一直跟著我，現在我喜歡用這個名字。我再也不叫安德魯了。」

他毋需解釋。二十三歲的賽門——霍華德大學的大一學生，是個名叫麗莎—貝絲的可愛女孩的新男友——明白了一九二九年夏天他所目睹的那件事是如何粉碎了這位紳士的內心。

那天晚上，他們在一家以搖擺音樂聞名的俱樂部小酌，賽門問是否能保持聯繫。棻說他會主動和賽門聯絡。棻於六月間在波士頓大學拿到法學博士學位，正在四處遊歷，還沒有決定下一步要做什麼。那天晚上臨別時，賽門問他爲什麼沒有按照計畫去上耶魯大學。棻回答說，去那裡只會招來太多回憶，別無其他。他們握手。賽門從來沒想到他會再接到這個人的音訊。

有七年之久，他們彼此不時會寫封信或寄張明信片。後來，賽門再次搬家時，又發現了好幾箱他祖母身後留給他的東西。她的指示很清楚：有一天要把那些東西交給那個人。一九五八年夏有一天，賽門要求造訪棻，結果很驚訝地獲得邀請。雖然畢克家人很受他的歡迎，但是賽門所帶的最大一件行李，一個小櫃子卻被留在火車站。棻·歐康納拒絕看裡面裝了什麼。前往歐康納家的途中，在愉快的談話中，賽門記得棻一直把右手放在口袋中，以一種穩定的韻律快速旋轉著零錢。

祈禱的速度，莎拉說。爹地說他以祈禱的速度在旋轉那個零錢。我父親的用字遣詞很奇怪。我想他讀太多書了。

那剃刀在艾美的腳踝表皮上劃了一道一吋長的傷口時，艾美的呼吸很急促。她的腳淹沒部位的洗澡水頓時變成粉紅色。她剃完毛，然後把頭髮上含杏仁香味的潤絲精沖洗乾淨。

史考特把頭伸進門。「今晚要看影碟嗎？」

「當然。花不了多少時間。」她說。「六個金屬罐中只有三個裡的東西是好的，其他的都沖洗不出來，無法轉印。」

「我又開始讀那些信，而且——」

「你知道，你對那些信的偏愛不太恰當。她是我已故祖父的過世女友。」艾美笑著說。

「我們兩人都對女人有很好的品味。聽著，我在其中一封信內發現了那枚戒指。妳要我把它放回珠寶盒嗎？」

「不要，我要把它放在書櫃的抽屜中。我認爲它應該屬於那裡，和瑞芝的相片在一起。」

艾美站在白色腳墊上，混了水的血液流到地板上。

「怎麼了？」

「刮傷了。」她用浴巾包住身體。

「妳的血流了一地。」他遞給她一些衛生紙。「我沒想到瑞芝的最後一封信和那枚戒指有關聯。」

「我也沒想到。」艾美用一團衛生紙壓住傷口，沒有再說什麼。她沒有告訴他，有一天早晨她發現了安德魯的戒指，出現在戒指盒外，平放在她的珠寶箱上。她吃早餐時，那封信從信封中掉了出來，攤平在她身旁的桌子上。艾美用眼睛搜尋了整個房間，屏氣凝神，往左往右側著耳朵。然後她點頭，彷彿已經瞭解了那加給她的指示似的。

「我去把影碟放進影碟機中。」史考特說。

艾美蹣跚地走到洗臉槽邊，找到繃帶和消毒劑，把腳放在浴缸上檢查傷口。血還在流著。她用一隻手壓住裂開的皮膚，用另一隻手拿毛巾擦著頭髮，這樣過了幾分鐘。艾美做了深呼吸，然後嘆息著。我讓空氣冷卻下來，以減緩她腳上的出血。她打了個寒顫。

我聞到她血液的味道——以及其中微妙的、稀薄的安德魯的味道。

也許艾美在發現書櫃那天，也已經感覺到他了，在他存放我的軀體照片的抽屜內，有像是單寧酸的他的血跡。那是一種比肉體感知的更深刻的識別，超越意識與尋常感官的知覺，幾乎是直覺，就像動物知道是自己的同夥，嬰兒知道是他媽媽，兩個人內心湧出神祕衝動，像愛侶般互相擁抱的那種情況。

艾美把傷口包紮起來。她走進臥室，站在衣櫥的全身鏡前。

她站在那裡，赤裸的，我又看見安德魯了，變了樣子的。她眼睛的形狀，鼻樑的樣式，熟悉的雀斑——我怎麼會錯過那白皙皮膚上的那個令人訝異的黑色斑點？——在她的左臂上。她的赤褐色頭髮，就像是紅血球流經他的每個黑色濾泡的隱性證據，是潛伏的，等待中的。艾美的雙掌從她的乳房往下滑到臀部的弧線，在那個動作中，我看到了自己。那小小的粉紅色的乳尖，光滑平坦的腹部，腰下纖細的曲線。

在她長大後，他是否曾經從一個房間外，以他安靜的方式，看過他這個充滿冒險精神的孫女，然後看見某些東西，某個人，他所思念的？

她從衣架上拿了件他從來沒有穿過的白色大睡袍。艾美一面穿上，一面走向她的床頭櫃。慢慢地，她打開抽屜，伸手去拿她的子宮帽。我看著她摩擦著塗了殺精子劑的邊緣。艾美把一隻腳放在床上，蹲伏著，準備把那個避孕器放進她體內。接下來，她停了一下，把它放回盒子中。她轉身離開時，似乎覺得輕鬆了，準備好了的。

艾美走進黑暗的客廳。有一張路易．阿姆斯壯的CD正在播放著。「怎麼回事？」

「坐下來，」史考特的聲音來自長沙發上的影子中。「我想我們應該鄭重其事。這是首映。」她接過了一杯紅酒醋，蜷曲在他身旁的軟墊上。史考特打開機器，按了播放鍵。

第一捲大部分是風景。影像跳來跳去，但不是因爲影片不佳的緣故。安德魯拿著照相機，站在擋風玻璃的上方，捕捉被碎石路切割開來的青翠田野的影像。一隻白鷺大搖大擺的走過鏡頭。突然間，我成了焦點，我揮了揮手。方向盤很不好控制，我是個差勁的駕駛，深怕撞壞了歐康納先生的汽車。鏡頭回到地面上，平坦的六月原野，每棵樹都是蔭涼的小綠洲。

第二捲。畢業典禮日，一九二九年六月十二日星期三，典禮過後。

三對家長在草地上互相寒暄：奈特，諾蘭和歐康納。顯然有人要求，他們對著鏡頭揮手。

「我的曾祖父母，」艾美說。「我認得奈特家人，但是，噢，那些老年人，那是棻爺爺的父母親，我的曾祖父母，曾祖母看起來很拘謹，但曾祖父就很和善的樣子。另外兩人一定是瑞芝的雙親。我眞想知道那個女人是誰，白頭髮，挽著諾蘭太太的手臂，說不定是她祖母？她父親——他眞是帥極了。」

有一會兒影像變黑了，然後回到那些親人身上。歐康納先生和奈特先生很認眞的談著話。在附近，做母親的點著頭，尋找她們的孩子。我父親大步走出鏡頭外，他失去蹤影時，奈特先生和歐康納先生交換白色小卡片並握手。鏡片掉到地上。三個朋友再度站起來，手臂交握著。托莉和我親吻安德魯的雙頰。他臉紅了。我開始唱歌並跳起狐步舞。托莉加入一起跳。我抓住媽媽和祖母的手。托莉抓住她母親的手，安德魯笑著走開了。

「倒回去，」艾美說。影片倒帶到我開始跳舞時。「那就是他，棻爺爺。看，他在笑，笑得很開心。我的天，你看他是多麼快樂。」

最後一捲。我漂浮著進入畫面中。我的眼睛閉著，頭髮像苔蘚般在水中散開。我看起來全然地安詳，我睜開一隻眼睛，微笑著。我的身體在旋轉，同時伸手去抓跳水板，把自己拉起來。我噘著嘴。鏡頭轉到賽門身上，他拿著抹布，提著水桶站立著，臉上的表情顯示他很感興趣地看著我們接吻。影像變黑了。一會兒之後，鏡頭中出現一張白色鐵桌的邊緣，上面的照相機端正地放著。在遠處游泳池邊，安德魯把我抱在懷裡，我依附在他身上，笑著。他在移動，好像要把我丟進水裡似的，但是我把他抓得緊緊的，不放開他。說時遲那時快，我們向前飛，那力道撞擊池水時濺起好大的水花，甚至連鏡頭都被濺溼了。我們浮出水面後，就游到對方的懷裡。

「要再看一遍嗎？」史考特問道。

「好。」

他們看著，沒有交談。路易的小喇叭奏著繁音拍子，如泣如訴。

「他爲什麼沒有告訴任何人關於她的事情，以前的事情？」史考特說。

「他離開紐奧良時什麼也沒帶走。他想要忘懷一切。」

「那說不通。他們顯然彼此相愛。」

「說得通。他不要記住那些事，不要和別人分享有關她的一切。她令他心碎。愛得那麼深後才失去所愛，是很痛苦的。」艾美把最後五分鐘又播放了一遍。結束時，她關掉機器，看著在黑暗中的丈夫。「我很像他。」

「不，妳不像。」

「那麼你的愛是盲目的。」

「你不像他，眞相沒有毀掉妳。」

艾美把空杯子放在茶几上。她拿走他的杯子，喝完最後一口，然後把那杯子放在她的杯子旁。在那兩個杯子旁邊，有個一直放在那裡的淺碗，收集了過去散在屋內的所有彈珠。她沒有注意到。在她用肘輕推下，他靠到了沙發的把手上。「那是我嫁給你的原因，史考特・丹肯。你這個老實人上了我的當了。」

「那不是上當。你不明白我所做的。」

她深情款款地吻了他。他沒有動。她又吻他，一面解開她腰際的帶子。艾美用雙手環繞著他的脖子。「我一直對你不公平，很可怕、無情地不公平。我很抱歉，你可以原諒我嗎？」

「可以。」

「如果我們有個男孩，我想安德魯是個好名字。」

「我喜歡莫迪凱或史派克這兩個名字。」

「也許就用做中間名字。」艾美吻著他的喉嚨處。

「妳確定嗎？子宮帽在那兒？」

「讓我們冒個風險。」她說，凝視著他的眼睛。「現在，那本書在哪兒？」

✦

由於我既無法接受也無法拒絕他的求婚，由於我們看不見共同的未來，安德魯和我持續陷在一個僵局中，沒有一人願意稍稍讓步，也沒有一人要放對方走。如果還有什麼的話，那就是這種不確定性讓我們的關係更緊密，就像是彼此給對方的愛強烈到足以打破對方的意願。

雖然我已接受要去西北大學，而安德魯已決定要去耶魯，我們仍假裝不會有分離的時候。我無法屈服。倒不是結婚的提議，不，不完全是。也許比我所計畫的提前許多年成爲某人的妻子，是我能做的讓步。但是爲什麼要那麼麻煩呢，如果我們將距離那麼遙遠的話？結不結婚，信心所仰賴的是信任。我相信他，一如他能相信我一樣。如果我嫁給了他，然後耽擱了我的醫學學業——我怎能這樣做？爲什麼我應該這樣做？但是如果我這樣做了——我擔心的是我的衝勁會逐年減退，三年在法學院，當他的妻子，我的精力轉到壁爐和家庭上。我們會出乎意外地生個孩子嗎？生一個也許多年後會令我暗暗怨恨的孩子？將來我會因爲安德魯對我那麼重要而恨他嗎？

他不讓步，我無法原諒他。爲什麼他的願望就比我的願望還重要？是什麼傳統箝制著他，其力量比他對我的愛更強？因爲如果他眞的愛我——是的——如果他眞的愛我，他會明白我的未來不是一時的心血來潮或是想望，不僅是個夢想，而是一個目的。而且如果他相信我確實愛他，他應該也相信我確實是要助人及醫病。當然，我知道人們會怎麼說——什麼樣的男人會推遲自己的計畫，讓她妻子去追尋她的理想？而且我了解，每一刻——過去、現在、未來——只要我們兩人寧靜獨處在我們私密的空間時，咫尺之外的世界感覺上就像距離我們很遙遠。

為什麼不要立即擁有一切？和一輩子比起來，三、四年算什麼？在不為對方分心下，也許我們倆其中一個可以用破記錄的方式完成學業。而且如果我們的愛情堅貞，就能忍受分離，不論相隔多麼遙遠。正如俗語所說，「別離情更濃」。但是思念會腐蝕我的意志和他的意志嗎？我也不希望他放棄自己的抱負。我們寫給對方的信函字裡行間會流露出什麼？再者，我，我的肉體能夠不那麼軟弱，能承受與他分離，不與他肌膚相親嗎？為什麼是他？為什麼是現在？為什麼不？

✦

畢業典禮後的星期六。老歐康納夫婦在大西洋的郵輪上，前往歐洲，目的地是瑞士。此行是為了安德魯，一個單身漢的冒險活動，但是他拒絕前往。他認為堅持下去就能夠破除我們之間猶豫不決的情況，而我們其中有一人——是我嗎？——會屈服。

「接下來我們怎麼辦？」他問道。

「時候到了，我們會做出決定。不要搞砸了。」

「我無法再等下去了。我需要知道。」

「我們現在這樣有什麼不好？」

「瑞芝，我們不能像這樣拖個三、四年。」

我盯著他的臉。他的神情是那麼嚴肅，眼中的虹膜閃著光。「誰在拖？我和從前一樣愛你。」

「但是妳不嫁給我。」

「爲什麼要嫁給你？我們快要分離了。那有什麼要緊？我愛你不就夠了嗎？」

「所以你要拒絕我嗎？」

「不，親愛的，我不會，但是事情不是這樣簡單。我們兩人都有自己的大計畫。我不希望你放棄你的計畫。」

「我也不要妳放棄妳的計畫。」

「但是你要我等待。」

安德魯坐在有靠背的長椅上。「這樣做是有道理的。我一滿二十五歲就能動用我的信託基金，那時候我就拿到學位了，我將能夠供應我們生活所需，而且能支付妳的學費。」

「爲什麼不是你等我？我可以拿到學費和生活費，爹地已經幫我準備好了。我求學時你可以支助我們的開銷。你要找個工作不會有問題，接下來，你一拿到信託基金，就能去入學了。」

「但是一旦我去就學，接下來會怎樣？妳會在哪裡？」

「那時候我會在某個靠近你的地方當個實習醫師，也許在紐約。」

「爲什麼妳就不讓我父親插手幫妳弄進去？」他問道。

我簡直無法相信他會說這種話。「我告訴過你，那是不對的。」

「因爲那樣一來，妳的入學將是透過他的影響力，而不是靠妳自己的本事。那並不重要。妳夠聰明，能夠在那裡讀得很好。妳明白這一點。」

「我確實明白這一點。」我深深吸了一口氣，長得足夠決定我是否要告訴他。「那個學校拒絕我了。」安德魯眨了眨眼睛，一臉困惑。「我申請了耶魯和哈佛，都沒有被錄取。」

他快速地從座位上站起來。「妳爲什麼不早告訴我？我可以讓父親去幫妳說句話。對恰當的人——」

「那不是重點。我沒有被錄取，我不要利用他的影響力，暗地中的，或其他方式。他會需要達成什麼樣的交易？做這樣一件事他的動機會是什麼？」

「他欣賞妳的精神，不論他對女人和其職責的看法如何。那是一種對妳的讚美，我父親不是那麼容易受影響的。」

「他兒子也不是。」

「我曾經要求過妳什麼嗎？德拉寇太太再次被抓到的時候——而妳把剩下的分發光了，讓婦女了解它在何處——」

「只有在她們知道要要求什麼的時候。」

「外面流言很多。從前妳是個純真的女孩，那時候大家都認爲妳因年少，對這種事情好奇而誤入歧途。妳和她都很聰明，懂得爲那些沒有影響力的婦女舉行那些派對。一旦流言在那些圈子內散播，那些女人絕不會告訴警方她們知道些什麼。妳卻揚言要讓自己成爲眞正的嫌犯，一個和她共謀的人，不論如何要繼續做下去。而我曾經堅持要妳罷手嗎？從來沒有。我希望妳罷手嗎？是的，極度地希望，爲了妳的安全，爲了妳自己好，妳的未來——以及我們的。」

「他們不要我，安德魯，他們要葛楚德。」

「不，他們要的是德拉寇先生。妳知道他是幹什麼營生的。這個城市裡不擇手段想要除掉他，取而代之的人多的是。他們只要利用這起醜聞，把大眾的注意力從他們眞正覬覦的目標移開。妳和德拉寇太太無足輕重，只是被利用來分散注意力罷了。」

我無法辯駁。我的靜默讓他繼續滔滔不絕。

「而儘管我常想到人們會對妳很惡劣，稱妳爲反常的女人，即使是當著妳的面前，我曾經要求過妳放棄當醫生的志向嗎？我曾經攔過妳嗎？我曾經勸阻妳、洩妳的氣嗎？我曾經讓妳有理由相信我會干涉妳嗎？」

「你一直在繞著這個事情打轉。療養院，我記得。」

「有一個選擇，僅此而已。我不會再要求其他。」

「我不會妥協。」

「『妥協』和『妥協的』之間有個不同點。一個是允許協商，另一個則有損你這個人。」他停頓了一下。「我只是試著要做到合乎情理。」

「那麼如果合乎情理是事情的關鍵，如果我們兩人同時一起去追求我們的理想，爲什麼我們不等待些時候，再去申請一個能接受我們兩人的學校？」

「妳會這樣做嗎？」

我呆住了。「你會嗎？」

「這是妳所要的嗎？」

「不，我不想要這樣。這不在我的計畫內。」

「我是願意的，該死，如果這樣做意味著我沒有失去妳。」

「你不會失去我的。」

「如果耶魯也接受了妳呢？妳會怎麼做？」

「我無法設想『如果』的情況。那不會改變現狀。」

安德魯開始哭泣，在靜默中，淚水迅速地大量湧出。我突然害怕起來，我這輩子不曾那樣害怕過。「會的，那是會的。這事現在已經在改變我們了，就是現在。這很重要。我也不重要嗎？

瑞芝？」

毫無預警下，我的熱淚奪眶而出。「你一點都不明白。」

「我愛妳。」

「我愛你。」

有好一會兒我們都沒有說話。我們沒有好好思考以冷靜下來，反而彼此哭得更厲害。他在某方面是很脆弱的，這讓我很痛苦。我走到他身邊，雙手捧著他的臉，用指尖拭掉淚水。安德魯把我的手腕拉到他胸前，他沉重、強力的氣息呼在我的脈搏上——然後不顧一切、強力地用力吻我。我以不同的熱情回報他的吻，一個讓他感知他所懷疑的實情的吻——我確實是愛他的，我愛他那麼深，所以不太理性。

我們的嘴唇分離時是張開的。他的手掌輕撫著我的頭頂。我的臀部平放在他的腰旁。我們仍然相擁著，注視對方。我認得那個閃光，我自己眼中的光映照在他的眼中。

安靜的屋子裡傳出步調平穩的腳步聲，沿著堅固、不會發出咯吱聲的樓梯傳上來。在他房間內，有一道潮溼的微風穿過窗戶吹了進來，微弱的光線只夠辨識出屋內的擺設：他的床，書桌椅、書櫃。我們都沒有伸手去打開燈。他打開抽屜，找到一個金屬盒，拿出避孕栓劑時，我脫掉了衣服。他來到我身旁，我躺在床單上，他的棉被摺成一團放在床腳。我想避孕潤滑劑不太夠，他說。只要那東西留在該待的地方，不必擔心，我回答。他把我的腿拉到他的肩膀上，急切地、強力地吻我。一陣狂喜的震顫促使他離開。他的手指平順溫柔的捲起來——現在他在練習一個動作——將子宮帽套上了我的子宮頸。

我看著他脫光衣服。他是影子、線條，原本黑暗的部位變得更黑了，陽具和胯部形成一個明亮的角度。我弄溼雙手引導他進入我；我的四肢交纏在他的背上。

韻律是他的，穩定、有力，他的身體在我的身體上方，彎曲成弓狀，掠過我的乳頭，他不急躁、不匆忙，每個動作都很從容。我起身到他的喉部，親吻他喉頭凹陷的地方，不但聽到、也感覺到他的呻吟。

他停了下來，手臂下滑到我的肩胛骨處，把我們拉在一起，胸部對著胸部，氣息對著氣息，他的嘴幾乎沒有碰觸我的，我伸出舌頭但是沒有得到回應，我們之間的氣氛就像雨水那般凝重，我的深處完全被他充實了。在那無人看到的地方，我把他抱得緊緊地，放開他，又抱住他。不要動，他耳語著，他的吻印在我的唇上。他用他的下巴輕觸我的下巴，引導我眼睛上揚並張開。

我們彼此相屬，他說。屬於對方。

我試著轉頭時，他的手臂往上推，指尖放在我的頭顱底部。他的重量稍稍離開我的胸部，我感覺到他的呼吸，節奏和我的呼吸完全一致，吸氣，呼氣，我感覺自己在拓展而且充實。現在我心無旁騖，我不想分心，他就在我吸入的每一口氣息之內，我們的氣息也交合。在我肚臍下方開始產生一個細浪，那波動傳到我的皮膚表面，繼續前進，把安德魯推升到峰頂又帶到谷底——我被拉進他的鼓脹中——我們的波動延伸到兩人之外，結合並浮現，一次又一次，強度沒有減弱，超越了肉體，骨骼、血液、肌肉、神經、思想、慾望和記憶……

他溫柔地放開了我，讓我的腰部彎曲。安德魯讓我的雙腿靠緊，他的兩膝放在我的雙腿兩側，然後親吻我的頸項，起初是輕柔的，然後把我的肉含在他的嘴裡，他的牙齒在我的皮膚上，舌頭輕舔皺褶處。我用超越言詞的語言呼叫他，我感覺到他的身體在我尾骨處彎曲，然後是在我的脊椎下方，他無法再進一步彎曲時，他的下巴已到了我的頸背。他用雙手抬起我的臀部。他往前、往內直入。他碰觸到我的腹部時，我向他頂回去，往下，我的本體在那一點上虛脫了，並從那地方擴展出去，一次，又一次，再一次。我把他的手推開，我們之間的節奏是均衡的，我的背部被他眉毛、胸部滴下的汗水弄溼了，節奏加快了，他的呼吸變急促了。

我向前靠，離開，轉身——他靠得這麼近——我推開他，很輕易地，我滑到他上面。緩緩地，我擺動著，就像春天的樹枝那樣溫柔的搖擺著。我彎身向他，他的手游移在我的身體兩側。我的嘴唇印在他的額頭、太陽穴、兩頰上，封住了他的嘴唇，像溺水般的吻，我的生命在那熱吻之中，他充滿了我，再無一絲空隙。我屈服在他的肉體之下，那種張力和柔軟——

我初次引你向我時，我如何能得知
你的身體是一張面紗

而我要它墜落

我要感覺在那底下的純粹要素

反過來擁抱住我

在我下方，他運動著，他是這麼強壯，能把我的臀部和他的一起舉高，我們依著節奏，他的指尖放在我的脊椎基部，我的身體弓著，一手放在他的突起處，一手放在他雙腿間。高潮將他往內拉。他抓住我的手臂，把我的手掌放在他溼透的胸膛上，不停衝刺，呼喚，瑞芝。我目睹了在高潮中我們雙雙暈死然後復甦過來，他在我之前，我的則是迴響——我們的肉體震顫，眼睛含情脈脈地鎖住對方。這一切眞是妙不可言。

我超脫了，卻又動彈不得。

我癱倒在他身上。他溫柔地擁住了我。一股下層的逆流直接從我的體內湧上來。我呼喊、驚愕、訝異，然後緊緊纏住他。我的嗚咽在他的喉嚨內消音了。他擁住我，沒有疑問，沒有恐懼。他已向我展現先前我一直不相信的。他已展現過許多次，我知道，但是這一次，我無法懷疑，一部分的我，是我自己所不認識的。

我的小女妖，他說，陷入半睡半醒中。

房間內沒有光線，月光被大量低垂、快速移動的雨層雲所遮蔽。安德魯在黑暗中伸出手，摸著他熟悉的曲線。他以指尖摸到我薦骨的弧線，把它往前推。還沒有。他的掌握是溫暖的、合韻律的、熟練的。他揮動手臂。睡褲在喘息中落到地板上。他的動作停了下來，把我拉近他的身體去吻他的嘴。天空變明亮了，穹蒼發出隆隆聲，他呻吟著。

我沒有感覺。他是阻力與壓力。我的歡樂只是回憶而已。不知怎麼的，我學會了創造出一個基本的實體形式，明白我的密度是一團能量而非物質，不是我過去所熟知的。

對於他，我的激情是眞實的，不論我是什麼，我在這裡，無形無影的。

安德魯抓住了我——震動加上精力——他已被引導到位。他的肌肉催促著要加快步調，但他已承受不住，氣力不繼。突發的暴雨打在屋頂上。強風把窗簾都吹得高飛起來。雷聲隆隆，不但聽得到也感覺得到。瑞芝，他說，他的聲音暗啞。

雙手放在他的臂膀接近，背脊在凌亂的床單上滾動，安德魯睜開眼睛。他搜尋著，但是黑暗讓他看不到什麼。壓迫他大腿的張力已經解除，他爲之歡喜。他投入那迫切中，回應那個需求，並獲得紓解。再閉上眼睛，安德魯用力呼出最後一口氣息後，沉入床墊中。

他的眼睫毛張開時，微笑著。房間內有一秒鐘亮如白晝。

他觸摸自己的胯部，溼溼的，涼涼的。

安德魯的腿在地板上方擺盪，上半身靠在膝蓋上。他環視房內，從肺部深處發出一個沙啞的哭喊聲。他把一個枕頭扔到床舖對面的桌子上。「放我走，」他說，聲音哀戚，他呼求著。「讓我走，求求妳。」

暴風雨還沒過去，雷聲震耳欲聾，但是那雷聲不會比我內心深處強烈的欲望，我那無法滿足的欲望更猛烈——那是使我變得完整的那部分——透過他的身體與我存留部分的融合而重新取得的那一塊。我知道我現在是多麼脆弱，只不過是一個輕嘆，來自虛無的一絲氣息，就像我今晚我看到的那個小女孩的一般。

安德魯站起身來，靜悄悄地走過房間。他從香菸盒中拿了支菸，並摸索著火柴。在照到他上半身的鏡子前面他停頓了一下，但連自己的五官都看不清楚。我聽見他急促不順的喘息聲。他向書櫃走去，在書櫃左邊抽屜裡還有一些火柴。

香菸懸吊在他的嘴邊。他還在哭泣。安德魯打開抽屜找到一盒火柴。他站立著，擦出火焰，拿到嘴邊。房間數公尺內發出一個巨響，一道光快速在鏡子和書櫃門之間反射穿梭了數百次。

安德魯讓香菸掉下去。火柴在掉落到地板之前熄了火。我追隨他的目光看到火柴著地處，那是我所在的房間近中央之處，房內的黑暗只會顯露出他的想像事物，別無其他。我往下看，透過我所建立的那幾層物質，明白了他在看什麼東西。

一團白色物質懸浮在空中，在應該是我陰道的部位——然後消失不見。

他在我裡面。

我向安德魯移動，閃光發生、變暗，現在遠離了。在發生了所有那些事情後，他困惑地站在我的面前，不過他的身體並沒有受傷。我仍然有個無法滿足的心願，不過他的眼神是我所無法忍受的。直覺把我拉向他，我的手伸向他的胸部。在我摸到他之前，我可以聽到他血液的流動聲，感覺到它的流動，使我平靜下來……平靜下來。

我的形體接觸到他胸骨處的肌肉，一陣風吹進了他的皮膚，他的心臟少跳了一下——又一下——他的藍眼睛閉上了——震驚之下他靠著書櫃跌坐下去——玻璃碎落在地板上——那天晚上的情景回到我腦海中——降神會——多娜——她放在我父親胸膛上的手——幾乎讓我父親停止心跳，不是嗎？——那個孤兒——多娜的手——最後一絲氣息？薄弱的銀色地平線。不要碰，這就是爲什麼，你沒看到嗎，這就是爲什麼心臟會跳動——

我的手盤旋在他胸膛上方。在他的心房和心室的深處，有一些不規則的跳動和不明顯的波動。他的脈搏微弱，只要我再碰他一下——只要這樣——他就不會再有痛苦感覺了，他會看到黑色在閃爍，感覺光亮在加強，他會接受一切——只要再碰觸他一下，我們會化做一道青煙，就像我們的愛情一樣純淨——。

在那一剎那，我的手抗拒了那個行動。我用指尖推了一下空氣，一團能量散布開來。一個電擊讓他的身體打了一個顫。

鼓動，我說。讓血液再流動。呼吸，安德魯，呼吸。

他喘息著。眼睛張開了，那數星期來毫無瑕疵的藍色已經流失。如今在每個虹膜中，各有一片藍色完全不見了，取而代之的是一個新月形的白色。我從左邊換到右邊來看他時，那顏色並沒有恢復原先的樣子。經過多次深呼吸後，他坐了起來，舉起右臂。血液由他的皮膚滴下來流入他手肘邊那開著的抽屜。他慢慢走到桌燈旁邊，打開了燈，瞇著眼看那燈光。

他拿了一塊三角形玻璃，毫不畏縮地從小指下方的手掌劃下去，血液從那劃得乾淨俐落的傷口湧了出來。他設法站了起來，靠著桌子。一灘血滲進放在吸墨紙上的一個信封，滲進我要寫給他的最後一封信，我父親今晚稍早時交給他的那封信。安德魯拿了他當天穿的那件襯衫把手掌包紮起來。血液滲入那細緻的白色織品中。我伸手要握住他血的部位時——我受不了看到他受傷——我明白了事實眞相。

我無法遏止我已造成的傷害，所以我非常擔心一部分的安德魯恐怕永遠無法復原。

✦

在我房間內，我的床上，我伸手摸向腰際，彷彿期待除了六月中旬清晨空虛的熱度外，還能摸到什麼東西。我孤單一人。

數小時之前，我在他身上沉入夢鄉。他的左手擁著我，右手撫摸著我的臉頰和頸項。我睡得很熟，熟到沒有做夢也沒注意到他起身離開了我。安德魯用手肘推推我，讓我注意到已接近凌晨兩點，然後開車送我回家。他陪我走到家門口。我親吻他時，從骨子裡明白我做了什麼，我給了他什麼樣的保證。

那一天，我遇見托莉以前的一位室友，並下了一張訂單。爹地給我用來買學校用品、服裝的錢大部分已經花光了，花得很得宜，是一項投資。

三星期後，我去取了那枚戒指。那美麗的銀環上鑲著厚厚的一塊青金石，正如我所要求的，內面所刻的字完美無瑕。我等待恐慌來臨，結果沒有感覺恐慌，令我釋然。這個動作並不是一時的衝動。

每一天我們看到對方，愈覺得離情依依。我們談到聖誕節，安排五個半月後我們抵達與離開的時間。我們在游泳池裡像海星一樣漫無目的的漂浮，手指和腳趾不時擋到對方的去向。在無法忍受的酷熱中，我們盡可能不碰觸對方，擁抱只是爲了要繼續堅持下去。他沒有再要求我嫁給他，沒有提議要回絕耶魯的入學許可，和我一起到芝加哥去，也沒有逕自就那樣做了。他沒有問我爲什麼我不再考慮一下，改變主意跟隨他到紐海文去。

塞在我梳妝台鏡子內的是一個小小的行事曆，在底下是西北大學的入學許可書。在那張紙的最後一行，是手寫的我的火車班次的開車時間和日期。我將在兩個月後離開。

我看著我面前凌亂的東西，開始打包肯定會讓托莉驚奇的行李。她畢業後搬回史瑞文波。我非常非常想念她，也希望她知道這一點。我放進了一本縱橫填字謎的書，一條美麗的圍巾，安德魯在畢業典禮時拍的一些照片，十五根羅馬糖，一份邊緣空白處寫著我的評語的八卦報紙，還有一個溜溜球。我想到忘了買一些她最愛喝的巴克斯沙士，所以沒有把箱子封起來。

我凝視著鏡中的自己好些時候。安德魯在我們的第一個情人節時送給我的項鍊墜子盒就靠在我的胸骨上。我打開它，讀著裡面的字樣。我瞄向右邊，他正從一張照片中看著我。那張照片是托莉拍的，我站在她背後並眨眼。在我叫安德魯的名字至快門按下的那一瞬間，安德魯露出一個隱約可見的微笑，乜斜的眼中閃閃發亮，吸引我向他直跑過去。我們沒有碰觸，但是我的身體，裡裡外外全被他的魅力所包圍了。

我愛他。

在托莉的包裹和安德魯的戒指之間，是攤開的空白信紙。拿起我最好的鋼筆，我寫道：

一九二九年七月十日

安德魯，我親愛的：

我對你的愛是一種天生的力量。

我知道，這樣的話語是出自一個沒有信仰的女性，但是她的感官表露出這個事實。

但是，你知道，我有證據。我無法懷疑，當你深不可測的藍眼望向我時，我皮膚下面的衝動；當我赤裸地依偎著你的身體時，我血流的迅速；以及當你輕聲呼喚我的名字時，我呼吸的起伏。

你問過我一個問題，我現在要告訴你答案。只要一下子，請閉上我所愛的眼睛，安德魯，然後伸出你的手給我。

永遠是，永遠是　你的瑞芝

我把信封起來時，吻了它一下。上面沒有蓋印，我沒有擦口紅，所以在信封蓋的角落我畫了一個小小的玫瑰花蕾。在正面上我用我最漂亮的字體寫下他的名字，第一百次了，我把戒指從盒中拿出，放在燈光下。戒指上刻的字是他的答案，但是我知道，所以他會相信我，我必須把它大聲說出來。

母親在樓梯中途的平台叫我。吃早餐。我闔上小珠寶盒，把它塞進托莉的包裹，然後把安德魯的紙條立在鏡子前。我以親吻向奶奶、母親和爹地道早安。父親說我的心情很愉快，和前幾個星期不一樣，那一段時間我很不尋常地變得很安靜。我回答說，在這樣美好的夏日我爲什麼要不應該快樂呀？我吃得很快，並告訴他們我要走路去安德魯家。母親要我請他來吃飯。她說，他的父母親離開了，他在家裡一定感到寂寞。

我穿上最喜歡的綠色無袖洋裝，走在綠蔭下的街道上。炎熱的天氣，溼透了全身。我希望我的另一件泳衣放在安德魯的家裡，因為我非常想泡泡水。如果那件泳衣沒有放在他家，我就裸泳。安德魯的父母親正在瑞士的阿爾卑斯山區渡假，以避開夏天的蚊子和熱帶的炎熱。而恩瑪蓮也出去購物，要等到準備中餐的時間，才會回家。

我加快我的腳步，沿著聖查理大道往前行走，一個大學男生開著一部雙門小轎車，示意要送我一程，我對他嫣然一笑。他留著一頭史考克髮型，由於天熱，溼答答的頭髮貼著頸部。他看來很眼熟，可能是以前在一、兩次舞會上，曾經前來向我邀舞的人。

「謝謝。」我回答：「但是，我現在在做熱身運動，活動筋骨之後，再去游泳。」

「妳介意我也去嗎？」他問道。

「不，今天不方便，小伙子。」

他的車子開走，我就站在路邊，突然想到，要讓安德魯驚喜的禮物，還放在我的梳妝台上。我的舌端還殘留著一小片葡萄柚。我想到回家，順便把牙齒刷乾淨（剛剛出門前也忘了刷牙），然後悄悄地用一個小袋子把那個禮物帶出來。沒有人會注意到，沒有人會知道。

我不能這樣做。我們離開前，他想要給我的。我了解他，了解他的果決。一個小儀式，當然，沒有時間大事鋪張——他知道我不要那樣做，如果我們那樣做的話，我們分離的日子每天都會受到影響。那種白紙黑字的約束以及它相關的一切意涵，比鋼鐵還堅韌。我辦不到。我的計畫已經確定，好幾年前就決定了的。我可以留著戒指直到過些時日，好好保存它。現在還不是時候，還不是。

現在還不行。

不過我並不是說我現在就要那麼做。我表明意向，一個承諾。他會明白的。而他自從那天晚上後就沒有再提過這件事。他會很吃驚，也許有點開心。如果我把它弄成一個象徵，是的，一個象徵式的姿態——他會欣賞的。我會在半途中遇見他。我可以這麼做。

也許。

等待時機。我在兩個月後離開。從現在起到那時候，我可以做成決定。是的。

不能再等了。

✦

安德魯，我的安德魯。

記得那一夜，你指著北極星告訴我，孩提時你很害怕那些星體會從天空掉落下來，壓垮你嗎？它們在那些星座之間，你認爲如果其中一顆失去光芒，就像接縫中掉了一根大頭針，它的重量會把其餘的星體拆散，接下來就要任憑稀薄空氣的處置了。

你是對的。我們都是如此。

我朋友李歐尼爾離開的那天，我們去傑克森區。拉貨車的騾子嚼著燕麥，相命師談著過去與未來，觀光客對看到的景物嘖嘖稱奇，竊賊伺機欲動，一隊銅管四重奏演奏著曲目，但當地人視若無睹。尼爾很開心，很滿足。他選擇了超越孤單，這是第一次。我不須到一個即將死亡的陌生人的床邊等他嚥下最後一口氣。我不確定這樣做是否有用，不知道在人們撒手歸西之際，是否會產生一種神祕的心靈活動。

尼爾向我道再見，彷彿他到朋友家拜訪過後要回家似的，然後飄進人群中。我追隨著他。他加快速度像跑步一般，然後他大喊，向上！尼爾往上一躍，消失了。毫無蹤跡。

不久之前，李歐尼爾發現了一種最奇特的安慰理論。他說，在遠處的兩個質子相撞，一個事件發生了，一個決定做成了——過去沒有發生的，現在已經發生了，相反的結果仍然存在。另一種可能性在進行中。我們無法以我們所了解的方式去經歷另一種可能，能看到的機會就更少了。

尼爾認爲，除非那些時刻被織入我們的夢中，在夢中我們去了原本想去的地方，或是我們只有些許機會瞄了幾眼自身和自己的生活。我們所知道的是零散、具有各種可能性的片段——每一瞬間的位置與動能都在持續不斷流動。如果我們在一瞬間全盤了解通透，將會承受不住。尼爾認爲，如果他能以許多不同的方式，存在於比他所知覺到的更多空間，那並不重要，他仍然是李歐尼爾。到頭來他還是能以某種方式（即使只是個回憶），讓自己與過去獲得聯結。

我眞想知道，究竟是什麼把所有的可能性連接在一起，就像是水分子的聯結、地心引力的拉力，大自然的力量一般？每一個完整的自我和變體在破裂、修補和重整之後，我們應該怎麼稱呼它？

而且，安德魯，我把你撕裂後，又如何對得起你？

我沒有回去拿你的戒指，來爲與你共度一生許下諾言時，當時我並不知道我已永遠失去那個機會了。那一天我猶豫了，是因爲我以爲還有許多時間來把我所蘊積的熱情分批送出去。安德魯，我擔心我會給你太多，或是不夠——我在這個世界上的判斷尺度是以均衡的比例爲基礎的。有時候我以爲，他只是個男人，而忘了承認我也只是個女人。

我去你住處的最後一夜，在烏黑的暴風雨雲層覆蓋天際時，我渴望和你合而爲一。我要你，而且超越那種渴望的是，我們的呼吸合節合拍的經驗，以及我的欲望被激起、懸吊與消逝的經驗。我看到你藍眼中裂縫的那一瞬間，我明白我的愛已經傷害了那個你想成爲的男人。現在我承認了這一點。我應該讓你獨自一人哀悼我的。我沒有權力帶著我自身絕望的悲傷圍繞著你，或企圖帶走你的愛情所給我的——你自己的生命。

你童年時用拉丁話做彌撒時所說的一個詞「anima」，是靈魂的意思。同樣的這個詞對於你後來變成的學者，具有新的含義，它的定義依用法和意願而定。「anima」可以是靈魂、精神、心智、呼吸或是風。

在此，我所在之處，究竟要採那一個定義，沒有共識、沒有絕對，也沒有辯論，如果有的話，會是非常精確的。就像是我們這些待在陰陽交界處的人，就像是回憶，詞語是不具實質的意象——流動的、可塑的、基礎的。

但是我現在可以說，以我的方式，沒有任何言外之意——我是個靈魂。那天早上漂在泳池上的並不是靠氧氣維生的。安德魯，現在我也是一個思想感情的組合，一個僅剩精華的完型，廣泛的擴散分布，就像從前讓我的肉體具有密度之感的原子一般。

我還是瑞芝，而且我仍然愛著你。我會一直愛著你，將來也是，這是絕對可能的。

✦

「托莉姨婆，我有個很重要的東西要給妳看。」艾美把一片DVD放進播放機，「這裡面是和棻爺爺有關的。」

托莉在她的椅子上坐直了，調整著她的眼鏡。她一言不發地看著我們畢業典禮那天的情景在她眼前重播。「這是哪兒來的？」

「這事說來話長。妳記得有個名叫賽門・畢克的人嗎？或是恩瑪蓮？想想看，然後告訴我眞相。」

「我記得恩瑪蓮。」托莉長長地吐了一口氣。

艾美取出了DVD，坐在她姨婆旁邊的軟墊凳子上。「我想知道那個男人是誰。在他變成祖父之前，我幾乎完全不瞭解他。」

「我曾經答應過他。」

艾美把手伸進她的夾克口袋中。她拿了兩樣東西放在托莉的膝頭上——我寫給安德魯的最後一封信和那枚戒指。我親愛的老友不想碰觸它們。

「妳爲什麼沒有告訴我，托莉姨婆？妳在保護誰——保護他或是妳自己？」

「妳是什麼意思？」

「你們兩人之間有什麼瓜葛嗎？發生過什麼事嗎？」

托莉的臉瞬間變得通紅，她的眼神沒有閃躲。「從來沒有，」她說，聲音強而有力，而且有種奇特的青春氣息。「我愛他如同兄弟，一直都是如此。」

「妳有他過世女友，也就是妳朋友，要給他的戒指。爲什麼？」

「他不願拿去。」托莉用手壓著她的嘴唇。

「怎麼回事？什麼時候？」艾美摸不著頭緒。「他發生了什麼事？」

托莉嘆息了一聲。她打起精神，敍述了我死後十多年她首次再見到安德魯的經過。她幾乎認不出那個男人，他的眼睛已經轉變成罕見的藍綠色，擁有一個他從來不想使用的法律學位以及一個思想與邏輯理論的博士學位。托莉相信他也早就改用在牛津的綽號爲名字。他已經不是她以前認識的那個人了。

他於擔任了數年的副教授後，再度造訪了她。那時候桑妮帶著她的孩子和托莉住在一起。桑妮的第一任丈夫在前一年的戰爭中爲國捐軀。托莉解釋說，她的小妹認得安德魯，而且我曾經上了報，但是我死時，她小妹因年紀太小不知詳情。桑妮遇到安德魯時，托莉認爲要不要談論他的過去是他的權力，她答應保持緘默。她以忠誠和矛盾的心理遵守著這個誓言。

「妳祖父愛著妳的祖母。」托莉說。「但是即使是我也得承認，那是一種如果你不愛某樣事物，你的內在就會死去，所以你不得不給予的愛。瑞芝死時，他崩潰了。他的餘生腦海中一再浮現失去她的那一刻。」

艾美垂下頭，旋轉著手指上的結婚戒指。「棻爺爺從來沒有談過瑞芝？」

「沒有。但是她一直活在他心中。」

「妳爲什麼會有他的戒指？」

托莉把背靠到椅子上。「瑞芝的父親在她死後寄了一個包裹給我。那包裹原封不動在我臥室裡放了幾個月。後來我終於把它打開了，也沒有去看是什麼東西就把它們收起來了。我仍然一想起就很悲痛。諾蘭先生把包裹封起來之前可能沒有再查看一次他放了些什麼進去，否則我確信他會把那枚戒指給妳的棻爺爺。那戒指盒在我的珠寶箱中擱了很多年。」

「妳沒有試過拿給他嗎？」

「妳不瞭解，艾美。他娶了桑妮後，我變成他的姊姊，從前那種朋友關係的情況很少再出現，我們從來沒有一起談到我們的過去，就好像世界上從來沒有瑞芝這個人似的。我很討厭那樣，因爲我們兩人都那麼地愛她。但是我瞭解如果我給了他那枚戒指，可能會毀了他。他是那麼脆弱。」

艾美從托莉的膝頭上拿起那封信。「這是她寫給他的最後一封信，和那戒指有關。妳是要告訴我，他從來沒有得到她留在指環內的答覆嗎？」

「他有得到那答覆。」托莉看著遠方。「桑妮過世後數個星期，我邀請你祖父來這裡。我知道我有些衣物和幾件她的珠寶，可能是妳媽媽和阿姨想要留存的。我忘記了那戒指放在珠寶箱中，想到時已經太遲了。他打開了在抽屜中發現的每個盒子，而我沒能從他手中把那個盒子搶過來。他一從那天鵝絨上拿起戒指，就立即戴在手指上，大小恰恰好。他要羅瑞姐拿來放大鏡，以便看內面。再告訴我一次，上面刻了什麼？」

艾美手裡拿著那枚戒指。她記得那些字。「咦，心會跳我才能愛你。」

「沒錯，就是那句。」托莉說。「好玩的是，他開始大笑起來，我很久很久沒聽見過的由衷笑聲，令人想哭。他說回想起他們曾經共度的一個很特別的午後，其中一個機鋒處處的談話。

安德魯曾告訴她沒有人知道爲什麼心臟會跳，而瑞芝，這個瑞芝做了一個符合科學的解釋。

「接著他告訴我關於她那封信的事。那封信一定在妳那兒。他困惑不解她到底要怎麼做。她要回答的是什麼？他最想要知道的是，她對一個問題的答覆，但擔心他永遠也聽不到，後來，」——她的聲音突然停頓——「他說打算要再問她一次，最後一次，但他失去了膽量。」

「要她嫁給他。」

「不錯。」在托莉臉上皺紋間的淚水緩緩流下。「他說，戒指上刻的字代表瑞芝承認他們之間有種神聖關係，以她的方式呈現。他要她明白這一點。這是他深深相信的一件事。但他明瞭她也答覆了另一個問題。畢竟，一枚戒指對一個男人的意義，和對一個女人的意義相同。」托莉頻頻用鼻子吸氣。「接下來，我簡直無法相信，他探手入袋，把一些錢幣丟在床上。他拿起一片銀色物件，一個變形、扁平、已磨損的小東西，沒有人看得出那是什麼，而且如果不是他告訴我的話，我也絕對猜不到。那是他告訴瑞芝他愛她那天，送給瑞芝的頸飾盒。他說，他把瑞芝從水中拉上岸時，親手從她頸子上拿下來的。

「那個惱人的習慣，」——艾美的皮膚失去血色——「他是如何讓零錢在口袋裡叮叮噹噹，而從來沒有遺失那個頸飾盒，眞是令人詫異。他有沒有說過爲什麼要把它保存那麼久？在過了這麼久之後？」

「我希望我知道。我問他時，他無法解釋。我猜想他就是無法與它分離。我的天，這個可憐的人。」托莉擦了擦臉頰。「然後，妳祖父坐在我的床上，戴著那枚戒指和那頸飾盒，放聲大哭，好像他吞下的每個情緒都在撕扯他的靈魂一般。哭了很久很久。這是世界上再也沒有比看著別人心碎更糟的事了。」

艾美的眼眶裡蓄滿了淚水。「除非你有一顆已經破碎的心。」

「沒錯，妳明白的，不是嗎？」托莉拍拍艾美的手，然後劇烈的發抖。「那個長髮好男孩，他叫什麼名字？抱歉，我忘記了。」

「傑米。他叫傑米。」艾美吸了一口氣然後迅速吐出來，她呼出的氣息是白色的。「爺爺爲什麼不保留那個戒指？」

「棻——噢，我的天——安德魯——再度叫他安德魯的感覺多麼好——他說那戒指放在我這裡比較安全，還說他已經有他需要的東西了。」

艾美摩擦雙手。「這些年妳遵守給他的諾言，如今一定有一個理由來談談了。」

「在我還能夠的時候，回首來談談那些時候，是很棒的事情。」托莉說。「妳很冷嗎？我發誓我看得見我呼出的氣息。我不記得從前有過這樣酷寒的冬天。」托莉從椅子上站起來，沿著走廊走去。

我終於明白爲什麼我們的照片被藏起來，爲什麼來自杜蘭的那封信一直沒有回，以及爲什麼我們的故事不曾被談論。托莉確實保守著一個祕密。

敲著牆壁的聲音，閃爍的燈光，砰然關上的門，窗玻璃上散裂的結晶冰片。艾美並不害怕，她自嘴巴呼出一縷煙霧，環視著房間。「安靜，不要動，休息了。」她向著空中說。

羅瑞妲把藥丸放在托莉的手中，一次一顆。托莉每喝一口水和一匙蘋果汁，就吞下一顆。我的朋友吃完藥後，羅瑞妲離開床榻，把電視台轉到托莉四點鐘要看的頻道。那麼大的音量連死人都會被吵醒。

托莉把她胸前的毯子弄平。她的手幾乎是透明到可見骨頭，頭髮纖細灰白，有如白鷺羽毛的邊緣部分。她的左眼蒙上了一層翳，呈現灰棕色，右眼則一直盯著電視看。她劇烈咳嗽，伸展著有斑點的手臂。那個盒子滑到她伸手可及之處。她把用過的衛生紙丟到字紙簍，那廢紙行經的軌道在中途被修正了。

在床鋪旁邊，羅瑞妲已把托莉的桌子和照片從樓下搬了上來。在我們攝於翹翹板的那張照片後面，是一張我的獨照，裸露的背部和羞怯的側影映照在薄暮的完美光線下。在我紙上人像的左邊，安德魯從他的照片中看著我，他眼睛的眞正色彩已被墨黑色所掩蓋。雖然托莉不常觀看這些照片，她知道它們仍在那兒。每天晚上她沉入夢鄉前，都會和照片中的這些人像說說話。

我也向她說話，告之她所不知道的事情。我曾有一次，也只有一次和大衛·柯雷奈親吻過，那是在她和他交往的一年之前。有時候只是因爲我沒有穿內衣。她的孫女茱莉已經自己去餐具櫃拿瓷器了。艾美不知道她已懷孕，十月將要臨盆。一旦呼吸停止，黑暗不會持續很久。我擔心著，雖然不確定，但已有所準備。我去會合或是消失不見都不重要。

托莉在小睡中沉入夢鄉，她將永遠不會再醒轉過來。

我握住了她的手。

她的脈搏發出汨汨聲。

我傾聽她吸氣、呼氣的聲音——但是我聽見的不是她的呼吸聲。他的聲音向我傳來，呼喚我的名字，輕聲低語：瑞芝。我知道那是想像，是回憶。我的頭倚靠在他的胸前，聽得到血液、空氣和話語的隆隆聲，心與心的交談，它們匯集在那裡。

我以右手的形狀追蹤那氣味的輪廓，我是一個複雜的知覺體和物質。我追隨那輪廓，一次，兩次，最後停留於我臉龐的弧線上。他在我裡面的什麼地方？

我的嘴唇沿著他的一幅體膚圖面一路親吻下去，我的肉體記得他的體形，峽谷和山丘，高峰和深谷，他身上沒有一處是我沒有到過、不曾探索過的。他的形體和我的緊緊地、盡情地相擁，血液如同岩漿、呼吸如同火焰。究竟是什麼看不見的繫帶將我們綁在一起，聯結了我們的核心，兩股初始的、屬於上天的韻律交織在一起。我張開嘴呼喚他的名字，安德魯，他的體膚圖面向前捲動。他在這裡，他一直都在這裡。

感謝詞

若干訊息來源使我的研究截然不同。瑪麗・羅・魏德茉（Mary Lou Widmer）所撰寫的《二○年代的紐奧良》，提供的細節令我節省了數星期的研究時間。二○年代的美國南方女性作家，尤其是莎拉・哈德・孟肯（Sara Haardt Mencken），提供了當時文化、人際關係與會話的許多線索。「紐康姆檔案」是不折不扣的寶藏。蓋瑞・祖卡夫（Gary Zukav）的《物理之舞》讓碎片啪的一聲拼湊起來，那回聲依然縈繞我的耳際。

我要向這些特別的人士致謝：我的家人，尤其是我的雙親隆恩（Ron）和派蒂（Patty）；我的手足，羅比（Robbie）和珍妮（Jenny）；我的老師，桃樂西・艾莉恩（Dorothy Allen）、珍妮・安德森（Jenny Anderson），查琳・班納（Charlene Banna），唐納・貝格諾（Donald Begnaud），傅洛・傑克威・柯維爾（Flo Jakeway Courvelle），黛比・哈格瑞夫（Debbie Hargrave），李查・拉朵萊（Richard Latiolais），南西・孟絲（Nancy Mounce），琳妲・墨敦（Linda Mouton）和東

尼・懷特（Toni White），他們給我指引‥還有幾位我的歷史保管者——馬丁・阿森諾（Martin Arceneaux），珍妮弗・赫爾・德克（Jennifer Hull Decker），羅拉・韶瑟・迪拉胡莎耶（Laura Souther Delahoussaye），羅柏・傅比士（Robert Forbes），羅拉・高（Laura Gough），裘蒂・德瑞湖思・漢普敦（Jody Dreyfus Hampton），珍妮・湯普森（Jenny Upchurch Thompson）和亞利安娜・華爾（Ariana Wall）。

我也要感謝他們的各種幫忙、支持和鼓勵，謝謝你們，茱莉（Jules）和林達・鮑爾克（Linda Bourque）、南茜・蘇麗文・賈布斯（Nancy Sullivan Jacobs）、茱蒂・漢恩（Judy Kahn）、捷夫・克雷曼（Jeff Kleinman）、凱莉・麥克基尼爾（Kelly McKinell, M.D., M. P. H.）、林恩・芮那克（LynnRainach）、杜樂斯（Dorothy S）。而且，我也感謝達尼・帕珊斯（Danny Plaisance）的熱心關切，他是棉花田出版社（Cottonwood Books）的老板。

我非常感謝以下幾位在不同階段給我寶貴意見的讀者‥羅賓・貝克（Robin Becker）、麥特・畢遜（Matt Beeson）、理查・布契霍茲（Richard Buchholz）、保雷特・古爾林（Paulette Guerin）、肯特・穆包爾（Kent Muhlbauer）和 Laura Zueike（羅拉・茲葉克）。

如果沒有以下這幾位聰明又善心的好朋友，這本小說是不可能問市的。瑪莉・麥克麥尼（Mary McMyne）最初就幫忙我，並且，提供很棒的編輯理念。班傑明・拉尼爾—納勃斯（Benjamin Lanier-Nabors）則提出小說情節的聯繫問題，令我驚奇不已。諾得・艾雷斯（Nolde Alexius）則提出迷人的智慧和獨到的評論。塔米卡・凱吉（Tameka Cage）看到小說中的生命力，他這樣告訴我。珍尼弗・紐勃格（Jennifer Nuernberg）帶了一些卡爾（Carl）放在桌上。林達・李（Linda Lee）則提出一位身爲體貼的忠誠讀者的見解。維多利亞・布羅克梅爾（Victoria Brockmeier）給我們驚奇並領我走出迷團。卡堤・包威爾（Katy Powell）提供我建構小說人物的靈感。裘伊・史考恩斯（Joe Scallorns）則叫我拿掉一些枝節。艾莉遜・奧寇恩（AlisonAucoin）不斷鼓勵我，並給我一個可以歇息的地方。羅利・貝得曼（Lori Bertman）也曾看到我心情陷入谷底，而且一直對我深具信心。眞的，我是一個非常幸運的女孩。

我也要向技術大師詹姆士・威克斯（James Wilcox）致謝，而且，也向直覺大師詹姆士・戈登・班那特（James Gordon Bennett）致意。他們對於這樣的稱號可能會猶豫不決，這是因爲他們跟我分享這些的原因。謝謝你，我的導師吉姆（Jim W），你在各方面給我支持、提供建議，並提出關針性問題：「瑞芝看待自己是怎樣的一個人?」謝謝你吉姆（Jim B），因爲你教導我角色的本質，並且，在最需要的時刻，給我讚美。

直覺和非凡的介入造就了一個奇特的奇蹟——而那就是我的經紀人簡迪・納爾遜（Jandy Nelson）。她在編輯方面的才識以及滿腹直覺在這項工作上扮演了一定的作用。謝謝你，簡迪，我以全心全意謝謝你。

既聰明又神情愉悅的主編莎拉・布蘭姆（Sarah Branham）想出最好的收尾方式。謝謝妳，莎拉，是妳讓美夢成眞。一點不假。

對於 Atria 出版社的全體同作，我非常謝你們出的好主意，你們的辛勤和純眞的興奮之情。

最後，我要感謝的但並非感謝最少的是我的愛侶陶德·包爾克（Todd Bourque），在寫作這本小說，忍受著跟我一起生活的考驗，我欠他一千個以上手工巧克力布丁。我眞的非常愛他。

國家圖書館出版品預行編目資料

最後一秒的溫度 / 蓉琳朵蒙（Ronlyn Domingue）著；鄭清榮譯. -- 初版. -- 臺北市：大塊文化, 2007.08

面；　公分. --（to；49）

譯自：The mercy of thin air

ISBN　978-986-7059-99-4（平裝）

874.57　　　　96013100

LOCUS

LOCUS

LOCUS